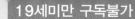

2

Acid

애시드

이류경 장편 소설

YEWONBOOKS
ROMANCE STORY

CONTENTS

1장 열락의 늪

    사람의 감촉이 이렇게 뜨거웠던가. 맞닿은 입술이 불에 덴 듯 화끈거렸다. 황홀할 정도로 기분 좋은 짜릿함. 하나가 아닌 둘이라서 느낄 수 있는 열꽃의 향연. 잊고 있었다. 세상에서 가장 감미롭고 맛있는 것이 여자의 입술이란 걸. 그에 취하면 뼛속까지 녹아내려 이성이 마비된다는 것을. 지금 그의 이성은 오직 하나. 그녀와 하나가 되고픈 열망에 사로잡혀 있었다.

    주열은 굶주린 늑대처럼 입안 깊숙이 혀를 밀어 넣고서 거침없이 그녀를 유린했다. 따뜻한 체온이 이마를 덮는 순간, 이성은 달콤한 채찍에 날아가 버리고 말았다. 갖고 싶다. 느끼고 싶다. 안고 싶다. 그녀를 몸속 깊숙이 가두고 싶다, 라는 수십 가지의 언어들이 어렵게 붙잡고 있던 이성의 끈을 끊어버린 것이다. 그래서 주기로 했다. 그의 목숨을. 그녀를 안지 않고서는 미쳐 버릴 것만 같아서.

"보여주고 싶다……. 내 마음."

살짝 입술을 떼어낸 주열이 나지막이 읊조린 후 집어삼킬 듯이 그녀의 입술을 빨아 당겼다. 더 많은 것을 갈망하며. 그렇게 입안 구석구석을 혀로 휘젓고 다니던 주열은 걷잡을 수 없이 번져 가는 희열을 견디지 못하고 그녀의 입술을 꽉 깨물어 버렸다. 먹을 수만 있다면 한입에 꿀꺽 삼키고 싶었다.

"허윽!"

인경은 입술이 사정없이 깨물리자 눈물이 핑 돌았다. 하지만 고마운 것도 하나 있었다. 달콤한 고문 뒤에 찾아온 통증이 꺼져 가던 그녀의 의식을 깨웠던 것이다.

'정신 차려, 하인경. 네 처지를 망각한 채 빠져들면 어쩌겠다는 거야!'

인경은 회초리를 휘두르듯 자신을 나무랐다. 하지만 이건 분명 그녀의 의지가 아니었다. 그녀와 상관없이 어떤 힘에 의해 빨려 들어간 거다. 만일, 조금이라도 이성이 깨어 있었다면 그를 거부했을 테니까. 돈에 팔려온 노예 신세란 걸 망각할 리가 없으니까. 그러나 슬프게도 답은 나와 있었다. 첫 번째 입맞춤이 말해주듯이 이성이 아닌 감성이 움직인 거라면 그녀는 쉽게 그의 손길에서 벗어나지 못한다. 바로 지금처럼.

주르륵! 어찌할 사이도 없이 눈꼬리를 타고 이물질이 흘러내렸다. 그때, 부드러운 것이 그녀의 눈가에 닿았다. 흠칫 놀란 인경이 파르르 떨리는 눈꺼풀을 조심스럽게 들어 올렸다. 조금씩 눈꺼풀이 열릴 때마다 그가 어떤 표정을 하고 있을지 더럭 겁이 났다. 그런데…….

"강…… 주열 씨."

그녀보다 더 아픈 눈빛. 그녀보다 더 고통스러운 듯 일그러진 표정. 인경은 그의 눈동자가 너무 슬퍼 보여서 가슴이 철렁 내려앉았다.

"왜 우는 거지. 준다고 했잖아, 내 목숨."

주열이 손가락으로 그녀가 흘린 눈물의 흔적을 따라가며 나지막이 속삭였다. 그게 그런 의미였나. 하지만 인경은 믿지 않았다. 그저 하는 말일 테니까.

"줄게. 기꺼이 줄 테니까…… 울지 마."

또다시 준다는 말에 그녀의 입매가 굳어졌다. 그의 말은 거짓이 아닌 진실이었기에. 그걸 증명이라도 하듯 그녀의 볼을 어루만지고 있는 손가락이 미세하게 떨리고 있었다. 인경은 저도 모르게 살며시 눈을 감고 말았다. 소중히 다뤄진다는 느낌 때문일까. 우습게도 미세한 그 파동이 그녀의 마음을 편안하게 했다.

"으음."

소리 없이 다가온 입술이 그녀의 눈가를 어루만지자 어찌할 사이도 없이 신음 소리가 흘러나왔다. 찢어져서 벌어진 상처를 치료하듯 조심스럽게 움직이는 느낌이 너무나 좋았다. 사랑을 받는다는 것이 이런 기분일까. 아닌 줄 알면서도 그가 전해주는 감촉이 너무나 부드러워서 연인이란 착각이 들 정도였다.

연인. 사랑하는 사람. 순간, 어리석게도 기철이 떠올랐다. 이어 기억의 파편이 심장을 꿰뚫었다. 기철에게선 단 한 번도 소중하게 다뤄진다는 느낌을 받은 적이 없었다. 늘 그와는 쫓기듯이 사랑을 나누었기에 그녀의 몸은 감미롭다는 것이 무엇인지 알지 못했다. 그저 기철이 이끄는 대로 느끼고 애원했을 뿐.

"허억!"

거침없는 손길이 가슴을 움켜쥐자 인경은 새된 소리를 지르며 눈을 번쩍 떴다. 그가 움직였다는 걸 느끼지도 못했는데 어느새 손이 가슴까지 침범해 있었다. 아니, 가슴뿐만 아니라 그녀의 모든 것을 꿰뚫고 있었다.

"나만 담아."

"네?"

"당신 머릿속에 나만 채워. 나 역시 당신만 담을게."

"그게 무슨……!"

인경은 그게 무슨 소리냐고 물으려다 그만 입을 다물어 버렸다. 아마도 느낀 모양이다. 그녀가 누구를 떠올렸는지. 그녀는 괜스레 미안해지자 살짝 고개를 끄덕였다. 그러자 만족한 듯 그가 환하게 웃으며 다시 그녀의 입술로 고개를 숙였다. 그 짧은 웃음은 햇살 아래 피어난 해바라기처럼 화사하기 그지없었다.

'저렇게도 웃는구나. 남자지만 참 예쁘게 웃네.'

늘 딱딱하게 굳은 표정만 봐서 그런지 그가 웃음을 아는 남자란 것에 새삼 가슴이 설레어왔다. 인경은 살며시 눈을 감아 그가 전해주는 환락의 늪에 취해들었다.

Rrrrr Rrrrr.

흐릿한 의식 사이로 전화벨 소리가 들려왔다. 그가 주는 열정에 빠져 허우적대고 있던 인경은 벼락이라도 맞은 것처럼 황급히 그를 밀어냈다. 그러자 무슨 일이냐는 듯, 그가 의아한 표정을 지었다. 그녀가 떨리는 목소리로 나지막이 속삭였다.

"전…… 화."

하지만 그는 그녀의 말을 듣지 못했는지 더운 숨을 몰아쉬며 빤히 쳐다보고만 있었다. 발그레 상기된 얼굴은 마치 섹스라도 한 것처럼 색기가 흘러넘쳤다. 너무나 잘생긴 섹시한 남자. 키스 한 번에 이 정도라면 진짜 사랑을 나눈 후엔 어떤 모습일지 상상하는 것만으로도 은밀한 곳이 불에 덴 것처럼 화끈거렸다. 맙소사. 이렇듯 음란한 몸이라니. 인경은 스스로가 느끼고 있는 감정에 놀라서 얼른 입을 뗐다.

"강주열 씨, 전화 왔다고요."

"알고 있어."

"아! 알고 있어……!"

무심코 그가 한 말을 따라 하던 인경은 돌연 멍한 표정으로 그를 바라보았다. 그러자 그가 입술에 살짝 입맞춤을 하더니 부드러운 목소리로 속삭였다.

"멈추고 싶지 않아. 오늘이 지나면……."

주열은 잠시 말을 끊고서 팔랑거리는 나뭇잎처럼 이리저리 흔들리는 그녀의 눈동자를 지그시 응시했다. 지금 그가 하려는 말은 가슴 깊은 곳에서부터 우러러 나온 솔직한 심정이었다. 하기에 그녀가 그의 마음을 제대로 알아봐 주길 바랐다. 결코 가벼운 마음이 아니기에 용기 또한 내기 힘들었다는 것을. 주열이 부드러운 손길로 그녀의 이마 위에 흘러내린 머리카락을 쓸어 올리며 다시 말을 이었다.

"다시는 기회가 없을 것 같아서."

인경은 지그시 입술을 깨물었다. 그의 말대로 이 순간이 지나면 끝일지도 모른다. 그도 그녀처럼 이율배반적인 행동이라 느끼고 있을 테니까. 그렇다면 이번 한번을 끝으로 집으로 돌아갈 수 있는 걸까. 그렇게 되면 더 이상 바랄 게 없을 텐데. 하지만 그렇게 될 리가 없다는 것을 누구보다 잘 알고 있는 게 바로 그녀였다. 인경은 문득 어떤 말이 떠오르자 생각의 꼬리를 끊어내고 조심스럽게 입을 열었다.

"궁금한 게 있는데 물어봐도 돼요?"

"내가 대답할 수 있는 거라면 얼마든지."

"만일, 날 안는 대가로 당신 목숨을 원한다면 정말 줄 건가요?"

"그래, 약속하지."

그는 너무나 쉽게 대답하고 있었다. 마치 목숨이 몇 개라도 된다는 듯이. 그래서 다시 확인했다.

"그게 언제가 됐든?"

"언제가 됐든."

"왜요? 왜 당신 목숨을 내게 주려는 거죠? 당신 말대로라면 날 얼마든지 안을 권리가 있는데."

틀린 말은 아니었다. 하지만 지금 그는 돈으로 환산할 수 없을 만큼 커다란 것을 가졌다. 그리고 이제 그것은 그녀만이 거둬갈 수 있었다. 그러니 목숨을 달라고 하면 줄 수밖에 없었다. 그녀가 주인이니까.

"당신이 하인경이잖아. 그거면 충분해."

놀랐는지 그녀의 입술이 살짝 벌어졌다. 주열은 기꺼이 그 사이로 혀를 밀어 넣었다. 이내 따뜻하고 부드러운 감촉이 혀에 닿았다. 그 순간 황홀할 정도로 기분 좋은 짜릿함이 혈관을 타고 내달렸다. 그 열기를 따라 그녀의 혀를 휘감고서 힘껏 빨아 당겼다. 달콤한 사탕을 빨 듯, 핥고 깨물며 희롱했다. 그렇게 뒤엉킨 입술에서 흘러나오는 신음 소리가 짙어질수록 두 사람의 키스는 더욱 깊어졌다.

"허윽!"

그의 손길이 봉긋하게 솟아오른 그녀의 가슴을 거칠게 움켜잡았다. 아픔을 동반한 짜릿한 전율이 전신을 뒤흔들자 절로 등이 휘어졌다. 인경은 저도 모르게 손을 올려 그의 목을 꽉 끌어안고 매달렸다. 그 바람에 맞물린 입술이 더욱 깊게 박혀들면서 그들의 숨결을 앗아갔다.

"하아, 하아."

숨 쉬기가 괴로워지자 두 사람의 입술이 거친 숨을 토해내며 떨어졌다. 그러나 여전히 몸은 겹쳐진 상태였고, 뜨거운 열기는 공기를 타고 둥둥 떠다녔다. 불씨만 당기면 언제라도 끓어오를 준비가 된 것처럼.

"당신을…… 안을 거야. 여기서…… 지금."

혀끝으로 살결을 어루만지듯 느릿느릿하게 흘러나오는 탁한 목소리가 흥분해 있는 세포들을 톡톡 깨뜨렸다. 인경은 오싹 솜털까지 곤두서자 입술을 질끈 깨물었다. 알고 있었다. 여기서 지금 그에게 안기게 될 거라는 것을. 하지만 막상 입을 통해서 듣고 보니 상당히 자극적이었다.

"당신이 무슨 생각을 하는지 알아."

주열이 손가락으로 그녀의 볼을 쓸어내리며 말했다. 정말 알고 있는 것일까. 이 순간이 얼마나 짜릿하고 흥분되는지. 그리고 그만큼 두렵고 무섭다는 것도. 그녀가 이런 생각을 하고 있는 사이에도 그의 목소리는 계속해서 들려왔다.

"하지만 이거 하나는 분명하게 말해줄 수 있어. 돈은 결코 심장을 뛰게 하진 못해. 그저 육체를 움직이게 할 뿐이지."

그의 목소리를 따라 심장이 물결치듯 출렁거렸다. 그렇다면 그는 지금 마음으로 안는다는 뜻인가. 그저 해주는 위로의 말이 아니라? 말뜻을 헤아리지 못해 혼란스러워하는 그녀의 얼굴 위로 그의 얼굴이 천천히 내려앉았다. 인경은 살며시 입을 열어 그의 입술을 받아들였다. 이 순간만큼은 아무려면 어떠냐 싶었다. 그러는 사이에도 전화벨 소리는 끈질기게 울어댔다. 그들이 하나가 되는 걸 방해라도 하려는 듯이.

"왜 안 받지. 아직 자나."

계속해서 전화를 걸었지만 연결이 되지 않았다. 서진은 고개를 돌려 시간을 확인했다. 11시 45분. 벌써 일어나고도 남았을 시간이었다.

"아무도 없나. 그럴 리가 없는데."

집 전화까지 연결이 되지 않자, 이번엔 인경에게 전화를 걸었다. 그녀도 받지 않는다면 당장 집으로 가봐야 했다. 그러나 한참 동안 전화기를 들고 있었지만 그녀 역시 받지를 않았다.

"이상하다. 왜 안 받지."

서진은 불안감으로 심장이 세차게 뛰자 자리에서 벌떡 일어났다. 그리고 다시금 그녀에게 전화를 걸며 사무실을 나섰다. 그러나 여전히 통화는 이루어지지 않았다.

"어떻게 된……!"

[여, 여보세요!]

전화기를 막 내려놓으려는데 그녀의 목소리가 들려왔다. 서진은 가던 걸음을 멈추고서 얼른 귀에다가 전화기를 가져다 대며 말했다.

"인경 씨, 서진입니다."

[하아 네, 서진 씨. 말씀…… 하아, 하세요?]

말 사이로 섞여드는 그녀의 숨소리가 거칠었다. 아마도 달려와서 전화를 받은 모양이다. 서진은 괜스레 미안해졌다.

"뛰어왔나 보군요. 미안해요."

[아, 아니에요. 하아, 근데 무슨 일로…….]

"주열이가 전화를 안 받는데 아직도 자나요?"

[아, 아니에요. 하아, 아까 일어났어요.]

"아, 그래요. 별일은 없고요?"

[네. 벼, 별일 없어요. 저기 바, 바꿔줄까요?]

"옆에 있어요?"

[네. 아, 아니, 지금 막 왔어요.]

"그럼 좀 바꿔주세요."

[기다리세요.]

그녀가 주열에게 전화기를 건네주는지 혼탁한 소리가 섞여들었다. 서진은 별일 없어서 다행이라 생각하며 그의 목소리가 들려오길 기다렸다.

[무슨 일이야?]

'어쭈, 이것 봐라. 웬 짜증.'

서진은 짜증이 잔뜩 묻어난 목소리에 하마터면 실소를 터뜨릴 뻔했다.

"샤워했어? 전화를 왜 그렇게 안 받아?"

[그래서 이쪽저쪽 들쑤신 거야?]

'뭐야, 이 반응은. 내가 꼭 뭔가를 잘못한 사람 같잖아.'

서진은 날카롭게 반응하는 그의 태도에 어안이 벙벙했다.

"지금 내게 화난 거야?"

[한참 꽃밭에서 뒹구는데 네가 깨버렸어.]

"꿈꿨어?"

[꿈은 무슨……. 용건이나 말해.]

"언제쯤 들어올 거야? 회장님이 찾으시는데."

[사무실에 나오셨어?]

자식에게 아버지란 존재는 정말 어려운가 보다. 말하는 목소리 톤이 금방 바뀌는 걸 보니. 서진은 그래도 아버지가 있는 주열이 부럽기만 했다.

"조금 전에 사무실로 들어가셨어. 너 찾기에 약속이 있어서 나갔다고 했더니 들어오는 대로 곧장 오라시더라. 그런데 표정이 별로 안 좋으셔."

[알았어. 30분 있다가 출발할게.]

"그래. 참! 점심은 어떻게 할래? 너 아침도 안 먹었잖아."

[간단하게 먹고 갈게. 너도 챙겨 먹어. 가서 보자.]

그리곤 전화가 끊어졌다.

"그럼 점심은 재희랑 먹어야겠다. 근데 꽃밭에 뒹구는 꿈은 좋은 건가? 낮에 꾸는 꿈은 개꿈이라던데. 자식, 그렇다고 짜증은. 후훗."

서진의 얼굴에 미소가 걸렸다. 개꿈이라도 좋으니까 행복한 꿈만 꾸길 바랐다. 악몽은 넘치도록 꿨으니까.

"도움 안 되는 자식. 왜 하필이면 지금 전화를 해서는."

주열은 전화기를 내려놓으며 한숨을 푹 내쉬었다. 있는 용기 없는 용기 다 끌어모아서 가까스로 잡은 기회인데 별거 아닌 전화로 망쳤다고 생각하니 짜증이 났다. 더구나 몸이 녹아들 대로 녹아든 상태로 멈춰야 했기에 아랫도리가 터질 듯이 아팠다.

하지만 문제는 그게 아니었다. 주열의 고개가 자연스럽게 그녀에게로 향했다. 흐트러진 옷매무새를 가다듬는 그녀의 손길이 파르르 떨리고 있었다. 당연했다. 남자인 그보다 더한 고통을 참아가며 마지못해 견디고 있었을 테니까. 그런 와중에 멈춰 버렸으니 여러 감정들이 그녀를 덮쳤을 것이다.

"하인경."

"꼭 그렇게……."

두 사람이 동시에 입을 뗐다. 대꾸조차 하지 않으면 어쩌나 마음 졸이고 있던 주열은 입을 열어준 그녀가 고마워서 냉큼 말했다.

"얘기해."

"꼭 그렇게 말해야 했어요?"

"무슨 말을?"

"혹시 서진 씨가 알기를 바라서 한 말이에요?"

묻는 말에 대답도 없이 그녀의 목소리에 날이 섰다. 아니, 목소리뿐만 아니라 눈빛까지 사나워졌다. 주열은 통화 내용 중에 그녀의 심기를 건드린 게 무엇일까 생각하기 시작했다. 그리고 얼마 지나지 않아 그의 미간에 주름이 잡혔다. 뜨거운 덩어리가 해방시켜 달라고 아우성을 치는 바람에 저도 모르게 내뱉은 말이 그녀에게 상처가 된 모양이다.

"그런 뜻이 아니었는데 상처가 됐다면 사과할게."

"사과하지 말아요. 받지 않을 거니까."

인경이 톡 쏘아붙이고서 등을 돌렸다. 사실 그에게 화가 난 게 아니었다. 그녀에게 화가 나서 미칠 것 같았다. 하지만 화풀이 상대가 그밖에 없었다. 처음 벨이 울렸을 때 전화를 받지 않았다는 유치한 이유로.

'내가 미쳤지. 어떻게 그렇게 빠져들 수가 있어. 어떻게!'

인경은 조금 전 거울 속에 비친 그녀의 모습이 떠오르자 주먹을 움켜쥐고 이를 악물었다. 색정에 눈먼 자의 최후가 이런 모습일까. 키스로 붉어진 입술은 타액으로 번들거렸고, 반쯤 풀어 헤쳐진 옷 사이로 보이는 젖가슴은 꼭지가 탱탱하게 솟아오른 채로 터질 듯이 부풀어 있었다. 그 모습을 보고 얼마나 놀랐던지 하마터면 비명을 지를 뻔했다. 서진과 통화를 하면서도 내뱉는 숨소리가 너무 뜨거워 고개를 들 수가 없었다. 그런데 그 모습을 주열이 다 지켜보고 있었다니.

수치심이라는 덩어리가 뜨겁게 치솟아 올라 그녀의 목을 아프게 조였다. 하지만 그의 앞에서만큼은 죽어도 눈물은 보이기 싫었다. 아니, 그건 변명일 뿐 진실이 아니었다. 진실은 그가 지금이라도 손을 내밀면 그대로 안기게 될 거라는 것을 알기에 도망가는 거였다. 그래서 움직였다. 그가 없는 곳이라면 어디라도 상관없으니까.

"기다려!"

주열이 냉큼 다가가 그녀의 손을 붙잡았다. 이대로 그녀를 보낼 수는 없었다.

"놔요!"

인경이 손을 확 뿌리쳤다. 그러자 주열이 그녀의 양어깨를 붙잡고서 강제로 마주 보게 했다.

"이게 뭐 하는 짓이에요!"

"얘기해."

"무슨 얘기요. 할 말 없어요, 나."

"그럼 울어."

어떻게 알았을까. 속으로 울고 있다는 것을. 인경은 속을 꿰뚫어 본 듯한 말에 심장이 철렁 내려앉았다.

"무, 무슨 소리예요. 내가 왜, 왜 울어요."

"당신 울고 있잖아, 지금. 혼자서 울지 말고 내 앞에서 울어."

"미, 미쳤어요. 나 안 울어요. 내가 왜 울어요. 왜. 왜……."

"하아, 이 여자를 진짜."

주열이 그녀를 꽉 끌어안았다. 입으로는 안 운다고 하면서 눈에서는 보는 이가 마음 아플 정도로 눈물을 뚝뚝 흘리고 있었다.

"허엉, 당신 진짜 싫어. 죽여 버리고 싶어. 안 울려고 했는데 당신 앞에서 울기 싫은데 왜 날 비참하게 만드는 거야. 왜! 왜 이 나쁜 자식아. 엉엉……."

그녀의 넋두리를 들으면서 주열은 안은 팔에 더욱 힘을 실었다. 차라리 그녀의 말대로 속이라도 시원했으면 좋겠다. 그럼 개자식이라고 욕해도 웃을 수 있을 것 같았다. 하지만 지금은 너무나 가슴이 쓰리고 아파서 오히려 화가 났다. 그녀의 울음소리가 너무 애잔하게 들려서.

'황서진, 이 얄미운 자식. 이게 다 너 때문이야. 이 눈치 없는 놈아.'

주열이 속으로 서진을 원망하고 있을 때, 그녀의 울음소리가 잦아들었다. 그는 안도의 숨을 살포시 내쉬었다. 그러다 저도 모르게 피식 웃고 말았다. 방해꾼만 아니었다면 그들은 지금 뜨거운 열기를 토해내며 서로의 몸을 탐닉하고 있었을 것이다. 그런데 그런 상황과 어울리지 않게 눈물이라니. 사람 사는 게 참 알쏭달쏭한 게 기분이 묘했다.

"그만 놔줘요."

"다 운 건가?"

주열이 그녀를 살짝 몸에서 뗐다. 눈이 빨갛게 충혈된 것을 보니 심장이 다 욱신거렸다.

"보지 말아요."

인경은 빤히 바라보는 눈길이 부담스러워 고개를 휙 돌렸다. 하지만 양손으로 볼을 감싸는 손길에 의해 다시 그와 눈을 마주해야 했다.

"하인경."

그가 이름을 부르자 인경은 저도 모르게 몸을 움찔거렸다. 이상하게 그가 하려는 말을 듣기가 겁이 났다. 이런 그녀의 마음을 알 리가 없는 주열은 계속해서 말을 이었다.

"당신만 괴롭고 난처한 거 아니야. 나도 이런 경우가 처음이라 솔직히 무슨 말을 어떻게 해야 하는지도 모르겠어. 눈앞에 서진이가 있다면 당장 목을 비틀어 버리고 싶을 정도야."

"아니요. 서진 씨가 제때에 끊어줘서 다행이에요. 안 그랬다면 우린…… 우린!"

주열은 그대로 입술을 덮어버렸다. 후회라는 말 따윈 듣고 싶지 않았다. 그냥 마음이 움직이는 대로 느끼고 행동하길 원했다. 다른 건 생각조차하기 싫었다. 그가 입술을 겹친 채 그녀의 허리를 끌어안아 올렸다. 그러자 자연스럽게 그녀의 팔이 그의 목을 휘감았다. 그녀도 그를 원하고 있는 것이다. 주열이 더 깊게 그녀의 입 안으로 파고들면서 침대가 있는 곳으로 걸음을 옮겼다. 이 자리에서 당장 그녀 안에 몸을 묻고 싶을 정도로 온몸이 저릿저릿했다. 하지만 쫓기듯이 그녀를 안고 싶지는 않았다. 간절히 바라는 만큼 소중히 안고 싶었다.

주열이 그녀를 침대 위에 살포시 내려놓았다. 그리곤 무릎을 세우고 앉아서 그녀의 얼굴과 마주했다. 빨갛게 충혈된 눈은 이제 두려움을 담고서 이리저리 흔들리고 있었다. 그런 그녀의 손을 주열이 다정히 잡고서 입을 열었다.

"당신이 원하는 것을 말해."

"말하면요."

"들어줄게."

"농담 말아요."

"농담 아니야."

인경이 그의 눈을 똑바로 응시했다. 농담이라는 흔적을 찾기 위해서. 그러나 초점 하나 흔들리지 않는 눈빛엔 거짓은 없었다.

"당신…… 내가 불쌍하군요."

"말도 안 되는 소리! 그런 거 아니야."

"그럼요."

"내 마음이 그렇게 하길 원해. 그뿐이야."

"날 갖기 위해서?"

주열의 눈빛이 사납게 일그러졌다. 순간, 인경은 실수했다는 것을 깨닫고서 얼른 말을 이었다.

"그건 아니겠구나. 이미 당신 목숨을 내게 줬으니까."

"하인경."

그녀의 이름임에도 불구하고 인경은 움찔거렸다. 그가 이름을 부를 때마다 이상하게 심장이 오그라들어서 저도 모르게 몸을 움찔거리게 된다. 제발 이름 좀 부르지 말라고 소리치고 싶어질 만큼.

"말해요."

"당신을 원하는 마음은 변함없어. 그것도 아주 간절히. 그리고 안을 거야. 여기서, 지금. 그것도 변하지 않아."

"그럴 거면서 뭐 하러 내게 그런 말을 해요. 어차피 마음대로 할 거면서. 지금 나 우롱하는 거예요?"

"그럼에도 불구하고 당신이 원하지 않는다면 안지 않을 거야. 그러니까 말해. 당신이 원하는 게 뭔지."

대체 이 남자 왜 이러는 걸까. 지금 그녀에게 선택권을 주겠다는 말인가. 어째서. 왜! 인경은 도무지 그의 속을 알 길이 없어 벌어지고 있는 상황을 어떻게 받아들여야 할지 헷갈렸다.

"이봐요, 강주열 씨. 사람 헷갈리게 하지 말고 그냥 마음대로 해요. 그러다 내가 집으로 돌아가길 바란다고 하면 어쩌려고 그래요."

"그게 당신이 원하는 거라면 그렇게 해야겠지. 약속을 했으니까."

"말도 안 돼. 어디 아픈 건 아니죠?"

인경이 그의 이마 위에 손을 짚었다. 주열은 예고도 없이 불쑥 올라온 손 때문에 심장이 덜컥거렸다. 안 그래도 열기 때문에 얼굴이 뜨거운데 그녀의 손이 보태지자 아예 화끈거리기 시작했다.

"이상하다. 열은 없는데."

"지극히 정상이야. 이성을 말하는 거라면. 다른 곳은 듣지 않는 게 좋을 거야. 듣고 나면 후회할 테니까."

"무, 묻고 싶지도 않거든요! 진짜 웃겨."

그녀가 얼굴을 붉히면서 발끈했다. 주열은 빙그레 웃었다. 혼자만이 느끼는 괴로움이 아니라서 기분 좋았다.

"그럼 됐고."

"됐기는 무슨. 암튼! 정말 내가 원하는 것을 말하면 들어줄 건가요?"

"이미 그러겠다고 말했어."

"좋아요. 당신의 말을 믿기로 하고 그럼 말할게요. 내가 원하는 건요……."

그녀가 말꼬리를 길게 늘어뜨렸다. 주열은 마른침을 꿀꺽 삼켰다. 그녀가 무엇을 원하던 간에 들어줄 생각이다. 그런 다음 처음부터 다시 시작할 것이다. 그래야 떳떳하게 그녀와 하나가 될 수 있었다. 그러지 않고서는 그녀를 옭아매고 있는 사슬은 풀리지 않을 테니까. 그러나 만일, 정말 만에 하나 그녀가 그를 원한다면 이 시간 이후로 잡은 손을 결코 놓지 않을 것이다.

"말해. 기다리고 있으니까."

주열은 최대한 담담한 어조로 말하기 위해서 애를 썼다. 그녀가 하려는 선택에 부담감을 주지 않기 위해서. 그리고 다행히 짧은 말이라서 그런지 떨림은 없었다.

"이미 당신에게 받았어요."

"무슨…… 말이야?"

"당신 목숨. 이미 내 거잖아요."

주열은 전혀 예상하지 못한 대답에 심장이 뒤틀리자 지그시 눈을 감았다. 이 여자는 사람의 심장을 가지고 놀 줄 안다. 그래서 더 원하게 된다. 살아 있다는 것을 절실히 느낄 수가 있어서. 주열은 천천히 눈을 떴다. 살포시 미소 지은 그녀의 얼굴이 시야를 가득 채웠다. 사랑하고 싶다. 이 여자를……

"잘 생각해서 말해. 두 번 없는 기회야."

"알아요. 하지만 나도 약속을 했으니까. 그리고 난 약속한 것은 꼭 지키는 여자거든요."

"한 번으로 끝나지 않아. 당신과 나 꽤나 속궁합이 잘 맞거든."

이미 알고 있다. 그의 손이 닿으면 온몸이 비명을 지르면서 곧바로 반응한다는 것을.

"안타깝군요. 한 번으로 끝날 수도 있었는데."

"후회……."

"안 해요."

인경이 그의 말을 가로챘다. 살아오면서 단 한 번도 일탈을 꿈꿔본 적이 없었다. 그래서 가보고 싶다. 이 남자와 함께. 그 끝이 어딘지, 어떤 느낌인지를 알고 싶어서. 이런 마음을 갖는다는 것 자체가 지극히 비정상적이라는 것을 안다. 죽이고 싶을 만큼 미운 사람을 상대로 욕정을 느끼는 거니까. 그럼에도 불구하고 이 남자의 손길을 거부할 수가 없다. 이유는 모른다. 그저 마음이 그렇게 움직이고 있을 뿐.

"하게 하지도 않아. 당신에게 최선을 다할 테니까."

"그 말이면 충분해요."

인경이 그의 목에 팔을 둘렀다. 이왕 가기로 한 거 망설이고 싶지 않았다. 주열은 기꺼이 그녀의 입술을 삼켰다. 기다림은 끝났다. 이제 마음껏 탐할 시간이었다.

"허읏!"

인경은 뜨거운 숨결을 토해내며 부르르 몸을 떨었다. 입안을 구석구석 헤집고 다니던 혀가 목선을 쓰윽 핥아 올리자 타액의 끈적거림이 신경을 자극했다. 이어 쓸어내리듯 천천히 움직이던 손가락이 가슴골을 지나 젖가슴에 닿았다. 쫙 펼쳐진 그의 양 손바닥이 마사지하듯 빙글빙글 원을 그리다 손가락으로 정점을 잡아 비틀었다. 그의 움직임에 따라 그녀의 몸이 꿈틀거리며 춤을 추었다.

"아윽!"

가슴 정점을 살짝 비틀어대던 손가락이 탱글탱글하게 부풀어 오른 가슴을 세차게 움켜잡았다가 놓더니 그대로 입안에 머금고 훅 빨아 당겼다. 고통을 동반한 아찔한 전율에 그녀의 몸이 튕겨 올랐다. 쉴 새 없이 손과 혀가 움직인 덕분에 몸은 이미 달궈질 대로 달궈진 상태였다. 이제 하나가 될 일만 남은 것이다. 그런데도 그는 성에 안 차는지 젖가슴을 핥고 빨고 어루만지던 입술을 내려 이젠 배꼽을 향해 움직이고 있었다. 혀가 점점 아래로 내려갈수록 심장이 오그라들고 입에서는 더운 열기가 뿜어져 나왔다.

"아앗!"

배꼽에 혀가 닿았다고 느낀 순간, 무릎을 세우고 있던 그녀의 다리가 양쪽으로 벌어졌다. 그 사이로 그가 파고들더니 그녀의 엉덩이를 들어 올렸다. 대체 뭘 하려는 것일까 싶어 고개를 살짝 치켜올리던 그녀는 빤히 바라보고 있는 눈과 마주쳤다. 순간, 그가 빙그레 웃었다. 마치 그녀가 보기를 기다리고 있었던 것처럼.

"왜……."

인경은 입이 제멋대로 벌어지자 얼른 다물었다. 무심코 왜 그렇게 보냐고 물을 뻔했다.

"눈, 감지 마. 내 눈에 당신이 있듯이 당신 눈에 날 담아. 한순간도 놓치지 마. 더없이 소중한 순간이니까."

그의 목소리는 달콤한 시럽이 몸에 녹아내리는 것처럼 가슴을 설레게 했다. 인경이 살짝 고개를 끄덕이자 그의 머리가 천천히 아래로 내려갔다. 야릇한 미소를 머금은 시선이 그녀에게 향한 채로. 순간, 그녀의 눈이 휘둥그레졌다. 그의 눈빛에서 다음 행보가 보였던 것이다.

"아, 안 돼요. 거긴!"

다급히 외쳤지만 이미 그의 입술은 검은 수풀 사이에 숨겨져 있는 은밀한 곳에 닿아 있었다.

"허읏!"

인경은 거친 숨을 토해내며 반사적으로 다리를 오므렸다. 뜨거운 숨결을 쏟아낸 그가 혀를 내밀어 쓱 핥아 올렸던 것이다. 가장 자극적이면서도 가장 부끄러운 곳. 마음으로는 한없이 원하면서도 입으로는 부정의 말을 내뱉게 만드는 곳. 그래서 더 짜릿한 건지도 모른다. 계속되는 고문에 그녀의 몸이 신경이 끊어진 것처럼 튀어 오르길 반복했다.

"아아!"

주열은 그녀가 마음껏 소리칠 수 있도록 더 깊게 혀를 밀어 넣고서 움직였다. 그녀가 뱉어내는 신음 소리 하나하나가 신경을 자극하면서 성적 쾌감을 불러일으켰다. 같은 것을 원하고 같은 것을 느끼는 거야말로 최고의 섹스였다.

"아악! 윽!"

여린 속살을 혀끝으로 할짝거리던 그가 갑자기 숨을 혹 들이마셨다. 몸속에서 영혼이라도 빠져나갔는지 한 번도 경험하지 못한 감각이 온몸을 뒤흔들었다. 깜짝 놀란 인경은 얼른 손으로 입을 틀어막고서 비명을 삼켰다. 마음껏 소리치고 싶은 것만큼 감추고 싶기도 했다.

"그러지 마."

주열이 그녀의 손을 잡아 내렸다. 인경은 얼른 다른 손으로 입을 막으며 세차게 고개를 흔들었다. 하지만 그가 다시 잡아 내리더니 포박하듯 양손을 움켜잡았다.

"참지 마. 날 위해서 마음껏 토해내. 당신이 쏟아내는 신음 소리가 날 미치게 하니까."

"아악!"

인경은 예민한 곳으로부터 통증이 전해져 오자 비명을 질렀다. 주열이 여린 속살을 이로 잘근 깨물었던 것이다.

"당신!"

"말했잖아. 날 미치게 한다고. 자꾸 감추려 들면 더 큰 걸 원하는 걸로 알고 움직일 거야."

"하아, 하아. 마, 말도 안 돼. 그러지 마…… 앗! 흑!"

그가 여린 속살을 뚫고 혀로 구석구석 더듬어가자 몸을 이리저리 비틀어대는 그녀의 입에서는 쉴 새 없이 비명 소리가 터져 나왔다. 기분 좋은 짜릿함에 살이 떨리고, 몸이 산산이 부서지는 것처럼 쩍

쩍 소리가 났다. 이미 한계를 넘어선 탓에 더는 참을 수가 없었다.

"하아. 가, 강주열 씨. 더, 더는 참을…… 읍!"

인경은 황급히 손으로 입을 틀어막았다. 얄궂게도 그 순간 기철의 말이 떠올랐다. 그러니 참아야 했다. 또다시 그런 말로 상처받기 싫었다.

"왜 그래? 속이 안 좋아?"

인경은 걱정스럽게 물어오는 그에게 아니라는 뜻으로 고개를 세차게 가로저었다. 그러나 믿지 않는 듯 그가 다시 말했다.

"말해. 참지 말고."

"아, 아니에요. 그냥……."

"그냥 뭐?"

그녀가 말을 끊어버리자 주열이 성급하게 물었다. 분명 무슨 말인가를 하려고 했는데 놀란 눈을 하고서 그녀가 스스로 입을 다문 거였다. 그러니 그게 무엇인지 알아야 했다.

"하인경, 말해. 조금 전에 하려던 말이 뭐야?"

"벼, 별거 아니에요."

"그래도 들어야겠어. 별거 아닌 그 말."

"그, 그냥 넘어가면 안 돼요?"

"안 돼. 내 촉이 아주 중요하다고 말하고 있거든."

"하아. 우린 정말 하나가 되기 힘들군요. 그냥 적당히 넘어가 주면 될 것을."

"온전한 하나가 되기 위한 노력이야. 적당히란 건 없어."

그는 참으로 끈질겼다. 인경은 한숨을 푹 내쉬었다. 어쩔 수 없이 말을 해야 할 것 같았다.

"더는 참을 수가 없다고 말하려고 했던 거예요. 이제 됐나요?"

"아니, 아직. 입은 왜 가린 거야? 그게 궁금해. 참고로 얼렁뚱땅 넘어갈 생각 하지 마. 당신 표정 하나 눈빛 하나까지도 다 보고 있었으니까."

인경은 끙, 하고 앓는 소리를 냈다. 그런 와중에도 오롯이 그녀를 보고 있었다니, 정말 치밀한 사람이었다.

"정말 못 말리겠군요. 좋아요. 대신 듣고 나서 기분 나빠하지 말아요. 당신이 자초한 거니까."

"내 감정은 내가 책임져. 걱정 마."

인경은 호언장담하는 그를 빤히 쳐다보았다. 그러다 한참 열을 올리던 중에 이게 뭐 하는 짓인가 싶어 한숨이 흘러나왔다. 금방이라도 하나가 될 것 같은 열기를 담고서 다른 남자의 이야기를 해야 하다니, 참으로 어처구니가 없었다.

"어떤 남자가 그러더군요. 내가 쉽게 뜨거워지는 것만큼 또 너무 쉽게 꺼져 버린다고. 그래서 정작 그 남자는 욕망을 불태울 시간이 없었대요. 조금 전 당신에게 어서 안아달라고 애원하려던 순간 그 말이 생각났어요. 그래서 무서웠어요. 당신도 그렇게 생각할 것 같아서."

"그래서 참으려던 거였나? 날 믿지 못해서."

"아니에요. 당신 말처럼 온전한 하나가 되고 싶었을 뿐이에요."

그의 눈빛이 사납게 일렁거렸다. 자기감정은 자기가 책임진다더니 역시나 다른 남자의 이야기는 참기 어려운가 보다. 인경은 심장이 목구멍에 걸린 것처럼 숨이 턱 막혀오자 얼른 고개를 돌려 버렸다.

"당신 정말 바보였군. 그딴 자식의 말을 믿다니."

인경은 아무런 대꾸도 하지 않았다. 굳이 그가 지적하지 않아도 바보란 것을 절실히 느끼고 있었으니까.

"아악!"

주열이 그녀의 양손을 잡고서 확 끌어당겼다. 그 바람에 벌떡 일으켜진 몸이 그의 가슴 앞에서 딱 멈추었다.

"무, 무슨 짓이에요?"

"당신이 직접 확인해."

인경은 무슨 말인가 싶어 눈을 멀뚱거렸다. 그러다 손바닥에 와 닿는 어떤 감촉 때문에 눈이 휘둥그레졌다.

"가, 강주열 씨……."

"어때?"

"뭐, 뭐가요?"

"당신이 보기에 내가 어떤 상태냐고."

이 남자 정말 사람 미치게 하는 재주가 있었다. 대체 무슨 말이 듣고 싶어서 이러는 건지. 그는 아예 그녀의 손아귀 안에 딱딱하게 곤두선 남성을 쥐어주었다.

"대답해."

그가 다시금 재촉했다. 인경은 얼굴이 화끈거리고 심장은 고장 난 괘종시계마냥 쉴 새 없이 땡땡 울렸다. 그에게 손이 붙잡혀 있는 상태라 뗄 수도 그렇다고 만질 수도 없는 상황이라 어떻게 해야 할지 난감하기만 했다.

"대답을 못하겠다면 손을 움직여 봐. 그럼 알 수 있어. 지금 내 상태가 얼마나 위험한지."

그의 목소리가 짓눌린 것처럼 탁하게 들려왔다. 인경은 무의식적으로 고개를 들었다. 그의 이마 위에 송골송골 매달려 있는 땀방울이 금방이라도 아래로 툭 떨어질 것 같았다. 결코 아파서가 아니란 것을 알기에 마음이 착잡했다.

"당신을 힘들게 하려던 게 아니었는데 미안해요."

"그런 말을 듣고자 한 게 아니야. 그딴 자식의 말 따위로 당신을 괴롭히지 말라는 거야. 내가 말하지 않았나? 우리 두 사람 속궁합이 제법 잘 맞는다고. 어쩌면 당신보다 내가 더 위험할지도 몰라. 한계를 넘어선 지 이미 오래니까."

주열은 말하는 사이에도 머리털이 쭈뼛 서고 중심부로 피가 쏠리자 이를 악물었다. 그녀는 모른다. 그가 지금 얼마나 고통스럽고 괴로운지를. 그녀가 손을 조금만 움직여도 안에 있는 모든 것을 쏟아낼 정도로 한계에 와 있었다. 그래도 참았다. 그녀가 원할 때까지 기다려야 했으니까. 그런데 그 빌어먹을 자식 때문에 모든 것을 망칠 뻔했다.

"어떻게 할까?"

"뭐, 뭘요?"

"더는 못 참겠어. 당신이 결정해."

주열이 잡고 있는 손에 힘을 꽉 주었다. 인경은 손안에서 느껴지는 뜨거운 열기가 혈관을 타고 질주하자 고개를 푹 숙여 버렸다. 그녀 안에 그를 담고 싶었다. 머릿속이 하얘지고 숨이 멈추기 직전까지. 그런데 상황이 이렇다 보니 차마 안아달라고 입이 떨어지지가 않았다.

"하인경."

"……줘요."

"안 들려, 크게 말해."

"당신을 느끼고 싶어요. 아니, 가져야겠어요. 그러니까 내게 와요."

"하아, 당신이란 여자를 어쩌면 좋을까."

주열이 서로의 이마를 맞대고 낮게 중얼거렸다. 빨개진 얼굴을 하고서 가져야겠으니 오라는데 어떤 남자가 마다할까. 죽어서라도 가야지. 주열은 맞닿은 이마를 떼고 양손으로 그녀의 얼굴을 감싸 안았다. 부끄러워 어쩔 줄 몰라 하는 눈빛이 이리저리 춤을 추었다.

그 모습이 어찌나 사랑스러운지 눈두덩에 쪽 소리가 나게 입을 맞췄다. 그래도 성이 안 차 붉게 붉어진 입술을 거칠게 삼켰다. 그녀가 몸을 부르르 떨더니 그에게로 파고들었다. 실오라기 하나 걸치지 않은 몸이 빈틈없이 맞물렸다. 그 사이로 뜨거운 열기가 피어올랐다.

"하아, 지금 당신 안에 들어갈 거야."

그가 거친 숨결을 뿜어내며 입술을 달싹였다. 서로의 입술이 닿을 듯 말 듯한 거리였기에 그의 숨결은 고스란히 그녀의 입속으로 파고들었다. 인경은 살짝 고개를 끄덕였다. 이미 그렇게 되리란 걸 알고 있었기에 두려움은 없었다.

"당신과 함께 가고 싶어. 그러니까 내게서 눈 돌리지 마. 감지도 마. 느낄 수 있는 모든 것으로 그냥 느껴. 하나 되는 우리를."

단단하게 솟아오른 것이 뜨겁게 달궈진 입구를 톡톡 건드렸다. 인경은 어금니를 꽉 깨물어 튀어나가려는 신음 소리를 삼켰다. 이제 곧 그가 몸 안으로 들어온다고 생각하니 신경이 팽팽하게 당기고, 심장에선 불에 타들어가는 장작개비마냥 파닥파닥 소리가 났다. 이윽고 연한 속살을 가르고 그가 천천히 밀고 들어왔다. 인경은 반사적으로 눈을 감으려다 아차 싶어서 그를 바라보았다. 아니나 다를까. 이글거리는 눈빛이 오롯이 그녀를 향해 있었다.

"헉!"

눈이 마주친 순간, 한꺼번에 그가 밀고 들어왔다. 이 순간을 기다린 것처럼. 인경은 무의식적으로 손을 뻗어 그의 팔뚝을 움켜잡았다. 아파서가 아니었다. 정성스러운 애무로 한껏 젖어 있던 탓에 고통은 없었다. 그저 질 속을 꽉 조여오는 힘에 놀란 거였다.

그가 생긋이 웃으며 천천히 몸을 움직이기 시작했다. 그녀에게 적응할 시간을 주려는 것처럼. 인경은 이런 남자도 다 있구나 싶어서 살포시 미소를 지었다. 쾌락 앞에서는 대부분 자기중심적인 행위를 즐기는 거라고 생각했는데 그는 아니었다. 그래서 기분이 좋았다. 소중하게 다뤄지고 있는 것만 같아서.

"아읏!"

그의 움직임이 점점 빨라졌다. 덩달아 그녀의 호흡도 거칠어졌다. 거센 욕망의 덩어리가 그녀 안에 깊게 파고들 때마다 엉덩이가 들썩이고 농밀한 질척거림이 공기 사이로 흩어졌다. 전신을 뒤흔드는 짜릿한 쾌감. 하나가 되어 움직인다는 게 이런 느낌인가. 익숙하면서도 낯선 전율이 그녀를 덮쳤다. 인경이 그의 허리를 감고 있는 다리에 더욱 힘을 주었다. 그렇게라도 하지 않으면 몸이 산산이 부서질 것만 같았다.

"허윽, 아아!"

그게 윤활제가 되었을까. 누가 먼저랄 것도 없이 서로를 꽉 끌어안은 채 그들의 몸이 뜨겁게 타올랐다. 이어 한 번도 경험하지 못한 지독한 쾌감이 그들을 집어삼켰다.

"지랄! 많이도 몰려나오네."

기철이 건물 입구를 바라보며 투덜거렸다. 점심시간이라 그런지 사람들이 한꺼번에 쏟아져 나왔다. 그 탓에 인경을 놓칠까 봐 눈을 부라리고 있으려니 얼굴 근육이 아릿아릿했다. 하지만 사람들이 모두 빠져나간 뒤에도 그녀의 모습은 보이지 않았다. 기철이 휴대전화를 꺼내 들었다.

"빌어먹을!"

그러다 전화를 받지 않는다는 것이 생각나자 그대로 주머니에 쑤셔 넣었다.

"송…… 기철 씨?"

기철은 부르는 소리에 고개를 홱 돌렸다. 어디서 본 듯한 여자가 눈살을 찌푸리고서 그를 보고 있었다. 어디서 봤더라. 분명 어디서 보긴 했는데. 기철은 여자의 얼굴이 낯은 익는데 이름이 생각나지 않았다.

"네. 그런데 누구신지……?"

"고미란이에요. 인경이 친구."

"아! 그렇군요. 안녕하세요."

기철은 드디어 인경일 만날 수 있다는 게 기뻐서 활짝 웃었다. 하지만 그녀의 표정은 뭐 씹은 것마냥 잔뜩 찡그리고 있었다.

"여긴 어떻게 왔어요?"

"인경이 만나러 왔습니다. 좀 불러주시겠습니까?"

"그건 곤란한데요. 인경이 여행 갔거든요."

"여행이라니, 어디로 말입니까?"

"몰라요. 발길 가는 대로 간다고 했으니까."

"혹시 회사를 그만둔 겁니까?"

미란은 잠시 망설였다. 그만둔 것은 아니었지만 인경이 언제 돌아올지는 아무도 몰랐다. 그러니 차라리 그렇다고 말하는 게 나을 것 같았다. 헤어진 마당에 미련 가져 봤자 서로가 힘들 테니까.

"네."

"빌어먹을!"

"인경이가 연락하지 않는 이상 연락도 안 돼요."

미란은 혹시라도 그가 연락해 줄 것을 부탁할까 봐 미리 선수를 쳤다. 보기 싫은 사람과 얽히기 싫어서.

"그래서 전화를 안 받은 거였어. 내 전화라서가 아니라."

기철이 혼잣말을 했다. 미란은 댁의 전화라서 안 받는 거거든요! 라고 소리치고 싶었지만 꾹 참았다. 대신, 하고 싶은 말을 입 밖으로 끄집어냈다.

"두 사람 헤어졌다면서요. 인경이 괴롭히지 말고 그냥 두세요. 그동안 받은 고통만으로도 충분하니까. 솔직히 당신이 한 짓을 생각하면 뺨이라도 올려붙이고 싶어요. 하지만 내 손이 더러워질 것 같아서 참는 거니까 다시는 인경이 찾지 말아요. 당신 얼굴 보는 것만으로도 치가 떨리니까."

미란이 날카롭게 쏘아붙이고서 등을 돌렸다. 기철은 한마디도 하지 못한 채 멀어져 가는 그녀를 멍하니 바라보았다. 인경이 사직서까지 낼 정도로 힘들어했다는 것이 그를 무너지게 했다.

"퇴근 시간이 얼마나 남았다고 들어와. 아예 땡땡이 치시지."

주열이 사무실로 들어가자 서진이 뒤따라 들어오면서 투덜거렸다. 주열은 정말 오기 싫었다고 소리치고 싶은 걸 꾹 참으며 말했다.

"아버지는?"

"여태 기다리시다가 조금 전에야 들어가셨어. 저녁에 집으로 오라셨어."

"이유는?"

"몰라. 아무런 말씀도 없으셨어."

"짐작 가는 것도 없어?"

"어. 아, 그리고 박민수가 출근을 하지 않는 모양이야."

서류철을 펼치던 주열의 손이 멈칫했다가 이내 다시 움직였다. 하지만 그뿐, 아무런 말이 없었다. 그 모습을 지켜보던 서진이 다시 말을 이었다.

"집에만 틀어박혀 있나 봐. 드나드는 사람은 서 비서뿐이고. 그러길 며칠 됐나 보더라."

"그래서?"

"아니, 그냥 그렇다는 말이야."

"김인광 쪽은 어때?"

주열이 화제를 바꿨다. 박민수에 대해서는 더는 듣고 싶지가 않았다. 소울에서의 일을 생각하면 지금도 피가 거꾸로 치솟았다.

"아직. 물건을 보냈으니 일단 기다려 봐야지."

"그렇군. 더 할 말 있어?"

주열이 고개도 들지 않은 채 물었다. 없으면 그만 나가달라는 뜻이었다.

"아니, 없어."

짧은 대답을 끝으로 서진이 사무실을 나갔다. 주열은 그제야 눈에 들어오지도 않던 서류에서 시선을 떼고 의자에 등을 기댔다. 박민수가 출근을 하든 말든 그와 아무런 상관이 없었다. 그런데 왜 이런 더러운 기분이 드는 걸까. 분화구에서 용암이 솟구쳐 오르는 것처럼 순식간에 박민수가 했던 마지막 말이 머릿속으로 파고들어 와 신경을 자극했다.

"대체 무슨 수작인 거냐. 왜 내게 그런 말을 한 거야. 왜, 젠장!"

생각할수록 불길한 기운이 맴돌자 주열은 자리를 박차고 일어났다. 답답한 속을 뚫어줄 무언가가 필요했다. 주열이 창가로 다가가자 붉은 덩어리가 제집을 찾아가려는 듯 구름과 함께 뒤엉켜서 주위를 온통 붉은 빛깔로 물들이고 있었다. 주열은 창틀에 몸을 기대고서 주머니에 양손을 찔러 넣었다. 자연의 섭리가 가져온 선물이 경이로울 정도로 아름다웠다. 어느 여인의 나체처럼.

"깼을까."

주열은 문득 그녀가 생각나자 종종걸음으로 가 상의 주머니에서 휴대전화를 꺼냈다. 서진의 전화 때문에 잠든 그녀를 침실에 혼자 두고 온 게 내내 마음에 걸렸던 것이다. 하지만 아직 자는지 전화가 연결되지 않았다. 주열은 마음을 바꿔 문자를 남기기로 했다. 자고 있다면 깨우고 싶지 않았다.

Rrrr. Rrrr.

문자를 전송하는 사이 전화벨이 울렸다. 기다리던 상대라 주열은 냉큼 통화키를 눌렀다.

"여보세요?"

[혹시 전화하셨나요? 부재중 전화 보고 연락드렸는데요.]

주열의 미간에 주름이 잡혔다. 그러고 보니 그녀와 통화를 한 건 딱 한 번, 집 전화였다. 그리고 연락처를 알려준 적이 없으니 그의 전화번호를 모르는 것은 당연했다. 그런데 왜 이런 기분이 드는 걸까. 화가 나는 것 같기도 하고 서운하기도 한 것 같은 게 딱히 뭐라고 정의를 내릴 수가 없었다.

"나야."

[나라니 누구……? 혹시 강…… 주열 씨?]

되물을 정도로 그의 존재감이 미흡한 건가. 그녀로서는 당연한 반응이었지만 주열의 기분은 그다지 좋지가 않았다.

"당신 전화기에 내 번호는 없는 모양이군."

[……네.]

얼마간의 시간이 지나고서야 그녀의 목소리가 들려왔다. 주열은 잠시 눈을 감았다가 다시 떴다. 알고는 있었지만 직접 듣고 나니 역시나 기분이 별로였다.

"물론 서진인 예외겠지?"

[네.]

조금 전과 달리 대답은 곧장 돌아왔다. 빌어먹을! 괜히 물어봤다. 기분만 더 나빠질 것을. 주열은 가슴으로부터 언짢은 기분이 확 치밀어 오르자 툭 내뱉었다.

"늦을 거야."

[아, 그래요. 알았어요.]

"그게 단가?"

[네?]

당황했는지 그녀의 목소리 톤이 살짝 올라갔다. 물론 다겠지. 무슨 할 말이 더 있다고. 그런데도 주열은 전화기를 내려놓을 수가 없었다.

"이유를 묻지 않아서."

말도 안 되는 핑계였다. 그럼에도 묻고 싶었다. 그녀의 대답이 궁금해서.

[늘 바쁘니까. 그리고…….]

"그리고?"

그녀가 말을 끊어버리자 조급해진 주열이 되물었다. 그러나 전화기 너머에서의 침묵은 계속되었다. 어떤 말을 할까, 고민이라도 하는 건가. 침묵이 길어지자 슬슬 화가 올랐다.

"됐어. 대답하지…….”

[늦게 갔잖아요, 당신!]

대답하지 말라고 하려는데 다급하게 외치는 소리가 들려왔다. 주열은 저도 모르게 빙긋이 웃었다. 그녀의 마음이 느껴졌다고나 할까. 아마 지금쯤 얼굴이 빨개졌을 것이다.

"혼자 두고 싶지 않았어."

[봤어요, 메모.]

"서운했나?"

[아, 아니에요. 가야 한다는 걸 알고 있었으니까.]

주열은 그녀의 대답이 실망스러웠다. 빈말이라도 서운하다고 말해주길 바랐는데.

"난 어땠을 것 같아?"

[꼭 대답해야 하나요?]

"듣고 싶다면?"

[하아, 당신 참 짓궂군요. 메모지 봤다고 이미 말했는데.]

그래도 듣고 싶었다. 그녀의 입으로 말하는 그의 마음을.

"확인 사살 중이야. 제대로 알아들었는지."

[느껴졌어요, 당신 마음. 그리고…… 내 마음도 다르지 않아요. 눈을 떴을 때 당신이 내 옆에 있길 바랐으니까.]

주열의 심장이 출렁거렸다. 그녀에게 달려가고 싶어서.

"처음이자 마지막이야. 다시는 혼자 두지 않아."

[네, 그만 끊을게요.]

"하인경."

전화가 끊어질까 봐 주열이 얼른 그녀를 불렀다. 조금만 더 그녀의 목소리를 듣고 싶었다.

[듣고 있어요.]

주열은 막상 그녀의 목소리가 들려오자 딱히 할 말이 떠오르지 않았다. 그러다 한 가지 생각나는 게 있자 생긋이 웃으며 말했다.

"바로 저장해. 나라는 걸 알 수 있게."

[네.]

그 말을 남기고 전화가 끊어졌다. 주열은 천천히 전화기를 내려 놓았다. 꼬박꼬박 대답은 하는데 무언가 개운치가 않았다. 힘없이 대꾸하는 목소리 탓일 수도 있지만 그런 것과는 다른 느낌이었다.

"어서 와. 멋진 내 남자들."

안으로 들어서자 은숙이 반갑게 그들을 맞이했다.

"제 프러포즈를 받아주시겠습니까, 은숙 씨?"

서진이 등 뒤로 몰래 감추고 있던 꽃다발을 그녀 앞에 쓰윽 내밀며 장난스럽게 말했다. 은숙이 함박꽃처럼 활짝 웃으며 그것을 받아 들었다.

"와우, 기꺼이 받아야지요. 멋진 남자가 청한 건데. 대신 물리기 없음이야. 죽어도 안 놔줄 테니까."

"하하하, 저도 평생 함께할 겁니다."

"호호호, 역시 서진이는 내 맘을 너무나 잘 안다니까. 근데 넌 뭐 없어?"

은숙이 주열을 바라보며 물었다.

"돈은 제가 지불했습니다."

"맞아요, 이모님. 녀석이 하도 얄밉게 굴어서 제가 바가지 씌웠어요."

"그랬구나. 잘했다, 서진아. 호호호, 그래서 더 예뻤구나. 주열이 주머니 털어서 산 거라."

"하하하, 저도 그렇게 생각합니다."

두 사람은 아주 죽이 척척 맞았다. 그는 없는 사람 취급하면서.

"아버진요?"

주열이 슬쩍 그들 사이로 끼어들었다.

"서재에 계셔. 근데 저녁은?"

"당근 안 먹었죠. 점심도 굶었더니 아사 직전이에요, 이모님."

"에구, 그랬어. 배 많이 고프겠네. 그럼 저녁부터 먹어. 내 얼른 차려줄 테니까."

서진의 엄살에 은숙이 안쓰러운 표정을 하고서 몸을 돌렸다. 그런 은숙을 주열이 얼른 붙잡았다.

"아버지 먼저 뵐게요."

"그래, 그럼. 서진이도 함께 들어가는 거야?"

"아닙니다. 전 여기에 있을 겁니다."

"잘됐다, 심심했는데. 그럼 서진인 나랑 놀아줘."

은숙이 서진에게 팔짱을 끼며 좋아했다. 주열은 이모가 많이 외로웠다는 것을 알았다. 하기야 충분히 그럴 수 있었다. 남은 청춘을 아버지와 그를 위해서 살았으니까.

"뭐 해, 어서 들어가 봐."

"네."

주열이 생긋이 웃으며 서재로 향하자 은숙이 냉큼 서진의 손을 잡아끌었다.

"왜 그러세요, 이모님."

서진이 끌려가면서 물었지만 불길하게도 돌아오는 대답은 없었다. 이윽고 주방에 도착해서야 은숙이 손을 놓으며 말했다.

"앉아봐. 물어볼 것이 있어."

역시나 불길한 예감은 틀리지 않는다. 서진이 의자를 빼서 앉으며 말했다.

"말씀하세요."

"인경이가 뭐라고 안 하던?"

"무슨 말씀이신지……."

서진은 전혀 예상하지 못한 물음에 오히려 되물었다.

"인경이가 주열이에 대해서 모르고 있더란 말이지."

당연했다. 그녀의 역할은 그게 아니었으니까. 서진은 문득 떠오르는 것이 있자 냉큼 입을 열었다.

"이모님, 혹시 인경 씨에게 주열이에 관한 얘기를 하신 겁니까?"

"응. 그 일로 너와 통화한 날. 그런데 인경인 자신의 역할에 대해서 아무것도 모르고 있더라고. 어떻게 된 거야? 혹시 말하지 않은 거야?"

"네. 인경 씨는 그 일과 아무런 상관이 없거든요."

"그게 무슨 말이야. 주열이가 집으로 들인 거라며."

"네. 그건 맞습니다. 하지만 그때도 말씀드렸듯이 그런 의미는 아닙니다. 이모님도 인경 씨를 보셨으니 아시겠지만 그런 직업을 가질 만한 성격이 아니지 않습니까."

"안 그래도 그 점이 이상하긴 했어. 그런 일을 하기엔 성격이 너무 밝고 깨끗했거든. 그럼 왜 집에 들인 거야. 그것 때문이 아니라면 같이 지낼 필요가 없잖아. 혹시 다른 이유가 있는 거니?"

이유는 있었다. 하지만 은숙이 모르는 게 더 나았다. 알게 되면 상처받을 테니까.

"그런 거 없습니다. 다른 사람이 올 자리에 인경 씨가 잘못 온 거라 그걸 바로잡기 위해서 집에 둔 거니까요."

"그런 거였어? 인경이가 당사자가 아니라?"

"네. 근데 이모님, 인경 씨가 어디까지 알고 있는 겁니까?"

"전부 다 알고 있어. 내가 다 말했거든."

서진은 나지막이 한숨을 내쉬었다. 그녀가 알고 있다 하더라도 상관은 없었다. 하지만 그녀가 모든 것을 알고 있다는 걸 주열이 알게 되면 사정은 또 달라졌다.

"어쩌다가 그런……."

"인경이가 서인이에 대해서 알고 있더라고. 그래서 나도 모르게 그만. 이제 어쩌지? 꽤나 상처받은 것 같던데."

미치겠다, 정말. 어쩌다가 일이 이렇게 꼬여 버린 건지. 서진은 가슴이 답답해 오자 넥타이를 느슨하게 풀었다.

"사과…… 해야겠지?"

"이모님은 그냥 계세요. 제가 알아서 하겠습니다."

은숙은 내심 서진의 말이 반가웠다. 그런 일이 있고 난 후 평상시처럼 인경일 대하기가 힘들었다. 그건 인경이도 마찬가진지 마주하는 시간들이 점점 줄어들었다. 관계가 서먹서먹해진 만큼 서로가 일부러 피하고 있는 것이다. 더구나 은숙은 인경일 주열과 엮어주고 싶은 욕심이 있는 터라 마음이 더 불편했다.

"그래도 될까?"

"네. 인경 씨도 그게 더 편할 겁니다."

"고마워. 그리고 미안해. 실컷 어질러 놓고서 뒤처리시켜서."

"하하하, 무슨 그런 말씀을. 이제 걱정 말고 마음 편히 가지세요."

"그래, 난 서진이만 믿을게. 상처받지 않게 잘 부탁해. 뭐 이미 상처받았지만."

"알겠습니다. 아, 그리고 주열이에겐 지금 나눈 얘기 하지 마세요."

"그건 알아. 그래서 서진일 여기로 데리고 온 거야."

"네, 아주 잘하셨어요."

서진이 은숙의 손을 꼭 잡았다. 머릿속으로는 어떻게 말을 해야 인경이 덜 상처받을까 궁리하면서.

서재로 들어간 주열은 아버지를 마주하고 앉았다. 하지만 강 회장은 심기가 불편한 듯 감은 눈을 뜨지 않았다.

"저 왔습니다."

주열이 일부러 목소리에 힘을 실었다. 그제야 무겁게 내려앉았던 눈꺼풀이 천천히 위로 올라왔다.

"부른 지가 언젠데 이제야 와. 못된 놈 같으니라고."

"하실 말씀 하십시오."

어서 여길 벗어나고 싶은지 곧장 본론으로 들어갔다. 태식은 그런 아들이 못마땅해 눈살을 찌푸렸다.

"괘씸한 녀석. 오랜만에 보면서도 안부조차 묻지도 않아. 내가 지 애빈데 말이야."

"건강하게 보이십니다."

"하, 기가 막혀서 진짜. 너 솔직하게 말해봐. 지금 내게서 도망치고 싶지? 그래서 바로 본론으로 들어가는 거지?"

"그런 적 없습니다."

"아니. 넌 늘 나와 거리를 뒀어. 대체 뭐가 불만인 거냐?"

"그런 거 없습니다."

"방금 한 말이 거짓이라고 네 말투가 말하고 있다는 거 알기나 해?"

"그렇게 들리셨다면 그건 아버지가 제게 불만이 있기 때문이겠지요."

"많지. 그것도 아주 많이. 하지만 오늘 널 부른 건 다른 용무 때문이야."

주열은 가슴으로 서늘한 바람이 불자 숨을 참고서 바람이 잦아들길 기다렸다. 언제까지 숨길 수 있다고는 생각하지 않았다. 아버지 정도의 영향력이라면 진즉에 알고 있었을 테니까. 하지만 마지막 한 수를 남겨두고 꼬리를 내릴 수는 없었다.

"말씀하십시오."

"오늘 박 회장 만났다."

주열은 어금니를 꽉 깨물었다. 뒷말은 굳이 들어보지 않아도 알 수 있었다. 그만 멈추라는 말일 테니까.

"대체 어떻게 할 생각인 거냐."

"모른 척하십시오."

"박 회장 내 친구야. 알고 있지?"

"박민수 또한 제 친굽니다. 아니, 친구였습니다. 그래서 더 멈출 수 없습니다. 태화! 제가 가질 겁니다."

"그게 무슨 소리야. 네가 이러는 게 민수 때문이라는 거야, 지금?"

"드릴 말씀 없습니다."

"대체 이유가 뭐야? 너희 둘 사이에 우리가 모르는 무언가라도 있는 거냐? 그래?"

주열은 입에 올리기도 싫은 일이라 대답하지 않았다. 또다시 입을 다물어 버리는 주열을 보면서 태식은 깊은 한숨을 내쉬었다. 대체 무슨 일이 있었던 것일까. 늘 쌍둥이처럼 붙어 다니던 그들이었기에 쉽사리 이유가 떠오르지 않았다.

"널 믿고 그동안 지켜보고만 있었다만 더는 안 돼. 그러니까 말해. 그래야 나도 대비를 할 거 아니야."

"아버지가 따로 하실 일은 없습니다. 그냥 모른 척하십시오."

"박 회장이 네 짓이란 거 몰라서 가만히 있는 줄 알아. 날 믿고 지켜보고 있는 거야, 지금. 그런데 모른 척하라고? 이제 그럴 수도 없거니와 그렇게 하고 싶지도 않아. 그러니까 이유를 말하던가 아니면 여기서 멈춰. 박 회장은 내가 책임질 테니까."

"이미 늦었습니다."

"늦었다니. 그게 무슨 말이야? 너……! 휴우. 대체 얼마나 가지고 있는 거냐?"

"말씀드릴 수 없습니다. 죄송합니다."

주열의 의지는 확고했다. 태식은 가슴이 들썩일 정도로 숨을 크게 내쉬었다. 천하에 둘도 없는 친구였는데 어쩌다가 일을 이 지경까지 몰고 온 건지. 태화에 대한 소문을 처음 들었을 때 말렸어야 했다는 후회가 강하게 밀려들었다.

"정말 끝까지 가려는 것이야?"

다시 묻는 말에도 주열의 입은 열리지 않았다. 태식은 미간을 일그러뜨리고서 지그시 눈을 감았다. 말리기에는 너무 늦어버린 것이다. 하기로 마음먹은 이상 제 목에 칼이 들어와도 꼭 해내고야 마는 성격이니까.

"나가봐."

주열은 천천히 자리에서 일어났다. 아버지에겐 미안한 일이었지만 여기서 멈출 수는 없었다. 주열은 그대로 등을 돌렸다.

"난……."

문고리에 손을 올릴 때 아버지의 목소리가 들려왔다. 마른침을 꿀꺽 삼킨 주열은 그 상태 그대로 다음 말을 기다렸다.

"언제나 네 편이다. 그 어떤 경우에라도."

주열은 가슴 한편이 아릿해 오자 눈을 질끈 감았다. 짧은 한마디에는 자식을 위하는 아버지의 마음이 고스란히 담겨 있었다. 그래도 멈출 수는 없었다. 미안함보다는 그동안의 고통이 훨씬 더 컸기에.

2장 서로를 위한 약속

눈을 일찍 뜬 인경은 대충 세안과 양치질을 한 후, 트레이닝복으로 갈아입고서 방을 나섰다. 아직 이른 시간이라 집 안은 적막할 정도로 조용했다. 흘끗. 그녀의 시선이 주열이 잠들어 있는 방 쪽으로 향했다. 새벽녘이면 여지없이 찾아들던 비명 소리가 어젯밤에는 들려오지 않았다.

"다행히 곤히 잔 모양이네. 잘했어요, 강주열 씨. 자는 시간만큼은 누구에게도 빼앗기지 말아요."

인경이 살포시 미소를 지으며 걸음을 옮겼다. 유일한 자기 시간이 바로 잠잘 때라 어느 때보다 중요했다. 그래야 치열한 삶의 전쟁터에서 살아날 수 있었다.

"흐읍! 하아."

대문을 열고 밖으로 나온 인경은 가볍게 몸을 풀어준 다음 일정한 보폭으로 걷기 시작했다. 한 발 한 발 걸음을 옮길 때마다 얼굴에 와 닿는 바람의 느낌이 아주 상쾌했다.

—혼자라 생각하지 마. 당신 옆에 나 있어.

그의 목소리가 들리는 듯 메모된 내용이 불쑥 떠올랐다. 가쁜 숨을 내쉬며 뛰고 있던 인경은 천천히 속도를 늦춰 걷기 시작했다. 베개 위에 놓여 있던 그걸 본 순간 눈물이 핑 돌았다. 처음이었다. 아버지를 제외한 누군가가 그녀를 위해서 메모를 남겨놓은 것은. 그리고 몇 자 안 되는 글이었지만 그 속에 담겨 있는 그의 마음을 충분히 읽을 수 있었다.

그 순간 꼭꼭 씹어 누르고 있던 시간들이 물밀듯이 밀려와 그녀를 집어삼켰다. 그래서 울었다. 가슴속에 담아둔 응어리가 모두 쏟아져 나올 때까지 울고 또 울었다. 그렇게 실컷 울고 나서야 깨달았다. 강주열, 그 남자를 미워할 수 없다는 것을.

"하아, 하아."

집 앞에 멈춰 선 인경은 거친 숨을 몰아쉬었다. 폐 속에 공기가 모두 빠져나간 것처럼 가슴이 아릿아릿했다. 인경은 가슴을 활짝 펴고서 고개를 뒤로 젖혔다. 날이 새려는지 하늘빛이 어스레하게 열리고 있었다. 잠시 하늘을 올려다보던 인경은 다시 한 번 크게 숨을 토해낸 다음 대문을 열고 들어갔다.

"운동하러 갔던 건가."

"아우, 깜짝…… 엄마야!"

마지막 계단에 올라서려던 인경은 난데없이 불쑥 나타난 형체로 인해 놀라서 그만 발을 헛디디고 말았다.

"젠장!"

주열이 황급히 팔을 뻗어 낚아채듯 그녀를 끌어당겼다. 쿵! 두 사람의 몸이 엉킨 채 바닥으로 쓰러졌다.

"아얏!"

인경은 딱딱한 무언가에 얼굴이 부딪치자 앓는 소리를 냈다.

"다쳤나?"

무겁게 가라앉은 목소리가 귓속을 파고들었다. 인경은 얼굴을 찡그린 채 고개를 들었다. 밤새 잠 못 들게 한 얼굴이 걱정스러운 표정을 하고서 눈앞에 있었다. 부딪친 곳이 얼얼하긴 했지만 다치진 않았다. 그런데 왜 이 순간 다른 말이 하고 싶은 걸까.

"잘 모르겠어요. 눈알이 빠질 것처럼 욱신거려서 당신을 제대로 볼 수가 없네요."

"어디 좀 봐."

주열이 심각한 표정으로 한 손에 그녀의 얼굴을 감싸 쥐고서 다른 손으로는 이리저리 눈 주위를 살피기 시작했다. 인경은 풋! 하고 터져 나오려는 웃음을 참기 위해 질끈 입술을 깨물었다. 이 남자는 놀리는 재미가 쏠쏠할 만큼 감정이 얼굴에 고스란히 드러났다.

"눈으로 봐서는 잘 모르겠군. 병원에 가보는 게 좋겠어. 중요한 곳이니까."

주열이 그녀를 번쩍 안아 들었다. 깜짝 놀란 인경이 손사래를 치며 말했다.

"아, 아니에요. 강주열 씨! 다치지 않았어요. 그냥 장난친 거예요!"

"장난?"

기분이 상한 듯 주열의 눈매가 살짝 일그러졌다. 인경은 그를 마주 보기가 민망스러워 슬그머니 고개를 숙였다. 그를 화나게 하려던 게 아닌데 상황이 이상하게 흘러가고 말았다.

"미안해요. 당신 얼굴을 보니까 나도 모르게 그만……."

주열의 안색이 어두워졌다. 인경은 속으로 그녀를 꾸짖으며 어금니를 꽉 깨물었다. 장난 한번 쳤다가 이게 무슨 꼴인가 싶었다.

"그럴 만큼 내가 미웠나 보군. 새벽부터 심장 갖고 장난친 것도 모자라 또 이런 짓을 하다니."

인경이 고개를 홱 치켜들었다. 심장 갖고 장난칠 만큼 그를 미워하다니, 결코 그런 게 아니었다.

"말도 안 돼. 내가 왜 당신을 미워해요. 절대 그런 거 아니니까 오해하지 말아요. 난 그저 당신의 반응이 궁금했을 뿐이니까."

"그래서 만족했나?"

"뭐 어느 정도는 그렇다고……."

그녀가 그의 눈치를 살피며 말을 얼버무렸다. 참 얄밉다, 저 입. 한 대 톡 때려주고 싶을 만큼. 주열은 그녀를 안고 있는 팔에 힘을 느슨하게 풀어버렸다. 그를 놀린 대가였다.

"엄마야!"

인경은 갑자기 몸이 축 내려가자 떨어지지 않기 위해서 황급히 그의 목에 팔을 감았다. 아침부터 그에게 추한 꼴을 보여주긴 싫었다.

"계속 안아달라는 건가?"

그의 가슴팍에 얼굴을 묻고 있던 인경은 귓가를 간질이는 은밀한 목소리에 흠칫 몸을 떨었다. 사탕을 입안에 넣고 이리저리 혀를 굴려서 녹여 먹는 것처럼 너무나 달콤하게 들렸다. 아마 얼굴도 빨개졌을 것이다. 그녀는 차마 얼굴을 들 수가 없어 고개를 가로저었다. 그가 알아서 내려주길 바라며.

"그럼 기꺼이 안도록 하지."

주열이 튕기듯 그녀를 안은 팔에 힘을 주며 말했다. 인경은 어이가 없어 고개를 번쩍 들었다. 어떻게 해석하면 그런 답이 나오는지 궁금했다. 그런데 그가 빙그레 웃고 있었다. 그럴 줄 알았다는 듯이. 인경은 끙! 하고 앓는 소리를 냈다. 그제야 속았다는 걸 알았다.

"그만 내려줘요."

"싫은데."

"강주열 씨."

"하나만 대답해."

"뭔데요?"

"다시는 말없이 사라지지 마."

대수롭지 않게 받아치던 인경이 그를 올려다보았다. 그리고 정면으로 그와 눈이 마주친 순간 보고 말았다. 그의 눈 속에 담겨 있는 짙은 어둠의 의미를.

'두려웠나요. 내가 사라졌을까 봐.'

라고 묻고 싶었다. 그러나 듣게 될 말이 두려워 차마 입이 떨어지지가 않았다.

"혹시 나 찾으러 다닌 거예요?"

인경은 일부러 밝은 목소리를 냈다. 무겁게 짓누르고 있는 분위기에서 벗어나기 위해서.

"서진이 방만 빼고."

집 안을 다 뒤졌다는 말이었다. 물론 바깥도 예외는 아닐 것이다. 그가 지금 여기에 있다는 것이 그 증거니까. 인경은 그의 목을 감고 있는 팔에 힘을 꼭 주었다. 이 남자의 한마디에 심장이 또 제멋대로 춤을 춘다. 팔만 오므리면 서로의 가슴이 맞닿을 거리를 두고. 어쩌면 이미 들켰는지도 모른다. 고장난 시계추처럼 이리저리 흔들리는 그녀의 마음을. 하지만……

"어! 거긴 왜 뺐는데요. 혹시 날 믿어서?"

그녀가 초롱초롱한 눈빛으로 그를 바라보았다. 참 꿈도 야무지게 꾼다, 라고 말하면 그녀가 화를 낼까 궁금해진 주열은 사실 그대로를 말하기로 했다.

"서진일 더 믿거든."

"뭐야. 그럼 난 못 믿겠다는 말이에요?"

"역시 듣는 귀가 이상해. 더라고 분명히 덧붙였는데도 헛소리를 하다니."

"그게 그거잖아요."

"아니, 절대 같은 게 될 수 없어. 한 끗 차이가 지니고 있는 의미에 따라서 목숨이 좌우될 수도 있으니까."

인경이 입술을 실룩거렸다. 별거 아닌 말에 그는 참 살벌하게 대답하고 있었다.

"에이, 그만한 일에 무슨 목숨씩이나. 이제 내려줘요. 빨리 들어가서 씻고 싶어요."

"아직 대답 안 했어."

"무슨 대답을요?"

주열이 가던 걸음을 멈추었다. 인경은 또 무슨 말을 잘못한 건가 싶어 그를 슬쩍 올려다보았다. 못마땅하다는 것을 여실히 드러낸 눈동자가 빤히 내려다보고 있었다.

"말없이 사라지지 말라고 했을 텐데."

"아, 그거. 근데 나 두 발 달린 짐승인데 어쩌나……."

인경이 그의 눈치를 살피며 슬쩍 말꼬리를 늘였다. 그러다 어둠이 짙게 배인 눈빛과 마주치자 얼른 말을 이었다.

"하지만 뭐 당신이 그러길 바라니까, 네. 말없이 사라지진 않을게요. 이제 됐죠?"

그에게선 아무런 대답이 없었다. 인경은 또 뭐가 불만이냐는 뜻으로 눈을 치켜떴다. 그제야 천천히 그녀를 내려놓고 있었다. 인경은 발이 땅에 닿자 안도의 숨을 삼키며 옷매무새를 가다듬었다. 그런데 갑자기 그가 팔로 허리를 휘어 감더니 바짝 끌어당겼다. 그 바람에 한 몸처럼 찰싹 달라붙고 말았다.

"왜, 왜요?"

그녀의 눈이 휘둥그레졌다. 주열은 뚫어질 듯 그 눈을 바라보았다. 불안감인지 두려움인지 모를 감정들이 한데 뒤엉켜 있었다. 싫다. 이런 눈빛.

"내가 안으면 불안한가?"

"네?"

"내가 안으면 두려워?"

"그게 무슨……."

인경이 말꼬리를 흐렸다. 그가 안으면 불안했다. 물론 두렵기도 하다. 그런데 그건 강주열이란 남자 때문이 아니었다. 하인경, 그녀가 문제였다. 이 남자의 품에 안기면 오직 그만 있을 뿐 그녀가 없으니까.

"내가 안을 때마다 그런 눈빛을 할 것 같아서."

"내, 내 눈빛이 어떤데요?"

"날 짐승처럼 느껴지게 만들어. 연약한 먹이를 덫에 가둬놓고 시간 날 때마다 틈틈이 살점을 뜯어 먹는 짐승."

"마, 말도 안 돼. 그런 적 없어요!"

"후홋. 입이 정직한 걸까, 아니면 눈이 정직한 걸까."

"둘 다예요!"

"그런가."

"네. 당신이 안으면 두렵고 불안한 건 사실이에요. 하지만 그건 당신 때문이 아니라 나 때문이에요. 당신에게 속수무책으로 빨려 들어가는 나 때문이라고요!"

심장이 멎었다. 호흡도 멈췄다. 이글거리는 눈만이 살아 꿈틀거렸다. 그렇게 얼마나 있었을까. 더는 견디지 못할 때쯤 되어서야 주열이 입을 열었다.

"언제 어느 때든 날 거부하지 마."

"한 번으로 끝날 거였으면 시작도 안 했어요. 이건 당신 입으로도 한 말이에요."

"잊지 마. 방금 한 말."

"안 잊어요. 대신 당신도 하나만 약속해 줘요."

"말해."

"우리 사이에 끝이 보이면 반드시 말해줘요. 당신 입으로. 그게 무엇이든 간에."

그런 게 보일 리가 없었다. 보고 있으면 즐겁고, 이렇듯 체온을 나누면 몸이 두 동강이 날 것처럼 행복한 아픔에 전율케 하니까. 주열은 그걸 증명이라도 하려는 듯이 그녀를 바짝 끌어당겨 안았다.

"약속하지."

주열의 입술이 그대로 내려앉았다. 인경은 기꺼이 입술을 벌렸다. 이내 더운 숨결을 쏟아내며 혀가 뒤엉키고, 거칠게 부딪치는 입술 사이로 신음 소리가 흘러나왔다. 뜨거운 열기에 녹아내리는 초콜릿처럼 너무나 달콤한 이 기분을 더 많이 더 깊게 느끼고 싶었다.

그녀의 등을 타고 쉴 새 없이 움직이던 손이 어느 순간 옷 속으로 들어와 젖가슴에 닿았다. 서늘한 공기를 타고 전해져 온 뜨거운 손길이 묘하게 어우러져 그녀의 몸을 바르르 떨게 했다. 이른 아침에 맛보는 그의 체온은 황홀할 만큼 근사하고 아주 뜨거웠다.

주열은 저도 모르게 히죽 웃음이 나자 서진이 볼세라 얼른 창밖으로 고개를 돌렸다. 녹음의 계절답게 잎이 무성한 나무들이 쌩쌩 달리는 차를 반기듯 휙휙 지나쳐 갔다. 즐비하게 늘어선 나무들. 그리고 그 사이로 유유히 흐르는 강물이 햇빛을 받아 반짝거리는 게 마치 한 폭의 그림을 연상케 했다. 이 길이 이렇게 아름다웠던가. 제법 오랜 시간 이 길을 다녔지만 오늘 같은 기분은 처음이었다.

하기야 언제 느긋한 마음으로 창밖을 본 적이 있어야 말이지. 늘 무언가에 쫓기듯이 다니던 길이다 보니 제대로 볼 여력이 없었다. 이것도 다 하인경, 그녀 덕분이라 생각하니 또다시 웃음이 비집고 나왔다. 행복이 이런 것이구나. 이런 게 사람 사는 맛이었구나. 주열은 그동안 잊고 지낸 것들이 봄날 아물아물 피어오르는 아지랑이처럼 새록새록 되살아나자 마치 하늘을 날고 있는 기분이었다.

"바보처럼 왜 그래?"

아까부터 혼자서 히죽대는 그를 룸미러를 통해 지켜보고 있던 서진이 한마디 툭 던졌다. 주열이 얼른 웃음기를 거두며 말했다.

"뭐가?"

"바보 같은 네 표정 말이야."

"내 표정이 뭐?"

주열이 시치미를 뚝 뗐다. 하지만 거기에 넘어갈 서진이 아니었다. 눈치라면 그보다 서진이 한 수 위였다.

"말했잖아, 바보 같다고. 그러니까 불어. 아니면 손수 불게 해줄까?"

서진의 협박에 주열은 잠시 머뭇거렸다. 그녀의 대한 이야기를 들으면 서진은 분명 기뻐할 것이다. 하지만 아직은 말하고 싶지 않았다. 조금만 아주 조금만 더 지금 느끼고 있는 이 기분을 그녀와 둘이서만 공유하고 싶었다.

"도대체 무슨 말을 하는지 모르겠군. 웃는 것도 이유가 필요해?"

"너니까."

"무슨 뜻이야?"

"강주열 너니까 이유가 있다는 거다. 다른 사람이었다면 그냥 무시했을 테니까."

아마도 그랬을 것이다. 서진의 중심엔 언제나 그가 있었으니까. 그것이 때론 부담스럽기도 했다.

"지금은 말 못해. 그러니 조금만 참아줘. 때가 되면 다 말할 테니까."

"이거 뭔가 큰 건이 있긴 한가 보네. 뭐, 좋아. 웃을 일이라는데 기다려 주지. 대신 기한은 일주일. 그 후론 내가 못 참을 것 같거든. 오케이?"

"그래."

무심히 대답하며 주열은 다시 창밖으로 시선을 돌렸다. 방금까지 느끼고 있던 행복이 거짓말처럼 불쑥 끼어든 먹구름에 사라져 버렸다. 일주일이란 시간을 벌긴 했지만 한집에 살고 있는 서진을 속이기란 그리 쉽지가 않았다. 재수 없으면 오늘이라도 당장 들통 날 수도 있기에.

"뭔 수를 내야겠군."

서진이 들을 수 없도록 나지막이 중얼거리며 주머니에서 휴대전화를 꺼냈다. 집에서 자유로이 만날 수 없다면 밖으로 불러내면 된다. 주열은 빠르게 메시지를 작성해서 발송했다.

「문자 보는 즉시 내게 전화해서 집에 다녀오면 안 되겠냐고 물어줘.」

"뭔 소리야."

메시지를 확인한 그녀의 고개가 갸웃이 옆으로 기울어졌다. 그러다 전화를 하면 알겠지 싶어 통화 버튼을 꾹 눌렀다. 벨소리가 나는가 싶더니 이내 그의 목소리가 들려왔다.

[무슨 일이지?]

그런데 이건 또 무슨 반응일까. 전화하라고 한 사람의 목소리가 너무 퉁명스러웠다.

"뭐예요? 자기가 전화하라고 해놓고선."

[집에 다녀온다고?]

동문서답도 아니고 대체 이 사람 왜 이러는 걸까. 뭘 잘못 먹기라도 했나. 수수께끼 같은 그의 행동이 이해가 되지 않아 인경이 톡 쏘아붙였다.

"지금 누구 약 올려요!"

[다녀와.]

황당하게도 그는 점점 더 이상한 말만 하고 있었다. 혹시 어디 아파서 헛소리를 하는 걸까. 목소리로 봐선 그런 것 같지는 않은데. 순간 메시지의 내용이 떠올랐다. 혹시 그런 걸까. 인경은 황급히 그를 불렀다.

"강주열 씨, 혹시 나 밖으로 불러내는 거예요?"

[그래. 지금 출발한다고?]

"준비하려면 한 30분쯤 걸려요."

[그렇게 해.]

그리고 전화가 끊어졌다.

"참나, 기가 막혀서. 그냥 나오라면 될 것이지, 무슨 첩보 영화 찍는 것도 아니고 대체 왜 이런데."

그의 행동이 하도 어처구니가 없어 그저 헛웃음만 나왔다. 그래도 싫지는 않았다. 아니, 솔직히 나가고 싶다. 그의 말처럼 집에도 가보고 싶고.

"한번 말해볼까. 혼자가 안 된다면 같이 가도 상관없는데."

새파란 하늘을 보고 있자니 그리움에 더욱 집 생각이 났다.

딩!

경쾌한 소리에 이어 문이 스르르 열렸다. 엘리베이터를 타기 위해 기다리고 있던 기철은 안에 서 있는 상대를 보곤 눈살을 찌푸렸다. 그건 상대방도 마찬가지인 듯, 서로를 노려보는 시선이 살벌하기 이를 데 없었다.

"어디 가?"

그녀가 엘리베이터에서 내리며 물었다.

"신경 꺼."

그가 느릿한 걸음으로 엘리베이터에 올라타고서 닫힘 버튼을 눌렀다. 무희는 스르르 닫히고 있는 문틈 사이로 그를 노려보았다. 말처럼 그리 쉬운 거라면 벌써 그렇게 했다. 더 이상의 무시는 그녀가 참지 못하니까. 엘리베이터가 움직이자 무희는 가방에서 휴대폰을 꺼내 들고 통화키를 눌렀다. 그러자 이내 상대방의 목소리가 들려왔다.

[네.]

"따라붙어. 어딜 가는지, 누굴 만나는지 하나도 빼놓지 말고 그때그때 보고해. 만나는 사람이 있거든 사진 찍어서 전송하고."

[알겠습니다.]

무희는 천천히 귀에서 휴대전화를 뗐다. 그리고 죽일 듯이 그가 타고 내려간 엘리베이터의 문을 노려보았다.

"만일 그년을 만나러 가는 거라면 당신 실수한 거야. 만나지도 못할뿐더러 설령 벼락 맞을 확률만큼의 우연으로 만나게 된다 하더라도 상처받는 사람은 당신이 될 테니까."

기철은 차 문에 열쇠를 꽂으려다 말고 고개를 휙 돌렸다. 등골이 서늘한 게 뭔지 모를 한기가 몸속으로 스며들어 와 촉각을 곤두서게 했다.

"뭐지, 이 느낌은."

천천히 뒤로 돌아선 그는 매서운 눈길로 주위를 둘러보기 시작했다. 텅 빈 듯 보이는 주차장엔 사람의 그림자라곤 보이지 않았다. 그러나 분명 이곳엔 그를 지켜보는 눈이 있었다. 오랜 시간 타인의 그림자 속에서 살다 보니 몸이 먼저 느끼고 방어했다. 누굴까. 누가 그를 지켜보고 있는 것일까. 혹시 강 회장인가. 기철의 미간에 주름이 잡혔다. 뜻밖의 요구 조건으로 인해 거래가 중단되긴 했지만 불씨는 여전히 그의 손에 있었다.

"쯧쯧, 이거 곤란하게 됐는걸."

차 문을 연 기철이 운전석에 오르며 혼잣말을 했다. 작은 움직임에도 따라붙는 것이 그림자가 쉽게 물러날 것 같지가 않았다. 아무래도 한바탕 달려줘야 할 모양이다.

"어디, 솜씨 좀 보자고."

부드럽게 시동이 걸리자 룸미러를 흘끗 바라본 기철이 유유히 주차장을 빠져나갔다.

약속 장소에 도착한 인경은 어렵지 않게 그를 찾을 수 있었다. 무슨 심각한 통화라도 하는지 그의 표정이 좋지 않았다. 인경은 숨을 크게 한번 고르고서 살며시 자리에 앉아 통화가 끝나길 기다렸다.

"그래서?"

[다행히 목숨은 건진 모양이야.]

주열의 눈매가 매서워졌다. 설령 죽었다고 해도 상관없었지만 살았다 한들 그가 알 필요는 없었다.

"그럼 된 거잖아. 끊어."

[주열아!]

서진이 다급하게 부르자 주열은 다시 귀에다 휴대전화를 가져다 댔다.

"왜?"

[서 비서가 널 좀 만났으면 하던데.]

"날 왜?"

경석이 또다시 주열을 찾는다는 게 선뜻 이해가 되지 않았다. 서로의 만남은 한 번으로 족하다는 것을 그도 모르지 않을 텐데.

[네게 전해줄 것이 있대. 시간 날 때 연락해 봐.]

"알았으니까 그만 끊자."

주열은 굳어진 얼굴로 전화기를 내려놓았다. 얼음덩어리가 심장에 박힌 것처럼 몸속에 피가 차갑게 얼어붙었다. 천하의 박민수가 자살이라니, 정말 어처구니가 없었다. 아니, 어림 반 푼어치도 없는 소리였다. 그가 무슨 자격으로 편히 목숨줄을 놓는다는 말인가. 무슨 자격으로. 사지를 갈기갈기 찢어 죽여도 시원찮을 놈이 바로 그인데.

"무슨 일 있어요?"

인경이 그의 안색을 살피며 물었다. 혹시 나쁜 일이라도 생긴 걸까. 딱딱하게 굳어진 얼굴엔 어둠이 짙게 배어 있었다.

"아니야, 아무것도. 차 시켜."

종업원이 다가오자 그녀가 오렌지주스를 주문했고 그도 같은 걸 주문했다.

"근데 사람이 왜 그래요?"

종업원이 사라지자 인경이 냉큼 물었다. 오는 내내 생각해 보았지만 기이한 그의 행동이 도저히 이해가 되지 않았다.

"뭐가?"

"아니, 그냥 어디로 나오라면 될 것을 왜 굳이 그런 말도 안 되는 쇼를 하냐고요."

"재미있으라고."

"네에?"

황당한 말에 그녀가 눈을 치켜떴다. 한데 더 기가 막힌 것은 그가 만족스럽다는 듯 히죽거리며 웃고 있다는 거였다. 마치 그녀의 반응을 미리 예상이나 한 것처럼.

'근데 저 남자 너무 자주 웃는 거 아니야.'

괜스레 바보가 된 것 같아 그를 슬쩍 흘겨보았다. 그러자 그의 미소가 더욱 커졌다. 잇몸까지 드러내 놓고 웃는 모습이 참으로 예뻤다. 두근두근. 갑작스레 심장이 고동치기 시작했다. 이어 얼굴까지 달아오르고 있었다. 고작 웃음짓 하나에 이런 상태가 되다니. 말도 안 되는 추태에 인경은 얼른 물 잔을 집어 들었다.

"표정이 왜 그러지?"

"뭐, 뭐가요?"

"어디가 아픈 것처럼 빨간 게 얼굴빛이 안 좋아."

"아, 아니에요. 안 아파요."

인경이 얼른 손사래를 쳤다. 그는 작은 것 하나라도 그냥 넘어가는 법이 없었다. 그런데 이상하게 기분은 나쁘지 않았다. 그때, 종업원이 주스 잔을 내려놓고 있었다.

"아픈 게 아니라면 됐어. 마셔."

"네."

주스를 마시는 사이 테이블엔 어색한 침묵이 맴돌았다. 딱히 할 말도 없었지만 그녀를 불러낸 당사자도 입을 닫고 있어서 더욱 그랬다. 하기야 늘 갇혀진 공간에서 부딪치고 싸우기만 했으니 어쩌면 공개된 장소에 마주 앉아 있다는 게 이유일지도 모르겠다.

"어디 가보고 싶은 데 있나?"

뜻밖의 물음이 침묵을 깨뜨렸다. 인경은 반가운 마음에 얼른 입을 뗐다.

"네, 있어요."

"안 물어봤으면 큰일 날 뻔했군. 어딘지 말해봐. 데려가 주지."

주열이 주스 잔을 내려놓으며 말했다. 그러자 그녀의 눈동자가 반짝반짝 빛을 뿜어냈다. 대답을 듣기가 부담스러울 정도로.

"정말이죠?"

"그래. 당신이 가보고 싶어하는 곳이 어딘지 궁금하거든."

"집요."

전혀 예상하지 못한 곳이라 주스 잔을 들려던 그의 손이 딱 멈췄다. 왜 하필 거기란 말인가. 그곳만은 결코 가고 싶지 않은데. 주열은 살며시 주먹을 말아 쥐고서 천천히 손을 내렸다. 꼭 가야겠냐고 묻고 싶었지만 그러지 않았다. 그녀가 원했고, 그가 약속을 했으니 좋든 싫든지 간에 가야만 하니까.

"다 마셨으면 그만 일어나. 저녁은 다녀와서 먹지."

그는 굳이 소화가 안 될 것 같다는 말은 덧붙이지 않았다. 숨도 죽인 채 대답을 기다리고 있던 그녀는 그가 자리에서 일어나는 것을 멀뚱히 바라만 보았다. 약간의 실랑이가 있을 줄 알았는데 너무 쉽게 허락했던 것이다.

"안 갈 거라면 도로 앉을까?"

"아니요!"

그녀가 냉큼 자리에서 일어나며 소리쳤다. 집에 간다는 것이 저리도 좋을까. 하지만 주열은 발걸음이 떨어지지가 않을 만큼 가기 싫었다.

차에서 내린 기철은 혹시라도 있을 그림자를 찾아 주위를 두리번거렸다. 하지만 그를 감시하는 눈초리는 느껴지지 않았다. 끈질기게 따라붙던 차가 어느 한순간에 보이지 않자 은근히 걱정되었는데 다행히 따돌린 모양이다.

"당분간 조심해야겠는걸."

그가 휑한 골목길을 오르며 혼잣말을 했다. 누가 그를 지켜보고 있는지는 몰라도 감시견 하나는 나쁘지 않았기에 전에 없이 긴장됐다. 한참을 올라가자 그녀가 사는 곳이 눈에 들어왔다. 그녀가 여행을 떠났다는 소리를 들었지만 그래도 오고 싶었다. 그녀의 향기라도 느끼고 싶어서.

"설마 그사이 키를 바꾼 건 아니겠지."

집 앞에 도착한 그는 다른 걱정에 직면하자 숨을 크게 내쉬었다. 그리고 천천히 열쇠 구멍에 열쇠를 꽂고서 손목을 돌렸다. 찰칵! 소리가 천둥처럼 크게 들려왔다. 순간, 다행이란 안도감이 전신으로 퍼져 나갔다. 하지만 그것도 잠시뿐, 안심하고 문손잡이를 돌리려던 그는 어떤 소리로 인해 거짓말처럼 몸이 굳어졌다.

"누구세……!"

문을 연 주열은 앞에 서 있는 남자로 인해 입을 다물었다. 그리고 눈앞에 서 있는 이 남자가 송기철이란 것을 단번에 간파했다.

그건 송기철도 마찬가지였다. 그가 송정그룹의 강태식 회장의 아들 강주열이라는 것을.

"주열 씨, 누구예요?"

적대감을 유감없이 발휘하며 두 눈에서 불꽃을 튀기는 그들 사이로 그녀의 목소리가 날아들었다. 그 소리에 기철의 눈매가 사납게 휘어졌다. 주열이 그에게서 시선을 떼지 않은 채 입을 열었다.

"당신이 직접 봐."

"누군데 그래……!"

그녀의 손에 들려 있던 숟가락이 둔탁한 소리를 내며 바닥으로 떨어졌다. 그러나 정지된 화면처럼 어느 누구도 움직이지 않았다. 그저 칙칙거리며 밥솥 돌아가는 소리만이 공기 중에 떠다녔다.

"당신이…… 여기에 왜 있어?"

불과 몇 초였지만 몇 년 같은 기분을 느낄 때쯤에야 그녀의 목소리가 침묵을 깨트렸다. 그걸 시작으로 악에 받친 목소리가 조용한 공간을 뒤흔들기 시작했다.

"왜 여기에 있냐고! 왜! 왜 여기에 있어! 여기 있으면 안 되는 거잖아. 여기 있으면 안 되는 거잖아, 이 나쁜 자식아!"

인경이 가차 없는 손길로 그의 가슴팍을 밀어내더니 급기야 주먹으로 때리기 시작했다. 기철은 급소를 가격당한 것처럼 꼼짝도 할 수가 없었다. 지금 벌어지고 있는 이 상황을 어떻게 받아들여야 할지만으로도 버거웠다.

"어떻게 내게 그럴 수가 있어. 어떻게, 이 나쁜 자식아! 그러고도 네가 사람이니, 사람이야. 너 같은 새끼를 사랑한 게 그렇게 큰 죄였어! 그럼 말을 하지. 네 앞에서 당장 꺼지라고 말을 했어야지,

이 나쁜 새끼야! 왜 네 멋대로 내 인생을 팔아! 네가 뭔데, 대체 네 까짓 게 뭐라고 날 팔아넘겨!"

비명처럼 쏟아지는 말들이 날카로운 칼날이 되어 몸을 갈기갈 기 찢어놓고 있었다. 그러나 기철은 뼈마디가 아릴 정도로 주먹만 꽉 움켜쥐었다. 진실이 아니었지만 변명하지 않았다. 그녀가 무엇 을 어떻게 알고 있던지 간에 당사자에게만은 진실일 테니까. 그 증거로 강주열, 그자가 눈앞에 있지 않은가.

'빌어먹을! 대체 어떻게 된 거야!'

기철이 속으로 이를 갈며 빠르게 머리를 굴리기 시작했다. 강 회장 의 요구 조건을 거절함으로써 거래는 중단되었다. 물론 증거파일은 고스란히 그의 손에 있었지만 그걸 터트릴 생각 따위 없었다. 그동안 조사하느라 밤낮없이 고생한 것이 아깝긴 하지만 묻어두고자 했다. 하인경 그녀 때문에. 그 일로 앙심을 품은 쪽에서 혹시라도 그녀를 해하려 할까 봐 그게 두려워서 미련 없이 열쇠를 채웠는데……

'왜 이런 일이 일어난 거야. 왜. 대체 왜!'

화가 치밀자 기철은 손아귀에 힘을 꽉 주었다. 그녀를 미끼로 던져 준 이를 결코 용서하지 않을 것이다.

"억울해. 억울해서 미치겠어. 너 같은 인간을 사랑했다는 게 너 무 억울하고 분해서 심장이 갈기갈기 찢겨져서 죽을 것 같아. 이 나쁜…… 자식아."

기철의 멱살을 쥐고 흔들던 그녀의 몸이 급기야 허물어지듯 주 저앉고 있었다. 기철은 재빨리 손을 뻗었다. 하지만 손이 채 닿기 도 전에 그녀의 몸은 다른 이의 품에 안겨 있었다. 그리고 그 남자 는 마치 제 여자인 듯 품에 안고 걸음을 떼고 있었다. 꼭 바보가 된 것 같은 기분에 사로잡힌 기철은 멍하니 그가 사라진 쪽을 하염없이 바라보기만 했다.

"우린 얘기 좀 해야겠지."

침대에다 그녀를 눕히고 나온 주열이 그를 밖으로 이끌었다. 기철 역시 물어보고 싶은 것이 있었기에 순순히 뒤를 따랐다. 옥상으로 올라올 때까지 두 사람의 입은 굳게 닫혀 있었다. 이윽고 두 사람이 하늘 아래서 마주하고 섰다. 그때, 다짜고짜 기철의 얼굴로 주먹이 날아왔다. 순식간에 당한 그는 힘없이 뒤로 나뒹굴고 말았다. 주먹이 제법 매서운 게 입안이 얼얼하고 비릿한 맛이 느껴졌다.

"제법인데."

한마디 툭 던진 기철이 손등으로 혈흔을 닦으며 천천히 몸을 일으켰다. 하지만 주열은 틈을 주지 않고 또다시 주먹을 날렸다. 그로 인해 상처받은 사람들이 너무나 많았다. 특히 그녀에게 한 짓은 결코 용서할 수가 없었다. 몇 대 팬다고 해서 분이 풀리는 것은 아니었다. 하지만 적을 눈앞에 두고도 아무것도 하지 않는 바보가 될 수는 없었다.

주열은 있는 힘껏 주먹을 날리고 또 날렸다. 그는 제 잘못을 인정한다는 듯이 날아가는 주먹을 피하지도 않았다. 주열은 거친 숨을 내뱉으며 쓰러져 있는 그의 멱살을 사납게 움켜잡았다.

"하아, 하아. 이대로 널 죽여야 할까. 아니면 그녀를 만나게 해줘서 감사하다고 말해야 할까."

"쓰읍, 퉤! 둘 다 아니야. 네가 알고 있는 진실 속에 난 없어."

"이 더러운 새끼가 끝까지 발뺌이지!"

주열이 다시 그의 얼굴을 주먹으로 가격한 뒤 말을 덧붙였다.

"하아, 똑바로 들어. 이 시간 이후로 그녀 곁에 얼쩡거리지 마. 또한 번 눈에 띄는 날엔 내가 손수 네놈의 목숨줄 끊어버릴 테니까."

더는 상종조차 하기 싫은 놈이라 몸을 일으킨 주열은 그대로 등을 돌렸다. 마음 같아서는 살려달라고 애원할 때까지 패주고 싶었다. 그러나 상황이야 어찌 됐든 그녀를 만나게 해준 당사자라 이쯤에서 참는 거였다.

"거기 서!"

강압적인 목소리가 발목을 붙잡았다. 주열이 성난 동작으로 뒤돌아서서 기철을 노려보았다.

"너 따위와 할 얘기 없어."

"그건 네 생각이고 난 아니야."

기철이 입안에 고여 있는 혈흔을 퉤 뱉어내며 말했다. 뭐 낀 놈이 성낸다고 주열은 어이가 없어 그저 헛웃음만 나왔다.

"생각이란 게 있는 놈 같지는 않지만 그래, 어디 한번 들어는 보자. 말해봐."

"하인경을 네게 데려간 자가 누구야."

"하! 고작 생각해 낸 게 그건가? 이거 실망인걸. 난 또 근사한 말이라도 할 줄 알았더니."

말끝마다 자존심을 건드리고 있었지만 기철은 이번만은 참기로 하고 끓어오르는 화를 꾹 눌렀다. 그의 약점을 이용해 돈벌이를 하려고 했던 것 자체만으로도 화낼 이유는 충분했기에 날아오는 주먹세례도 피하지 않고 고스란히 맞아주었다. 기철이 피하려고만 했다면 얼마든지 그럴 수 있었다. 하지만 여기까지다. 이후론 그녀에 관한 것이라 참을 수가 없었다. 아니, 참지 않을 것이다.

"네 투정 받아주는 것도 여기까지다. 그러니까 묻는 말에 대답해. 인경일 누가 데려갔어."

조금 전과 달리 그의 표정이 싸늘하게 변했다. 적색경보. 문득 떠오른 단어처럼 더는 봐주지 않는다고 했던 말은 빈말이 아닌 듯했다. 그렇다고 겁먹을 주열이 아니었지만 쉽게 볼 인물 또한 아니었다.

"네가 더 잘 알 텐데 내게 묻다니. 비겁하단 생각 들지 않나?"

계속되는 빈정거림에 기철은 이를 악물었다. 이번에도 그냥 말장난으로 치부한다면 가만두지 않을 것이다.

"마지막 경고다. 그녈 누가 데려갔어."

섬뜩한 목소리가 온몸에 소름을 돋게 했다. 주열은 이번만큼은 제대로 대답해야 한다는 걸 직감적으로 알았다.

"혼자 왔어. 이게 부디 네가 원하는 대답이길 바란다."

"그게 정말이야?"

"내가 거짓말을 해야 할 이유가 있다고 생각해?"

"그럼 인경이가 제 발로 거길 들어갔다는 걸 믿으라고?"

"후훗, 우습군. 내가 알고 있는 걸 넌 모르다니. 이봐, 송기철. 나에게 그녈 보낸 사람은 바로 너잖아. 그새 기억상실증에라도 걸렸나?"

그녀를 보낸 자가 그러니. 기철은 도저히 믿을 수가 없어 입만 벙긋거렸다. 그때 빈정대는 주열의 목소리가 다시 들려왔다.

"아무리 돈에 움직이는 세상이라지만 10억이나 챙겼으면 적어도 상대방이 누군지 정도는 기억해야 하는 거 아닌가."

"10억?"

기철이 앵무새처럼 주열의 말을 따라 했다. 10억은 그가 강 회장에게서 받아내려 한 금액과 같았다. 그런 거금을 준 거라면 그녀를 찾아오기란 쉽지 않았다. 한데 누굴까. 누가 그녀를 보낸 걸까. 주열의 말대로라면 그가 보냈다고 했다. 하지만 그는 아니었으니 누군가가 그를 빙자해 보낸 것일 수도 있었다. 10억까지 챙기면서 그를 팔아넘길 수 있는 인물.

"그럼, 설마?"

단 한 사람의 얼굴이 뇌리에 떠올랐다. 이런 미친, 왜 진작 그 생각을 못했을까. 기철은 뒤통수를 얻어맞은 것처럼 골이 흔들렸다. 처음 강 회장이 인경의 존재에 대해서 이야기를 할 때도 뭔가 찜찜한 느낌은 있었다. 그들의 관계에 대해서 아는 사람이 거의 없는 데 반해 너무 빠른 시간에 인경일 찾아냈던 것이다. 그런데 같은 배를 타고 있던 그녀일 줄이야. 안 그래도 무언가가 의심쩍긴 했지만 그녀가 아니라고 하니 믿었다. 그저 강 회장의 능력이 대단하다고만 여기면서.

"이런 미친년!"

기철의 입에서 어찌할 사이도 없이 욕설이 튀어나왔다. 입김 한 번에도 쉽게 무너지는 게 여잔데 그걸 잊고 있었다니. 참으로 어리석은 짓을 하고 만 것이다.

"나도 한 가지만……!"

"인경이가 언제……!"

두 사람이 동시에 입을 열었다가 멈추었다.

"말해봐."

주열은 무섭게 번뜩이는 눈빛이 마음에 걸리자 그에게 양보했다.

"인경이가 그 집에 간 지가 얼마나 됐어?"

"굳이 대답해야 할까?"

"스스로 대답하는 게 좋을 거야. 안 그러면 고통 속에서 입을 열어야 할 테니까."

기철이 위협을 가하려는 것처럼 한 발 앞으로 다가왔다. 저걸 협박이라고 하다니. 주열은 어이가 없어 콧방귀를 뀌었다. 가만히 손놓고 당하고 있지도 않겠지만 싸움이라면 결코 져본 적이 없었다.

"그럼 어디 해보시던가."

주열의 말투는 다분히 시비조였다. 이참에 확실하게 밟아주기 위해서 일부러 자극한 거였다. 하지만 막상 멍석을 깔아주면 사람들의 심리가 그렇듯이 그도 선뜻 달려들지는 않았다.

"후후, 생각해 보니 내가 좀 만만히 볼 상대는 아니지? 그럼 이번에는 내 차롄가."

천천히 말을 내뱉으면서 이번엔 주열이 한 발 앞으로 다가갔다. 같은 의미란 걸 알아챈 기철은 주먹을 불끈 쥐고서 만일의 사태에 대비했다. 그러자 가소롭다는 듯이 주열의 입꼬리가 씩 올라갔다.

"자, 그럼 대답해 보실까. 그녀를 내게 보내면서까지 거래하려 했던 물건이 뭐지? 아, 미리 말해두겠는데 그녀의 몸값이 10억이란 말은 하지 마. 그보다는 훨씬 값어치 있는 사람이니까."

"그게…… 무슨 뜻이야?"

차가운 목소리만큼이나 부릅뜬 눈동자에서 살기가 느껴지는 게 금방이라도 달려들어 날카로운 이빨로 살을 물어뜯을 것처럼 보였다. 하지만 주열은 담담한 어조로 말문을 열었다.

"그건 네가 더 잘 알 텐데."

"너 이 새끼! 인경일 건드린 거야?"

"건드리다니, 말조심해."

어둠 속에서 빛을 뿜어내는 들짐승처럼 주열의 눈빛이 섬뜩했다. 하지만 기철은 그런 것 따윈 눈에 들어오지도 않았다. 만일 인경일 손끝 하나라도 건드렸다면 이 자리에서 그를 죽여 버릴 것이다.

"대답해! 인경일 어떻게 했어?"

"내 질문에 답할 사람은 너야. 가지고 있는 게 뭐야!"

두 사람 다 양보할 생각이 없다는 듯이 서로를 노려보는 눈동자에서 불꽃이 튀었다. 어느 한쪽이 움직이면 곧바로 대응할 준비를 하고서. 하지만 어느 누구도 선뜻 움직이지 않았다. 그렇게 얼마나 있었을까. 뜻밖에도 물러난 쪽은 기철이었다.

"좋아. 대답하지 마. 대신 이거 하나는 똑똑히 기억해 둬. 날 다시 보게 되는 날, 넌 스스로를 혐오스러워하게 될 거야. 그때를 기대하지."

기철은 그대로 돌아섰다. 백 마디 말보다 귀로 듣는 한마디가 그를 더 괴롭게 할 것이다. 그러니 지금은 한발 물러설 때였다. 치고받고 싸운다고 해서 그녀가 돌아올 수 있는 게 아니니까.

"흑흑흑. 나쁜 새끼. 여기가…… 흑흑…… 여기가 어디라고 지가 와. 파렴치하고…… 흑흑흑, 더럽고 추잡한 새끼. 오독오독 씹어 먹어도 성에 안 찰 개 같은 자식!"

바락바락 악을 써대도 분이 풀리지가 않았다. 주먹을 마음껏 휘둘러도 성에 차지 않았다. 입술이 바들바들 떨리고 뼛속 마디마디가 살기로 꿈틀거렸다. 저 자식은, 사람 같지도 않은 저런 자식은 세상에서 사라져야 마땅했다. 천천히 살갗을 벗겨내고 한 점 한 점 살을 발라 들짐승들의 먹이로 던져 줘도 시원찮을 놈. 저런 놈을 사랑했다는 게 징글맞도록 싫고 미웠다.

"아악! 아악! 개새끼. 죽여 버릴 거야. 내가 죽여 버릴 거라고!"

끓어오르는 화를 주체 못한 그녀가 테이블 위에 놓여 있던 꽃병을 집어 던졌다.

와장창!

요란한 소리와 함께 바닥에 붉은 장미들이 나뒹굴었다. 마치 그녀의 피가 흘러내린 것처럼 붉디붉었다.

"하아…… 하아."

인경은 가쁜 숨을 몰아쉬며 흩어져 있는 장미를 노려보다 문득 무언가가 떠오르자 그만 털썩 주저앉고 말았다. 하고많은 것 중에 하필이면 저것을. 선물 준 사람의 얼굴이 떠오르자 그녀의 고개가 아래로 툭 떨어졌다.

"흑흑흑……. 어떡해."

인경은 무릎 발로 기어가 장미를 줍기 시작했다. 그가 보고 속상해하기 전에 빨리 주워서 다시 예쁘게 꽂아놓아야 했다.

"지금 뭐 하는 거야!"

날카로운 목소리에 이어 누군가가 그녀의 팔을 잡고 낚아채듯 일으켰다. 그 바람에 손에 들고 있던 장미꽃이 우수수 발아래로 떨어졌다. 애써 주운 게 다시 바닥으로 떨어진 게 속상해서 고개를 치켜들자 흐릿한 시야 사이로 주열의 모습이 보였다. 그가 오기 전에 원상태로 돌려놓으려 했는데 늦어버리고 만 것이다.

"당신, 미쳤어! 손이 엉망이잖아!"

인경이 속상해하는 목소리를 따라 무심히 시선을 움직였다. 눈동자에 맺혀 있던 눈물이 또르르 흘러내리고 나자 손가락 여기저기에서 피가 새어 나오고 있는 게 보였다. 아픈 걸 느끼지도 못했는데 아마 꽃을 주울 때 유리 파편에 베인 모양이다.

"아무것도 만지지 말고 가만히 있어. 차 키 가져올 테니까."

"미안해요."

여러모로 미안해진 그녀가 그의 팔을 슬쩍 잡으며 말했다.

"아무것도 만지지 말라고 했잖아!"

주열이 매섭게 팔을 뿌리치며 소리쳤다. 머리끝까지 차올랐던 화가 끝내 폭발하고 만 것이다. 그녀가 흠칫 몸을 떨며 뒤로 한 걸음 물러서고 있었다. 정말 이 여자를 보면 화가 난다. 너무 바보 같아서, 복장 터지게도 너무 어리석어서 화를 참을 수가 없었다.

다친 사람은 그녀고, 아픈 사람도 그녀다. 그런데도 그에게 미안하다고 말한다. 뭐가 미안한 걸까. 도대체 뭐가 미안하기에 저러고 있는 것일까. 죄인처럼 고개를 푹 숙이고 있는 모습이 그를 미치게 했다.

"고개 들어."

주열은 애써 목소리를 낮췄다. 뭐가 그렇게 미안한지 당장 따져 묻고 싶었지만 지금은 병원이 더 급했다.

"고개 들란 말이야."

재차 하는 말에도 그녀는 고개를 들지 않았다. 할 수 없이 주열이 양손으로 그녀의 얼굴을 감싸 안고 강제로 들어 올렸다. 초롱초롱 매달려 있던 눈물이 기다렸단 듯이 투둑 아래로 떨어졌다. 그조차 주열은 마음에 들지 않았다. 마치 주술에라도 걸린 것처럼 이 여자의 눈물은 미약처럼 몸속으로 스며들어 와 심장을 가지고 논다. 한 번 움켜쥐고 놓을 때마다 지끈거리는 아픔과 안쓰러움이 동시에 다가와 그를 힘들게 했다. 그래서 가만히 둘 수가 없다. 그녀보다 그가 더 아파서.

"제발 당신을 학대하지 마."

주열이 그녀의 눈가에 매달려 있는 눈물을 입술에 머금으며 나지막이 속삭였다.

"흑흑흑……. 미안해요."

"그런 말도 하지 마. 당신이 내게 미안해할 건 아무것도 없어. 만일 있다면 지금처럼 당신 자신을 아프게 하는 거야."

"흑흑흑…… 장미. 당신이 사다 준…… 장미가."

그녀의 말에 주열이 주위를 둘러보았다. 그가 사다 준 장미가 어지럽게 널브러져 있었다. 세상천지에 널리고 널린 게 저건데 저 딴 꽃 나부랭이 때문에 몸을 이 지경으로 만들었다니. 정말 그녀는 세상에 둘도 없을 바보였다.

'바보같이 저딴 걸 뭐 하러 사 와서는.'

주열은 스스로에게 화가 치밀자 발밑에 있는 장미를 지그시 밟아버렸다. 장미라면 꼴도 보기 싫었지만 예쁘다는 그녀의 말에 눈을 질끈 감고 샀다. 그걸 받은 그녀가 좋아할 모습을 상상하면서. 그리고 그의 예상대로 꽃을 받아 든 그녀는 무척이나 좋아했다. 받은 자리에서 꽃병에 꽃을 만큼.

"빨리 치료받는 게 좋겠어. 병원 갈 때까지 아무것도 손대지 마."

주열은 울화통이 치밀어 오르자 성큼 걸음을 옮겼다. 방금까지도 따뜻하기만 하던 사람이 차갑게 뒤돌아서자 인경은 멍하니 그의 뒷모습만을 눈으로 좇았다.

3장 뜨거운 숨결을 태우다

"최무희! 최무희, 어디 있어!"

기철이 집으로 들어서자마자 고래고래 고함을 지르며 그녀를 찾아 돌아다녔다. 하지만 방이고 주방이고 심지어 화장실까지 뒤져 봤지만 어디에도 그녀의 모습은 보이지 않았다.

"감히 너 따위가 이딴 짓을 해. 가만 안 둬, 최무희."

그가 이를 갈며 주머니에서 휴대전화를 꺼내 들 때 딸깍, 하고 열쇠 돌아가는 소리가 들렸다. 그녀가 집으로 돌아온 것이다. 기철이 성난 걸음으로 현관 쪽으로 갔을 때, 그녀가 안으로 들어오고 있었다. 그런데 이리저리 몸이 휘청거리는 것이 꼭 술에 취한 사람 같았다. 아니, 확실히 취해 있었다. 그에게까지 풍겨오는 알코올 냄새도 그렇거니와 그녀가 신발을 벗다 말고 그대로 앞으로 넘어지는 게 그 이유였다.

꽈당! 제법 소리가 요란한 게 꽤나 아플 듯했다. 하지만 기철은 더운 숨을 몰아쉬며 그녀가 신발과 씨름하는 모양새를 노려보고만 있었다.

"에이, 씨발. 이젠 신발까지 날 개무시하네."

뜻대로 되지 않자, 그녀가 투덜거렸다. 이윽고 몇 번의 실패 끝에 신발이 튕기듯이 벗겨져 나갔다. 그제야 큰일을 해낸 사람처럼 큰 소리로 웃더니 앉은 자세로 빙그르 돌았다. 그리고 아기들이 그러는 것처럼 네발로 엉금엉금 기어오다가 그의 바로 앞에서 딱 멈췄다.

"어? 누가 있다."

그녀가 고개를 휙 들어 올렸다. 게슴츠레한 눈에 얼굴까지 빨간 게 취한 정도가 아니라 아예 만취 상태였다. 여기로 오는 내내 그는 한 가지 생각뿐이었다. 보는 즉시 그녀의 목을 졸라 버리는 것. 한데 이런 꼴로 나타나다니. 분한 마음에 기철은 주먹을 꽉 틀어쥐었다.

"와아, 송기철. 너 돌아왔구나."

그녀가 헤벌쭉 웃으며 주섬주섬 몸을 일으키더니 주정이라도 하듯 주절대기 시작했다.

"난 그년 집에서 아예 눌러살 줄 알았더니. 하기야 그년도 없는데 거기 있어봐야 뭐 하겠어. 외롭기만 하지. 안 그래?"

그녀의 입에서 술술 흘러나오는 말들이 그의 피를 차갑게 했다. 나갈 때 행선지를 밝히지 않았으니 그가 인경의 집에 간 것을 몰라야 했다. 그런데도 정확히 알고 있다는 것은?

"네가 내 뒤에 감시견 붙였던 거야?"

"감시견? 아아, 당신이 즐겨 하는 그거. 맞아, 내가 했어. 천하의 송기철이 뭘 하고 돌아다니는지 궁금했거든. 왜? 그럼 안 되나?"

"네까짓 게 내 뒤를 캐서 뭐 하게?"

"글쎄, 아직 생각 안 해봤는데? 대체 내가 뭘 하고 싶었을까나……."

그녀가 약을 올리듯 말꼬리를 흘리더니 비틀거리는 걸음으로 그의 곁을 스쳐 지나갔다. 손에 움켜잡으면 고작 한 줌밖에 안 될 목은 당당히 위를 향해 있었다. 기철은 닭 모가지 비틀 듯 저 목을 비틀어버리고 싶다는 충동을 애써 억누르며 그녀의 팔을 움켜잡았다.

"아악!"

그녀가 비명을 내지르며 엉덩이를 뒤로 뺐다. 하지만 이보다 더한 짓도 하고 싶었던 그는 오히려 손가락에 더욱 힘을 실어 그녀를 확 잡아당기며 이를 갈 듯이 말했다.

"네까짓 게 뭘 하든 관심 없어. 그러니까 묻는 말에나 대답해. 인경이 네가 한 짓이야?"

이런. 벌써 그가 알게 된 건가. 무희는 인경이란 소리에 정신이 번쩍 들었다. 시간이 좀 더 흘러간 뒤에나 알길 바랐는데 그녀의 예상보다 훨씬 빠른 것에 조금은 당황했다. 하지만 이미 엎질러진 물. 언젠가는 들통날 일이었기에 차라리 잘됐다 싶기도 했다.

"인경이? 아하, 그년. 후훗, 그렇다면 어쩔 건…… 컥!"

순식간에 뻗어온 손이 숨통을 조이며 그녀를 벽으로 밀어붙였다. 쿵! 등과 어깨가 심하게 벽에 부딪쳤지만 아픔 따윌 느낄 여유가 없었다. 무희는 사정없이 목을 조르는 손을 양손으로 붙잡고서 가까스로 입을 뗐다.

"이, 이게…… 무, 무슨 짓이야."

"네년이 죽고 싶어 환장한 것 같아서 소원 들어주는 중이다. 어때? 한 방에 끝내줄까?"

"커컥, 나…… 나쁜…… 에켁, 새…… 끼. 니, 니가 나한테……
커윽…… 어, 어떻게 이럴 커억…… 수 있어."

그녀는 한마디 한마디를 내뱉을 때마다 숨이 꼴깍꼴깍 턱에 찼
다. 그는 자신이 한 말을 지키려는 듯 목을 조인 손에 더욱 힘을
실었다. 한여름의 뙤약볕이 이럴까 싶을 만큼 이글거리는 눈동자
엔 살기가 가득했다.

"내가 경고했지. 내 세계에 그녀를 끌어들이지 말라고. 한데 내
말을 개무시하고 너 따위가 내 걸 손대!"

그의 고함 소리가 커질수록 그녀의 얼굴은 더욱 고통스럽게 일
그러졌다. 설마가 사람 잡는다고 그는 정말로 그녀를 죽이려 하고
있었다.

"커억! 이…… 크윽…… 미, 미치…… 새에……."

마지막 발악처럼 그녀가 가까스로 입을 열었지만 한계에 부딪
친 이성은 미친 새끼라는 아주 간단한 단어조차 구사하지 못했다.
머릿속이 하얘지고 눈앞이 빙글빙글 도는 게 정말 이대로 개죽음
을 당할 모양이다. 순간, 처량하게도 눈물이 솟구쳤다. 사랑하기
에 탐했을 뿐이고, 그 사랑에 방해가 되기에 범했을 뿐이었다. 그
런데 제 사랑에 눈이 먼 그는 이유조차 묻지 않았다. 무희는 처음
으로 그를 사랑한 게 후회되기 시작했다.

'휴우, 사랑이란 거 참 어렵구나. 그냥 마음만 주면 되는 줄 알
았더니.'

그녀는 체념 어린 한숨과 함께 스르르 눈을 감고서 생명줄마냥
붙잡고 있던 그의 손목에서 살며시 힘을 뺐다. 그러자 이내 몸이

축 아래로 늘어졌다. 이게 마지막이라면 잠든 듯이 가고 싶었다.

"빌어먹을!"

독기를 잔뜩 품고 있던 눈이 감겨 버리자 기철은 그제야 집어 던지듯 그녀를 바닥으로 내동댕이쳤다.

"커윽, 콜록! 콜록…… 콜록."

그의 손아귀에서 풀려나자 폐 속의 공기가 모두 빠져나갈 것처럼 기침이 터졌다. 그 사이로 차가운 목소리가 섞여들었다.

"내일까지 인경이 데려와. 안 그럼 진짜로 죽여 버릴 거야."

"……여."

"뭐?"

"음…… 하아! 죽이…… 허어, 허억…… 라고, 새꺄."

"이게 진짜!"

금방이라도 내려칠 듯이 그가 손을 들어 올렸다. 무희는 가쁜 숨을 몰아쉬면서도 그를 노려보는 것을 멈추지 않았다. 이래 죽으나 저래 죽으나 어차피 한 번은 죽는 것. 삶에 그다지 미련 없다, 말할 수는 없지만 기를 쓰며 살고 싶지도 않았다. 그래서 선택했다. 죽이고 싶다니 죽어주기로. 그래야 평생 그년을 보지 못할 테니까.

"너 미쳤지?"

"하아, 너 같은 인간을 상대하는데…… 하아, 그럼 제정신이겠냐? 미친놈인데 같이 미쳐야지."

"그러다 맞아 죽으면 안 억울하지?"

"억울해! 너무 분하고 억울해서 미치기 일보 직전이다. 왜! 이 나쁜 자식아! 그년이 뭔데 그깟 년이 뭐라고 내 목을 졸라. 이 벌레만도 못한 인간아!"

"이게 아직도 정신을 못 차리고……."

"그년이!"

그가 손을 치켜들며 다가가자 때릴 테면 때려보란 듯이 그녀가 고개를 치켜들며 고함을 질렀다. 기철은 하도 어이가 없어 어중간하게 들고 있는 손을 내리지도 못한 채 그녀의 고함 소리를 듣고 있어야 했다.

"그년이 그렇게 중요해? 그럼 난 뭐야? 네 돈벌이를 위해 가진 걸 모두 버린 난 뭐냐고!"

기철은 어처구니가 없는 말에 실소를 머금었다. 가진 걸 모두 버렸다고 말하는 것치곤 그녀는 가진 게 너무 많았다.

"네가 대체 뭘 버렸는데? 그동안 벌어들였던 돈에 40%는 네가 챙겼어. 그만한 대가가 없었다면 네가 내 일에 협조했을 것 같아. 그리고 날 배신한 대가로 챙긴 10억은 어따 팔아먹었는데!"

기철의 말에 무희는 이를 지그시 악물었다. 그가 한 말이 틀린 것은 아니었다. 고객들의 정보를 제공하는 대가로 이윤의 40%를 받았다. 그러나 하인경을 보내는 대가로 받은 돈은 단돈 10원도 없었다.

"할 말 없지? 그럼 이제 정신 똑바로 차리고 네가 저지른 일이나 제자리로 돌려놔. 그럼 용서해 주지."

"미친놈. 역시 넌 개또라이야. 그걸 망각하고 있었다니 내가 미친년이지."

"말조심해. 네가 날 상대로 원하는 걸 얻었다면 그래! 한 번쯤은 그냥 넘어가 줄 수 있어. 그런데 넌 손대지 말아야 한다는 걸 알면서도 건드렸어. 그것만은 절대 용서 못해!"

"용서? 웃기지 마. 빌지도 않을뿐더러 그년은 더더욱 안 찾아와.

아니, 못 찾아와. 그러니까 죽여. 기꺼이 웃으면서 죽어줄 테니까.”

정말 말처럼 하려는 듯 그녀가 목을 쭉 빼고서 웃고 있었다. 사람이 궁지에 몰리면 이성을 잃는다더니 그녀가 딱 그랬다.

“이, 이, 독한 년!”

기철은 이를 갈 듯 내뱉으며 등을 돌렸다. 저런 년을 상대하고 있느니 차라리 당사자를 찾아가 협상하는 게 더 빠를 듯했다.

병원 복도를 걷고 있던 인경은 입을 꾹 다문 채 옆에서 묵묵히 걸음을 옮기고 있는 그를 슬쩍 올려다보았다. 표정이 딱딱하게 굳은 것이 화를 참고 있는 듯했다. 아마도 그녀가 원인일 것이다. 그러자 자연스레 시선이 붕대가 감긴 손으로 향했다. 다행히 베이기만 했을 뿐 그가 염려한 것처럼 유리 조각은 박혀 있지 않았다.

“강주열 대표님.”

누군가가 주열을 불렀다. 소리를 따라 고개를 돌린 인경은 그들에게로 다가오는 남자를 보곤 우뚝 멈춰 섰다. 남자는 태화그룹 박민수 이사의 비서인 서경석이었다.

‘하아, 이제 어쩌지.’

인경은 서 비서와의 거리가 좁혀질수록 가슴이 조마조마했다. 주열과 함께 있는 모습을 보고서 그가 어떤 생각을 할지 몰라 겁이 났다. 그러나 상대가 반갑지 않은 것은 그녀뿐만이 아닌 모양이다. 열릴 것 같지 않던 주열의 입에서 제길이란 말이 흘러나오고 있는 것을 보니.

“하인경 씨도 함께 계셨군요. 잘 지내시죠?”

불안한 시선으로 바라보고 있는 그녀에게 다정한 얼굴로 그가 아는 체를 했다. 뜻밖의 상황이니 당황되기도 할 터인데 그는 너무나 평온한 모습으로 그녀를 마주하고 있었다. 그가 유능한 비서란 건 익히 알고 있었지만 주열과 함께 있는 그녀를 보고도 저토록 태연할 수 있다는 게 그저 놀랍기만 했다.

"날 보자고 했다고."

인경이 뭐라고 말을 꺼내야 할지 몰라 허둥대고 있을 때, 구세주처럼 주열의 목소리가 끼어들었다. 다행스럽게도 그의 시선이 주열에게로 향했다. 그제야 인경은 참고 있던 숨을 천천히 내뱉으며 그들에게서 두어 걸음 물러났다.

"네. 그렇습니다."

"용건은?"

본론부터 물어오는 그를 보면서 경석은 생각보다 주열이 냉정한 사람이란 걸 알았다. 사연이야 어찌 되었든 그가 서 있는 이 병원에 친구가 입원을 하고 있었다. 그럼 병문안은 가지 못할지언정 최소한 어느 정돈지 안부 정도는 묻는 것이 도리였다. 한데 빈말조차도 하기 싫은지 그에 대해서는 한마디도 언급하지 않고 있었다. 그렇다면 굳이 이쪽에서도 내색할 필요가 없었다.

"전해 드릴 것이 있습니다. 언제 시간이 되시겠습니까?"

공손한 듯 묻고 있지만 경석의 눈빛이 달라졌다는 것을 주열은 금세 눈치챘다. 아마도 그에게 화가 났을 것이다. 그래도 딱히 상관없었다. 박민수와 관련된 일엔 빈말조차도 아까웠다.

"뭔지는 모르겠지만 받아야 할 이유가 없을 것 같은데."

"아니, 꼭 보셔야 합니다."

단호한 대답에 주열의 미간에 주름이 잡혔다. 그게 무엇이든 결코 보고 싶지 않았다. 그러나 그의 태도가 마음에 걸려 거절할 수가 없었다.

"좋아. 그럼 지금 보도록 하지. 괜찮겠나?"

"네. 그럼 잠시만 로비에서 기다려 주십시오. 차에서 가져오도록 하겠습니다."

"아니, 같이 가지. 어차피 주차장으로 가던 길이었으니까."

"알겠습니다. 그럼 먼저 가서 기다리고 있겠습니다. 하인경 씨, 그럼 다음에 또 봐요."

주열에게는 딱딱하기만 하던 사람이 그녀에겐 더할 수 없이 부드럽게 인사를 하고 돌아섰다. 어정쩡하게 서서 그들의 눈치를 살피고 있던 인경은 얼떨결에 고개만 까닥했다. 그러다 그가 일부러 자리를 피해준 거란 생각이 들자 괜스레 얼굴이 달아올랐다.

"가지."

주열이 걸음을 떼자, 인경이 얼른 그를 붙잡으며 말했다.

"전 안 가는 게 좋겠어요."

"불편한가 보군. 그럼 차에서 기다려."

그가 자동차 키를 건네주자 그녀가 손사래를 쳤다.

"아니, 그냥 집으로 갈게요. 얘기가 길어질 수도 있으니까."

그럴 리야 없었지만 그녀가 원치 않으니 보내주는 게 좋을 듯했다.

"그 손으로 운전은 무릴 테니까 택시 타고 가."

"네."

다친 손 때문이 아니라 그의 차를 운전한다는 것 자체가 무리라 그녀가 냉큼 대답하며 앞으로 걸어갔다. 그 뒤를 묵묵히 주열이 따라 걸었다.

"이게 뭔가?"

차 안에서 봉투를 건네받은 주열이 경석을 향해 물었다. 손가락 끝에 딱딱한 것이 잡히는 것으로 보아 종이류는 아닌 듯했다.

"열어보시면 아실 겁니다."

말투로 보아 내용물을 알고 있는 것 같은데 그는 말을 아끼고 있었다. 주열은 천천히 봉투를 열어 안을 들여다보았다. 녹음기와 편지 봉투가 눈에 띄었다. 그게 뭘 의미하는지 몰라 흘끗 그를 바라보았다. 하지만 앞좌석에 앉아 있는 탓에 그의 얼굴은 보이지 않았다. 주열은 다시 봉투로 시선을 돌렸다. 안에 든 내용이 무엇을 뜻하는지는 모르겠지만 왠지 꺼림칙한 기분이 들어 선뜻 손이 가지 않았다.

"꼭 봐야 하나."

"네."

혼잣말처럼 중얼거린 말에 경석이 대답하고 있었다. 주열은 무거운 마음을 뒤로하고 손을 넣어 편지 봉투를 꺼냈다. 겉표지에 사랑하는 친구에게, 라는 문구가 적혀 있었다. 필체는 박민수의 것이었다. 도대체 무슨 말이 하고 싶어서 이런 걸 남겼을까, 생각하면서 편지를 꺼내 들었다. 편지지 한 면을 거의 채우다시피 한 내용의 첫 문장은 그의 이름이었다.

―주열아. 강주열. 널 이렇게 부를 수 있는 것도 지금뿐이라 많이 슬프고 아프다. 미안하다. 함께해 주지 못해서. 네게 못난 꼴만 보여서. 그런데 주열아, 넌 그러지 마라. 서인이의 죽음에 아파하지도 자책하지도 마. 서인인 그럴 가치가 없는 여자야. 나 역시도 마찬가지

야. 내게 일어나는 모든 일들은 내가 책임져야 할 내 몫이라 거둬가는 거다. 그러니까 마음껏 날 원망하고 미워해.

하지만 그 외엔 사절이다. 혹시라도 네가 이 일로 인해 또 다른 죄책감에 빠져들까 봐 이렇게 글을 남긴다. 네가 봐왔던 서인은 가식으로 꾸며진 가짜야. 널 사랑하지도 좋아하지도 않았어. 그저 자기 욕심을 채우기 위해서 널 이용한 것뿐이야. 그러니까 네 사랑을 짓밟아 버린 그런 여자는 깨끗이 잊어라. 너의 행복을 빼앗아간 나 또한 잊어. 그리고 널 사랑해 주는 여자 만나서 부디 행복해라.

마지막 가는 길에 바라는 것이 있다면 그건 네가 행복해지는 거다. 그동안 나와 서인에게 빼앗겼던 행복 꼭 다시 찾아서 보란 듯이 잘살아. 저승에서도 우리가 샘낼 정도로.

주열아, 널 만나서 정말 행복했다. 다음 생에선 마지막 그 순간까지 꼭 함께했으면 좋겠다. 잘 있어. 네가 많이 그립고 보고 싶을 거야. 너의 영원한 벗이 되고 싶었는데 그러지 못한 게 지금 이 순간도 제일 아프다.

끝까지 읽어 내려간 편지가 그의 손아귀에서 처참하게 구겨졌다. 믿을 수 없었다. 아니, 믿고 싶지가 않았다. 하지만 죽음으로 대신한 내용이 거짓일 리가 없었다.

"지금 어디 있나?"

"1002호에 계십니다. 하지만 가시기 전에 아셔야 할 게 하나 더 있습니다."

편지 내용만으로도 머릿속이 터질 것 같은데 또 다른 게 있다는 말을 들으니 이젠 겁이 났다.

"말해."

"지금 읽으신 편지 내용은 모두 사실입니다. 하지만 가장 중요한 진실이 빠져 있습니다."

"진실이라니, 그게 뭐지?"

"사장님이 알고 계시는 것과 달리 저희 이사님과 장서인 씨 사이에는 아무 일도 없었습니다. 마지막 가시던 길까지 숨기고 계시기에 제가 알려 드리는 겁니다. 믿지 못하시겠지만 사실입니다. 봉투 안에 들어 있는 녹음기를 들어보시면 그동안의 오해가 풀리실 겁니다."

헛소리를 할 사람이 아니었기에 주열은 지체 없이 녹음기를 꺼내 들었다. 여기에 그가 모르는 진실이 들어 있다고 생각하니 가슴이 쿵쾅거리고 손에 땀이 찼다. 주열은 떨리는 가슴을 뒤로하고 천천히 버튼을 눌렀다. 잠시 후, 서인의 목소리가 귓가로 스며들었다. 주열은 저도 모르게 눈을 꼭 감았다. 언제나 이 목소리를 들으면 행복했었다. 한데 오늘은 이상하게 불안하고 초조하기만 했다.

[주열 씬 당신 말보다 내 말을 더 믿을걸.]

[그래도 상관없어. 거짓이 진실이 될 수는 없으니까.]

[웃기는 소리 하지 마. 난 얼마든지 거짓도 진실로 만들 수 있어. 그게 바로 사랑의 힘이란 거야.]

빈정거리던 그녀의 목소리가 일순 표독스럽게 바뀌었다. 주열은 녹음기를 꽉 움켜쥐었다. 거짓도 진실로 만들 수 있다는 말이 심기를 불편하게 했다.

[주열이 마음 갖고 장난치면 내가 용서 안 해.]

[어머, 무서워라. 당신이 그렇게 나오니까 왠지 더 그러고 싶어지는걸. 아, 맞다. 이런 건 어때? 사랑에 눈이 먼 당신이 날 강제로 범했고 난 사랑하는 남자를 배신했다는 죄책감에 시달리다가 자살을 시도한다. 뭐 한쪽 팔에 흉터는 남겠지만 고귀하신 당신들의 우정이 깨지는 것으로 위안을 삼는다면 난 나쁘지 않은데. 아니면 주열 씨와 함께 갈까? 그것도 좋을 것 같긴 한데.]

놀라운 사실에 주열이 감은 눈을 번쩍 떴다. 그럼 처참했던 그 일이 그저 협박용으로 쓰이기 위한 자작극이었고, 운이 없어 실제 상황이 된 거란 말인가. 도저히 믿어지지가 않아 세차게 머리를 휘저었다. 미친 게 아니라면 이런 일은 있을 수가 없었다. 주열이 이를 바드득 갈고 있는 사이에도 그들의 대화 내용은 계속되었다.

[허튼짓하지 마! 주열이 손끝 하나라도 건들면 네 자작극이 아니라 내 손에 진짜 죽어.]

[그러게 왜 날 건드려! 네가 협박하면 내가 무서워할 줄 알았어? 천만의 말씀. 네 입에서 내 이름자가 나오는 날엔 그 잘난 우정이 산산이 깨진다는 것을 명심해.]

[너야말로 내 말 똑똑히 들어. 지금이라도 주열이를 진심으로 대해. 그럼 네가 한 짓들 다 덮을 테니까.]

[진심? 하하하, 근데 어쩌지. 그에게선 욕정이 느껴지지가 않는데.]

[그럼 헤어져. 그에 대한 대가는 내가 줄 테니까.]

[어머, 눈물겨워라. 그러고 보니 당신 참 불쌍하다. 그렇게 멋진 남자로 태어나서 건너지 못할 강을 바라보며 사랑앓이를 하다니. 이 사실을 주열 씨가 알게 되면 어떻게 나올까. 그의 성품으로 보아 더러워서 당장 의절할 것 같은데. 안 그래?]

[장서인! 그런 거 아니니까 주둥아리 함부로 놀리지 마. 영원히 입이 봉해지는 걸 원치 않는다면.]

[이봐, 박민수. 우리 서로 피곤하게 하지 말고 각자 인생 살자. 설령 내가 사라진다고 해도 당신은 그를 갖지 못한다는 거 알잖아. 그러니까 날 내버려 둬. 당신이 날 떼어내려고 발버둥을 쳐도 주열 씨가 놓지 않을 테니까. 그럼 당신만 상처받아. 계속 그러고 있을 거야! 나 터지기 일보 직전이란 말이야! 알았으니까 보채지 좀 마. 그만 끊어야겠어. 들었다시피 지금 혼자가 아니거든.]

녹음된 내용은 거기까지였다. 주열의 손이 힘없이 아래로 툭 떨어졌다. 들으면 들을수록 담고 있는 진실이 너무나 엄청나서 혼이 빠져나간 것처럼 몸에 힘이 쫙 빠졌다.

"이사님은 대표님께서 끝내 모르시길 바랐습니다. 하지만 전 다릅니다. 이루어질 수 없는 사랑이라고 해서 비난받아야 할 이유는 없다고 봅니다. 사랑이란, 말뜻 그대로 다른 이를 소중히 여기는 마음이니까요."

경석의 말에도 불구하고 주열은 너무나 혼란스러워 그저 멍하니 앉아 있기만 했다. 박민수가 그를 사랑한다는 것도 서인의 사랑이 거짓이었다는 것도 도저히 믿을 수가 없었다.

"아악! 미치겠다, 정말."

이리저리 뒤척거리며 잠을 이루지 못하고 있던 인경이 벌떡 몸을 일으켰다. 생각할수록 그녀가 바보 같아 견딜 수가 없었다. 언제 또 만날 수 있을지도 모르는데 정작 물어야 할 것은 묻지도 못하고 보내고 만 것이다. 이곳을 나가려면 돈이 필요한데 그런 바보 같은 짓을 하다니. 생각할수록 어처구니가 없어 속이 탔다.

"하아, 안 되겠다."

그녀는 술 생각이 간절해지자 방을 나섰다. 거실로 나온 인경은 어둠을 뚫고 그가 잠들어 있는 방 쪽을 물끄러미 바라보다가 천천히 그곳으로 걸음을 옮겼다. 만일 깨어 있다면 같이 한잔하자고 말할 생각이었다. 몹시도 불쾌한 기분이라 혼자 마시게 되면 과음을 하게 될지도 몰랐다.

"자나."

노크 소리에 아무런 반응이 없었다. 인경은 방문을 열어볼까, 잠시 고민하다가 그대로 몸을 돌렸다. 혹시라도 자고 있는 거라면 괜히 깨우는 꼴이 될까 싶어서였다.

"어우, 깜짝이야!"

무심히 응접실 문을 열고 들어서던 인경은 어둠 속에 앉아 있는 형체에 놀라서 한 걸음 뒤로 물러났다. 자고 있는 줄 알았는데 여기 있을 줄이야. 그녀는 도로 나갈까 하다가 놀란 소리에도 아무런 기척이 없었다는 게 생각나 천천히 그에게로 다가갔다. 그와의 거리가 좁혀질수록 알코올 냄새가 진하게 전해져 왔다.

"강주열 씨."

그의 어깨 위에 살짝 손을 올리면서 부르자 그제야 천천히 눈을

뜨고 있었다. 곧바로 반응을 보이는 것으로 보아 잔 것은 아닌 듯
했다. 어둠 속에서 그와 시선이 마주치자 괜스레 어색한 기분이
들어 그녀가 굽혔던 허리를 폈다.

"불이라도 켜고 있지."

"그러지 마."

인경이 스위치를 찾기 위해 두리번거릴 때, 밤보다 더 깊게 울
리는 목소리가 들려왔다. 무슨 일이 있었던 것일까. 서 비서를 만
나고 온 이후로 그의 표정이 심상치가 않았다. 화가 난 것 같기도
하고, 또 언뜻 비치는 슬픈 눈빛이 아파 보이기도 했다.

"앉아."

"아니에요. 혼자 있고 싶다면 그냥 갈게요."

"당신도 술 생각이 나서 왔을 거 아니야."

"그렇긴 하지만……."

술 생각이 간절하긴 했다. 하지만 왠지 그녀가 있으면 안 될 것
같은 분위기라 선뜻 내키지가 않았다.

"괜찮으니까 잔 들고 와서 앉아."

그가 재차 권하자 인경은 그냥 돌아서기도 뭐하고 해서 할 수
없이 잔을 가져와 소파에 앉았다. 딱 한 잔만 마시고 일어날 생각
에서였다.

"아프지 않아?"

주열이 그녀의 잔에 술을 따르며 물었다.

"네. 그다지 많이 다친 것도 아닌데요, 뭘."

"다시는 그런 짓 하지 마. 당신이 원한다면 그깟 장미쯤 얼마든
지 안겨줄 테니까."

술잔을 입으로 가져가던 인경이 잠시 멈칫했다. 그깟 장미가 아니라 그가 사다 준 장미라 그런 거였다. 그래서 내버려 둘 수가 없었다. 왜 그랬냐고 묻는다면 딱히 할 말은 없었다. 그저 엉망으로 된 걸 보여주기 싫었다는 것뿐.

"그러지 않아도 돼요. 이미 충분하니까."

반쯤 빈 술잔을 내려놓으며 그녀가 말했다. 주열은 어떤 영상이 떠오르자 그녀의 대답이 달갑지가 않았다. 오늘 만난 송기철은 남자인 그가 봐도 잘생긴 인물이었다. 그런 남자를 상대로 빠져들지 않을 여자는 없었다. 거기다 꽃까지 곁들인다면 금상첨화인 것이다.

'빌어먹을!'

순식간에 불쾌감이 밀려오자 주열이 단숨에 잔을 비우며 말했다.

"물론 그랬을 테지."

"무슨…… 뜻이에요?"

비꼬는 듯한 대답이 돌아오자 그녀가 조심스럽게 물었다. 뭔지는 모르겠지만 그의 분위기가 갑자기 달라졌다.

"내가 생각했던 것보다 송기철이란 놈이 꽤 괜찮더군."

갑자기 왜 그를 들먹거리고 나오는 걸까. 외모로 따지자면 주열이 못지않게 그도 멋있긴 했다. 하지만 그게 이 일과 무슨 상관이라고. 인경은 도무지 주열이 하려는 말이 무엇인지 감조차 잡을 수가 없었다.

"그래서요?"

"그래서 장미는 얼마든지 사다 줬을 거란 말이지."

인경은 생각지도 못한 주열의 태도에 손끝이 짜릿하고 가슴이 두근거리는 게 묘한 흥분이 파도처럼 밀려와 기분이 들떴다. 그녀에게 장미를 사다 준 사람이 그라는 걸 알게 되면 과연 어떤 표정을 지을까. 으으으, 생각만으로도 몸서리쳐지게 흥분되고 조바심이 났다. 그래서 툭 던져 보기로 했다. 돌려 말하는 건 재미없으니까.

"당신뿐이에요. 내게 장미를 사다 준 남자는."

술을 따르고 있던 손이 딱 멈췄다. 그러나 아쉽게도 어두운데다 고개까지 살짝 숙이고 있는 탓에 그의 표정을 제대로 볼 수가 없었다.

"이런, 불을 켰어야 했는데……."

잔뜩 기대하고 있던 일이 허망하게 끝나 버리자 그녀가 아쉬움을 달래려고 술잔을 입으로 가져갈 때였다. 갑자기 팔을 확 잡아당기는 바람에 잔 속에 담겨 있던 술이 출렁거리며 쏟아졌다. 흰옷이란 생각이 불현듯 스치자 볼멘소리가 입안에서 맴돌았다.

하지만 이내 내려온 입술이 거침없이 입안으로 파고들어 와 불만을 삼켜 버렸다. 한 손엔 술잔을, 붕대가 감긴 또 다른 한 손은 이도 저도 못한 채 어정쩡한 모습으로 그에게 매달려 있는 꼴이 되고 말았다. 아마도 뒤에서 보면 꽤나 볼만할 것이다.

"윽!"

그녀의 입에서 아픈 소리가 흘러나왔다. 그가 집중하라는 듯 혀를 힘껏 빨아 당긴 것이다. 그 충격으로 인해 가까스로 들고 있던 잔이 카펫 위로 떨어지고 있었다. 얼룩이 지기 전에 닦아야 할 텐데 라는 생각이 어렴풋이 들었지만 오히려 자유로워진 팔로 그의 목을 끌어안고서 더 깊숙이 몸을 밀착시켰다.

빈틈이 없을 정도로 맞물린 입술이 서로의 숨결을 삼키며 거침없이 혀를 휘감았다. 그의 혀가 그녀의 입안을 헤집고 나면 어느새 그녀가 그의 혀를 끌어당겨 안았다. 마치 전쟁이라도 하고 있는 것처럼 뺏고 빼앗기를 반복하며 정신없이 열정의 늪으로 빠져들었다. 그로 인해 넘쳐 난 타액이 입술 끝을 타고 목으로 흘러내리자 열꽃이 피어오르는 것처럼 온몸이 뜨거워졌다.

인경은 입고 있는 옷이 갑갑할 정도로 심한 갈증이 느껴지자 죄다 벗어버리고 싶은 충동에 빠져들었다. 그때 그의 입술이 멀어지더니 거짓말처럼 그녀의 옷이 벗겨졌다. 이어 브래지어가 사라지고 목덜미에 뜨거운 숨결이 와 닿았다. 순간, 소름 끼치도록 짜릿한 감각이 온몸을 뒤흔들었다.

"아아……!"

참을 수 없는 전율에 그녀가 고개를 뒤로 한껏 젖히며 열기를 토해냈다. 탱글탱글하게 부풀어 오른 젖가슴이 분홍빛 유두를 꼿꼿이 세우고서 색정적인 자태로 눈앞에서 유혹했다. 그에 질세라 탐욕에 젖은 손이 터질 듯 풍만한 가슴을 움켜쥐고 희롱하기 시작했다. 그의 손이 움직일 때마다 그녀는 숨이 턱에 찬 듯 헐떡거렸다. 성적 교태가 짙게 배인 신음 소리를 따라 이미 커질 대로 커져버린 욕망 덩어리가 좁은 곳을 비집고 나오려고 아우성을 쳤다.

주열은 허벅지 안쪽에서 일어나고 있는 열기를 고스란히 느끼며 봉긋하게 솟아오른 가슴을 입안에 머금었다. 그런 다음 달콤한 사탕을 빨 듯 톡 불거져 솟아오른 돌기를 혀끝으로 휘감으며 희롱하다 아랫도리가 욱신거릴 때마다 이로 잘근잘근 깨물었다. 아팠던지 그녀가 얼굴을 찡그리며 엉덩이를 들썩거렸다. 그 바람에 가까스로 참고 있던 욕정에 불이 붙었다. 음경골이 바짝 당기고 귀두 끝이 저릿저릿한 게 그녀 안에 당장 들어가지 않으면 미칠 것 같았다.

"참을 수…… 없을 것 같은데."

그녀가 듣고 있기가 버거울 정도로 그는 힘들어했다. 참으라고 하지 않았고 참을 필요도 없었지만 그는 혼자만의 고민에 빠져 있었다. 혹시 그녀에게 허락을 구하고 있는 것일까. 하지만 오늘만큼은 제 입으로 안아달라고 말하고 싶지가 않았다. 처음도 아니고 그녀 역시도 그와 함께하고 싶었다. 그러나 왜 그런지는 모르겠지만 먼저 손을 내밀고 싶지가 않았다. 만일 그가 안아준다면 머릿속이 하얗게 비워질 때까지, 아니, 송기철에 대한 찌꺼기가 말끔히 사라질 때까지 미친 듯이 안기고만 싶었다.

"여기라도 괜찮을까?"

한없이 부드러운 손길로 그녀의 이마 위에 흘러내린 머리카락을 거둬 올리며 그가 양해를 구하고 있었다. 송기철이라면 아무렇지도 않게 여겼을 일을 그는 세심하게 배려하고 있었다. 순간, 심장이 뻐근해지고 코끝이 찡해졌다. 소중하게 여기는 마음이란 바로 이런 것일까. 욕망에 시달리면서도 그녀의 기분을 먼저 생각하는 그의 마음 씀씀이가 황홀할 정도로 너무 예뻤다.

인경이 양손으로 그의 얼굴을 감싸고서 여운이 남도록 길게 입을 맞췄다. 그러자 그가 신음을 흘리며 살며시 눈을 감았다. 1초 2초 3초. 시간이 흐르고 있었지만 그는 눈을 뜨지 않았다. 그녀의 심장이 시침 소리를 따라 두근거리기 시작했다.

뭐가 잘못된 것일까. 왠지 모를 불안감이 그녀를 초조하게 했다. 그렇게 속절없이 흐르는 시간을 사이에 두고 그녀가 마른침을 삼키고 있을 때, 그가 번쩍 눈을 떴다. 지은 죄도 없는데 저도 모르게 몸이 움찔거리며 뒤로 물러나려 했다. 하지만 허리를 꽉 붙들고 있는 탓에 꼼짝도 할 수가 없었다. 그의 무릎 위에 올라앉아 있으니 도망갈 곳도 없는 것이다.

"당신에게 해둘 말이 있어."

느닷없는 말에 그녀가 눈을 깜박거렸다. 지금 이 상황에서 무슨 말을 하려는지 감조차 잡히지 않았다. 하지만 해둘 말이라는 게 무엇인지 궁금해 그저 알았다는 뜻으로 고개를 살짝 끄덕였다.

"나 당신 놓지 않을 거야."

"그게 무슨……?"

인경은 갈수록 그가 엉뚱한 말만 하자 저도 모르게 물음표를 던졌다.

"사랑한다고 말 못해줘. 지금 당장은."

"가, 강주열 씨."

"하지만 사랑하고 싶어. 아니, 할 거야. 꼭!"

단호한 목소리만큼이나 그의 눈동자에서 빛이 났다. 인경은 어쩌다가 상황이 이렇게 돌변하게 된 건지 알 수가 없어 어떠한 말도 하지 못했다. 하지만 그는 할 말이 많은 듯 계속해서 말을 잇고 있었다.

"그래서 말해두는 거야. 지금 당신을 안는 건 육체적 욕망이 아니라 내 심장에 당신이 들어와 있기 때문이란 걸."

"무, 무슨…… 읍!"

충격적인 고백만큼이나 격렬하게 입술이 부딪쳐 왔다. 인경은 가쁜 호흡만큼이나 머릿속이 복잡해졌다. 사랑한다고 말은 하지 못하되 사랑하고 싶다고 한다. 도대체 그게 무슨 뜻일까. 그의 심장 안에 그녀가 있기에 안는다는 건 또 무슨 소리란 말인가. 그의 말을 한마디, 한마디씩 되짚을 때마다 심장이 터지려는 듯 쿵쾅쿵

쾅거렸다. 그녀가 미처 깨닫지 못하는 무언가를 심장은 알아듣기라도 한 것처럼 소리가 거침이 없었다.

"아흑!"

격정적인 키스에 이어 촉촉하게 젖은 혀가 목선을 타고 미끄러져 내려와 가슴을 빨아 당겼다. 아파야 했지만 짜릿한 감각이 먼저 그녀를 흔들었다. 하지만 그는 뭔가 마음에 들지 않는지 구시렁거리며 그녀를 안아 들었다. 인경은 그가 발자국을 떼자 살짝 긴장이 되어 주열의 어깨에다 얼굴을 묻었다.

그러나 바로 옆에 있는 기다란 소파에다 그녀의 몸을 눕히자 그의 불만이 뭔지 깨달았다. 그녀도 무릎 위에 앉아 키스를 나누는 것이 불편했는데 아마 그도 같은 생각을 한 모양이다. 훨씬 자유롭게 몸이 움직이게 되자 그는 성욕을 노골적으로 드러냈다. 솟아난 돌기를 혀끝으로 빙글빙글 돌리는가 하면 어느 순간 힘껏 빨아 당기고 깨물었다. 그럴 때마다 야릇하고 흥분되는 게 온몸이 오싹오싹했다.

한번 시작된 열정은 쉴 새 없이 그녀를 밀어붙이고 있었다. 풍만해진 가슴을 움켜쥐었다가도 다시 입안에 머금고 빨고 핥기를 반복했다. 이상한 말을 들어서일까. 열기가 깊어질수록 허벅지 안쪽에 있는 은밀한 곳이 움찔움찔거리며 촉촉이 젖어들었다.

그때, 주저 없이 바지 속으로 들어온 손이 팬티 가장자리에 머물렀다. 순간, 뜨거운 열기가 얼굴을 확 덮치자 그녀는 눈을 질끈 감아버렸다. 이런 상황과 어울리지 않는 행동이었지만 그곳이 어떤 사정인지 알고 있기에 괜스레 부끄러웠다.

"당신도 나만큼 원하는 것 같아서 기분 좋아."

어느새 팬티 속으로 손을 집어넣은 그가 애액으로 젖은 음모를 쓰다듬으며 그녀에게 입을 맞추었다. 그의 손이 움직일 때마다 질 입구가 불에 덴 듯 화끈거리고 귀에는 질척거리는 소리가 들렸다. 낯 뜨거운 소리에 그녀는 더욱 눈을 꼭 감았다. 그때 한숨 소리가 들려오는가 싶더니 이어 버클을 끄르는 소리가 뒤따랐다. 그리고 그녀의 입에서는 앓는 소리가 흘러나왔다. 멍청하게도 그의 손이 빠져나간 것도 알지 못했던 것이다.

"날 봐."

부드러운 손길이 그녀의 얼굴을 쓰다듬었다. 그 손길을 따라 천천히 눈을 떴다. 동공 가득 그의 얼굴이 들어찼다. 살며시 미소 짓고 있는 게 꼭 소년처럼 해맑았다. 그녀의 시선이 자연스레 아래로 향했다. 그러다 화등잔처럼 눈을 크게 뜨고 다시 그를 바라보았다.

"당신보다 내가 더하지?"

뭐라고 대답해야 할까. 거대한 모습으로 우뚝 서 있는 분신을 보고 있자니 인경은 대답할 말이 떠오르지 않았다.

"당신이 책임져."

짧은 말을 남기며 주열이 그녀 위로 몸을 겹치고서 입술을 탐하기 시작했다. 독이 오른 심벌이 연신 허벅지 사이를 찔러와 발끝까지 전율케 했다. 아직 몸속에는 들어오지도 않았는데 이렇듯 미친다면 그와 하나가 됐을 때는 그야말로 정신을 놓을 것만 같았다. 그의 이가 귓불을 잘근 깨물더니 귓바퀴를 혀로 쓱 핥았다.

"하아, 읏!"

참을 수 없는 전율에 인경이 신음을 흘리며 엉덩이를 치켜올렸다. 그의 입술이 스치는 곳마다 낙인처럼 이가 깊게 박혔다. 혈관 속을 내달리는 피가 부글부글 끓어오르는 게 이러다 정말 몸이 타

버릴 것 같았다. 하지만 그의 입술과 혀는 쉴 새 없이 그녀의 살결을 유희하고 다녔다.

주열은 그녀의 몸이 부들부들 떨리는 걸 온전히 입술로 느끼며 점점 더 아래로 내려갔다. 입술이 배꼽 부위에 닿자 혀를 뾰족하게 세워 앙증맞은 구멍 속에 넣고서 원을 그리듯 빙빙 돌렸다. 자지러지는 소리가 들려왔지만 무시하며 더 깊숙이 혀를 넣었다가 호흡하듯 입으로 훅 빨아 당겼다.

"허윽!"

그녀가 허리를 휘며 거친 숨을 쏟아냈다. 그는 재미난 장난감을 가지고 노는 것처럼 혀를 할짝거리며 배꼽을 지나 아래를 향해 움직였다. 그가 한 번씩 혀를 날름거릴 때마다 그녀의 바지가 아래로 내려가더니 급기야 바닥으로 툭 떨어졌다. 그의 숨결이 거뭇한 숲을 간질이자 인경은 튀어나가려는 비명을 얼른 손으로 막으며 다리를 바짝 오므렸다.

하지만 그는 아랑곳없이 그곳에 얼굴을 묻었다. 그녀에게선 그 어떤 향수보다 달콤하고 매혹적인 향기가 났다. 주열은 코로 숨을 깊게 들이마시며 그녀의 향기를 몸속 가득 담았다. 잊고 있던 여인의 향기가 주는 쾌락은 이루 말할 수 없을 만큼 황홀했다. 주열은 기꺼이 그녀의 향기에 취해들기 위해 슬그머니 벌어진 다리 사이로 몸을 밀어 넣었다.

긴장으로 움츠러드는 그녀의 엉덩이를 두 손으로 잡고서 위로 들어 올렸다. 금방이라도 터져 버릴 듯이 성이 난 것을 은밀하게 숨어 있는 입구에 가져다 대고서 슬슬 문지르자 신음 소리를 흘리며 그녀가 움찔움찔거렸다. 그 역시 한계까지 이른 상태라 더는 참을 수가 없었다. 주열은 촉촉하게 젖은 곳으로 몸을 쑥 밀어 넣었다. 이미 받아들일 준비가 끝나 있던 동굴은 흡입하듯 그의 것을 힘껏 빨아 당겼다.

"으윽!"

누구랄 것도 없이 두 사람의 입에서 동시에 신음 소리가 터졌다. 음탕할 정도로 꽉 조여오는 것이 못 견디게 짜릿했다. 주열이 그녀의 엉덩이를 꽉 잡고서 하체를 뒤로 뺐다가 다시 깊숙이 밀어 넣었다. 그녀가 몸을 비틀며 흐느끼자 그는 더 깊고 빠르게 허리를 움직였다. 맞물린 곳에서부터 치솟아 오른 열기에 정신이 아찔했다. 하지만 쾌락에 젖은 몸은 더 많은 것을 갈망하며 그를 재촉했다.

"하아, 으윽……."

인경은 미칠 것 같은 열기가 몸을 지배하자 머릿속이 하얘지고 눈앞이 빙글빙글 돌았다. 무엇이라도 붙잡지 않으면 끝도 없는 나락으로 떨어질 것 같았다. 그녀는 다리로 그의 허리를 휘감았다. 그때 거침없이 밀고 들어오던 그의 것이 뿌리 끝까지 박혀들었다.

"아악, 읏!"

낯선 통증과 쾌감이 동시에 그녀를 덮쳤다.

"하아, 괜찮아?"

걱정스러운 목소리로 그가 물었다. 인경은 저도 모르게 눈을 감았다는 것을 깨닫고 살며시 눈꺼풀을 들어 올렸다. 아픔은 잠시였을 뿐인데 그의 표정은 너무 심각해 보였다. 그녀가 손을 뻗어 가만히 그의 얼굴을 쓸어내렸다. 얼마나 힘을 주고 있는지 얼굴 근육이 딱딱하게 굳어 있었다. 순간 이 남자를 먼저 만났더라면 어땠을까라는 엉뚱한 생각이 불현듯 스쳤다. 아마 잘은 모르겠지만 사랑받는다는 게 어떤 느낌인지는 정확히 알 수 있을 것 같았다.

"데려가 줘요. 당신이 가고자 하는 곳으로."

"하아, 하인경."

그녀의 이름을 부르며 진하게 키스를 한 그가 조심스럽게 허리를 움직였다. 혹시라도 그녀를 다치게 할까 봐 겁이 났다. 엉덩이를 살짝 들어 올린 그녀가 감은 다리에 힘을 바짝 주었다. 참는 건 서로에게 고통이었다. 그가 으르렁거리며 격렬하게 허리를 움직이기 시작했다. 그녀는 그가 더 깊숙이 들어올 수 있도록 같이 리듬을 탔다. 거칠게 질주하는 야생마처럼 그들은 함께 뛰고, 날아오르며 절정을 향해 내달렸다.

"아아…… 으웃!"

두 사람이 동시에 신음 소리를 냈다. 힘차게 날갯짓하며 날아오르던 그들은 어느 순간 함께 나락의 끝으로 떨어져 내렸다. 이어 빈틈없이 맞물려 있는 곳으로부터 뜨거움이 전해져 왔다.

"괜찮아?"

호흡도 가누지 않은 채 주열이 그녀의 안색을 살피며 물었다. 인경이 살포시 미소 지은 얼굴로 그의 입술에 입을 맞췄다.

"그럼요. 당신은 어때요?"

"몸으로 보여줘도 될까?"

인경은 저도 모르게 꿍 하고 앓는 소리를 냈다. 그녀의 반응이 마음에 들었는지 그가 큰 소리로 웃더니 진하게 키스를 퍼부었다. 조금 전 열기가 아직도 몸속에 남아 있는데 그들의 밤은 또다시 뜨거워지려 하고 있었다.

4장 세상에 영원한 비밀은 없다

"바빠 죽겠는데 이런 데까지 와야 해?"

그녀가 차에서 내리며 신경질을 부렸다. 강우는 묵묵히 그녀가 내린 문을 닫고서 조수석 문을 열어 과일 바구니를 꺼냈다. 그녀의 물음에 굳이 대답할 필요는 없었다. 박 이사가 하루 술값으로 소울에 쏟아붓고 있는 돈이 얼마나 되는지 누구보다 잘 아니까.

"가시죠."

강우가 앞장서서 걸어갔다. 무희가 못마땅한 시선으로 노려보며 뒤를 따랐다.

"왜 입원한 거래?"

"과로랍니다. 타세요."

엘리베이터에서 사람들이 내리자 강우가 열림 버튼을 누르며 말했다. 무희는 성큼 안으로 들어갔다. 이내 그도 따라 들어오더니 내릴 층의 버튼을 눌렀다.

"술병이겠지."

"그럴 수도 있겠군요. 3년이란 시간 동안 매일같이 술병을 끼고 살았으니까."

"후훗, 감사하게도 소울에는 아주 큰 도움이 됐지. 그래서 이렇게 손수 문병도 온 거고. 근데 말이야. 이상한 게 하나 있단 말이지."

"뭐가 말입니까?"

"강주열과 박민수 말이야. 보는 사람이 질투가 날 정도로 서로를 아끼는 존재였거든? 그런데 3년 전, 어느 날부턴가 두 사람이 함께 있는 모습을 본 적이 없어."

"그야 강 사장님이 바깥출입을 하지 않았기 때문이겠죠."

"그래. 나도 얼마 전까지 강주열이 자신의 처지를 비관해서 박민수를 멀리한 거라고 생각했어. 그래서 단 한순간도 그들 사이에 무언가가 있을 거라는 의심을 하지 않았지. 그런데 말이야. 며칠 전 소울에 온 강주열을 보고서야 어쩌면 다른 이유가 있지 않을까란 생각이 들더라고."

"그게 무슨 말입니까?"

"강주열이 박민수를 바라보는 눈빛이 아주 섬뜩했거든. 그의 반면 박민수의 눈빛은 굉장히 슬퍼 보였어. 혈연관계보다 더 진한 우정을 나누던 그들이 말이야. 대체 이유가 뭘까? 그들 사이에 뭐가 있는 걸까."

"내리십시오."

"명령 투로 말하지 마. 기분 나빠."

그녀가 톡 쏘아붙이면서 엘리베이터에서 내렸다.

죽지 못해 산다는 말은 빈말이 아닌 듯했다. 죽고 싶어도 죽을 수 없다는 것이 맞는 말일 테니까. 하루살이도 제 역할을 다하고서야 삶을 내려놓는데 하물며 인간이 제 스스로 목숨을 끝낸다는 것은 오만이었다. 그 오만 덩어리를 마주하고 있자니 절로 주먹에 힘이 쥐어졌다.

"주, 주열아."

민수가 떨리는 목소리로 그를 불렀다. 주열은 성큼성큼 다가가 힘을 잔뜩 실은 주먹을 그대로 날렸다. 퍽! 소리와 함께 그는 피죽 한 그릇도 못 먹은 사람처럼 힘없이 나가떨어졌다.

"니들은 내가 우습지."

이를 갈 듯 내뱉는 말에 천천히 몸을 일으키던 민수는 그만 실소를 머금고 말았다. 우습다니 천만의 말씀이었다. 차라리 그렇게 여겼다면 이토록 아프지도 고통스럽지도 않았다. 제 마음 가는 대로 생각하고 느낀 바를 마음껏 표현했을 테니까. 그러나 함부로 다루기엔 그가 너무 소중하고, 또 소중했기에 심장이 멎을 것처럼 아팠지만 아프다는 신음 소리조차 낼 수가 없었다. 한데 우습다는 표현을 쓰다니. 민수는 허탈한 심정으로 고개를 가로저었다.

"그랬다면 이런 모습으로 있진 않겠지."

"아니. 날 개무시했기에 네가 지금 그 꼴로 있는 거야."

단정 짓는 말에 민수는 할 말이 없었다. 그의 입장에서 본다면 그럴 수도 있겠다 싶었다. 제아무리 아니라고 한들 본인이 그렇게 느낀다면 그게 바로 진실일 테니까.

"왜 말하지 않았어."

뜻밖의 말에 아래로 향해 있던 민수의 시선이 그를 정면으로 응시했다. 사실이냐고 물으면 뭐라고 대답할까, 궁리하고 있었는데 왜 말하지 않았냐고 묻고 있었다. 두 가지 질문이 함축되어 있는 말. 그 덕에 말을 꺼내기가 한결 수월해졌다. 민수는 바짝 말라 버린 입술을 혀끝으로 축이고서, 가슴을 짓누르고 있던 이야기를 조심스럽게 꺼내놓기 시작했다.

"서인이에 대해서 말하는 거라면 수백, 아니, 수천 번도 넘게 얘기해 주고 싶었다. 그 여자는 네 사랑을 받을 가치가 없으니까. 하지만 널 보면 차마 입이 떨어지지가 않았어. 네가 너무나 행복해해서, 그 여자의 말 한마디에 너무 환하게 웃고 있어서 애간장이 녹아내렸지만 말을 할 수가 없었다. 아니, 조금만 네게 빈틈이 보였다면 그래, 몇 대 맞을 각오로 말했을 거야. 네 사랑이 놀림당하는 거 내가 참을 수 없으니까. 하지만 그 당시에 넌, 내가 진실을 알려줬다고 해도 믿지 않았을 거야. 네 자신보다 그 여자를 더 많이 사랑하고 있었으니까."

민수가 한 말은 그다지 틀리지 않았다. 그때는 오직 서인이만 눈에 보였으니까. 그녀만이 세상의 전부였고, 삶의 의미였으니까. 그렇다고 해서 이런 엄청난 일에 대한 변명은 될 수 없었다. 주열은 온갖 욕들이 입안에서 맴돌았지만 참을 인 자를 수십 번씩 되뇌며 다음 말이 이어지길 기다렸다.

"그리고 내 얘기를 묻는 거라면 죽을 때까지 네가 모르길 바랐다. 솔직히 진실을 알게 되기까지 썩 기분 좋은 건 아니었으니까. 처음 네게로 향하는 마음을 깨달았을 때, 내 자신이 혐오스러워 죽을 것만 같았어. 스스로가 더럽고 역겨워서 화장실로 달려간 적이 한두 번이 아니야. 더럽다고 표현하긴 싫지만 그때는 정말 그랬다, 주열아. 그런 구역질 나는 기분을 너까지 느끼게 하고 싶지가 않았어. 너도 알다시피 여자를 모르는 나도 아니고 또 그런 취미조차 없었으니까. 그래서 더 괴롭고 힘들었다. 미친놈이라 욕도 해보고, 여러 여자들과 잠자리도 해봤지만 욕망은 그저 욕망일 뿐, 심장은 뜨거워지지가 않더라. 하지만 네 얼굴을 떠올리는 것만으로도 난 온몸이 뜨거웠어. 인정하지 않을 수가 없을 정도로. 그렇게 힘들게 내 감정을 인정하고 나니까 이젠 두려워지기 시작했다. 널 잃게 될까 봐, 너와 함께할 수 없게 될까 봐 무섭고 겁이 났어. 그래서 서인이가 널 볼모로 협박할 때도 난 아무것도 할 수가 없었어. 서인이가 바라던 게 바로 그거였으니까."

"그럼 죽을 때까지 숨길 것이지 그딴 편지는 뭐 하러 써!"

벼락 치듯 고함 소리가 들려왔다. 정말 그랬으면 좋았을 것을. 질기고 질긴 게 사람 목숨이라더니 야속하게도 그 말이 딱 맞았다. 그저 마지막 가는 길에 그가 함께했었다는 흔적이라도 남기고픈 욕심에 몇 자 적은 것인데 이런 엄청난 회오리가 되어 돌아올 줄이야. 민수는 뒤늦게 후회가 밀려오자 어금니를 지그시 깨물었다 놓으며 다시 말문을 열었다.

"그러게. 바보같이 그딴 건 뭐 하러 써서 널 곤란하게 하는지 모르겠다. 죽지도 못할 거면서. 미안하다. 용서해라."

퍽! 말이 떨어짐과 동시에 주먹이 얼굴을 강타했다. 타격이 꽤나 큰 게 입안이 얼얼하고 눈앞이 핑 돌았다. 그러나 정신을 채 차리기도 전에 이번엔 배가 욱신거리고 아팠다. 아직 수면제의 약

기운이 남아서인지 연타로 날아온 주먹에 정신이 몽롱했다. 그래도 기분이 나쁘지 않은 건 아마도 그 상대가 주열이기 때문일 것이다.

"다시 말해봐!"

주열이 멱살을 움켜쥐고 이를 갈 듯 말했다. 저딴 사과나 듣자고 한 말이 아니었다. 꿈에서도, 아니, 죽었다고 해도 지금 이 상황을 받아들이기가 너무 힘들어서 꺼낸 말이었다. 그런데 고작 그따위 말밖에 할 게 없다니. 생각할수록 열이 뻗쳐올라 도저히 참을 수가 없었다.

"그 잘난 입으로 뭐라고 지껄였는지 다시 말해보라고, 이 새끼야!"

분을 이기지 못한 주열이 다시 주먹을 날렸고, 그는 힘없이 바닥으로 꼬부라졌다.

"허윽! 콜록콜록!"

어찌할 사이도 없이 민수의 입에서 고통에 찬 신음 소리가 터져 나오고 말았다. 그가 마음껏 화풀이할 수 있게 참으려고 했는데, 옆구리를 가격하는 바람에 그만 입이 벌어지고 만 것이다.

"나쁜 새끼. 그러고도 네가 친구야!"

무릎을 꿇은 채 양손으로 배를 끌어안고 있는 그를 향해 주열은 가차 없이 말을 내뱉었다.

"아니! 넌 친구도 뭣도 아니야, 새끼야! 하, 사랑? 아주 웃기는 개소리지. 누가 너 따위가 주는 사랑 받고 싶대!"

"받지 마."

"뭐?"

"받을 필요 없으니까 받지 말라고."

민수가 비틀거리는 몸으로 자리에서 일어나며 계속해서 말을 이었다.

"너보고 내 마음 알아달라고 안 해. 받아달라고는 더더욱 안 해. 그렇게 될 리도 없거니와 돼서도 안 되니까."

"그럼 대체 내게 바라는 게 뭔데. 뭘 바라기에 이딴 짓을 꾸민 건데. 혹시 태화그룹 때문이냐?"

주열이 마지막 말이 실수라는 것을 깨달은 것과 동시에 민수의 눈에서 빛이 뿜어져 나왔다. 그가 살아 있다는 것이 새삼 실감날 정도로 눈빛은 아주 강렬했다. 순간, 예고도 없이 어떤 기억 하나가 불쑥 떠올랐다.

"내 것이 아닌 것은 탐하지 말지어다. 욕심이 과하면 남는 것은 빈손이오, 잃을 것은 무한대니."

술 한잔 기울이면 그가 늘 입버릇처럼 하던 말이었다. 왜 잊고 있었을까. 수도 없이 들었던 말인데.

"아니라고 하면 믿을래? 아니, 믿든 말든 상관없어. 네 마음 가는 대로 생각해. 대신 자책 같은 건 하지 마. 널 막으려고 했다면 얼마든지 그럴 수 있었으니까."

그럼에도 하지 않았다는 것은 그를 위해서란 말이었다. 주열은 그 말조차 고깝게 들렸다. 아니, 민수가 어떤 말을 한다고 해도 가슴에 와 닿지가 않았다.

"재수 없는 새끼. 끝까지 저 지랄이지."

"그래. 실컷 욕해라. 그래서 네 마음이 풀린다면 맘껏 해. 근데 주열아. 날 멀리만 하지 마라. 다른 건 다 참을 수 있겠는데 그것만은…… 그것만은 정말 못 참겠더라. 널 오래 붙잡고 있지 않을게. 귀찮게도 하지 않을게. 나도 너처럼 좋은 여자 만나면 결혼도 할 거야. 그러니까 불쾌하더라도 내게 조금만 시간을 줘."

민수의 아픔이 고스란히 느껴지자 주열은 더욱 매섭게 노려보았다. 시간을 주는 것은 어렵지 않았다. 제 스스로도 어쩌지 못하는 게 가는 마음이라는 걸 새삼 깨닫고 있는 사람이 바로 그였으니까. 그럼에도 불구하고 모른 척 내버려 둘 수가 없었다. 이미 깊어질 대로 깊어진 상처다. 여기에 조금 더 보태진다고 해서 뭐가 달라질까 생각하겠지만 그건 이기심이 불러온 착각이었다.

애틋할수록 더 욕심이 나는 게 바로 사랑이었다. 그러니 그 싹을 이참에 잘라내지 않으면 그들은 영원히 친구로도 남을 수가 없게 된다. 3년이란 시간을 허비하고서야 진실을 마주했다. 그러나 그 진실이란 건 멍에처럼 가슴에 새겨질 뿐, 함께할 수 없는 거였다. 그런 만큼 누구 하나는 모질고 독해질 필요가 있었다. 그래야 두 사람 모두가 살아갈 수 있었다.

"지금 이 미친 짓거리를 눈감아달라는 거냐? 그래. 까짓것 그따위 시간 얼마든지 줄게. 네가 원하는 만큼 마음껏 가져. 어차피 네가 멋대로 담은 마음인데 낸들 뭐라고 할 수 있냐. 근데! 그 속에 난 끼워 넣지 마. 세상이 뒤바뀌지 않는 한, 아니, 세상이 뒤바뀌고 다시 태어난다고 해도 너와 공유할 시간 따윈 내게 없으니까. 이후로 한 번만 더 이딴 일로 날 귀찮게 하면 그땐 정말 내 손으로 널 죽여 버린다."

쾅! 병실 문이 요란하게 닫혔다. 그 소리가 마치 그들 사이에 놓인 벽처럼 느껴졌다. 민수는 허물어지듯 그 자리에 주저앉고 말았다. 주열이 그렇게 나올 거라는 걸 짐작하고 있었지만 생각보다 더 가슴이 시리고 아팠다.

"그래. 너무 큰 욕심이겠지. 알아. 아는데……. 그게 마음대로 안 된다, 주열아. 안 돼."

촉촉해진 목소리가 무거운 공기 사이로 조용히 내려앉았다.

"대체 지금 무슨 얘길 들은 거지?"

무희는 심장이 벌렁거리자 손바닥으로 지그시 눌렀다. 하지만 좀처럼 떨림이 가시질 않았다.

"여기서 나가셔야 합니다."

강우가 휴대전화를 주머니에 넣으며 나지막이 속삭였다. 갑자기 나오는 주열을 피해 옆 병실로 뛰어들어 온 탓에 불쾌감을 드러낸 눈동자가 그들을 노려보고 있었던 것이다. 강우는 상대를 향해 성큼성큼 걸어가 탁자 위에 과일 바구니를 올려놓고서 고개를 숙였다.

"죄송합니다. 본의 아니게 폐를 끼쳤습니다."

"아, 아닙니다."

정중한 사과에 불쾌한 마음이 풀렸는지 남자가 빙그레 웃고 있었다. 강우는 다시 한 번 고개를 숙여 보이고서 아직도 혼란스러워하고 있는 그녀의 팔을 붙잡고 밖으로 나왔다.

"너도 들었지?"

"병문안은 다음에 하시는 게 좋겠습니다."

"너도 들었지?"

그가 대답을 하지 않자 그녀가 같은 말을 되풀이했다.

"네."

강우가 짧게 대답하며 엘리베이터의 버튼을 눌렀다. 녹음까지 했지만 굳이 알려주지는 않았다.

"세상에! 박민수가 강주열을…… 이거 말이 돼?"

그녀의 눈동자가 흥분으로 출렁거렸다. 맞장구를 쳐주길 바라는 그런 눈빛이었다. 하지만 강우는 못 본 척했다. 안 될 것도 없었다. 사랑은 그저 사랑일 뿐이니까. 그러나 그녀에겐 다른 의미로 다가왔을 것이다. 혼란스러운 마음이 잦아들면 커다란 건수를 잡았다고 좋아할 테지. 강우는 그게 싫었다. 아니, 불안했다.

"아니지. 박민수가 미치지 않고서야 그럴 수는 없지. 아암. 천하의 강주열을 상대로 어떻게 그런 짓을 해. 하하하. 내 귀로 듣고도 정말 믿어지지가 않는다. 이거 완전 세상이 뒤집힐 일 아니야!"

그녀가 흥분을 감추지 못하고 계속해서 혼잣말을 했다. 강우는 나지막이 한숨을 내쉬었다. 그나마 다행인 건 엘리베이터에 탄 사람이 그들뿐이라는 거였다.

"아 씨, 맞다! 녹음을 했어야 되는데. 너무 놀라서 그만 대박 건을 놓쳐 버렸네. 아주 큰 건이 될 수 있었는데. 에이씨, 아까워."

아니나 다를까. 그녀의 본심이 금방 드러났다. 강우는 씁쓸한 표정으로 바뀌는 숫자들을 바라보았다. 욕심 뒤에 오는 것은 파멸일 뿐인데, 그녀는 왜 위험한 도박을 자처해서 하는지 모르겠다.

"아하, 이제야 알겠다! 왜 그때 강주열이 박민수를 죽일 듯이 노려봤는지."

그녀가 손뼉을 딱 치며 말했다. 그와 동시에 엘리베이터의 문이 열리고 있었다. 강우는 아랑곳없이 그녀가 내릴 수 있도록 열림 버튼을 눌렀다. 그녀의 머릿속에 떠오른 스토리는 굳이 들어보지 않아도 그림을 그리듯 선명하게 떠올릴 수 있었다.

"대표님, 어떻게 된 겁니까?"

주열이 사무실로 들어서자 서진이 냉큼 자리에서 일어나며 물었다. 하지만 주열은 입을 꾹 다문 채 곧바로 집무실로 들어갔다. 온몸이 만신창이가 된 기분이라 대답하는 것도 귀찮고 짜증났다.

"말도 없이 어디 갔던 거야? 전화기도 꺼놓고."

곧장 따라 들어와 묻고 있는 서진의 목소리에 노기가 어렸다. 조금 전은 직원들의 시선 때문에 화를 참고 있었을 것이다. 주열은 혼자 있고 싶다는 말이 목구멍까지 치고 올라왔지만 애써 삼키고서 쓰러지듯이 소파에 기대고 앉아 눈을 감았다.

"무슨 일 있어?"

어느새 화를 가라앉혔는지 걱정스러운 목소리가 뒤따랐다. 주열은 피식 웃고 말았다. 그를 비웃는 게 아니었다. 그냥 실없이 웃음이 튀어나왔다. 어쩌면 자신을 비웃고 있는지도 모르겠다.

"주열아."

"그냥 피곤해서 그래."

"아닌 거 아니까 불어. 혹시 박민수 만났어?"

만났다고 대답해야 했다. 그 덕에 구역질이 치밀어 오를 정도로 기분이 아주 더럽다고 말해야 했다. 다시 마주치게 되면 죽여 버릴지도 모른다고 말해야 했다. 그런데 입이 떨어지지가 않았다.

"만났구나. 그렇지?"

단정 짓는 말에 감은 눈에 불끈 힘이 들어갔다. 차라리 찾아가지 말 걸 하는 후회가 밀려들었다. 그랬다면 서 비서의 말 따윈 못 들은 척 외면할 수 있었을 텐데.

"그 자식이 뭐라고 하던? 아니, 그 자식 말 따윈 귀에 담지 마. 넌 네 갈 길만 가면 돼."

"과연 그럴 수 있을까?"

"무슨 소리야! 이제 마무리만 남았는데."

그래, 이제 거의 다 왔다. 악몽 같던 3년이란 시간을 견딘 것도 다 이날을 위해서니까. 그런데 이젠 모르겠다. 진실이 거짓이 된 지금 그가 무엇을 할 수 있을지.

'그녀는 지금 뭘 하고 있을까.'

주열은 문득 인경이 보고 싶어졌다. 왜 지금 그녀의 얼굴이 떠오르는지 모르겠다. 단순히 얼굴만 떠오르는 게 아니었다. 그녀를 처음 만났을 때의 상황들이 마치 어제 일처럼 생생하게 그려지고 있었다.

"그건 내가 한 게 아니야!"

그녀가 부르짖던 소리가 귓전을 때리자, 주열은 몸을 흠칫거리며 눈을 번쩍 떴다. 만일 그녀의 말처럼 서류가 잘못된 거라면 어떻게 되는 거지. 그녀가 제 발로 온 게 아니라면…….

"왜 그래?"

"송기철을 만났어."

"어디서? 아니, 그보다 얼굴도 모르면서 어떻게 알아본 거야."

"하인경의 집으로 제 발로 왔었어."

"인경 씨 집으로? 가만! 너 인경 씨 집에 갔었어? 언제?"

"너 외박한 날."

대답하는 주열의 목소리는 담담했다. 그러나 서진의 얼굴은 붉게 타들어갔다. 부끄럽게도 재희와 있었던 일들이 떠올랐던 것이다.

"얼굴을 보니 좋았던 모양이다. 누구야? 혹시 내가 아는 사람?"

대화의 화살이 이젠 서진을 겨냥했다. 안 그래도 재희에 대한 이야기를 언제쯤 해야 할까, 눈치만 보고 있었는데 차라리 잘됐다 싶었다.

"후훗, 어. 알아도 너무 잘 아는 사람이지."

"내가 잘 아는 사람이라……. 설마…… 서재희?"

조심스럽게 묻는 말에 서진이 빙그레 웃었다. 세상에! 어떻게 그런 일이. 너무 놀란 나머지 주열은 저도 모르게 자리에서 벌떡 일어나며 소리쳤다.

"진짜야?"

"응, 맞아. 미안하다. 진즉에 말했어야 했는데."

주열이 서진을 꽉 끌어안았다. 가슴 한구석에 박혀 있던 가시가 이제야 빠져나가고 있었다.

"그런 말 하지 마. 미안한 건 오히려 나니까. 근데 정말 잘됐다, 서진아. 정말 잘됐어. 이젠 그 사랑 놓치지 마. 어떤 일이 있어도."

"그래. 다시는 놓지 않을 거야."

말은 그렇게 하고 있었지만 혼자 남을 주열을 생각하면 마음이 아팠다.

"날 위한답시고 또다시 네 멋대로 굴면 절대 용서 안 해."

"이번만은 멋대로 굴지 않겠다고 약속할게. 근데 주열아. 나 후회 안 한다. 해본 적도 없어."

"내가 후회했어. 그때 널 보내지 않았던 걸. 그리고 조금 전까지도 마음이 아팠다. 네가 상상하는 것보다 훨씬 더 많이. 물론 재희에게도 말로 표현하지 못할 만큼 많이 미안했어. 그런 두 사람이 다시 만났다고 하니까 정말 기쁘다, 서진아. 정말 기분 좋다. 그래서 말인데……."

그가 포옹을 풀고서 서진의 눈을 똑바로 바라보았다. 무슨 말을 하려는 것일까. 왠지 모를 불안감이 아물아물 피어오르는 아지랑이처럼 가슴으로 스며들었다.

"이제 그만 재희에게 가라."

"주열아!"

말도 안 되는 소리였다. 이제 겨우 안정을 찾아가고 있는 그를 두고 가라니, 절대 그럴 수 없었다.

"네가 뭘 걱정하는지 아는데 나 이제 괜찮아."

"내가 괜찮지가 않아! 그러니까 내가 떠난다고 할 때까지 기다려."

"재희, 혼자서 많이 외로웠을 거야. 이제 네가 옆에 있어줘. 부탁한다, 서진아."

"하지만 난 아직……. 난, 나는…… 하아, 빌어먹을!"

서진의 고개가 아래로 푹 꺼졌다. 주열은 가만히 그의 등을 끌어안았다. 지금까지 그를 독차지하고 있었던 것만으로도 많이 미안하고, 또 고마웠다. 그러니 이젠 그를 제자리로 돌려놓아야 했다.

"고맙다, 황서진. 날 지켜줘서. 네가 아니었다면 나 견디지 못했을 거야."

"그딴 소리 마! 급성 복막염으로 죽어가는 날 살린 게 너야. 인도에 쓰러져 있는 날 병원으로 데려가지 않았다면 난 지금 이 자리에 없어."

"내가 아니라도 넌 충분히 살 수 있었어. 그러니까 이제 그만 마음의 빚을 내려놔. 그때의 보상이라면 이미 넘치도록 받았으니까."

인명은 재천이라고 살아날 운명이었기에 그를 발견할 수 있었다. 그게 아니었다면 잘 달리던 차가 갑자기 멈춰 서지는 않았을 테니까. 그리고 설령 그를 봤다고 해도 취객이라 여겼을 것이다. 그의 얼굴이 보이지 않았다면.

"빚이라고 생각한 적 없어. 보상 심리로 옆에 있었던 것은 더더욱 아니야! 비록 피를 나누진 않았지만 부모님들이 형제였듯이 우리도 형제였기에 옆에 있었던 거야. 단순히 우정이라고만 여겼다면 부모님이 돌아가셨을 때, 이미 난 네 곁에 없었어. 회장님의 도움도 받지 않았을 거야. 더구나 친구 때문에 사랑하는 사람을 포기하는 짓 따윈 더더욱 안 해. 너였기에 가능했고, 앞으로도 너와 함께하고픈 욕심에 재희를 보낼 수 있었어. 사랑은 다시 오지만 널 잃어버리면 그것으로 끝이니까. 너도 이런 내 마음과 크게 다르지 않다고 생각해. 아니야?"

맞는 말이었다. 서진의 말처럼 그들은 형제였고, 서진이 그와 같은 처지였다면 똑같이 행동했을 테니까. 순간 주열은 마음의 빚을 짊어지고 있었던 것은 바로 그였다는 걸 깨달았다. 그러니 털어버릴 사람도 그인 것이다.

"나 이제 그만 아파해도 되지?"

"간절히 바라는 바야."

"그럼 됐어. 우리 이제 과거 따위로 아파하지 말자. 지금까지만으로도 충분히 넘치니까."

주열이 그를 꼭 껴안으며 말했다. 하지만 서진은 아무 말도 하지 않았다. 정말 과거를 떨쳐 낼 사람은 그가 아니라 주열이었으니까. 그러다 문득 놓친 말이 생각나자 얼른 주열을 밀어냈다.

"참! 너 송기철이 만났다고 했잖아. 그 자식한테서 뭐 알아낸 거 없어?"

"아니, 없어."

주열의 얼굴에 어둠이 깃들었다. 그녀를 보낸 게 송기철이 한 짓이 아니라면 다른 공모자가 있다는 거였다. 만일 그렇다면 생각보다 일이 복잡하게 얽혀 있는 것이다.

"왜? 뭐 걸리는 거라도 있어?"

"인경 씨 말이야. 송기철이 보낸 게 아닌가 봐."

"무슨 소리야. 서류에는 아무 이상 없었는데."

"만나서 다시 확인해 봐야겠지만 느낌이 안 좋아."

"그래? 근데 숨어 있는 자를 어떻게 다시 만날 건데."

"아마 그쪽에서 날 찾아올 거야. 그게 언젠지는 모르겠지만."

주열은 틀림없이 그가 찾아올 거라고 믿었다. 무슨 이유로 그가 한발 물러섰는지는 모르겠지만 그것이 오히려 주열을 불안하게 했다.

"그렇다면 다행이지만 그래도 혹시 모르니까 뒷조사는 계속할게. 아, 그리고 김인광 쪽에서 연락 왔다. 긍정적으로 검토한 후, 연락 주기로 했어."

"이제야 사태 파악이 된 모양이군."

"무결점자라고 불린 그에게는 치명적인 약점이니까. 하하하, 그런 고약한 취미가 있을 줄 누가 상상이나 했겠어. 우리가 운이 좋았던 거지."

"취미생활은 무슨. 그건 병이야. 아프면 치료받는 게 당연한 거고."

"그건 당사자가 알아서 하겠지. 우린 원하는 것만 손에 넣으면 되니까. 안 그래?"

주열은 선뜻 대답하지 못했다. 안 그런 척하고 있었지만, 박민수가 신경 쓰여 마음이 편치가 않았다.

"어쨌든 일이 술술 풀리는 것 같아서 기분은 좋다. 그만 가자. 너 기다리느라 직원들 퇴근도 못했어."

"조금 있다가 나갈게. 얼른 퇴근시켜."

"알았다."

서진이 나가자 주열은 소파에 털썩 주저앉아 눈을 감았다. 오늘이 지나면 또 다른 내일이 있다. 그리고 그것은 누구도 어쩔 수 없는 진리였다. 그런데 내일이 오는 게 무서워진다. 오늘보다 더 힘든 내일이 될 것만 같아서.

"누가 왔었다고?"

자리에 앉으려던 무희는 아리의 말에 멈칫했다. 한집에 있으면서도 얼굴을 볼 수가 없는데 기철이 여기에 왔었다니, 뭔가 모르게 기분이 개운치가 않았다.

"기철 오빠요. 사장님 곧 들어오실 거라고 했는데도 그냥 가시더라고요."

"얼마나 있다가 갔어?"

"한 십 분 정도요."

"너도 같이 있었어?"

"혼자 있고 싶다고 해서 전 나갔어요. 많이 피곤해 보였거든요."

피곤하긴 개뿔. 무희는 이맛살을 찌푸리며 자리에 앉았다. 그가 의도적으로 아리를 나가게 했다는 느낌이 강하게 들었다. 그렇다는 건 여기 온 목적이 있을 터였다.

"알았으니까 나가봐."

"네."

아리가 나가자 무희는 깍지 낀 손으로 턱을 괴고서 생각에 잠겼다. 10분 정도의 시간으로 무엇을 할 수 있을까. 주인 없는 방에서 멍 때리고 앉아 있을 사람도 아닌데. 그렇다고 일부러 왔을 리는 더욱이 없었다. 만나려고 했다면 얼마든지 집에서 볼 수 있었으니까.

"송기철, 대체 뭐냐. 뭣 때문에 여기 온 거야. 뭘 하려고."

무희가 손가락으로 책상을 톡톡 두드리며 혼잣말을 했다.

강우는 어쩌면 그가 증거물을 가지러 왔을지도 모른다는 생각이 들었다. 하인경의 집을 비롯해서 현재 거주하고 있는 집까지,

숨길 만한 곳은 모조리 뒤졌지만 증거는 나오지 않았다. 그리고 이제 남은 곳은 이곳뿐이었다.

"여길 뒤져 봐야겠습니다."

"여길 뒤지다니, 왜?"

그녀의 물음에 대답도 없이 강우는 주위를 쓰윽 둘러보기 시작했다. 무희의 시선도 본능적으로 뒤를 따랐다. 하지만 딱히 달라진 것은 없었다.

"설마 여기에 뒀을라고."

"등잔 밑이 어두운 법입니다."

강우는 다시 천천히 주위를 훑었다. 일할 때 송기철의 행동반경은 정해져 있었다. 이곳이 아니면 무희의 집. 하인경을 만난 이후로도 행동 패턴은 바뀌지 않았다. 오히려 하인경을 보호하기 위해서 몸을 더 움츠렸다. 그러니 집이 아니라면 이곳밖에 없었다. 미행당할 것에 대비해 바깥출입도 자제한 그였으니까. 벽과 바닥을 샅샅이 훑은 강우는 이제 무희의 책상 앞에 섰다.

"잠시만 일어나 주십시오."

"왜?"

무희는 짜증스럽게 대꾸하면서도 자리에서 일어났다. 강우는 천천히 책상과 의자를 살폈다. 그러나 이상한 점은 발견되지 않았다. 잘못짚은 건가. 여기가 아니면 딱히 찾아볼 곳도 없는데. 자리에서 일어난 강우는 주위를 한 바퀴 빙 돌았다. 놓친 게 있는지 살펴보기 위해서였다. 그러다 커튼이 눈에 띄자 그곳으로 걸음을 옮겼다. 날도 어두워졌는데 커튼이 닫혀 있었다.

"여기도 없는 거 같지?"

"네. 숨길 만한 곳이 눈에 띄지 않습니다."

강우가 커튼을 젖히자 기다렸다는 듯이 네온사인 불빛들이 쏟아져 들어왔다. 강우는 이런 인공적인 불빛들이 갈수록 싫었다. 화려하긴 하지만 사막의 모래알보다 더 삭막하게 느껴져서.

"그럼 대체 어디다 숨겼다는 거야!"

급기야 무희가 고함을 질렀다. 강우는 늘 있는 일이었기에 신경조차 쓰지 않았다. 그보다는 벽면 전체가 창문으로 되어 있는 바닥을 발로 쿵쿵거리며 걷기 시작했다. 바닥에 빈 공간이 있다면 울림이 있을 터였다.

"그만해! 소용없어!"

막바지에 다다를 무렵 그녀의 고함 소리가 다시 들렸다. 하지만 강우는 아랑곳없이 발자국 소리에 귀를 기울이며 한 발 한 발 계속해서 앞으로 걸어갔다. 이왕 여기까지 한 거 다 해봐야 단념할 수 있었다.

"미련 그만 떨어. 송기철이 바보도 아니고 여기다 숨겼겠어!"

"찾았다."

"뭐?"

그녀가 냉큼 다가왔다. 강우는 제일 구석진 곳에다가 다시 발을 가져다 댔다. 그러자 쿵! 하는 울림이 전해져 왔다.

"거기야?"

"확인해 봐야겠습니다."

강우는 틈새가 있는지 이리저리 살펴보았다. 그런데 이상했다. 울림의 소리는 있는데 틈이 보이지가 않았다.

"어때?"

"열 수 있는 틈이 보이지……!"

강우는 무언가가 눈에 띄자 얼른 그곳으로 손을 뻗었다. 저곳이 열쇠라면 정말 정교하게 만들어진 것이다. 강우는 창틀 주위로 몰딩 처리된 부위를 손으로 쓰윽 만졌다. 눈으로 쉽게 볼 수 없는 것은 이렇게 손으로 만져 보면 금세 알 수 있었다. 뭐가 다른지를. 딸깍. 그의 손길 끝에서 낯선 소리가 들렸다. 이어 스르르 움직이는 소리가 뒤따랐다. 역시나 그의 예감이 맞았다.

"마, 말도 안 돼."

무희는 손으로 입을 틀어막았다. 이런 곳에 비밀 장소가 있을 줄이야. 그런데 정작 본인은 모르고 있었다니, 참으로 기가 막혔다.

"이미 가져간 것 같습니다. 안에는 아무것도 없어요."

"뭐?"

무희가 그를 밀쳐 내고서 안을 살폈다. 하지만 정말 아무것도 없었다. 기철이 여기에 온 목적이 이제야 드러난 것이다.

"이이, 나쁜 새끼. 이런 곳에 숨겨놓고서 날 우롱해! 미친 새끼. 절대 용서 안 해. 용서 못해! 피 한 방울까지 모조리 뽑아서 말려 죽여 버릴 거야! 죽여 버릴 거라고!"

분한 마음을 감추지 못한 무희가 팔을 휘저으며 바락바락 악을 썼다. 피보다 더 진한 붉은 매니큐어를 칠한 손톱이 금방이라도 심장을 꺼낼 것처럼 날카롭게 허공을 가르자 요란한 소리와 함께 사무실이 난장판이 되었다. 강우는 조용히 걸음을 옮겼다. 그녀를 말려야 했지만 그러면 더 포악해지기에 그냥 내버려 두는 게 좋았다. 저러다 지치면 스스로가 그만둘 테니까.

"오케이. 총알 장전 끝."

녹음된 내용을 다시 확인한 기철은 파일과 녹음기를 종이봉투 안에 넣고서 그 봉투를 다시 비닐봉투 안에 집어넣었다. 그리고 욕실로 들어가 밀봉된 봉투를 수납장 뒤쪽에다가 테이프로 고정시켰다. 이미 집 안 구석구석을 뒤졌으니 하룻밤 정도는 여기에 둬도 안전할 것이다. 설령 집 안을 다시 뒤진다고 해도 이런 곳에 숨겼다고는 생각지 못할 테니까.

"인경아, 조금만 참아. 곧 데리러 갈게."

기철은 죄인처럼 갇혀 있을 그녀가 생각나자 다시금 피가 거꾸로 치솟았다. 사는 것이 지옥이라 여겨질 만큼 그녀가 받았을 고통의 몇 배, 아니, 몇천 배로 되갚아줄 것이다. 그래야 발이라도 뻗고 잘 수 있었다. 지금은 마음이 너무 지옥이라 잠을 자려고 해도 눈이 감기지가 않았다.

"송기철! 송기철, 어디 있어! 송기철!"

앙칼진 목소리가 온 집 안을 뒤흔들었다. 기철은 얼른 변기에 물을 내렸다. 들려오는 목소리로 보아 비밀 장소를 알아낸 모양이다. 예감이 좋지 않아서 서둘러 움직였는데 늦지 않아서 천만다행이었다. 증거까지 그녀의 손에 들어갔다면 꼼짝없이 당했을 테니까.

"내 이름이 네 개야!! 어디서 막 불러!"

욕실 문을 확 열어젖힌 기철이 맞받아쳤다. 무희가 죽일 듯이 눈을 부라리며 성큼성큼 그에게로 다가왔다. 그리고 그의 뺨을 향해 힘껏 손을 날렸다. 기철은 충분히 붙잡을 수 있었지만 제지하

지 않았다. 한 대 맞아줘야 그도 되받아칠 수 있으니까. 짝! 소리
와 함께 불길이 번지듯, 얼굴이 화끈거렸다. 벼르고 있었던 기철
은 망설이지 않고 손에 힘을 실어 그녀의 뺨을 후려쳤다. 날카로
운 소리가 공기 중에 흩어지는 것과 동시에 그녀가 바닥으로 털썩
쓰러졌다.

"사장님!"

강우가 황급히 그녀에게 다가갔다. 너무 순식간에 일어난 일이
라 미처 말릴 틈이 없었다.

"괜찮으십니까?"

강우가 걱정스러운 목소리로 물었다. 순식간에 눈물이 고였지
만 무희는 피가 맺힐 정도로 입술을 깨물고서 눈물을 참았다. 여
기서 눈물까지 보인다면 정말 비참했다.

"내가 경고했지. 손은 함부로 놀리는 게 아니라고. 한 번만 더
내 것에 손대면 그땐 정말 용서 안 해."

"하, 용서? 웃기는 개소리 집어치워! 네게 빌 용서 따윈 없으니
까."

"이게 진짜!"

강우는 기철이 한 발 다가오자 자리에서 벌떡 일어났다. 한 번
은 참았지만 두 번은 못 참았다.

"비켜!"

"그만하시죠."

"안 비켜!"

"비켜 드리면 다칠 겁니다. 당신이."

"그래? 그럼 어디 해보시던가!"

기철이 그대로 주먹을 날렸다. 하지만 붙잡는 강우의 손이 더 빨랐다.

"이제…… 그만하시죠."

천천히 내뱉는 강우의 말투와 눈빛이 달라졌다. 깊은 밤 먹이를 찾아 산속을 활개 치고 다니는 맹수처럼. 그 모습에 기철은 가슴이 뜨끔했다. 그러나 겉으로 드러내진 않았다. 그가 야수의 본능을 숨기고 있다는 것을 알고 있었으니까. 하지만 실제로 그 모습을 드러낸 적이 없었기에 어느 정도인지는 알 길이 없었다. 그러니 섣불리 행동하면 다치는 건 기철일 것이다.

"놔!"

기철이 팔을 확 뿌리쳤다. 해결할 일이 많은 지금 그와 얽혀봤자 좋을 게 없었다.

"일어나십시오."

강우가 무희를 부축해서 일으켰다. 그러는 와중에도 그녀의 눈동자는 기철을 노려보았다. 기철은 저 눈알을 확 뽑아버리고 싶다는 충동이 강하게 일자 주먹을 꽉 틀어쥐었다. 부딪쳐 봤자 이로울 것이 없었기에 일단은 물러나기로 했지만 경고 한마디쯤은 해 둬야 했다.

"최무희, 내 말 잘 들어. 지금까지 네가 한 행동들 절대 용서 못 해. 하지만 일단은 참을 거야. 그러니까 더 이상 날 자극하지 마. 이 시간 이후로 또다시 날 상대로 허튼짓하면 그땐 정말 내 손에 죽어. 네 옆에 이강우가 있다고 해도 반드시 죽여 버린다. 너도 잘 알 거야. 난 한다면 하는 놈인 거. 그러니까 그만 개겨."

"하하하, 웃겨 진짜. 나 그딴 말 들을 생각 따위 없거든! 그러니까 지금 죽여야 할 거야. 안 그러면 내가 널 죽여 버릴 거니까."

"하! 너 진짜 죽고 싶지?"

"벌써 같은 말 몇 번은 한 것 같은데 기억 안 나? 불과 몇 초 전에도 한 말인데."

그녀가 팔짱까지 끼면서 빈정거렸다. 강우는 속으로 혀를 끌끌 찼다. 제발 그만 좀 하면 좋을 텐데 그럴 생각이 없는지, 아니면 정말 죽고 싶어서 환장을 한 건지 그녀는 계속해서 기철을 자극하고 있었다.

"야! 이강우!"

기철이 갑자기 그를 불렀다. 하지만 시선만큼은 그녀에게 고정되어 있었다.

"말씀하십시오."

강우는 그녀를 노려보고 있는 기철에게서 시선을 떼지 않은 채 대답했다. 만일 기철이 어떤 행동을 취한다면 바로 대응할 수 있도록.

"내가 이 자리에서 최무희를 죽인다면 어떻게 할래?"

"죽이지 못할 겁니다. 그렇게 되게 놔두지 않을 테니까요."

순간의 망설임도 없이 기철이 생각하고 있던 대답이 돌아왔다. 강우에게 무희는 그냥 모시는 분이 아니었다. 그걸 눈치채지 못하는 무희가 한심할 정도로 강우의 눈은 언제나 그녀를 향해 있었으니까.

"그래. 내가 움직이면 넌 곧바로 날 제압할 테지."

"물론입니다."

"그래서 이년이 기고만장하는 거야. 네가 구해줄 거란 걸 아니까. 그건 너도 알고 있겠지?"

강우의 시선이 그녀에게로 향했다. 무희도 그를 바라보고 있었다. 처음이었다. 기철과 함께 있으면서 그녀의 시선이 그를 바라본 것은. 그래서 솔직히 지금 이 순간이 가슴 시리도록 떨렸다. 늘 먼 곳만 바라보고 있던 눈이었으니까. 강우는 그녀의 눈을 똑바로 바라보며 입술을 달싹였다.

"그게 제가 여기에 있는 이유입니다."

"후훗, 단지 그거뿐일까?"

"무슨…… 말이 하고픈 겁니까?"

강우가 그녀에게서 시선을 떼고서 기철을 바라보았다. 섬광이 번쩍 하는 것처럼 순식간에 눈빛이 사나워졌다. 마치 허튼소리 하지 말라고 경고하는 것처럼. 이렇듯 제 여자를 지키려는 남자의 마음은 다 똑같았다. 어찌 보면 참 가엾은 인생인 것이다.

"내 여자를 지키려는 내 마음을 너는 알 거라는 뜻이야. 그러니까 저년 데리고 꺼져!"

"미친놈! 여기 내 집이거든!"

"이름뿐이란 거 알 텐데."

"아니! 몰라. 그러니까 나가려면 네가 나가."

그녀의 태도는 갈수록 가관이었다. 기철은 이를 바드득 갈았다. 마음 같아서는 문을 박차고 나가고 싶었다. 그러나 물건이 이곳에 있는 이상 지금은 참을 수밖에 없었다.

"하아. 진짜 대책 없는 년일세. 야, 이강우! 경고하는데 저년 잘 지켜라. 언제 썩은 시체로 발견될지 모르니까."

기철은 더는 상종하고 싶지가 않아서 등을 돌렸다. 대책 없는 년이랑 실랑이하느니 차라리 인경일 데려올 방법을 찾는 게 더 이로웠다.

"뭐, 뭐야! 야! 송기철. 너 이리 와. 이리 안 와! 오란 말이야, 이 새끼야!"

"이제 그만하십시오!"

강우가 고함을 지르면서 기철을 따라가는 그녀를 붙잡았다.

"놔! 놓으라고, 이 새끼야!"

분을 참지 못한 무희가 강우의 뺨을 때렸다. 금세 얼굴이 빨개지더니 손자국이 선명하게 남았다. 그래도 분이 풀리지 않은 무희가 그에게 이젠 마구잡이로 주먹질과 발길질을 해댔다.

"너 뭐 하는 놈이야! 뭐 하는 놈인데 날 죽인다고 협박하는데도 가만히 보고만 있어. 왜! 왜, 이 새끼야!"

가던 걸음을 멈추고서 지켜보고 있던 기철은 고개를 절레절레 흔들었다. 꽤나 아플 텐데도 강우는 꼼짝도 하지 않고 맞고만 있었다. 그녀의 분이 다 풀리길 기다리는 사람처럼.

"이강우. 너도 참 안됐다. 같은 곳을 바라보지는 못할망정 마주는 봐야 하는데 말이야."

그 와중에도 기철의 말이 들렸나 보다. 바라보는 눈빛이 살벌한 것을 보니. 기철은 어깨를 으쓱이며 생긋이 웃었다.

"후훗. 내가 생각해도 네게 그런 말할 자격은 없는 것 같다. 그럼 잘 견뎌보라고."

기철이 손을 한 번 흔들어주고서 방으로 들어갔다. 제발 그에게 붙어 있는 찰거머리를 이강우가 떼어주기를 간절히 바라며.

5장 잔인한 현실

"아…… 으윽!"

테라스에 앉아 있던 인경은 몸이 나른해 오자 늘어지게 기지개를 켰다. 푸른 잎들 사이로 쏟아져 내린 햇살이 졸음을 몰고 와 사르르 눈을 감기게 했다. 인경은 살며시 눈을 감고서 은은하게 퍼지는 커피 향과 뒤섞인 싱그러운 바람의 향기에 몸을 맡겼다. 하지만 휴대전화가 울리는 바람에 다시 눈을 떠야 했다.

"무슨 일이지."

상대가 서진이자 인경은 얼른 자세를 고쳐 앉고서 통화키를 눌렀다.

"여보세요?"

[인경 씨, 서진입니다.]

"네, 서진 씨. 근데 어쩐 일이세요?"

[점심 약속 있어요?]

"없는데요."

[그럼 저랑 하실래요?]

전화기를 붙잡고 있던 그녀의 손이 멈칫했다. 아침까지 아무런 말이 없었는데 갑자기 점심을 먹자고 하는 게 이상했다. 혹시 무슨 일이라도 있는 걸까. 그게 아니라면 서진과 따로 만날 이유가 없는데. 인경은 불안감이 밀려오자 선뜻 대답을 하지 못했다. 그러자 서진의 목소리가 다시 들려왔다.

[밖에서 만나는 게 불편하면 집에서 봐도 괜찮습니다.]

꼭 봐야겠다는 의미였다. 인경은 살짝 눈을 감았다 떴다. 꼭 만나야 한다면 집보다는 밖이 편했다.

"어디로 가면 될까요?"

[시간과 장소는 문자로 보내줄게요.]

"그러세요. 그럼 나중에 봐요."

인경은 천천히 전화기를 내렸다.

"대체 무슨 일이지. 혹시 강주열 씨와의 사이를 알게 된 걸까. 그런 낌새는 못 느꼈는데."

그것 외에는 서진이 그녀를 불러낼 만한 이유가 떠오르지 않았다. 그때, 문자 들어오는 소리가 들렸다. 내용을 확인한 인경은 한숨을 내쉬며 자리에서 일어났다. 이유는 만나보면 알 터였다.

딸깍. 굳게 닫혀 있던 문이 열렸다. 거실에 앉아서 커피를 마시고 있던 무희의 신경이 온통 그곳으로 쏠렸다. 얼마 지나지 않아 기철이 기지개를 켜며 모습을 드러냈다.

"여어. 오늘은 건수가 없으신가. 느긋하게 커피들 마시게."

기철이 주방으로 가면서 한마디 툭 던졌다. 무희가 죽일 듯이 기철을 노려보는 반면, 강우는 느긋하게 커피 잔을 들었다. 이미 식어버린 커피였지만 상관없었다. 그와의 싸움에서 이기려면 조급해서는 안 된다. 이성적인 생각과 냉정한 판단만이 승리할 수 있었다. 잠시 후, 기철이 커피 향을 풍기며 주방에서 나왔다.

"뭘 기다리고 있는 거야?"

기철이 느긋한 모습으로 소파에 앉으며 물었다.

"네 목숨."

무희가 기다렸다는 듯이 톡 쏘아붙였다. 기철은 피식 웃어버렸다. 방금 한 말이 진심이란 걸 알기에.

"가져갈 수 있을까?"

"기꺼이."

"오호, 센데. 하지만 기대할게."

무희의 눈동자에 불꽃이 출렁였다. 당장이라도 그의 심장을 꺼내가고 싶다는 듯이.

"눈 풀어. 구미호 같아."

"그랬다면 네 심장은 이미 내 손 위에서 팔딱거리고 있겠지."

"후훗, 이미 네 뱃속에 있는 건 아니고?"

무희는 주먹을 움켜쥐었다. 커피를 마시고 있는 저 주둥아리를 한 대 칠까 말까 고민하면서.

"뭐 어쨌든 잘해야 할 거야. 도리어 당하면 억울할 테니까. 안 그래, 이강우?"

기철이 강우를 향해 씩 웃었다. 커피 잔을 내려놓는 강우의 손이 멈칫했다. 하지만 그만 느낄 뿐, 다른 이의 눈에는 보이지 않았다.

"그렇습니까? 전 잘 모르겠는데."

"자만심인가 아니면 아직 그런 경험을 못해본 건가?"

"아마 둘 다일 겁니다."

"오호, 역시 대단해. 이거 더 기대되는데."

"나쁘지 않을 겁니다."

기철의 말에 강우도 지지 않고 맞받아쳤다. 무희는 그런 강우를 흐뭇하게 바라보았다. 단 한 번도 그녀의 기대를 저버린 적이 없었기에 더 믿음이 갔다.

"좋아. 마지막까지 살아남는 자가 누가 될지 해보자고."

기철의 말에 강우의 눈빛이 달라졌다. 히든카드가 그의 손에 있는 한 마지막까지 살아남는 자는 기철이 아닌 그들일 것이다.

"인경 씨, 어서 와요."

종업원의 안내를 받아 룸으로 들어가자 이미 와 있던 서진이 그녀를 반겼다. 인경은 살짝 고개를 숙여 보이고서 맞은편 자리에 앉았다. 미리 시켰는지 맛깔스러운 음식들이 한 상 가득 차려져 있었다.

"오는데 불편하지 않았어요?"

"네."

"다행이네요. 참, 회를 좋아한다던 말이 생각나서 미리 시켜놨습니다."

"아, 네. 맛있겠네요."

인경이 빙그레 웃었다. 자상한 남자는 뭐가 달라도 달랐다. 지나가는 말투로 뭘 좋아하냐고 물어서 회를 좋아한다고 했더니 그걸 기억하고 있었나 보다.

"그럼 식사부터 하죠."

"저기…… 서진 씨."

인경이 조심스럽게 그를 불렀다. 이런 기분으로는 목구멍으로 물 한 모금도 넘길 수 없을 것 같았다. 서진이 들었던 젓가락을 놓았다.

"네, 인경 씨."

"날 부른 용건부터 들으면 안 될까요? 마음이 불편해서 못 먹겠어요."

"그래요, 그럼."

잠시라도 시간을 벌고자 서진이 물 잔을 들며 말했다. 밥부터 먹이고 싶어서 미리 시켜놨는데 마음이 내키지 않는다니 어쩔 수가 없었다. 물을 한 모금 마신 서진이 천천히 물 잔을 내려놓으며 입술을 달싹였다.

"이모님께 얘기 들었습니다. 큰 실례를 했다고요."

"네? 이모님이라……. 아, 혹시 조 여사님을 말씀하시는 거예요?"

"네. 일부러 숨긴 건 아닙니다. 인경 씨가 알게 되면 불편해할 것 같아서 말하지 않은 것뿐."

인경도 그가 일부러 속인 거라곤 생각하지 않았다. 하지만 처음부터 사실대로 말해줬더라면 행동거지가 조금 불편하긴 했겠지만 마음에 상처를 입진 않았을 것이다. 물론 그들에 대해서도 이것저것 묻지 않았을 테고.

"그래도 말해주지 그랬어요. 맞을 매면 먼저 맞는 게 낫다는데."

"주열이가 원하지 않았어요. 인경 씨가 사실을 알게 되면 방에만 틀어박혀 있을 거라면서. 주열인 우리가 없는 동안만이라도 인경 씨가 자유롭게 지내길 바랐어요. 마음이 지옥일 텐데 몸까지 갇혀 지내게 할 수는 없다고."

"말도 안 돼. 그렇게 생각하는 사람이 돈으로 사람을 사나요?"

"그건 주열이가 한 게 아니에요. 회장님께서 일방적으로 하신 일이지. 솔직히 인경 씨를 제외하곤 어떤 여자도 주열이의 얼굴을 보지 못했어요. 그대로 다 돌려보냈으니까."

조 여사에게 들었던 말이었다. 그러니 거짓은 아닌 것이다. 그렇다면 왜 그녀는 붙잡아둔 것일까. 물론 어마어마한 돈이 걸려 있다는 것을 안다. 하지만 그 돈을 가져간 사람은 송기철이었다. 그러니 그만 찾으면 되는 게 아닌가. 굳이 그녀를 붙잡아둘 이유가 없었다.

"그렇다면 나는 왜 잡아둔 거예요?"

"인경 씨는 그들과 달랐어요. 1년이란 약정도 있었지만 10억이란 몸값에는 주열이도 포함되어 있었으니까. 어쩌면 인경 씨는 미끼였을 뿐, 타깃은 주열이었을 거예요. 그게 아니고서는 회장님께서 그런 거래를 했을 리가 없으니까. 그리고 우리가 알아본 바로는 인경 씨를 보낸 자가 송기철이었고, 그는 파파라치였어요. 이 바닥에선 아주 유명한 인물이더군요."

"파파…… 라치요?"

"네. 몰랐나요?"

"모, 몰랐어요. 전혀."

인경의 목소리가 살짝 떨리고 있었다. 그녀의 표정 하나하나를 세심하게 살피고 있던 서진은 비로소 안심이 되었다. 최소한 그녀는 송기철과 한패는 아닌 것이다.

"그랬군요. 솔직히 난 인경 씨가 송기철과 한패가 아닐까란 생각도 했었어요. 이젠 아니지만."

"말도 안 돼. 어떻게 그런 생각을⋯⋯."

"주열이를 옭아맬 증거를 잡기 위해서 인경 씨를 보냈다고 생각했거든요. 그게 아니라면 제 여자를 거래 조건에 포함시킬 남자는 세상 어디에도 없으니까. 더구나 송기철은 그림자 인간이었어요. 그런 자가 제 얼굴을 노출시키면서까지 인경 씰 보낸 터라 그쪽으로 마음이 더 쏠린 겁니다."

"그, 그림자 인간이라니. 대체 그게 다 무슨 소리예요?"

"말 그대로예요. 그자에게 당한 사람은 많은데 정작 얼굴을 아는 사람은 아무도 없었어요. 인경 씨 외에는."

"그, 그럼 내가⋯⋯."

"그자의 얼굴을 아는 유일한 사람이죠."

"그, 그게 말이 돼요? 아니, 그래서 날 잡아두고 있는 거예요? 그를 잡기 위해서?"

"정확하게는 송기철이 가지고 있는 주열에 관한 어떤 것이죠. 우린 그것만 손에 넣으면 되니까."

"그, 그게, 그게 뭔데요?"

인경의 목소리가 심하게 파닥거렸다. 심장이 벌렁거리고 눈앞이 아찔한 게 지금 듣고 있는 말들이 도저히 믿어지지가 않았다.

"우리도 알아보고 있는 중입니다."

"그, 그럼 만일 그것을 찾게 되면 난 어떻게 되는 건가요?"

"그건 주열이가 결정할 일이군요. 10억이란 돈에는 인경 씨도 포함된 거니까."

그녀의 낯빛이 하얗게 변했다. 서진은 그 모습이 너무 안쓰러워 마음이 무거웠다. 증거를 찾게 되면 집으로 돌아가게 될 것이다. 하지만 그때까지는 언제 빠질지 모르는 살얼음판 위를 걷는 것처럼 매 순간이 지옥처럼 느껴질 것은 당연했다.

"그렇다고 너무 걱정하진 말아요. 주열이가 인경 씨를 함부로 대하는 일은 없을 테니까."

"아, 알아요."

인경은 떨리는 목소리로 인정했다. 무뚝뚝한 성격과 달리 사랑을 나눌 때의 그는 언제나 그녀를 먼저 배려하고 행동했으니까.

"그리고 오늘 이렇게 보자고 한 건 이모님 때문입니다. 이모님께서 인경 씨에게 많이 미안해하세요. 상처를 준 것 같아 마음이 아프다면서. 직접 사과하신다는 걸 제가 말렸습니다. 이모님도 그렇지만 인경 씨도 불편해할 것 같아서요."

"잘하셨어요. 이모님께 전 괜찮다고 전해주세요."

"정말 괜찮은 겁니까?"

아니, 괜찮지가 않았다. 더 엉망으로 꼬이고 말았다. 하지만 이 모든 말들이 사실이라면 괜찮은 척할 수밖에 없었다. 주열과의 관계를 그들이 알게 되면 안 되니까.

"네, 괜찮아요. 그보다 한 가지만 물을게요."

"말씀하세요."

"서진 씨 말대로라면 강주열 씨에게 약점이 있다는 건데 혹시 짐작되는 거라도 있나요?"

서진은 뜻밖의 물음에 잠시 숨을 멈추었다. 짐작되는 것은 있었지만 그녀에게 말해줄 수는 없었다. 그건 오직 주열의 몫이니까.

"없습니다. 회장님께서도 말씀이 없으시고. 그래서 좀 답답합니다."

"그렇군요. 아, 맞다! 강주열 씨가 송기철을 만났었는데 혹시 얘기하던가요?"

"네, 들었습니다."

"그때 뭐 알아낸 거 없대요? 아니, 왜 그냥 보내줬다던가요? 그런 자라면 주먹질을 해서라도 잡았어야지."

그건 서진도 궁금했다. 주열이라면 충분히 그자를 잡고도 남았을 텐데 말이다.

"알아낸 것은 없었고, 그냥 보내준 것은 나 역시 의문입니다."

"하아, 그렇군요. 그때 잡았어야 했는데."

"기회는 또 있을 겁니다. 이제 그만 식사하죠."

"네."

인경은 할 수 없이 숟가락을 들었다. 음식들이 목구멍으로 넘어갈 것 같진 않았지만 두 번 거절할 수는 없었다. 그녀는 안 먹어도 괜찮았지만 늦게까지 일해야 하는 서진을 굶길 수는 없었다.

"내가 움직이길 기다린단 말이지. 그럼 대접을 해줘야지. 시간 끌어봤자 좋을 게 없으니까."

기철은 등 뒤에 증거물을 숨긴 다음 움직이지 않게 테이프로 칭칭 몸을 감쌌다. 그리고 표시 나지 않게 그 위에 재킷을 걸쳤다.

이것을 찾기 위해서 혈안이 되어 있는 그들에게서 지켜내려면 이 방법밖에는 없었다.

"자, 그럼 이제 한바탕 놀아보자고."

기철이 문을 벌컥 열었다. 기다렸다는 듯이 무희의 시선이 다가왔다. 하지만 강우의 모습은 보이지 않았다.

'어딜 간 거지. 벌써 움직인 건가.'

기철은 거실 어디에서도 강우가 보이지 않자 어금니를 지그시 깨물었다.

"어디 가?"

"알아서 뭐 하게."

"알려주면 대답할게."

"그렇게까지 해서 듣고 싶지는 않아."

기철이 자리에 앉으며 말했다. 무희는 날카로운 시선으로 그를 살폈다. 강우가 자리를 비웠을 때 움직이는 게 영 마음에 걸렸다.

"난 들어야겠는데 어쩌지."

"신경 끄라고 입술이 닳도록 말했는데도 당최 알아 처먹질 않는구만."

"하하하, 나 청개구리잖아. 하지 말라고 하면 더 기를 쓰고 하는 청개구리. 몰랐어?"

"듣고 보니 맞는 말인 것도 같다. 자, 그럼 난 물러갈 테니까 청개구리 짓이나 계속하셔."

기철이 자리에서 일어났다. 강우가 보이지 않는 게 신경 쓰이기는 했지만 더 이상 지체할 수는 없었다. 그러자 무희가 따라 일어났다.

"왜 일어나?"

"청개구리 짓 하러."

"후훗. 왜? 따라오시게?"

"데려가긴 하고?"

"하하하, 못 데려갈 것도 없지. 그럼 잘 따라붙으라고."

기철이 호탕하게 웃으며 문을 열고 나갔다. 무희는 서둘러 전화기를 들었다. 한 번의 벨 소리를 끝으로 상대방의 목소리가 들려왔다.

[네, 말씀하십시오.]

"지금 나갔어. 근데 빈손이야."

[애들 붙이겠습니다.]

"그래. 아, 그리고 집으로 몇 명 올려 보내. 다시 찾아봐야겠어. 가지고 나간 게 아니라면 이곳밖에는 없어."

[알겠습니다.]

"너도 빨리 들어와."

[곧 도착합니다.]

"알았어."

무희는 전화를 끊었다. 그리고 곧장 기철의 방으로 갔다. 증거물만 손에 넣으면 그녀를 건드릴 자는 아무도 없었다. 그러니 반드시 그걸 찾아야 했다.

"영화 한 편 찍나 했는데 왜들 안 보여."

차가 있는 곳에 도착한 기철이 혼잣말을 했다. 주차장에서 덮칠 줄 알았는데 어디에서도 사람의 흔적은 보이지 않았다. 기철은 차에 오르기 전 다시 한 번 주위를 둘러보았다. 그러나 여전히 움직이는 형체는 없었다.

"쾌락 질주를 원하는 건가. 그렇다면 마음껏 즐기게 해줘야지."

기철은 안전벨트를 몸에 꼭 맞게 착용한 다음 시동을 걸었다. 룸미러를 통해 주위를 살피는 것도 있지 않은 채.

"오호, 쥐새끼 발견."

기철이 통로 끝에 다다라서야 반짝이는 불빛과 함께 서서히 움직이는 차가 있었다. 존재를 들키지 않으려고 기철이 움직이고 난 다음 시동을 거는 모습이 제법 치밀했다. 아차, 하면 놓칠 수 있는 거린데도 말이다. 기철은 씩 웃으며 유유히 주차장을 빠져나왔다. 이내 모습을 드러낸 차가 일정한 거리를 두고 기철의 뒤를 따르고 있었다.

"아하. 일전의 그놈보다 솜씨가 좋은데."

기철이 룸미러를 흘끗 바라보며 휘파람을 불었다. 상대는 미행한다는 느낌이 들지 않을 정도로 자연스럽게 차량들 틈에 섞여 들어서 쫓아오고 있었다. 기철이 주차장에서 주의를 기울이지 않았다면 모를 정도였다.

"자, 그럼 맛보기는 여기까지. 본격적으로 달려보자고."

1차선에서 달리고 있던 기철은 잽싸게 2차선으로 끼어들었다. 200미터 앞에 있는 사거리에서 우회전을 하기 위해서였다. 기철은 사거리가 나타나자 그대로 핸들을 꺾었다. 당황한 차들이 클랙슨을 울렸지만 기철은 룸미러를 흘끗거릴 뿐 속도를 늦추진 않았다. 이어 뒤엉킨 차들 속에서 익히 알고 있는 차가 툭 튀어나오듯이 빠져나왔다. 역시 상대는 그를 실망시키지 않았다.

"와우! 심장이 짜릿짜릿한 게 실로 오랜만인데 이 느낌."

기철은 아드레날린이 마구 솟구치는 걸 느끼면서 인경을 떠올렸다. 그녀를 처음 만났던 날도 이렇게 쫓기고 있었다. 증거를 수집하다 상대방에게 발각되어 도망치고 있을 때, 그녀를 만나게 된 것이다. 곧 잡힐 것 같은 상황에서 만난 터라 앞뒤 생각 없이 그녀의 입술을 덮쳤다. 오로지 살아남기 위해서.

한데 오히려 죽을 뻔했다. 여자의 입술을 통해 심장이 파열할 것 같은 짜릿한 느낌을 받아본 게 처음이라서. 물론 잡히면 끝장이었기에 공포와 뒤엉킨 탓도 있었다. 하지만 그녀의 입술이 전해 준 느낌이 더 강렬했다. 그래서 보상이라는 변명으로 그녀를 붙잡았고 그 뒤로 함께였다. 그녀가 헤어지자고 말하기 전까지.

"빌어먹을!"

기철이 주먹으로 핸들을 내려쳤다. 주열과 함께 있는 그녀를 상상하자 머리털이 쭈뼛 서고 심장이 뜨거운 열기로 꽉 차 올랐다. 빵빵! 갑자기 클랙슨이 울렸다.

"젠장!"

화들짝 놀란 기철이 급브레이크를 밟았다. 생각에 빠져 있던 탓에 미처 신호가 바뀐 걸 보지 못했던 것이다. 아슬아슬하게 차가 멈춰 서는 바람에 다행히 충돌을 피할 수 있었다.

"야, 이 미친 새끼야! 누구 신세 잡을 일 있어! 죽고 싶거든 네 집 가서 뒈져. 다른 사람 인생까지 망치지 말고! 알았어!"

한 운전자가 유리창 너머로 목을 쭉 빼고서 고함을 질렀다. 기철은 무시하고서 룸미러를 응시했다. 미행 차가 바로 뒤에 있었다. 시계를 흘끗 바라본 기철은 신호가 바뀌자 튕겨 나가듯 출발했다. 뒤차 역시 곧바로 따라붙었다. 드러내 놓고 쫓는 것을 보니 존재를 숨길 필요가 없다고 판단한 모양이다. 그렇게 한참을 질주하던 기철은 원하던 장소가 나타나자 돌연 속도를 늦췄다. 미행자를 한 방에 보낼 기회를 잡기 위해서였다.

"아쉽지만 넌 여기서 아웃이다. 기다려라, 강주열. 곧 찾아가마. 흐홋."

기철의 입가에 비릿한 미소가 걸렸다. 이곳 사거리에는 지하상가와 연결된 주차장 입구가 도로 중앙에 위치해 있었다. 이곳 지리를 잘 아는 자가 아니라면 모르고 지나칠 정도로 존재감이 미흡했다. 기철도 우연히 이곳을 알게 된 터라 따돌릴 장소로 택한 것이다. 기회를 노리고 있던 기철은 황색 신호등이 깜박이는 걸 보고 그대로 질주했다.

빵빵! 차들이 위험신호를 울렸지만 속도를 늦추지 않았다. 지금이 아니면 기회가 없었다. 쏜살같이 주차장에 들어선 기철은 곧장 시동을 끄고 내려, 엘리베이터를 향해 달렸다. 다행히 사람들이 나온 탓에 엘리베이터의 문은 열려 있었다. 그때, 미끄러지듯 차한 대가 빠르게 들어오더니 멈춰 섰다. 기철은 냉큼 올라타서 다급한 손길로 닫힘 버튼을 눌렀다.

"제발, 닫혀라. 빨리. 빨리."

그리고 천만다행이도 그들이 바로 코앞에 도착했을 때, 문이 닫혔다. 그제야 기철은 안도의 숨을 내쉬었다.

"와우. 만만찮은 놈들. 후훗. 그럼 이제 집이나 알아볼까. 인경이 맞을 준비를 해야지."

기철은 그녀를 찾아올 수 있다는 것에 마음이 들떠서 콧노래를 흥얼거렸다.

"씨발! 대체 어디다 숨긴 거야!"

무희는 손에 들고 있는 옷가지를 휙 집어 던졌다. 집 안 구석구석을 이 잡듯이 뒤졌지만 어디에도 원하는 물건은 없었다.

"송기철이 가지고 간 게 분명합니다."

"빌어먹을! 그렇다면 어쩌지. 아직 애들한테선 연락 없어?"

"네."

그때 강우의 휴대전화가 울렸다. 서둘러 전화기를 꺼내 들고서 버튼을 눌렀다.

"어떻게 됐어?"

[놓쳤습니다. 죄송합니다.]

"니들 그딴 식으로 일할 거야!"

무희는 버럭 고함을 지르는 소리에 깜짝 놀랐다. 오랜 시간 함께 있었지만 강우의 고함 소리를 들은 건 지금이 처음이었다.

"송기철이 강 사장을 만나러 갈지도 모르니까 애들 위치 파악해. 이번에도 놓치면 각오 단단히 해야 할 거야!"

강우는 그대로 전화를 끊어버렸다.

"바보 같은 놈들!"

강우는 생각할수록 화가 치밀자 거칠게 머리를 쓸어 넘겼다. 운전 좀 한다는 놈들로 붙였는데도 빠져나갈 정도라면 기철의 솜씨가 만만치 않은 것이다.

"놓친 거야?"

무희의 목소리가 불쑥 끼어들었다. 강우는 얼른 감정을 추스르고서 그녀를 바라보았다.

"죄송합니다."

"네가 죄송할 건 없지. 그나저나 대체 어디다 숨긴 걸까. 분명 가지고 나가진 않았는데."

"이 상태로 물건을 손에 넣기는 힘들 것 같습니다. 그래서 드리는 말인데 힘을 조금 사용해도 되겠습니까?"

"힘이라니. 혹시 두들겨 팬다는 소리야?"

"가장 빠른 방법입니다. 허락…… 하시겠습니까?"

강우가 재차 물었다. 기철에게 폭력이라니. 한 번도 생각해 보지 않았기에 무희는 선뜻 입이 떨어지지 않았다.

"걱정하시는 그런 일은 없을 겁니다."

"니들이 손댄 애들 중에서 멀쩡한 인간 있어? 반병신들 됐지. 일단 좀 더 지켜봐."

강우는 그를 믿지 못하는 그녀가 야속했다. 하지만 거역할 수는 없었다. 그녀에게 송기철은 목숨과도 같은 존재란 걸 아니까.

"알겠습니다."

대답하는 강우의 눈빛이 어둡게 변했다. 무희는 그가 상처받았다는 것을 알았다. 하지만 모른 척했다. 그의 마음보다 기철이 더 소중하니까.

주열은 태화그룹에 대한 보고서를 보다 말고 눈을 지그시 감았다. 꽤나 힘겨루기를 하며 버티던 김인광의 주식이 이제 몇 시간만 있으면 그의 손에 들어오게 된다. 오랜 시간 염원처럼 그 일에 매달렸고, 드디어 결실을 눈앞에 두고 있었다. 그런데 모든 것이 시들해져 버렸다. 앞만 보고 신나게 달리던 차가 예기치 않게 나타난 장애물로 인해 급브레이크를 밟은 꼴이랄까. 너무나 엄청난 것이 제동을 걸어온 탓에 심장이 바짝 말라 버렸다. 믿고 싶지 않은, 하지만 믿을 수밖에 없는 진실의 무게가 너무나 커서 감당하기조차 벅찼다.

"젠장!"

생각할수록 화가 나고 기가 막힌 일이라 욕만 튀어나왔다. 그때 짧은 노크 소리가 들려왔다. 숨을 크게 뱉어낸 주열은 얼굴에 오른 열기가 식혀졌길 바라며 들어오라는 인기척을 냈다. 이내 문이 열리고, 김 비서가 들어섰다.

"무슨 일인가?"

"약속되어 있지 않은 손님이 찾아오셨습니다. 어떻게 할까요?"

"누구라고 하던가?"

"송기철이란 분이십니다."

"들여보내."

"알겠습니다."

김 비서가 살짝 고개를 숙인 후, 등을 돌리자 주열은 의자 깊숙이 몸을 기댔다. 다시 만나게 되길 바랐지만 이렇게 빨리 보게 될 줄은 몰랐다. 김 비서가 나간 후, 몇 초를 사이에 두고 다시금 짧은 노크 소리와 함께 기철이 들어섰다. 주열은 속마음을 순긴 채 못마땅하다는 듯이 입을 열었다.

"날 만날 이유가 없을 텐데."

들어서자마자 빈정거리는 게 앉을 자리도 권하지 않을 것 같아서 기철은 편안하게 보이는 소파에 엉덩이를 걸쳤다. 못마땅하다는 듯 그의 시선이 느껴졌지만 알 바 아니었다. 어떤 걸 바라고 온

게 아니라 찾으러 온 거니까.

"빚쟁이가 따로 없군."

주열이 톡 쏘아붙였다. 거만하게 자리를 잡고 앉는 게 상당히 눈에 거슬렸다.

"오호, 그 말 마음에 든다. 맞아. 나 빚 받으러 왔어."

기가 막힌 말에 주열은 슬금슬금 화가 치밀어 올랐다. 돌려주는 거라면 몰라도 그가 받아갈 것은 아무것도 없었다. 그게 제아무리 쓸모없는 먼지라 할지라도.

"무슨 수작이야."

"수작이라니, 말조심해."

능글거리던 미소가 순식간에 사라지고 눈동자에 분노가 녹아들었다. 주열은 저 눈빛이 마음에 들지가 않았다. 처음 만났을 때도 그렇고, 지금도 마찬가지였다. 죄인인 그가 오히려 상대방을 죄인 보듯 바라보는 저 당당함. 대체 뭘 믿고 저토록 거들먹거리는지 알 수가 없었다.

"그 말에 발끈하는 걸 보니 뭔가가 있긴 한가 보군. 시간 없으니까 말장난 집어치우고 본론이나 말해. 너와 말 섞고 있는 지금도 내겐 아까우니까."

"인경이 돌려줘."

"헛소리 작작해. 그녀는 네가 달라고 해서 줄 수 있는 물건이 아니야!"

"후훗, 네 입에서 그런 말이 나오다니 이거 뜻밖인데? 근데 어쩌나. 넌 그런 말을 할 자격이 없는데. 그녀를 물건 사듯 한 사람이 바로 너니까."

틀린 말은 아니었다. 하지만 팔아넘긴 건 바로 그였으니 자격 운운할 입장이 아닌 것은 마찬가지였다.

"그러는 넌 자격이 되고? 따지고 싶지는 않지만 너랑 나 오십보 백보다. 그게 용건이라면 그만 돌아가."

주열이 딱 잘라 말하고서 펼쳐진 서류로 시선을 내렸다. 더는 말할 가치도 없었다. 말귀를 알아들었는지 그가 부스럭거리며 자리에서 일어났다. 주열의 모든 촉각이 그를 향해 있었지만 관심 없는 척, 제 할 일만 했다. 그런데 가는 줄 알았던 그가 어느새 책상 앞까지 와 있었다.

"뭐야!"

주열이 보고 있던 서류철을 탁 덮으며 소리쳤다. 그때, 책상 위로 무언가가 툭 떨어졌다. 주열이 미간을 찌푸리며 뭐냐는 듯이 그를 바라보았다.

"네가 보고 싶어할 것 같아서."

"관심 없으니까 가지고 꺼져."

"관심 가져야 할 거야. 너와 난 오십보백보가 아니라 하늘과 땅 차이니까."

주열의 시선이 그가 던져 놓은 물건에 꽂혔다. 솔직히 보고 싶지 않았다. 저 안에 뭐가 들어 있건 간에 그녀를 돌려보내지 않을 테니까. 그럼에도 자꾸만 눈이 갔다. 손에 뭘 쥐고 있기에 짜증날 정도로 대범하게 행동하는지 궁금해서. 급기야 호기심을 누르지 못하고 손을 뻗어 그것을 집어 들었다. 그리고 다소 거친 손길로 봉투를 뜯어서 안에 있는 것을 꺼냈다. 파일 하나와 녹음기였다. 주저 없이 파일을 펼쳐 든 주열의 눈동자가 일순간 살기를 띠었다. 하지만 그건 찰나일 뿐, 이내 아무렇지도 않은 것처럼 그를 향해 고개를 들었다.

"이게 뭔데?"

"내 밥줄."

"그래서?"

그가 생긋이 웃으며 물었다. 순간 기철은 살짝 당황했다. 겉으로 드러내 놓고 화를 내지는 않겠지만 적어도 어떤 반응은 보일 거라고 생각했다. 그런데 열이 뻗칠 정도로 그는 너무나 담담했다. 심장이 너덜너덜해지도록 흔들어놓고 싶어질 만큼.

"강 회장과 하려던 거래가 바로 그거야. 장서인의 죽음 이후 당신에게 일어난 일들에 대한 보고서. 사랑하는 여인과 멋진 하룻밤을 보냈는데 다음날 아침, 싸늘한 주검이 되어 있는 것을 발견. 그 충격으로 인해 강주열은 임포텐츠가 되어 돈으로 여자들을 산다. 뭐 이 정도면 꽤나 방송국들이 바빠지지 않을까? 심장마비로 결론 난 그 일을 새삼 들춰가면서 진실을 캐려고 혈안이 되겠지. 또 알아? 타살이라는 설도 나올지."

책상 위에 있던 주열의 손가락에 점점 힘이 들어갔다. 그때 생각난 것이 있다는 듯 기철이 손가락을 탁 튕기며 말을 이었다.

"근데 궁금한 게 있는데 말이지. 왜 여자들을 안지도 않고 포르노 영상만 보여주고 돌려보낸 거지? 치료 목적이었다면 몸으로 부딪치는 게 훨씬 더 효과가 있을 텐데 말이야."

"내 의지가 아니었으니까."

"그럼 인경인 왜 붙잡아두고 있는 거야. 돈 때문에 그래? 니들에게 10억은 입막음용치곤 껌값이잖아."

"내 의지였으니까."

"뭐라고?"

"돈이 아니라 내가 원해서 함께 있는 거라고 했어."

"너 이 새끼!"

기철이 성큼 다가와 멱살을 움켜잡았다. 하지만 주열은 아랑곳없이 계속해서 말을 이었다.

"너같이 파렴치한 인간이 갖기엔 그녀가 너무 아깝더군. 더구나 넌 아무렇지도 않게 그녀를 팔아넘겼어. 그것도 내 약점을 이용해서."

"내가 한 게 아니라고 했잖아!"

화를 참지 못한 기철이 주먹을 날렸다. 그의 고개가 옆으로 휙 꺾어질 정도로 세게 날린 탓에 손이 다 얼얼했다. 그래도 분이 풀리지 않았다. 기철은 다시 주먹을 날렸다. 그러나 주열이 한발 더 빨랐다. 퍽! 정통으로 얼굴을 가격당한 기철은 뒤로 나뒹굴고 말았다. 코뼈가 부러진 것처럼 코가 욱신욱신거렸다.

"그게 맞든 아니든 상관없어. 이미 그녀는 내 사람이야. 너 같은 놈에게 돌아가는 일 따윈 없으니까 이거나 갖고 그만 꺼져!"

주열이 문을 향해 그가 가지고 온 물건들을 휙 집어 던졌다. 기분 같아서는 마음껏 두들겨 패주고 싶었다. 하지만 여긴 그의 사무실이었고, 밖에는 비서들이 있었기에 가까스로 화를 참고 있었다. 기철이 주섬주섬 몸을 일으키더니 사나운 눈길로 그를 노려보며 소리쳤다.

"이 빌어먹을 자식아! 강 회장이 그녀를 요구했을 때, 난 거절했어. 믿지 못하겠지만 사실이야. 방금 네가 던진 녹음기에 진실이 담겨 있어. 그래도 못 믿겠으면 네 아버지께 전화해 봐. 누구와 거래를 한 건지 알 수 있을 테니까!"

"변명이랍시고 한 게 고작 그거냐? 한심한 놈."

"들어보기나 하고 지껄여!"

기철이 더욱 목소리를 높였다. 증거를 눈앞에 가져다줬는데도 부정하려는 그를 죽여 버리고 싶었다.

"네가 좀 더 현명한 놈이었다면 서류가 가짜란 거 금방 알았을 거다. 인경이가 완강하게 부인했을 테니까. 그럼 최소한 필적감정이라도 의뢰했어야 하는 거 아니야?"

미처 거기까지 생각하지 못했던 주열은 처음으로 그의 말이 사실일지도 모른다는 생각이 불쑥 들었다. 그렇게 되면 그들은 이제 어떻게 되는 거지. 기분 나쁠 정도로 심장이 거세게 뛰기 시작했다.

주열은 성큼성큼 걸어가 바닥에 뒹굴고 있는 녹음기를 집어 들었다. 그것은 마치 살인 흉기마냥 을씨년스러웠다. 목구멍으로 마른침이 꿀꺽 넘어갔다. 만일 이게 진실이라면 그들의 미래는 없는 것이다. 주열은 단호한 손길로 버튼을 눌렀다. 그의 말처럼 아버지인 강 회장의 목소리가 공허하게 울려 퍼졌다.

[그럼 내게도 조건이 있네.]

[조건이라니요?]

[하인경. 그녀를 내게 주게.]

[노망나셨습니까?]

[1년이네. 딱 1년만 내게 주게. 그럼 요구한 돈을 현찰로 일시불 지급하지.]

[그녀를 찾아내셨다면 이 일과 아무런 관련이 없다는 거 아실 텐데요?]

[물론, 잘 알지. 송기철의 직업이 무엇인지도 모르고 있더군. 꽤나 오래 사귄 걸로 아는데 애인 직업도 모르다니 너무 무심한 거 아닌가. 아니면 그녀가 알면 안 되는 뭔가가 있어서 비밀로 한 건가? 짐작컨대 아마 후자 쪽이 아닐까 싶군.]

[당신 지금 무슨 수작을 부리는 거야?]

[수작은 네가 부리고 있지. 난 솔직히 널 믿을 수가 없어서 그녀를 원하는 것뿐이야. 어때? 거래할 텐가?]

[개소리 집어치워! 내가 아무리 쓰레기 같은 당신네들 뒤꽁무니나 캐는 걸로 밥줄을 삼고 있지만 내 것을 공유할 마음 따윈 없으니까!]

[후훗. 꼴에 남자의 자존심이라는 건가. 송기철에게 그런…….]

더는 듣지 못하고 주열이 녹음기를 꺼버렸다. 이 모든 것이 사실이라는 게 믿어지지가 않았다. 세상살이가 왜 이렇게도 고달픈지. 며칠 사이 참 많은 사건들이 그를 흔들어놓고 있었다.

"이제 진실을 알았으니 내 것을 돌려줘야겠어. 그리고 그 파일은 내 선물이야. 강 회장이 어떤 거래를 한 건지는 모르겠지만 증거는 갖고 있지 않을 거다. 유일한 증거가 바로 저기에 있으니까."

"지금 그 말을 나보고 믿으라고 하는 건 아니겠지?"

파파라치에게 증거는 곧 돈이다. 그러니 돈과 직결된 미끼를 하나밖에 가지고 있지 않다는 그의 말은 거짓이었다.

"믿기지 않겠지만 사실이야. 내 손을 떠난 일이 불미스러운 일에 휘말리는 게 싫어서 증거를 남기지 않는다는 나름의 철칙을 가지고 있으니까. 하지만 이번은 예외야. 그 이유는 당신도 잘 알 거라고 생각해. 아! 그렇다고 너무 걱정할 필요는 없어. 내가 원하는 것만 돌려주면 깨끗하게 소멸시킬 테니까. 그건 믿어도 돼. 자아, 그럼 이제 그쪽이 대답할 차롄가."

"내가 싫다면?"

"내가 원하는 대답이 아닌데."

주열은 주먹을 꽉 말아 쥐었다. 정말 싫다. 그와 이런 대화를 하고 있다는 것 자체가.

"만약 그녀가 돌아가기 싫다고 하면 어쩔 거지?"

"그것도 내가 원하는 대답은 아니군. 그런 생각 따윈 해볼 필요도 없고. 사실을 알게 되면 인경인 반드시 내게로 돌아올 테니까."

"어떻게 그렇게 자신하지? 그녀의 마음이 돌아섰을 수도 있잖아."

지푸라기라도 잡고 싶었던 걸까. 주열은 억지스러운 말이란 걸 알면서도 단념할 수가 없었다.

"후훗. 그렇게 말하는 당신의 얼굴이 왜 내 눈에는 가엾게 보일까. 응?"

"그따위 표정 집어치워!"

"내 표정이 어떤데?"

주열은 그가 승리자라는 듯 능글거리며 웃는 얼굴에 주먹을 날리고 싶었다. 하지만 이를 악물고서 꾹 참았다. 지금은 폭력이 아닌 이성적으로 대처해야 할 때였다.

"생각할 시간이 필요해."

"물론 그럴 거야. 하루 주지."

"일주일."

"3일. 후하게 인심 쓴 거야. 그럼 그때까지 마무리되는 걸로 알고 그만 간다."

기철은 심장에 비수를 꽂아놓고서 보란 듯이 밖으로 나갔다. 주열은 이글거리는 눈빛으로 굳게 닫힌 문을 노려보았다. 어떻게 이런 일이 가능할 수 있는지 생각할수록 화가 치밀었다. 그때, 적막을 깨트리듯 전화벨이 울렸다. 전화기를 들고 발신자를 확인한 주열의 얼굴이 무섭게 일그러졌다.

"어쩐 일이십니까?"

[목소리가 왜 그렇게 딱딱해. 무슨 일이라도 있는 거야?]

주열은 잠시 숨을 골랐다. 묻고 싶은 말이 산처럼 쌓여 있었지만 선뜻 입을 뗄 수가 없었다. 아니, 솔직히 물어보기가 겁이 났다. 기철의 말이 모두 사실일 것 같아서.

[강주열, 왜 대답이 없어?]

"물어볼 것이 있습니다."

[뭔데.]

"솔직하게 대답해 주십시오."

[알았으니까 말해봐. 뭐야?]

"송기철이란 자가 왔었습니다. 그자가 누군지 말하지 않아도 알고 계실 겁니다."

주열은 돌려 말하지 않았다. 진실을 알아내기 위해선 직설법이 훨씬 효과가 있으니까. 예상대로 전화기 너머로 침묵이 찾아들었다. 주열은 불길한 기분이 가슴을 휘어잡자 이를 악물고서 다시 말했다.

"송기철의 말에 따르면 이번 거래의 당사자는 자기가 아니라고 하더군요. 어떻게 된 일입니까?"

[그 자식이 왔었다니. 언제?]

"제 질문이 먼접니다. 송기철의 말이 사실입니까?"

[그래, 사실이야. 하지만 넌 신경 쓸 필요 없어. 내가 다 알아서 처리할 테니까.]

전화기를 들고 있는 주열의 손이 부들부들 떨렸다. 아니길 바랐다. 이 모든 게 조작이길 바랐다. 그런데 사실이라고 말하고 있었다. 별거 아니라는 듯 내뱉는 한마디가 실낱같던 희망을 산산이 부서뜨렸다. 이 빌어먹을 세상이 온갖 개 짓거리로 그를 희롱하며 가지고 논 것이다. 주열은 제 목숨줄 갖고 장난친 인간들을 모조리 다 쓸어버리고 싶었다.

"누구…… 짓입니까?"

[넌 그냥 모른 척해. 송기철은 내가 처리할 테니까.]

"아니요! 제가 처리합니다. 그러니까 누군지 말씀하세요. 혹시, 최 사장입니까?"

정곡이 찔렸는지 전화기 너머가 조용했다. 주열은 터져 나가려는 고함 소리를 삼키기 위해서 이를 악물었다. 그에게 여자를 보내는 사람이 그녀였기에 그저 답을 얻기 위해서 던져 본 미끼였다. 그런데 등잔 밑이 어둡다고 정말 그녀일 줄이야.

"더 이상 제 일에 관여하지 마십시오. 이제부터는 제가 처리합니다. 그게 무엇이든."

[아니. 송기철이든 누구든 내가 처리해. 그러니까 넌 나서지 마.

그리고 그 자식이 다시 나타나면 곧바로 내게 알려. 알아들었어?」

수화기 너머에서 다그치는 소리가 들려왔다. 그가 세 살 먹은 어린아이도 아니고 이런 상황에서까지 자기주장을 고집하다니. 주열은 처음으로 아버지가 싫었다.

"젠장!"

주열은 그대로 전화기를 집어 던져 버렸다. 퍽! 소리와 함께 전화기가 바닥에 나뒹굴었다. 겨우 여기까지 왔다. 그야말로 죽지 못해 꾸역꾸역 목숨줄 연명하며, 하루하루 힘들게 버텨오다가 붙잡은 마지막 희망이었다. 그런데 그마저도 그의 의지와 상관없이 손아귀에서 빠져나가려 하고 있었다.

"아악, 빌어먹을!"

주열은 분을 삼키지 못하고 책상 위에 있는 것들을 모조리 쓸어 버렸다. 와장창! 요란한 소리와 함께 사무실이 난장판이 되었다. 그래도 분이 풀리지가 않았다. 주열은 손에 잡히는 대로 집어 던졌다. 세상이 너무 더럽고 추잡해서 더 이상은 참을 수가 없었다. 아니, 스스로에게 화가 치밀어 올라 더는 견딜 수가 없었다.

"천하의 바보 멍청이 같은 놈. 뒤에서 온갖 난잡한 짓거리들이 오가는 줄도 모르고 제 세상에 빠져 허우적거리고 있는 한심한 놈! 그렇게 살고 싶냐! 그렇게 살고 싶어!"

주열은 목이 터져라 고래고래 고함을 질렀다. 그때, 누군가의 손이 허리를 붙잡으며 소리쳤다.

"이게 뭐 하는 짓이야!"

서진의 고함 소리가 천둥처럼 뇌리를 때렸다. 주열은 그제야 거친 숨을 몰아쉬면서 주위를 둘러보았다. 겁을 잔뜩 집어 먹은 김 비서와 최 비서가 문가에 서서 어쩔 줄 몰라 하고 있었다.

"다들 나가봐요."

딱딱한 서진의 목소리에 비서들이 일사천리로 밖으로 나가 문을 닫았다. 둘만 남게 되자 서진이 주열을 끌다시피 데리고 가 소파에 앉히고서 주위를 둘러보았다. 책상 위에 있던 것들은 물론이고, 진열장 위에 있던 액자며 화분까지 마치 폭격이라도 맞은 듯이 모든 게 박살나 있었다. 서인의 죽음 이후 감정 표현을 잘 하지 않던 그를 이토록 날뛰게 한 것을 보면 심상치 않은 일이 있었던 게 분명했다.

서진은 거친 숨을 몰아쉬고 있는 그를 내버려 둔 채 밖으로 나왔다. 갑자기 문이 열리는 소리에 놀란 비서들이 후다닥 자리로 돌아가는 게 보였다. 그런 와중에도 눈치를 살피는 게 영 눈에 거슬렸지만 서진은 모른 척하기로 했다.

"최 비서, 얼음물 한 잔 부탁해요."

"알겠습니다."

최 비서가 탕비실로 들어가자 서진이 김 비서를 바라보았다. 그와 시선이 부딪치자 그녀의 몸이 움찔거렸다. 침착하기만 하던 그녀가 몸을 흠칫거릴 정도면 분명 뭔가를 알고 있다는 거였다. 서진이 침착한 어조로 말문을 열었다.

"오늘 사장님을 찾아오신 손님이 계셨습니까?"

"저기, 그게……."

난처한 듯 그녀가 쉽게 입을 열지 못하고 있었다.

"괜찮으니까 말해요. 누가 다녀갔습니까?"

"송기철이란 분이 다녀가셨습니다."

전혀 예상치 못한 인물이었다. 서진은 주열이 했던 말이 떠오르자 다시 입을 열었다.

"얼마나 머물다 갔습니까?"

"10분 남짓 됩니다."

고작 그 짧은 시간에 주열을 종마처럼 날뛰게 했다는 게 도저히 믿어지지가 않았다. 그것도 비서들이 지켜보고 있는 사무실에서. 서진의 시선이 주열이 있는 사무실로 향했다. 조만간 송기철이 제 발로 찾아올 거라는 말을 듣긴 했지만 설마라고 생각했는데 그게 사실이었다니. 서진은 치아 사이에 무언가가 끼어 있는 것처럼 영 기분이 개운치가 않았다.

"실장님, 제가 가지고 들어갈까요?"

"아니, 됐습니다."

서진은 최 비서가 건넨 쟁반을 받아 들고 사무실로 들어갔다. 주열이 두 손으로 머리를 감싸고서 고개를 푹 숙인 채 앉아 있었다.

"마셔."

주열은 차가운 물 잔이 눈앞에 있자 냉큼 받아 들고서 들이붓듯이 물을 마셨다. 차가운 물줄기가 목구멍을 타고 넘어가자 그제야 몸속에 차 있던 열기가 조금씩 가시기 시작했다.

"그만 일어나."

서진의 말에 주열이 무슨 뜻이냐는 듯, 쳐다보았다.

"이 상태로는 너 아무것도 못해. 저녁에 김인광이도 만나야 하잖아. 어디든 가서 열 좀 식혀."

그의 말에 주열은 눈을 지그시 감았다. 잠시 잊고 있었는데 만만치 않은 일이 하나 더 남아 있었던 것이다.

"젠장!"

어찌할 사이도 없이 욕이 튀어나왔다. 그깟 주식 따위 이젠 아무 짝에도 쓸모없었다. 서인이라는 요물로 인해 그동안의 시간을 낭비한 것만으로도 충분하니까. 하지만 문제는 서진이었다. 사실을 알게 되면 꽤나 충격이 클 텐데, 어떻게 말을 전해야 할지 모르겠다.

"무슨 일인지 얘기 안 할 거지?"

얘기해 달라는 것보다 더 무서운 말이었다. 주열은 숨을 크게 내쉬었다. 어디서부터 어떻게 설명을 해야 그가 충격을 덜 받을까 생각해 보았지만, 진실 외에는 다른 방법이 떠오르지 않았다.

"좋아. 마음 내킬 때 해라."

서진은 침묵이 길어지자 한발 뒤로 물러났다. 재촉해 봤자 거짓말을 더 많이 듣게 될 거란 걸아니까.

"태화…… 접어야겠다."

"접다니. 그게 무슨 소리야?"

뜬금없는 말에 서진이 목소리를 높였다. 이 일에 얼마나 많은 시간과 노력을 들였는지 모른다. 그런데 이제 와서 접으라니. 대체 왜! 서진은 문득 서 비서의 말이 떠올랐다.

"하시는 일 중단해 주십시오. 안 그러면 후회하실 겁니다."

민수의 소식을 전하면서 서 비서가 그렇게 말했었다. 후회하게 될 거라고. 그게 무슨 뜻인지 물었지만 그에 대해서는 더 이상 말을 하지 않았다. 그게 내내 마음에 걸렸었는데 이런 결과를 가져올 줄이야. 하지만 서진은 쉽게 받아들일 수가 없었다.

"대체 이유가 뭐야?"

"모든 게 다 귀찮아졌어."

"그걸 지금 말이라고 해? 만나기로 한 김인광이는 어떻게 할 건데."

"그냥 거래 취소라고 해. 아니면 시간을 너무 오래 끌어서 흥미가 사라졌다고 하던지."

그는 만사가 귀찮다는 듯 의자 깊숙이 몸을 묻으며 눈을 감고 있었다. 서진은 근래 들어 이런 모습은 처음이라 더 긴장됐다.

"너 왜 이래? 혹시 민수 때문이야?"

"그 자식 꼴이 말이 아니더라."

"네가 지금 그딴 자식 걱정할 때야? 넌 그보다 더 했어, 인마!"

"그래. 나도 그런 줄 알았어. 그래서 더 기를 쓰고 여기까지 온 거고. 근데 서진아. 막상 뚜껑을 열어보니 나보다 더 괴롭고 힘든 시간을 보낸 게 바로 그 녀석이더라. 내겐 함께 아파해 주는 너라도 있었지. 그 녀석은…… 그 녀석은 엄청난 사실을 가슴에 숨긴 채 괴롭고 힘든 시간을 혼자서 버텼어. 그러다 터진 거야. 더는 고통을 참을 수가 없어서."

침울한 표정으로 말하고 있는 목소리엔 물기가 어린 듯, 촉촉하게 젖어 있었다. 서진은 거칠게 머리를 쓸어 넘기며 끓어오르는 화를 애써 억눌렀다. 주열의 갑작스러운 심경 변화도 그렇지만 그가 한 말들 중에 단어 하나가 귀에 거슬렸던 것이다.

"하아, 좋아. 네 마음이 그렇다면 나야 시키는 대로 할 수밖에. 하지만 이유는 알아야겠다. 네가 한 말에 따르면 민수가 스스로 목숨을 끊어버릴 정도로 힘들었다는 뜻인데 그게 뭐야? 태화를 단념할 정도라면 엄청난 무언가가 있다는 건데 말해."

"장서인."

이를 악문 듯 내뱉는 소리에 서진은 저도 모르게 침을 꿀꺽 삼켰다. 그녀의 이름을 부를 때면 아픔이 먼저 가슴으로 와 닿았는데, 오늘은 소름이 쫙 끼칠 정도로 차갑기만 했다. 그게 무엇을 의미하는지 헤아려 보기도 전에 그의 목소리가 다시 이어졌다.

"우리가 알고 있던 장서인은 가짜였어. 아니, 내가 사랑한 여자가 가짜였다는 게 맞는 말이겠지. 그 여자의 실체를 알고 있던 민수는 그저 복수에 눈이 먼 희생양일 뿐, 비난받을 이유는 없었어."

이건 또 무슨 소리란 말인가. 서진은 가슴이 답답해 오자 넥타이를 느슨하게 풀었다. 눈빛 하나 몸짓 하나만을 보고도 그가 무슨 말을 하는지, 어떤 말이 하고 싶은지를 꿰뚫어 보는 사람이 바로 서진이었다. 그런데 오늘은 도무지 그가 하는 말을 하나도 알아들을 수가 없었다.

"강주열, 네가 뭐라고 말하는지 나 하나도 모르겠거든? 그러니까 제발 알아듣게 좀 말해줄래?"

"이게 뭔지 기억나?"

주열이 지갑 안에서 곱게 접혀 있는 종이를 꺼내더니 살짝 흔들며 물었다. 서진은 그게 무엇인지, 그 안에 어떤 내용이 적혀 있는지, 그리고 그 당시의 상황이 어떠했는지 또렷이 기억하고 있었다. 아니, 기억뿐만 아니라 그때를 생각하면 아직도 몸서리가 쳐지고, 가슴에 대못이 박혀 있는 것처럼 고통스러웠다. 한데 새삼스럽게 왜 저걸 꺼내 들고서 물어보는지 모르겠다.

"죽어서도 잊지 못하지. 근데 갑자기 그건 왜?"

"너도 알지? 내가 이걸 읽고서 얼마나 고통스러워했는지. 얼마나 비통해했는지 말이야."

서진은 불쑥 그날의 일이 떠오르자 주먹을 꽉 움켜쥐었다. 이른 아침, 오열하는 주열의 전화를 받고 허겁지겁 달려가서 본 것은 참혹한 정경이었다. 정신이 반쯤 나간 주열은 나체로 한쪽 구석에 쪼그리고 앉아서 바들바들 떨고 있었고, 붉은 장미 꽃잎이 흩뿌려진 침대 위에는 실오라기 하나 걸치지 않은 채 싸늘하게 식어 있는 서인이 있었다. 차마 눈 뜨고 볼 수 없는 처참한 광경에 서진이 그녀의 몸에 시트 자락을 덮어주었다.

그때, 그녀의 손에 쥐어져 있는 종이가 눈에 들어왔다. 유언처럼 남긴 그 내용은 또다시 서진을 기함하게 했다. 그러니 당사자인 주열의 고통이 얼마나 심했을지는 굳이 들을 필요도 없었다. 그때부터였다. 그녀의 유언대로 복수가 시작된 것은.

서진은 마치 어제 일처럼 생생하게 떠오르는 내용에 가슴이 욱신욱신거리자 눈을 질끈 감았다. 그때, 딸깍거리는 소리가 들리더니 무언가 타는 냄새가 나기 시작했다. 서진은 무슨 일인가 싶어서 눈을 번쩍 떴다. 주열의 손에 들려 있던 서인의 유언장이 라이터의 불꽃에 의해 서서히 타들어가고 있었다.

"주열아!"

서진이 놀라서 그를 불렀다. 보물인 양 소중하게 간직해 오던 것이 한순간에 재로 변하고 있었다. 하지만 그는 아랑곳없이 손을 빙빙 돌려가면서 흔적조차 남지 않을 때까지 태우고 있었다. 이윽고 하얗던 종이가 시커멓게 재로 남자, 손아귀에 쥐고서 허공을 향해 휙 뿌렸다. 검은 가루가 눈처럼 흩날리며 바닥으로 내려앉았다. 그제야 주열이 손바닥에 묻어 있는 재를 탁탁 털어내며 입을 열었다.

"저건 유언장이 아니라 장서인이 걸어놓은 마수였어. 이로써 난 자유롭게 된 거야."

"하아! 대체 그게…… 그게 다 무슨 소리야?"

서진은 너무 황당하고 어이가 없어 말조차 제대로 나오지 않았다. 하지만 입을 떼는 그의 입가에는 비릿한 미소가 걸려 있었다.

"적혀 있는 내용과 달리 민수와 서인이 사인엔 아무 일도 없었어. 서 비서가 내게 진실을 알려줬고 확인까지 끝냈다."

"그놈의 서 비서가 뭐라고 했기에 이래?"

"서 비서는 아무런 말도 하지 않았어. 내 귀로 직접 들었으니까."

"네가 직접 듣다니, 어떻게?"

"다행히 녹음된 게 있더라고."

"녹음이라고? 어디, 줘봐. 내가 직접 들어봐야겠어."

서진이 당장 내놓으라는 듯이 손을 내밀었다.

"없어. 들을 가치도 없고."

"왜 없어? 그것 때문에 얼마나 많은 사람들이 고통 속에서 살았는데!"

알고 있다. 하찮은 종이 쪼가리가 얼마나 많은 사람들을 고통 속에 빠트렸는지. 하지만 안에 담긴 내용을 그에게 들려줄 수는 없었다. 민수를 위해서가 아니라 주열이 자신을 위해서.

"서진아, 우리 그만 잊자. 다 잊어버리고 새롭게 시작하자."

"그게 잊고 싶다고 해서 잊을 수 있는 일이야! 너 그럴 수 있어?"

주열은 눈을 지그시 감았다. 결코 잊지 못한다. 하지만 기억하고 싶지도 않았다.

"누가 그러더라. 그리움이란 마음속 책장에 꽂아놓은 추억이 하나둘 생각날 때 찾아드는 외로움이라고. 그 말을 듣는 순간 나, 한 가지 사실을 깨달았다. 내겐 서인의 죽음 외엔 그녀를 떠올릴 만한 추억이 하나도 없다는 것을. 그래서 더 태화에 집착했는지도 몰라. 그렇게라도 해야 그녀를 기억할 수 있을 것 같아서. 그래. 네 말대로 잊을 수 있는 일이 아니야. 하지만 이젠 기억하고 싶지도 않아. 만일 할 수만 있다면 내 인생의 한 부분을 차지하고 있는 그녀와의 시간을 모조리 지워 버리고 싶어. 강제로라도 말이야. 하지만 그럴 수 없잖아. 그 또한 내 삶의 일부니까. 그래서 하는 말이야. 힘들겠지만 우리 기억하지 말자. 응? 서진아."

"하아, 난 진짜 뭐가 뭔지 하나도 모르겠다."

서진은 쓰러지듯 소파에 주저앉았다. 마치 혼이라도 빠져나간 듯, 몸에 기운이 하나도 없었다.

"네 말이 사실이라면 대체 서인인 무슨 생각으로 그따위 짓을 한 걸까? 우리에게 무슨 원한이 있어서."

"다 내가 못난 탓이야. 미안해."

"그딴 소리 하지 마! 더 보태지 않아도 지금 충분히 울화통이 터져 미칠 것 같으니까."

서진의 가슴이 크게 들썩였다. 주열은 아픔이 파도처럼 밀려오자 눈을 질끈 감아버렸다. 그 당시 조금만 더 현명하게 행동했더라면 그런 비극적인 일은 일어나지도 않았을 텐데, 그러지 못한 것이 뼈에 사무치도록 후회되고 또 후회됐다.

6장 마음은 강물처럼 흐르고

「어이, 친구. 여행은 즐거우신가. 멋진 남정네는 만났고?」

문자를 본 인경은 배시시 웃고 말았다. 멋진 남정네라는 글을 본 순간 주열이 떠올랐던 것이다.

"만나긴 했지요. 뭐라 설명할 수는 없지만."

인경은 혼잣말을 하면서 미란에게 전화를 걸었다. 문자보다는 그녀의 목소리가 듣고 싶었다.

[남정네 보고하려고 전화한 거야?]

꿈도 야무진 소리에 인경은 히죽 웃었다. 설령 만났다고 해도 냉큼 알려줄 성격이 아니란 거쯤은 알고 있을 텐데도 능청스럽게 말하는 게 참 귀여웠다.

"그거 아니면 끊어야 돼?"

[당근. 그게 아니면 끊어야지. 뭔 재미로 전화기를 붙들고 있남.

남자 얘기에 흥분도 하고 욕도 섞어야 통화할 맛도 나지.]

"아하, 그렇구나. 그럼 성후 씨 얘기부터 해볼래. 얼마나 재미있는지 듣고 난 다음 얘기해 줄게."

[그 자식 얘긴 꺼내지도 마! 생각도 하기 싫어.]

갑자기 그녀가 고함을 질렀다. 깜짝 놀란 인경이 전화기를 귀에서 살짝 떼었다가 다시 가져다 대며 말했다.

"싸웠어?"

[우리 찢어지기로 했어. 그딴 자식 얼굴, 다시는 보고 싶지 않아.]

"왜 그래? 무슨 일 있어?"

[그 나쁜 자식이 바람을 피웠다. 날 바람맞히고서 말이야.]

"바람이라니, 말도 안 돼. 성후 씬 너밖에 모르는데 무슨."

[나도 그런 줄 알았지. 근데 그 자식한테 여자가 있더라니까!]

미란의 고함 소리에 인경은 가슴이 욱신거렸다. 기철에게 최무희가 있다는 사실을 처음 알았을 때의 느낌이 고스란히 되살아나 심장을 옥죄였다. 배신감에 이어 열등감에 사로잡힌 그녀가 얼마나 초라했는지 굳이 떠올리지 않아도 몸이 먼저 반응한 것이다. 하지만 미란이에게 푹 빠져 있던 성후까지 그런 짓을 할 줄이야. 남자란 족속들은 정말 믿을 수가 없나 보다.

"성후 씨가 인정했어?"

[인정은 무슨……. 회사 동료라고 딱 잡아떼더라. 그 여자가 아파서 병원에 데려다준 게 다라고.]

"그게 사실일 수도 있잖아. 성후 씨라면 충분히 그러고도 남을 사람이니까."

[얘가, 얘가 또 사람 염장 지르네. 날 만나기로 했다니까! 근데 전화도 없었고 받지도 않았어. 그건 어떻게 설명할 건데!]

맞는 말이긴 했다. 하지만 사람 일이란 모르는 것. 무슨 사정이 있을 수도 있었다.

"성후 씨는 뭐라고 하든?"

[전화기를 잃어버려서 연락을 못했단다. 말이 되니?]

"안 될 건 또 뭔데?"

[에이씨! 잃어버렸다던 전화기를 버젓이 들고 있더라니까. 그래서 내가 손에 들고 있는 건 뭐냐고 따졌더니 글쎄, 찾으셨단다. 넌 그 말이 믿어져?]

"믿음이 안 가긴 하네. 그래서 정말 헤어질 거야?"

[이미 헤어졌어. 다시는 안 봐. 아이씨, 이럴 때 너라도 있으면 술이라도 진탕 마시고 풀 텐데.]

"미안해. 힘들 때 옆에 있어주지 못해서."

[네가 왜 미안해. 같이 있어주지 못하는 건 나도 마찬가진데. 그나저나 언제쯤 올 거야. 보고 싶다, 친구야.]

마음은 지금 당장 달려가서 그녀를 꼭 안아주고 싶었다. 하지만 그럴 수 없는 처지라 인경은 마음이 울적했다.

"나도 보고 싶어. 언제 간다고는 말 못하지만."

[빨리 돌아왔으면 좋겠다. 밤새도록 수다도 떨고 싶고, 진탕 술도 마시고 싶고, 나쁜 자식들 욕도 실컷 하고 싶어.]

"그래, 돌아가면 꼭 그렇게 하자. 그만 들어가. 기분 안 좋다고 술 너무 많이 마시지 말고."

[알았어. 끊어, 친구.]

"응."

인경은 무거운 마음으로 전화기를 내려놓았다. 시간이 지날수록 미란에게 거짓말을 하는 게 점점 더 힘에 겨웠다.

"하아, 진짜 싫다. 이런 기분."

인경은 생각할수록 가슴이 답답해 오자 자리에서 벌떡 일어났다. 바람이라도 쐬지 않으면 미칠 것 같았다.

"어!"

현관문을 열고 나가던 인경이 깜짝 놀라서 멈췄다. 이제 고작 7시가 넘었을 뿐인데 그들이 퇴근을 한 것이다. 한데 무슨 일이라도 있는지 두 사람의 표정이 썩 좋지가 않았다.

"일찍 오셨네요."

인경이 먼저 알은체를 했다.

"네. 인경 씬 어디 가는 길이세요?"

"아니, 그냥 답답해서 바람이나 쐴까 하고요."

인경이 서진의 물음에 대답하면서 슬쩍 주열을 바라보았다. 하지만 그는 인사 한마디도 없이 성큼성큼 안으로 들어갔다. 왠지 무시당한 것 같은 기분이 들었지만 인경은 서진을 향해 웃으며 말했다.

"저녁은 드셨어요?"

안 먹었다고 하면 차려주고 싶어서였다.

"아니요. 근데 지금은 생각이 없네요."

"아, 네. 그럼 들어가세요. 전 산책 좀 하고 올게요."

"네."

서진도 별말 없이 안으로 들어갔다.

"왜들 저러지."

인경은 닫힌 문을 물끄러미 바라보았다. 주열은 그렇다 치더라도 늘 밝게 웃기만 하던 서진까지 침울한 표정이라 더 마음이 쓰였다.

"저녁은 어떻게 할래?"

서진의 물음에 주열은 고개를 가로저었다. 이런 기분으로는 밥은커녕 물조차 넘어갈 것 같지가 않았다. 독한 술이라면 몰라도.

"술이나 한잔하자."

주열이 바로 향했다. 서진도 술 생각이 간절한 터라 흔쾌히 뒤따랐다. 주열이 진열장에서 술을 꺼내는 사이 서진은 안줏거리를 챙겼다. 이윽고 자리에 앉은 그들은 술이 가득 담긴 잔을 마주했다. 그리고 누가 먼저랄 것도 없이 단숨에 잔을 비웠다. 독한 기운이 목구멍을 태웠지만 아랑곳하지 않고 다시 잔을 채웠다. 이내 잔은 비워졌고, 다시 채워졌다. 그렇게 잔이 비워지고 채워지길 반복하던 중 주열이 불쑥 입을 열었다.

"송기철이 왔었어."

이미 들어서 알고 있었지만 서진은 모른 척하기로 했다.

"와서 뭐라고 하던?"

"인경일 돌려달래."

주열이 이름으로 그녀를 불렀다. 하지만 서진은 알아채지 못한 듯 얼굴을 일그러뜨리고서 버럭 소리를 질렀다.

"미친 새끼! 이제 와서 무슨 개소리래? 당사자도 모르게 팔아넘길 땐 언제고."

"그녀를 넘긴 건 그가 아니었어."

"그건 또 무슨 소리야. 그 자식이 아니면 대체 누가 그런 짓을 했다는 건데?"

"최무희와 아버지의 합작품."

"뭐?"

생각지도 못한 이름자에 서진의 입이 쩍 벌어졌다. 세상에 믿을 인간 하나도 없다더니 그 말이 정답이었다. 주열의 집을 오가던 여자들이 모두 그녀를 통해서였는데 제대로 뒤통수를 맞은 것이다. 하지만 왜 최무희가 하인경을? 서진은 불현듯 그런 생각이 들었다.

"인경 씬 그저 평범한 회사원인데 어떻게 최무희랑 엮인 거지?"

"송기철. 그자가 최무희랑 엮여 있는 거겠지."

듣고 보니 그럴 가능성이 높았다. 만일 그들이 손을 잡은 거라면 기철의 투명인간이란 별칭은 자연스러운 것이었다. 클럽을 경영하는 무희가 미끼를 물어다 주면 기철은 증거만 손에 넣으면 될 테니까. 모든 거래 또한 가명일지도 모를 송기철이란 이름을 내세워 전화로 이루어졌으니 그가 모습을 드러낼 일은 극히 드물었다.

"그럼 돈은 최무희가 챙겼단 소린데 그럼 인경 씨는 이제 어떻게 되는 거지?"

"보내지 않을 거다."

"뭐라고?"

서진의 눈이 휘둥그레졌다. 강한 소유욕을 드러내는 게 그답지가 않았다.

"그딴 녀석에게 보내지 않을 거라고."

"하지만 송기철이 보낸 게 아니라면 서류는 가짜란 소린데 그 사실을 인경 씨가 알게 되면 당장 돌아가려고 하지 않을까?"

"그렇겠지. 그러니 방법을 찾아봐야지."

"어떻게? 방금 한 말들이 사실이라면 너의 대한 약점까지 손에 쥐고 있는 송기철이 가만히 보고만 있진 않을 텐데."

"그렇다고 해도 그녀를 보낼 수는 없어."

"그럴 만한 이유라도 있는 거야?"

"말했잖아. 너 없는 동안 그녀와 함께였다고."

"한집에 사니 그건 당연한……! 설마 너?"

서진의 눈이 휘둥그레졌다. 그걸 이제야 눈치채다니. 주열이 술잔을 입으로 가져가며 툭 내뱉었다.

"맞아. 네가 생각하고 있는 그거. 그래서 말인데 비밀 방 영원히 폐쇄시켜야겠다. 이제 필요 없어졌거든."

"그거라면 이미 조치해 놨어. 그보다 정말 인경 씨와 그렇게 된 거야?"

"그래. 그러니까 방법을 찾아봐. 날 위해서."

"그래, 그래야지. 암튼 지옥 불에서 빠져나온 걸 축하한다, 주열아. 정말 기쁘다."

서진이 주열의 어깨를 끌어당겨 안았다. 간절히 원하는 바를 들었는데 상대가 그녀라고 생각해서인지 목에 가시가 걸린 것처럼 따끔거리는 게 영 마음이 개운치가 않았다.

"고맙다, 서진아."

"회장님이 아시면 정말 좋아하시겠다. 아마 이모님은 덩실덩실 춤이라도 추실 거야."

"그러시겠지. 근데 아직은 말하지 마."

"그래, 알았어. 근데 송기철이 한 말, 회장님께 확인은 해봤어?"

"알아서 할 테니까 나보고 빠지래. 하지만 이번만은 내 손으로 처리할 거야. 그러니까 도와줘."

물론 서진도 도와주고 싶었다. 하지만 방법이 떠오르지 않았다. 송기철의 말대로 그녀가 이 일과 무관하다면 모두가 위험했다.

"일단 어떻게 된 일인지 최 사장을 만나보고 난 다음 결정하자."

"최 사장은 내가 만나볼게. 넌 아버지 맡아."

"아니. 두 사람 다 내가 만나볼 테니까 넌 가만히 있어. 그나저나 인경 씨에게 미안해서 어쩌나."

서진의 말에 주열은 가슴이 먹먹해졌다. 미안하다는 말로 대신하기에는 그들의 죄가 너무 컸다. 그래서 두렵고 무섭다. 잡을 기회도 없이 그녀가 훌쩍 떠날 것만 같아서.

"내일 출근 전에 회장님 먼저 봬야겠다. 입맛 없다고 아침 거르지 말고 꼭 챙겨 먹고 출근해."

"알았어. 아, 그리고 아버지 뵙거든 계약서 다시 확인해 봐. 우리가 모르는 뭔가가 더 있을지도 모르니까."

"안 그래도 그럴 생각이야."

서진의 대답을 들으며 주열은 다시 잔을 채웠다. 최무희와 송기철이 한패라는 걸 아버지가 모르고 있는 게 분명했다. 사실을 알았다면 이런 거래 따윈 하지 않았을 테니까. 그러니 계약서를 다시 확인해 볼 필요가 있었다.

"인경 씨, 우리 들어올 때 산책 가더라. 집에만 있으려니 답답한

가 봐."

넌지시 던지는 서진의 말에 잔을 들던 주열의 손이 멈칫했다. 하지만 잠시일 뿐, 곧 잔을 들고서 단숨에 들이켰다. 목구멍을 타고 흘러들어 간 뜨거운 열기가 심장을 녹이려는 듯 아릿했다.

"사실을 알게 되면 곧장 나가겠지?"

"보내지 않을 거라며?"

"내 마음은 그런데 그녀가 간다고 하면 붙잡을 방법이 없잖아."

맞는 말이었다. 그동안의 시간만으로도 충분히 괴로웠을 테니까. 하지만 사람의 일이란 또 모르는 것. 주열이 간절한 마음으로 붙잡는다면 남게 될지도.

"하나만 물어보자."

"말해."

"너 인경 씨를 붙잡고 싶은 이유가 혹시 그거 때문이야?"

"그거 때문이라니. 무슨 뜻이야?"

되묻는 주열의 눈매가 날카로워졌다. 서진은 잔뜩 움츠리고 있던 가슴으로 천천히 공기를 불어넣었다. 표정으로 보아 다행히 그가 생각하는 그런 이유는 아닌가 보다.

"눈 풀어. 그런 게 아니라면 방법은 있으니까."

"그게 뭔데?"

"인경 씨를 진심으로 원하는 네 마음. 그것밖에 없어."

간절하게 그녀를 원했다. 하지만 고작 그런 걸로 그녀의 마음을 움직일 수 있을지 의문이었다.

"그게 통할까?"

"네가 강제로 안은 게 아니라면 가능성은 있다고 봐. 내가 본 인경 씨는 결코 가벼운 마음으로 행동할 그런 여자는 아니거든."

주열은 멀거니 서진을 바라보았다. 강제로 안은 것은 아니었다. 하지만 온전한 마음이라고도 할 수 없었다. 그녀와 하나가 되기까지의 과정은 그리 순탄하지 않았으니까.

"표정이 왜 그래? 뭐 마음에 걸리는 거라도 있어?"

"아니야, 아무것도."

서진의 물음에 주열은 퍼뜩 정신을 차렸다. 이미 일은 벌어졌고 제자리로 돌려놓을 수도 없었다. 그렇다면 서진의 말대로 방법은 그것밖에 없었다. 진심은 통한다고 했으니 어쩌면 그에게 기회가 주어질지도.

인경은 콧노래를 흥얼거리며 아침 식탁을 준비했다. 간만에 잠을 푹 자서 그런지 몸과 마음이 한결 가볍고 상쾌한 게 날아갈 것처럼 기분이 좋았다.

"다 됐다. 그럼 이제 모시러 가볼까."

인경은 흐뭇한 얼굴로 식탁을 바라본 다음 서둘러 주열의 방으로 향했다. 벌써 일어나고도 남았을 시간인데 늦잠이라도 자는지 아직 얼굴을 보이지 않고 있었다. 주열의 방문 앞에 선 인경은 손바닥으로 가슴을 지그시 누르고서 긴 숨을 토해냈다. 언제부턴가 모르게 이곳에만 서면 이상하게 긴장되고 가슴이 떨렸다. 꼭 죄라도 지은 사람처럼 말이다.

"후우, 떨지 마. 그냥 문이야, 문."

인경은 최면이라도 걸 듯 나지막이 중얼거리며 조심스럽게 노크를 했다. 그러나 안에서는 아무런 대답이 없었다. 그녀가 살며시 문을 열고서 안으로 들어갔다. 이미 일어난 듯 침대는 말끔하게 정리되어 있었다.

"욕실에 있나."

인경은 드레스 룸을 지나 천천히 욕실을 향해 걸어갔다. 문에 다다른 인경은 귀를 바짝 대고서 물소리가 들리는지를 확인했다. 그러나 욕실 안에선 아무런 소리도 들려오지 않았다.

"대체 언제 나간 거지."

인경은 방문을 닫고서 종종걸음으로 주방으로 갔다. 빈속에 술을 마셔서 숙취가 심할 거라며 아침밥을 꼭 먹여서 출근시켜 달라고 했던 서진의 당부가 마음을 어지럽게 흔들어댔다.

"암튼 제멋대로라니까."

연락처에서 악마라는 글자를 찾은 인경은 통화키를 꾹 눌렀다. 주방에 있다는 거 뻔히 알면서 그냥 가다니. 좋았던 기분이 일순간에 사라져 버렸다.

[왜?]

왜라니? 지금 그걸 몰라서 하는 소릴까. 인경은 연결된 전화기에서 들려온 첫마디가 너무 어이가 없어 말문이 막혀 버렸다.

[하인경.]

그녀에게서 대답이 없자 그의 목소리가 다시 들렸다. 인경은 왜요! 하고 소리 지를 뻔했다. 그의 말투가 얄밉고 서운해서.

"출근…… 한 거예요?"

[응.]

"알았어요. 끊을게요."

[하인경!]

전화기를 내리려는데 다급하게 부르는 소리가 들렸다. 인경은 어떻게 할까 잠시 망설이다가 다시 전화기를 귀에 가져다 댔다.

"왜요?"

[말하지 않고 나와서 미안해.]

"신경 쓰지 말아요. 나 같은 게 뭐라고 일일이 보고씩이나."

[그런 식으로 말하지 마. 신경 쓰여.]

그의 목소리에 짜증이 묻어 있자, 그녀의 얼굴이 확 구겨졌다. 정말 화가 나는 사람은 그가 아니라 그녀였다.

"그럼 신경 안 쓰이게 그만 끊을게요. 수고하세요."

인경은 그대로 전화를 끊어버렸다. 어제는 아는 척도 안 하더니 오늘 아침엔 아예 무시하고 나가놓고서 아무렇지도 않게 그런 말을 하다니. 참 속을 알 수 없는 사람이었다. 그때, 문자 들어오는 소리가 났다. 인경은 무심한 손길로 버튼을 눌렀다.

「고의는 아니었어. 마음 상하게 해서 미안해. 아침 거르지 말고 꼭 챙겨 먹어. 저녁에 보자.」

"미쳤다고 굶어! 악착같이 더 챙겨 먹어야지."

답장도 하지 않은 채 전화기를 내려놓은 인경은 의자에 털썩 주저앉아서 숟가락으로 국을 떴다. 하지만 입에 닿기도 전에 숟가락을 툭 내려놓고 말았다. 속이 빨리 풀리길 바라서 북어에 콩나물까지 넣고 끓인 국이었다. 그런데 맛도 보기 전에 쓰레기통에 버려진 기분이었다.

"씨이, 괜히 전화했어."

인경은 물속에 가라앉은 모래마냥 기분이 착 가라앉자, 의자에 몸을 축 늘어뜨리고서 눈을 감아버렸다.

물끄러미 전화기를 내려다보는 주열의 눈가에 그늘이 졌다. 답장이 오길 바랐지만 끝내 전화기는 조용했다. 답이 오지 않을 거라는 것을 어느 정도 예상은 했었지만 막상 전화기가 잠잠하자 서운함이 밀려들었다.

"제길!"

주열은 전화기를 보조석에 휙 던져 버리고 차에서 내렸다. 그녀를 화나게 하려던 게 아니었다. 서운하게 하려던 건 더더욱 아니었다. 그저 숨을 쉴 수 있는 공간을 찾아서 무작정 차를 몰고 나온 것뿐이었다. 무언가에 명치가 짓눌린 듯 숨을 쉴 수가 없어서. 심장이 뒤틀린 듯 온몸이 저리고 아파서. 이 모든 증세가 그녀와 관계된 거라서 눈을 떴을 때 도저히 얼굴을 마주할 자신이 없었다.

"답이 없다, 하인경. 도저히 답을 찾을 수가 없어."

주열은 유유히 흘러가는 강물을 바라보며 나지막이 중얼거렸다. 밤새 생각을 하고 또 해봐도 그녀를 붙잡아둘 명분이 없었다. 서진의 말을 듣고 있을 때는 그녀의 대한 마음이 진심이라 가능할 줄 알았다. 그러나 생각이 깊어질수록 그와 같은 생각은 점점 더 힘을 잃어갔고, 오히려 그녀를 보내줘야 한다는 것이 더 지배적이었다. 그래서 도망쳤다. 그녀를 보내줘야 한다는 죄책감보다 보내고 싶지 않은 이기심이 더 컸기에.

"당신은 날 그리워할까. 보고 싶어할까. 난 당신이 그립고 보고 싶어서 못 견딜 것 같은데."

그녀를 보내 버리면 또다시 빈껍데기뿐인 삶을 살아야 할지도 모른다. 아니, 매일매일 그녀를 찾아가겠지. 하지만 송기철과 함께 있는 그녀의 모습을 볼 자신은 없었다.

"이 시간에 어쩐 일이야? 앉아."

태식이 소파에 앉으며 퉁명스럽게 말했다. 이른 시간에 전화도 없이 불쑥 찾아온 것이 그의 심기를 불편하게 했다.

"편히 주무셨습니까?"

소파에 앉은 서진이 인사를 건네자 태식의 얼굴이 살짝 일그러졌다.

"편히 자게 해주고서나 그런 말해."

"왜요? 무슨 걱정이라도 있으세요?"

"네 녀석이 앞에 앉아 있다는 게 답이잖아. 뭐야? 이 시간에 쳐들어온 용건이."

태식의 물음에 서진은 가만히 호흡을 가다듬었다. 묻고 싶은 말들은 이미 머릿속에 정리되어 있었다. 그러나 막상 입을 떼려니 침이 마르고 심장이 바짝 오그라드는 게 여간 긴장되는 게 아니었다.

"무슨 얘긴데 이렇게 굼떠. 황서진답지 않게."

기다리는 게 지루하다는 듯 태식의 목소리에 짜증이 묻어 있었다. 서진은 떨리는 마음을 애써 가다듬고서 서둘러 입을 뗐다.

"하인경 씨에 대해서 몇 가지 물어볼 것이 있습니다."

"그 일이라면 그냥 돌아가. 내가 알아서 할 테니까."

"안 됩니다. 이번만큼은 주열이가 해결할 수 있도록 회장님은 나서지 말아주십시오."

"주열이에게 세뇌당했어? 너까지 왜 이래!"

말도 안 되는 소리에 태식이 목소리를 높였다. 다른 건 몰라도 주열에 관한 일만큼은 양보할 수 없었다.

"이번 일 회장님께서 최 사장에게 지시한 겁니까?"

"알 필요 없어."

"대답하셔야 합니다. 주열이가 회장님을 미워하길 바라지 않으신다면."

"무슨 소리야, 그게?"

"최 사장에게 시키신 일입니까?"

서진은 대답 대신 다시 물었다. 대답을 들어야 다음 말을 할 수 있었다.

"이 자식이 지금 내 말은 씹고 어디서 질문질이야. 얼른 대답 안 해!"

"회장님이 먼저 말씀해 주십시오. 그럼 저도 대답하겠습니다."

한 치의 물러남이 없는 당돌한 말에 태식은 눈을 부릅떴다. 이런 녀석이 아닌데 대체 뭘 믿고 저러나 싶었다. 그렇게 두 사람의 눈빛이 허공에서 불꽃을 튀긴 지 얼마나 되었을까. 나이는 못 속인다고 태식의 눈동자에서 서서히 힘이 빠졌다.

"기어이 날 이겨먹다니, 배은망덕한 놈!"

"원하는 것을 손에 넣기 위해선 목숨을 버릴 정도의 비장한 각오로 임하라고 하신 건 회장님이십니다."

태식은 할 말이 없었다. 그렇게 가르친 건 분명 그였으니까.

"못된 놈들. 누가 친구 아니랄까 봐 하는 짓이 어찌 저리 똑같은지. 그래서 알고 싶은 게 뭐야."

"이번 일 회장님이 지시한 게 맞습니까?"

서진은 허락이 떨어지자 지체 없이 물었다.

　　"아니야. 최 사장이 먼저 제의했어. 송기철이 가지고 있는 증거를 찾기 위해선 시간이 필요하다고."

　　"그럼 돈은 최 사장에게 준 겁니까?"

　　"아니. 처음부터 돈거래는 없었어. 1년 동안 하인경을 붙잡아두기만 하면 됐으니까."

　　서진은 뜻밖의 말에 얼굴빛이 어두워졌다. 금전적인 거래 없이 그저 1년 동안 그녀를 붙잡아두는 조건이었다면 필시 다른 이유가 있을 것이다. 그게 뭔지 알아야 했다.

　　"그럼 계약서는 어떻게 된 겁니까?"

　　"그건 나도 잘 몰라. 최 사장이 알아서 한다고 했으니까."

　　"하인경 씨를 본 적이 있습니까?"

　　"없어. 내가 최 사장에게 송기철에 대해서 알아봐 달라고 부탁했을 때 처음 들었으니까. 후훗, 그녀를 미끼로 쓸 생각이었는데 꼴에 남자라고 송기철이 거래를 취소하더군. 물론 제 여자를 건드리지 않는다는 조건으로 말이야."

　　"그런데 왜 하인경 씨를 끌어들인 겁니까? 송기철이란 위험인물을 끌어안고서 말입니다."

　　"나도 그게 마음에 걸렸어. 한데 최 사장이 자기 실수를 만회할 기회를 달라고 해서 마지못해 응한 거야. 주열이가 어떻게 나올지도 궁금했고. 근데 생각보다 잘 지내고 있는 것 같더군."

　　서진은 터져 나오려는 한숨을 안으로 삭였다. 주열의 심장까지 차지했으니 잘 지내기만 하는 게 아니었다. 그래서 솔직히 불안하다. 이 모든 사실을 알게 됐을 때, 그녀가 어떻게 나올지. 또 주열은 어떻게 견뎌낼지가.

"최 사장이 송기철과 관계가 있다는 거 알고 계셨습니까?"

"역시 그런 거였군. 어렴풋이 그런 게 아닐까 생각은 했었는데."

"계약서가 가짜라면 하인경 씨를 납치 감금한 겁니다."

"가짜였어?"

태식이 놀라서 소리쳤다. 거기까지는 생각하지 못했다. 얼마쯤 돈을 쥐어줬을 거라고 생각했으니까.

"그런 것 같습니다."

"빌어먹을! 가짜라고는 생각해 보지 않았는데. 주열인 지금 어쩌고 있어?"

"잘 견디고 있습니다, 아직까지는. 그래서 드리는 말씀인데 이번 일 주열이에게 맡기고 회장님은 모른 척하고 계십시오. 주열이가 잘 처리할 겁니다. 최 사장에게도 아무런 말씀 마시고요."

"최 사장을 그냥 두라고?"

"네."

짧은 대답에 태식은 주먹을 거머쥐었다. 그를 우롱한 최 사장을 가만히 둬야 한다는 게 마음에 들지 않았다. 하지만 지금은 서진의 말을 따를 수밖에 없는 듯했다.

"알았어. 그나저나 송기철이 와서 행패는 안 부렸어?"

"네."

"무슨 요구 조건도 없었고?"

"하인경 씨를 돌려달라고 했습니다. 그럼 문제 삼지 않겠다면서요."

"그럼 당장 돌려보내. 서류가 가짜라면 데리고 있어봐야 문제만 커져."

서진은 대꾸할 말이 없어 자리에서 일어났다. 말처럼 그렇게 간단한 문제였다면 골머리를 앓을 필요도 없었다. 지금은 송기철이 아니라 그녀가 더 문제였다. 아니, 주열이가 가장 문제라는 것이 맞을 것이다.

"그만 가보겠습니다."

"문제 생기면 즉시 내게 보고해."

"알겠습니다."

서진이 인사를 하고 서재를 나오자 은숙이 근심 가득한 얼굴로 서 있었다. 표정으로 보아 안에서 하는 얘기를 모두 들은 모양이었다.

"우리가 인경이에게 몹쓸 짓을 했구나. 아주 몹쓸 짓을 했어."

"이모님."

"이제 어쩌니, 서진아. 인경이, 인경이 고거 가여워서 어쩌니. 어째."

은숙의 눈에 눈물이 그렁그렁 맺혔다. 서진은 딱히 해줄 말이 없자 그녀를 꼭 껴안았다. 마음이 아픈 건 그도 마찬가지였다. 하지만 그들이 할 수 있는 게 아무것도 없었다. 그저 주열일 믿고 기다리는 것밖에는.

"에이씨! 대체 어떤 새끼야!"

무희는 신경질을 내며 안대를 확 벗었다. 동틀 무렵에서야 겨우 잠들었는데 어떤 눈치 없는 인간이 전화를 걸어대고 있었다.

"너 죽고 싶어!"

그녀가 전화기에 대고 버럭 소리를 질렀다. 다른 사람도 아니고 이강우가 그녀의 잠을 방해했다는 것이 용서가 되지 않았다.

[죄송합니다. 급한 일이라서 그만.]

그녀는 조급함이 묻어 있는 목소리에 잠이 확 달아나자 몸을 벌떡 일으켰다. 늘 차분하기만 하던 그가 이렇게 나올 때는 문제가 심각하다는 뜻이었다.

"무슨 일이야?"

[황서진 실장이 사장님을 뵙길 원합니다.]

"황 실장이 날 왜?"

[아무래도 하인경 씨와 관련이 있는 듯합니다.]

"뭐?"

무희의 눈이 휘둥그레졌다. 설마 모든 걸 알게 된 건가. 만일 그런 거라면 증거를 찾지 못한 지금은 빠져나갈 구멍이 없었다.

[심상치 않은 표정으로 보아 느낌이 안 좋습니다.]

"송기철, 짓이야?"

[거기까지는 파악하지 못했습니다. 하지만 배제할 수는 없을 것 같습니다. 죄송합니다.]

"닥쳐! 누가 그따위 말이나 듣고 싶대. 지금 갈 테니까 혼자 두지 말고 네가 상대하고 있어. 다른 애들 접근시키지 말고."

[알겠습니다.]

무희는 대답이 들려오자 그대로 전화를 끊어버렸다.

"지랄! 왜 하필 지금이야!"

무희는 투덜거리며 욕실로 향했다. 예상했던 것보다 일이 빨리 들통이 난 게 영 못마땅했다.

[괜찮은 물건이 나왔는데 보시겠습니까?]

"물론입니다. 몇 시까지 가면 되겠습니까?"

기철은 기다리던 전화라 반가움에 벌떡 몸을 일으켰다.

[12시 어떠십니까?]

기철은 얼른 시간을 확인했다. 10시 30분. 시간은 충분했다.

"네, 괜찮습니다."

[그럼 그때 뵙겠습니다.]

"네."

전화를 끊은 기철은 서둘러 방을 나섰다. 물건만 괜찮다면 돈은 얼마가 들어도 좋았다. 인경이와 새롭게 시작할 보금자리니까.

"가만. 같이 가자고 해야겠다."

기철은 흐뭇한 표정으로 전화기를 꺼내 들고서 1번을 꾹 눌렀다. 그녀가 어떤 반응을 하게 될지 벌써부터 기대됐다. 그때, 방문이 열리더니 무희가 나왔다. 통화를 하는 모습이 꽤나 심각해 보였다. 그가 보고 있다는 것도 알지 못할 만큼.

"지금 나가니까 대기해."

그녀가 신경질을 내며 전화를 끊었다. 그때, 그녀의 가방에서 또 다른 벨 소리가 들렸다. 아마도 전화기가 두 대인 모양이다. 하기야 그녀의 직업으로 보면 전화기가 몇 개라고 해도 하나도 이상할 게 없었다. 그런데 그녀는 전화기만 노려볼 뿐 받지를 않았다. 기철은 받기 싫은 전환가 보다 싶어서 그냥 지나쳤다. 그런데 어딘가 모르게 울리는 벨 소리가 이상했다. 그러나 잠시 후, 믿을 수 없는 말이 귓속으로 파고들었다.

"이게 또 지랄이네. 그래. 백날 해봐라. 그년과 연결이 되나."

"방금…… 뭐라고 했어?"

무희는 난데없이 들려온 소리에 흠칫 몸이 굳어졌다. 기철이 보고 있을 거라고는 생각지도 못했던 것이다.

"안 들려? 방금 뭐라고 했냐고."

기철이 무서운 얼굴로 그녀에게 다가왔다. 무희는 속으로 욕을 삼키며 가방에다 전화기를 쑤셔 넣었다.

"내놔."

기철이 손을 내밀며 차가운 목소리로 말했다.

"싫어."

"강제로 빼앗기 전에 네 스스로 내놓는 게 좋을 거야."

"어디 그러기만 해봐. 죽여 버릴 거야."

"그런 협박이 내게 통할 거라 생각해? 다치고 싶지 않으면 내놔."

기철이 위협적인 몸짓으로 바짝 다가왔다. 무희는 무의식적으로 가방을 가슴에 꼭 끌어안았다.

"안 줘. 아니, 못 줘."

"이게 진짜!"

기철은 사정없이 그녀의 뺨을 후려쳤다. 철썩! 섬뜩한 소리와 함께 그녀가 털썩 주저앉았다. 생명줄이라도 되는 듯이 가방을 꼭 끌어안은 채.

"마지막 경고야. 네 손으로 건네. 이 자리에서 죽고 싶지 않으면."

기철의 눈빛에는 살기가 가득했다. 무희는 시뻘게진 눈동자로 그를 노려보면서 천천히 가방에서 전화기를 꺼냈다. 이까짓 것 때문에 개죽음을 당할 수는 없었다. 오늘 당한 수모를 되갚아줄 시간은 얼마든지 있으니까. 무희가 전화기를 휙 던지며 말했다.

"가지고 꺼져, 새끼야. 다시는 내 눈에 띄지 마. 안 그럼 뼈째 갈아서 바다에 뿌려질 테니까."

"후훗, 자주 듣던 말이라 그다지 감흥도 없어."

기철이 던져진 전화기를 벌레 보듯 노려보며 제 전화기로 1번을 꾹 눌렀다. 그의 생각이 맞는지 확인이 필요했다. 그러자 기다렸다는 듯이 내동댕이쳐진 전화기에서 벨이 울렸다. 순간, 피가 거꾸로 치솟았다. 감히 이따위 장난 짓거리를 하다니, 도저히 용서할 수가 없었다.

"저걸로 날…… 아니, 우릴 가지고 놀았단 말이지. 네년이."

"하하하, 생각보다 둔하더라고. 너도, 그년도."

"그래서 꽤나 즐거웠겠어. 바보 멍청이들이라고 질근질근 씹어대면서 말이야."

"오호, 역시 송기철은 날 너무나 잘 안다니까. 그래서 좋아. 꾸밀 필요가 없거든."

"나 역시 마찬가지야. 내가 널 아는 것만큼 너도 날 너무나 잘 알아서 행동하기 편하거든."

기철이 허리를 굽혀 바닥에 있는 전화기를 집어 들었다. 그러자 그녀의 시선이 자연스럽게 그의 동작을 따라 움직였다. 눈동자에 핏발이 설 정도로 두 눈을 부릅뜨고서. 하지만 기철은 이미 보고 말았다. 칼날처럼 움직이던 세 치 혀와는 달리 눈동자에 깃들어 있는 두려움을.

"치밀하게 계획한 만큼 즐거움도 두 배였을 테지? 후훗, 감사하게 생각해. 내가 하려는 짓에 죄책감 따윌 느끼지 않게 해줘서."

"무슨…… 짓을 하려는 거야?"

"글쎄……. 뭘 하면 좋을까."

기철이 느릿느릿 걸어가 한쪽 벽면을 차지하고 있는 수족관 앞에 섰다. 그리고 그 안에다 조금 전 바닥에서 집어 들었던 전화기를 휙 던졌다. 풍덩거리는 소리와 함께 이내 전화기가 바닥으로 가라앉았다. 그 소리에 놀랐는지 물고기들이 꼬리를 흔들며 이리저리로 흩어졌다.

"네게 소중한 것들을 하나하나 빼앗아 버리면 기분이 좀 나아지려나."

기철이 옆에 세워져 있는 가방에서 골프채를 꺼내 들었다.

'대체 저걸 왜 꺼내 드는 거지. 무슨 짓을 하려고.'

무희는 더럭 겁이 나자 저도 모르게 몸을 움츠렸다. 그 모습이 재미있다는 듯이 그가 씩 웃었다. 소름이 쫙 끼칠 만큼 아주 기분 나쁘게.

"그, 그거 갖고 뭘 하려고. 설마 휘두르려는 건 아니겠지?"

"후훗, 역시 날 잘 안다니까."

기철은 수족관을 향해 가차 없이 골프채를 휘둘렀다.

"안 돼!"

그녀가 비명을 질렀다. 그러나 이미 수족관은 깨어졌고, 바닥은 거기에서 쏟아져 나온 내용물들로 인해 아수라장이 되었다. 기철이 골프채를 휙 집어 던지며 말했다.

"내 첫 번째 작품이야. 두 번째도 기대하라고."

"이, 이이, 미친 새끼야!"

그녀가 시뻘게진 손톱을 세우고 그를 향해 달려들었다. 가소롭기 짝이 없는 행동에 기철은 발을 들어 사정없이 그녀의 배를 가격했다.

"커억!"

그녀가 배를 움켜잡고 털썩 주저앉았다. 하지만 기철은 죄책감 따윈 들지 않았다. 그녀가 한 짓에 비하면 이런 것쯤은 아무것도 아니니까. 기철이 몸을 낮춰 그녀 앞에 쭈그리고 앉았다. 그녀가 흠칫 몸을 떨며 뒤로 물러났다.

"이제야 두려운 건가. 어리석은 여자 같으니."

기철이 냉소적인 미소를 지으며 가차 없는 손길로 그녀의 머리채를 확 잡아당겼다.

"아아악!"

머리카락이 통째로 뽑혀 나가는 것 같은 고통에 그녀가 비명을 질렀다. 하지만 목이라도 꺾어버릴 듯이 잡아당기는 손길은 더욱 거칠었다.

"이, 이거 놔! 안 놔! 놔아, 새끼야!"

그녀가 눈을 부릅뜨고서 고함을 질렀다. 이런 상황에서도 악다구니를 쓰다니, 역시 최무희였다.

"이대로 목이 꺾이고 싶지 않다면 그만 까불어. 더는 네까짓 것한테 당하지 않아."

기철이 일침을 놓으며 그녀를 확 밀쳤다. 철퍼덕! 바닥에 처박힌 상태로 그녀가 고개를 홱 치켜들었다. 금방이라도 피눈물을 뚝뚝 흘릴 것처럼 시뻘게진 눈동자가 그를 향해 이글거렸다. 기철은 코웃음을 치며 현관으로 향했다. 부서진 수족관이 그녀의 아버지가 남기고 간 유일한 유품이란 걸 안다. 그래서 선택했다. 세상에 단 하나밖에 없는 것이 사라졌을 때의 기분이 얼마나 괴롭고 고통스러운지 그녀도 뼈저리게 느껴봐야 하니까.

"아악! 죽여 버릴 거야. 그년도 너도 다 죽여 버릴 거라고! 죽여 버릴 거야! 아아악!"

문을 열려는데 악에 받친 목소리와 함께 와장창 깨지는 소리가 뒤따랐다. 기철은 쓴웃음을 지으며 문을 열고 나왔다. 이 시간 이후로 인경에게 손끝 하나라도 건드리면 죽는 건 그녀가 될 것이다. 그것도 아주 처참하게.

'왜 이렇게 안 오는 거지.'

강우가 서진의 눈치를 살피며 손목시계를 흘끗 내려다보았다. 출발한다는 전화를 받은 것이 벌써 두 시간 전인데 아직까지 그녀가 오지 않고 있었다.

"잠시만 자리를 비우겠습니다. 필요한 거 있으십니까?"

강우가 자리에서 일어나며 물었다. 그를 혼자 두지 말라는 명령을 받았지만 무시하기로 했다.

"따뜻한 커피 한 잔 부탁합니다."

"알겠습니다."

강우는 정중히 인사를 하고서 문가로 향했다. 마음이 조급하다 보니 걸음도 빨라졌다. 그때, 노크도 없이 벌컥 문이 열렸다. 그가 흠칫거리는 사이 무희가 안으로 들어왔다. 강우는 재빨리 그녀의 몸을 위아래로 훑어 내렸다. 그러다 붕대가 감긴 손이 눈에 들어왔다.

"다치셨습니까?"

"별거 아니야."

무희는 대수롭지 않게 받아치며 서진이 앉아 있는 곳으로 향했다. 마음 같아서는 당장 송기철을 잡아오라고 소리치고 싶었다. 하지만 지금은 눈앞에 앉아 있는 골칫거리가 먼저였다.

"기다리게 해서 죄송해요, 황 실장님. 미친개가 날뛰는 바람에 좀 늦었습니다."

일부러 그를 자극하려는 듯이 그녀의 말투는 거침이 없었다. 서진은 맞은편 자리에 앉아 다리를 꼬는 그녀를 날카로운 시선으로 바라보며 입을 열었다.

"미친개는 잡았습니까?"

"여자인 내가 잡기에는 역부족이더군요. 그래서 다음 기회엔 그냥 죽여 버리려고요. 아주 깨끗이."

서진의 눈빛이 차갑게 얼어붙었다. 생긋이 웃는 얼굴로 말하고 있었지만 그녀의 눈동자에는 살기가 가득했다. 그녀가 말하는 미친개가 누구를 가리키는 것인지는 모르겠지만 조심할 필요가 있었다.

"미친개가 운이 없군요. 최 사장님을 건드리다니."

"후훗. 잘못 길들인 탓이죠, 뭐. 그나저나 황 실장님께선 무슨 일로 날 찾아온 거죠? 이렇게 마주 앉아 얘기할 정도로 가까운 사이도 아닌데."

"최 사장님은 가까운 사이하고만 얼굴을 마주하나 보군요. 그렇다면 바로 본론으로 들어가죠. 낭비한 시간도 있으니까."

"그게 좋겠어요. 나도 바쁘게 처리해야 할 일이 있으니까."

그녀의 대답이 떨어지자 서진은 돌려 말하지 않고 곧바로 공격했다.

"계약서를 조작해서 하인경 씨를 사장님께 보낸 사람이 바로 최사장님이더군요. 왜 그런 짓을 꾸몄는지 설명해 주시겠습니까?"

"설명이라……."

그녀가 생각에 잠긴 듯 느긋하게 다리를 바꿔 꼬면서 팔짱을 꼈다. 하지만 그건 시간을 벌기 위한 속임수라는 것을 서진은 쉽게 간파했다. 느긋한 표정과 달리 팔뚝을 감싸고 있는 손가락에는 힘이 잔뜩 들어가 있었다.

"심각하게 고민할 정도로 속뜻이 깊은가 봅니다."

서진이 한마디 툭 던졌다. 자기에게 유리한 대답을 찾기 위해서 열심히 계산기를 두드리는 그녀의 생각을 끊어놓기 위해서였다.

"당연하죠. 회장님과 관련된 일인데 가볍게 대답해서는 안 되니까."

"무슨 뜻입니까?"

"이번 일 회장님의 지시로 내가 꾸민 거예요. 송기철을 잡을 미끼가 필요했으니까."

"그 미끼란 게 하인경 씨를 뜻하는 겁니까?"

"그래요. 송기철이 옆에 둔 유일한 여자니까. 그래서 어쩔 수 없이 사장님을 속이게 된 거예요. 10억이란 몸값을 내세워서. 여느 때처럼 돌려보내서는 안 되니까. 그리고 솔직히 회장님의 지시라 어쩔 수 없이 그 일을 하긴 했지만 나도 내키지 않았어요."

"그 말은 모든 책임이 회장님께 있다는 뜻입니까?"

"애석하게도 그게 사실이네요. 내겐 그런 짓을 할 이유가 없으니까."

정말 죄가 없다는 듯 그녀가 순진한 표정을 지었다. 이렇게 나올지도 모른다고 생각은 했었지만 막상 눈으로 보니 피가 거꾸로 치솟았다. 서진은 어금니를 꽉 깨물고서 끓어오르는 열기를 안으로 삭였다. 아직 물어볼 것이 많았다.

"회장님께 듣기론 이번 일을 최 사장님이 제안했다고 하던데 그럼 회장님께서 거짓말을 하셨다는 겁니까?"

"어머! 왜 그렇게 말씀하셨을까요. 난 회장님이 송기철에 관한 모든 것을 조사해 달라고 해서 알아본 것뿐인데."

"그럼 그전에는 송기철을 모르고 있었다는 뜻입니까?"

"이름 정도는 알고 있었어요. 알다시피 이쪽으로는 꽤나 유명한 사람이니까."

"만난 적이 없다는 겁니까?"

"네, 없어요."

"그런 사람치곤 그 남자에 대해서 너무 많은 것을 알고 있군요."

"능력이죠, 뭐."

"후훗, 능력이라······. 하기야 거짓말을 잘하는 것도 능력이긴 하지요. 단지 아쉬운 게 있다면 제 꾀에 제가 넘어갔다는 것뿐."

능글거리던 그녀의 얼굴에서 미소가 사라졌다.

"그게 무슨 말이죠?"

"필적을 위조할 수 있다는 것은 상대방의 필체를 가지고 있어야만 가능한 일이죠. 한데 최 사장님은 방금 본인 입으로 송기철을 만난 적이 없다고 했습니다. 그 말은 하인경 씨를 만난 적도 없다는 뜻이죠. 그런데 어떻게 해서 그 남자의 연인인 하인경 씨의 필적을 위조해서 가짜 서류를 만들 수 있었던 거죠? 물론 송기철 씨 필적까지 포함해서 말입니다."

"그건……."

자기의 실수를 이제야 깨달았는지 그녀가 말을 잇지 못하고 입술을 지그시 깨물었다. 서진은 그 틈을 놓치지 않고 계속해서 밀어붙였다.

"그래서 생각해 봤더니 의외로 결론은 간단하더군요. 이 모든 일을 꾸민 당사자가 바로 최 사장님이라는 것."

"말도 안 되는 소리 하지도 말아요! 난 회장님의 부탁을 들어준 것뿐이라고요."

그녀가 화를 냈다. 하지만 눈동자만큼은 불안정하게 이리저리 흔들거렸다.

"압니다. 최 사장님이 한 말 중에서 유일한 진실이니까. 거기다 자기감정까지 보탠 것은 덤이겠죠."

"이봐요, 황 실장님. 말이 지나치군요!"

그녀가 눈을 부릅뜨고서 소리쳤다. 하지만 서진은 단호하게 자리에서 일어났다. 가슴을 답답하게 짓누르고 있던 의문점들이 풀렸으니 더는 상종하고 싶지가 않았다.

"용건이 끝났으니 이만 가보도록 하죠."

서진은 그대로 걸음을 뗐다. 그러다 문득 생각나는 것이 있자,

다시 그녀를 바라보며 입을 열었다.

"아, 그리고 송기철에게 당한 사람이 한둘이 아니더군요. 그들 모두가 최 사장님의 손님들이었고. 그래서 생각해 봤습니다. 쥔 패를 어떻게 사용해야 가장 큰 효과를 볼 수 있을까 하고요."

"그, 그게 무슨 말이에요?"

"글쎄요. 두고 보면 알겠죠."

"이봐요, 황 실장님!"

무희는 그대로 돌아서는 그를 얼른 붙잡았다. 만일 송기철과의 관계를 다른 사람들이 알게 된다면 그녀의 인생은 끝이었다.

"무슨 할 말이라도……."

서진은 일부러 말꼬리의 여운을 길게 남겼다. 나머지는 그녀의 몫이었다.

"어, 어떻게 하면 되나요?"

"무슨 말씀이신지……."

"말해요. 시키는 대로 할 테니까."

"지금 그 말은 모든 게 최 사장님의 짓이란 걸 인정한다는 겁니까?"

무희는 선뜻 대답하지 못하고 애꿎은 입술만 잘근잘근 깨물었다. 솔직히 사실로 인정하기가 죽기보다 싫었다. 하지만 그가 어떤 식으로 행동할지 몰랐기에 인정하는 것 외엔 다른 방법이 떠오르지 않았다.

'씨발. 그때 녹음을 했어야 했는데.'

무희는 병원에서 들었던 이야기가 불쑥 떠오르자 주먹을 움켜쥐었다. 그것만 녹음을 했더라면 그가 어떤 협박을 하든 당당하게 대처할 수 있었을 텐데 그러지 못한 것이 못내 화가 나고 아쉬웠다.

"강 사장님껜 정말 죄송합니다. 물론 회장님께도 사죄 올리겠습니다. 그러니 지나간 일들은 그냥 묻어두시면 안 되겠습니까?"

"그 말은 다른 것들은 모른 척해달라는 겁니까?"

"그렇게 해주시면 감사하겠습니다. 물론 앞으로는 그런 일, 결코 없도록 하겠습니다."

"내가 그 말을 믿어야 할까요, 아니면 믿는 척해야 할까요?"

"믿으셔도 됩니다. 내가 어리석기는 하지만 바보는 아니거든요. 이 시간 이후로 일어나는 모든 일들의 1순위가 나란 걸 잘 아니까."

맞는 말이었다. 또다시 이런 일이 벌어진다면 그녀를 제일 먼저 의심하게 되는 건 당연한 일. 바보가 아닌 이상 섣불리 행동하지는 못할 것이다. 그러니 조금 더 지켜본다고 해서 나쁠 건 없었다. 자칫 잘못하다간 주열의 일이 세상 밖으로 불거져 나올 수도 있었다.

"생각해 보죠."

서진은 그대로 등을 돌렸다. 무희는 이를 잘근잘근 깨물며 그가 나가는 모습을 그저 지켜볼 수밖에 없었다. 지금은 어떤 말을 한다고 해도 먹혀들지 않을 테니까.

"손은 어쩌다가 그러신 겁니까?"

서진이 나가자 강우가 성큼 다가오며 물었다. 무희는 이를 바드득 갈며 씹어뱉듯이 말했다.

"가서 송기철이 잡아와. 반쯤 죽여도 상관없어. 내 앞에만 가져다 놔."

"병원은 다녀오신 겁니까?"

강우는 그녀의 말에 아랑곳없이 다친 손을 살피며 다시 물었다. 송기철이고 뭐고 지금은 그녀 외에는 아무것도 눈에 들어오지 않았다.

"이, 미친! 내 말 못 들었어. 당장 가서 그 새끼 잡아오란 말이야!"

그녀가 팔을 홱 뿌리치며 고함을 질렀다. 강우는 살기 가득한 눈빛으로 이를 앙다물며 주먹을 쥐었다. 그놈에 송기철, 송기철, 아주 고막이 터져 버릴 정도로 들었던 이름이었다. 하지만 단 한 번도 죽여 버리고 싶다는 생각은 하지 않았다. 그자가 함부로 그녀를 대할 때조차도. 그런데 지금은 단숨에 숨통을 끊어버리고 싶었다. 그녀가 보는 앞에서. 그것도 아주 처절하게.

"당장 안 튀어가!"

그녀의 고함 소리가 다시 들렸다. 강우는 천천히 자리에서 일어났다. 반쯤 죽여도 상관없다고 하니 보란 듯이 그렇게 할 것이다. 말은 저렇게 해도 진심이 아니란 걸 알기에 가슴 치고 후회할 그녀를 보기 위해서.

"지금 뭐라고 한 거야?"

다시 묻는 주열의 얼굴이 급격히 굳어져 갔다. 아닐 것이다. 그가 잘못 들었을 것이다. 결코 그런 일이 일어나서는 안 되었다.

"서류는 가짜였고 금전적 거래는 없었어. 회장님을 등에 업고 최 사장이 장난친 거야."

"하! 그게 말이 돼?"

"당사자들 입에서 나온 말이야."

"말도 안 돼. 어떻게 그런 짓을⋯⋯."

주열은 말문이 막히고 말았다. 아무리 돈에 울고 웃는 세상이라 지만 이토록 더럽고 추악할 줄이야. 더구나 그 중심에 강주열, 그가 있다는 것이 죽는 것보다 싫었다.

"회장님껜 이번 일 네게 맡겨달라고 말씀드렸으니까 섣불리 나서진 않을 거야. 그리고 최 사장은 좀 더 지켜보는 게 좋겠어. 송기철이 가지고 있는 증거가 유일하다고 말하지만 믿을 게 못 돼. 오래도록 함께 일한 만큼 속셈도 따로 있을 거야. 하나를 주면 열을 가지려고 덤벼드는 최 사장이 이대로 물러날 리도 없고. 분명다른 무언가가 있을 거야. 그게 무엇인지 알아내기 전까진 우리도신중히 행동할 필요가 있어."

"그래서 지금 그런 인간들을 그냥 두자고?"

"잠시만이야. 모든 게 밝혀지면 그때 확실하게 처리하면 돼."

꽉 앙다물고 있는 주열의 입가에 경련이 일었다. 당장이라도 깨끗이 쓸어버려야 할 쓰레기들을 그냥 두고 보자는 것이 영 마음에들지가 않았다. 주열은 문득 인경의 얼굴이 떠올랐다. 모든 게 가짜라면 그녀를 돌려보내야 했다. 제 욕심을 채우기 위해서 불쌍한그녀를 잡아둘 수는 없으니까. 하지만⋯⋯.

"빌어먹을!"

주열의 주먹이 소파 걸이를 내려쳤다. 그녀를 보내야 한다는 생각만으로도 수천 개의 바늘이 일시에 몸에 박혀든 것 같았다. 아팠다. 너무 아파서 세포 하나하나가 모두 죽어버린 것처럼 아무런 감각도 느껴지지가 않았다.

"미쳤어. 다들 미친 거야. 나도, 그들도 모두가 미친 거야."

"네가 왜? 너를 그들과 동격으로 엮지 마. 너 역시 그들에게 놀아난 거야!"

"아니! 이 모든 일들의 시작과 끝엔 내가 있어. 내가 그들을 미치게 한 거야."

"그렇게 말하지 마. 그들은 제 욕심 때문에 그런 짓을 한 거야. 그런 인간들 때문에 네가 상처받는 거 싫어."

서진의 말에도 불구하고 주열은 이 모든 책임이 그에게 있다고 여겼다. 서인이라는 여자의 잔인한 손아귀에서 놀아날 때부터 이미 그는 악취를 풍기는 시궁창에서 나뒹굴고 있었던 것이다.

"가야겠다."

주열이 자리에서 벌떡 일어나며 말했다.

"어디를?"

"집."

서진의 물음에 짧게 대답한 주열은 그대로 걸음을 옮겼다. 지금 당장 그녀를 보지 않으면 미칠 것 같았다.

거대한 입구를 올려다보는 기철의 눈이 무섭게 번득였다. 보면 볼수록 이건 집이 아니라 창살 없는 감옥이었다. 하기야 숨길 것이 많으니 성을 쌓아야 했겠지만 이런 곳에 인경이 있다고 생각하니 가슴에 불길이 휘몰아쳤다.

"안 돼. 여기 둘 수 없어."

기철이 성난 손길로 벨을 눌렀다. 잠시 후, 누군지 확인조차 없이 문이 철커덕 하고 열렸다. 기철은 1초의 망설임도 없이 안으로 들어갔다. 이제 곧 그녀를 만날 수 있다는 기대감으로 저도 모르게 발걸음이 빨라지고 있었다. 이윽고 넓은 마당을 가로지를 때, 그녀의 모습이 눈에 들어왔다. 기철은 너무 반가워서 소리쳐 불렀다.

"인경아!"

"더러운 입으로 내 이름 부르지 마!"

한겨울에 휘몰아치는 칼바람처럼 차디찬 목소리가 그의 발길을 붙잡았다. 기철은 불과 두어 걸음을 사이에 두고 그녀를 마주했다. 그를 바라보는 눈빛에선 금방이라도 불꽃이 튀어나올 듯이 이글거리고 있었다. 배신이란 이름하에 그의 대한 원망도 컸으리라.

"네가 무슨 자격으로 여길 와! 여기가 어디라고. 왜? 내가 어떤 꼴로 살고 있는지 보고 싶었어? 아니면 가져간 돈이 너무 적어서 더 뜯어내러 온 거야! 그래? 네가 무슨 꿍꿍이로 여길 찾아온 건지는 모르겠지만 반겨줄 사람 없으니까 당장 꺼져! 너랑 마주하고 있는 것만으로도 역겨우니까!"

더는 상종하지 않겠다는 듯, 그녀는 제 할 말만 하고 냉정하게 돌아섰다. 기철이 황급히 손을 뻗어 그녀를 붙잡았다.

"인경아!"

"더러운 손을 어디다가 대!"

인경이 매섭게 팔을 뿌리쳤다. 그의 손이 몸에 닿자마자 소름이 쫙 끼치는 게, 징그럽도록 싫었다. 기철이 얼른 양손을 들어 보이면서 말했다.

"알았어. 손대지 않을 테니까 우리 얘기 좀 하자."

"너랑 할 얘기 따위 없어."

인경은 휑하니 몸을 돌렸다. 저딴 자식과 말을 섞느니 차라리 입을 꿰매 버리고 싶었다.

"내가 그런 게 아니야!"

기철은 다급한 마음에 그만 속엣말을 큰 소리로 외치고 말았다. 주열이 모든 것을 제자리로 돌려놓을 때까지 기다려 주려 했는데 시선조차 마주치지 않으려는 그녀를 보고 있으려니 화가 치밀어 올라 도저히 견딜 수가 없었다. 소리친 효과가 있는지 그녀가 휙 돌아서서 그를 노려보았다.

"이번 일이 나와 무관하다고는 말 안 해. 하지만 널 이곳으로 보낸 건 내가 아니야."

"하, 말도 안 돼. 네가 아니면 그럼 누군데. 어떤 간 큰 새끼가 날 이 꼬라지로 만들었는데. 이거 범죄란 거 아니? 알고서 이런 짓을 한 거야!"

"어떤 말로도 네가 받았을 상처, 되갚을 수 없다는 거 알아. 하지만 내가 한 짓 아니야. 솔직히 나도 화가 나. 화가 나서 미치게……."

짝!

섬뜩한 소리가 기철의 입을 막았다. 인경이 사정없이 그의 뺨을 때린 것이다.

"나쁜 새끼. 남자라면 적어도 네 잘못을 남에게 떠넘기는 짓 따위는 하지 마. 널 사랑했던 내가 너무 초라하고 한심해지니까. 다신 찾아오지 마. 이번은 그냥 보내지만 다음엔 경찰을 불러서 처넣어 버릴 테니까."

"차라리 그렇게 해."

"뭐라고?"

"경찰에 신고하라고. 그럼 네가 알고 있는 내 유죄는 무죄가 될 테니까."

"지금 끝까지 아니라고 잡아뗄 생각이야!"

"그게 진실이니까."

차분한 목소리가 그녀의 신경을 예민하게 했다. 인경은 매서운 눈길로 그를 노려보았다. 결코 그의 말이 진실일 리가 없었다. 하지만 그의 눈동자는 한 치의 흔들림도 없었다. 그때였다.

"내게 시간을 주기로 한 게 아니었나."

주열의 목소리가 그들 사이로 파고들었다. 기철과 인경은 동시에 소리가 나는 쪽으로 고개를 휙 돌렸다. 얼마 떨어지지 않은 곳에서 주열이 서진과 함께 걸어오고 있었다.

"그렇게 들었던 것 같은데."

주열이 그들 앞에 서며 말했다.

"그게 무슨 소리예요?"

그때 이상한 걸 감지한 인경이 주열을 향해 물었다. 하지만 주열의 시선은 기철을 향해 있었다. 인경은 그가 대답을 하지 않자 속이 타기 시작했다.

"강주열 씨. 대답 안 해줄 거예요?"

인경이 목소리를 높이자 그제야 주열의 시선이 그녀에게로 돌아섰다. 두 눈이 퀭한 게 하루가 무척이나 힘들었는지, 그는 눈에 띄게 수척해져 있었다. 품에 꼭 안고 위로해 주고 싶을 만큼.

'미친! 지금 무슨 생각을 하고 있는 거야!'

엉뚱한 것이 뇌리를 파고들자 인경은 세차게 머리를 흔들어 방금 떠오른 생각을 떨쳐 냈다. 지금은 다른 것에 신경 쓸 때가 아니었다.

"이자가 당신에게 돌아오라고 하던가?"

그런 말을 들었던가. 아니, 아니다. 기철은 자기 변명하기에 바빠서 그런 말은 한 적도 없었다. 인경은 고개를 가로저으며 대답했다.

"아니요."

"그럼 당신을 보낸 자가 그가 아니라면 어떻게 할 거지?"

그 말은 들은 기억이 났다. 무관하진 않지만 그가 한 짓은 아니라고 분명히 그렇게 말했었다. 그럼 그 말이 사실이란 건가. 인경은 갈수록 생각들이 복잡하게 엉켜들자 머릿속이 터질 것 같았다.

"대답해 봐. 당신을 여기로 보낸 자가 그가 아니라면 돌아갈 건가?"

주열이 재촉하듯 다시 물었다. 인경은 어떻게 대답을 해야 할지 몰라서 애꿎은 입술만 잘근거렸다. 만일 기철이 한 짓이 아니라고 해도 따라가고 싶진 않았다. 이미 그와는 헤어졌으니까. 하지만 여기서 나가고 싶은 거냐고 묻는다면 대답할 말이 없었다. 이제 막 주열에 대해서 알게 되었는데 떠나야 한다면 왠지 슬플 것 같았다. 인경은 차마 말로 하지 못하고 고개를 가로저었다.

"인경아!"

기철이 놀라서 소리쳐 불렀다. 그에 반면 주열은 침착한 어조로 그녀에게 다시 말을 건네고 있었다.

"그건 여기에 남겠다는 뜻인가?"

"약속을 했으니까. 난 한번 한 약속은 꼭 지키는 사람이라고 했잖아요. 그게 무엇이든지 간에."

거세게 뛰던 주열의 심장이 일순간 멈추었다. 그녀의 대답은 그가 원하던 게 아니었다. 약속 때문이 아니라 그를 향한 마음 때문이라고 말해주길 바랐다. 그녀가 고개를 가로저을 때, 그런 의미로 해석했으니까. 한데 그건 너무 큰 욕심이었나 보다.

"약속은 지키지 않아도 돼. 이제 당신은 자유야. 어디든 당신이 원하는 곳에 갈 수 있어."

"그게 정말인가요?"

그녀가 휘둥그레진 눈으로 그를 바라보며 물었다. 주열은 핏줄이 불거질 정도로 주먹을 꽉 쥐었다. 거짓말이라고 결코 그녀를 보낼 수 없다고 말하고 싶었다. 이제 그녀가 아니면 안 된다고, 그러니 제발 그의 곁에 있어달라고 소리치고 싶었다. 그러나 제 욕심 때문에 그녀를 붙잡을 수는 없었다. 그녀가 받았을 고통은 이미 넘치도록 충분했기에.

"그래."

한 치의 망설임도 없이 대답이 돌아왔다. 인경은 믿을 수가 없었다. 아니, 믿고 싶지가 않았다. 그러나 오롯이 그녀를 바라보고 있는 눈빛에는 어떠한 흔들림도 없었다. 그의 말이 진실이라는 듯.

"저, 정말 내가…… 내가 가도 괜찮아요?"

재차 확인하는 그녀의 목소리가 파르르 떨렸다. 뛸 듯이 기뻐해야 할 일인데 이상하게 목구멍에 가시가 걸려 있는 것처럼 따끔거렸다.

"그래."

"가자, 인경아."

주열의 대답이 떨어지기가 무섭게 기철이 그녀의 팔을 잡아당기며 걸음을 뗐다. 그러나 휙 뿌리치는 그녀로 인해 다시 멈춰 서야 했다.

"당신이나 가. 그리고 다신 내 눈에 띄지 마. 이번 일에 관련이 없다고 해도 당신과 난 이미 끝난 사이야. 잊었어? 우리가 헤어진 거."

"아니! 그건 너의 일방적인 통보였을 뿐, 난 그러겠다고 대답한 적 없어."

"하! 이제 와서 무슨 개소리야!"

억지스러운 소리에 인경이 고함을 질렀다. 헤어지자고 말했을 때, 그는 미련 없이 옷을 입고 집을 나갔다. 그런데 이제 와서 저런 말을 하다니. 역시 그는 상종 못할 인간이었다.

"잘 생각해 봐. 헤어지자는 말에 내가 뭐라고 대답했는지."

"억지 쓰지 마. 당신이 그때 뭐라고 했든 이제 나완 상관없어. 내가 끝났으니까."

"아니. 그때도 말했지만 결코 네 뜻대로 되지 않아. 내가 그렇게 되게 놔두지 않을 테니까."

모든 일이 자기 뜻대로 되리란 자신감은 대체 어디서 나오는 걸까. 정말 기도 안 찼다.

"내가 처음 돈에 팔렸다는 말을 들었을 때, 제일 먼저 든 생각이 뭔 줄 알아? 헤어지잔 내 말에 당신이 앙심을 품고 복수한 거라 생각했어. 그래서 더 비통하고 원통했어. 당신은 단 한 번도 내게 사랑한다는 말을 한 적이 없는데 난 바보처럼 매일같이 사랑이란 말을 마음속에 담고 살았으니까. 하지만 이제 남아 있던 한 자락의 미움마저 날려 보낸 지금은 당신에 대한 마음 따윈 남아 있지 않아. 길에 가다 마주치더라도 타인처럼 스쳐 갈 수 있을 만큼 아주 깨끗하게 끝났어. 그러니 끊어진 인연 따윈 깨끗하게 잊어버리고 다시는 서로 아는 척하지 말자. 잘 가요, 송기철 씨."

인경은 이를 악물고 돌아섰다. 찌꺼기까지 모두 토했으니 속이 후련할 줄 알았다. 그런데 아직도 그의 대한 원망이 가슴을 짓눌렀다.

"난 끝나지 않았어! 반드시 널 되찾을 거야. 결코 이 집에 널 두지 않아. 절대로!"

철부지 같은 말을 하는 것을 보니 희망사항이 때론 잔혹해질 수 있다는 것을 그는 아직 모르는 모양이다. 그러나 인경은 뼛속까지 알고 있었다. 그것이 얼마나 큰 고통이고 아픔인지를.

"제길!"

기철의 입에서 거침없이 욕설이 튀어나왔다. 한번은 뒤돌아볼 줄 알았다. 사랑은 말 한마디로 쉽게 버릴 수 있는 것이 아니었기에. 그런데 냉정하게 돌아서는 모습엔 이미 그의 대한 감정은 남아 있지가 않았다.

"황 실장, 손님 입구까지 배웅해 드려."

"이대로는 못 가. 그녀를 돌려줘."

"그녀가 선택한 거야. 돌아가."

"강요에 의한 거란 거 알아. 그러니까 놓아줘. 인경이가 스스로 걸어나올 수 있게."

주열의 입가에 비릿한 웃음이 어렸다. 선택은 이미 끝났고, 그 모든 결정의 끝에는 그녀가 있었다.

"아직 잘 모르는 모양인데 너와 내겐 선택의 여지가 없어. 그녀의 결정에 따르는 것 외엔."

"아니. 너야 그렇겠지만 난 아니야. 난 반드시 인경일 되찾을 거야. 그 어떤 대가를 치르더라도 네겐 안 줘. 아니, 못 줘. 이게 내가 한 선택이야."

기철은 그대로 돌아서서 걸어갔다. 그는 선택의 여지가 없다고 했지만 기철은 달랐다. 처음으로 사랑이라 인정한 사람이었다. 이 세상에 두 번 다시 없을 그런 사람이었다. 그렇기에 간단한 말 한마디로 포기할 수 없었다. 물러날 수 없었다. 어떤 대가를 치르던 그 대가로 인해 어떤 고통에 빠져 허덕이던 반드시, 기필코 그녀를 되찾아올 것이다. 그래야 살 수 있었다. 그게 아니라면 그는 살 이유가 없었다.

"아악! 빌어먹을!"

주열은 기철이 사라지자 허공을 향해 고함을 질렀다. 그렇게라도 하지 않으면 가슴이 터져 버릴 것 같았다. 그런데 속이 시원하지 않았다. 아니, 금방이라도 어둠이 집어삼킬 것처럼 더욱더 숨이 콱 막혔다. 보이지 않는 손길이 숨통을 조이고 있는 것처럼.

"제길!"

주열은 거친 손길로 목을 조이고 있는 넥타이를 풀어헤쳤다. 인정하고 싶지 않지만, 아니, 인정하기 싫지만 그에겐 선택권이 없다는 송기철의 말은 틀리지 않았다.

방으로 돌아온 인경은 가방에다 옷가지들을 담기 시작했다. 그들 사이에 끝이 보이면 반드시 그의 입으로 말해달라고 한 사람은 바로 그녀였다. 그리고 조금 전, 그의 입을 통해서 자유라는 말을 들었다. 그녀가 원하는 곳이면 어디든 갈 수 있는 자유. 처음엔 그의 말을 잘못 들은 게 아닌가 싶었다. 이렇듯 갑작스럽게 그와의 관계가 끝이 날 거라고는 생각조차 해보지 않아서. 그것도 기철이 지켜보고 있는 앞이라 더욱 믿기가 힘들었다.

그런데 기철이 손을 잡아끄는 걸 그저 보고만 있는 그를 보고서야 깨달았다. 정말 그들의 관계가 끝났다는 것을. 그러니 더는 이곳에 있을 필요가 없었다. 주르륵! 무언가가 볼을 타고 흘러내렸다. 이어 시야까지 흐릿해져 손에 들고 있는 것이 잘 보이지 않았다. 인경은 짜증이 확 솟구치자 얼른 손등으로 이물질을 훔쳤다.

"에이씨. 눈물은 왜 나는 거야, 바보같이."

그런데 눈물샘이 고장이라도 났는지 닦아도 닦아내도 흘러내리기 시작한 눈물은 멈추질 않았다.

"하인경, 정신 차려. 광란의 시간은 끝났어."

대충 짐을 싼 인경은 방 안을 휘익 둘러보았다. 짧은 시간에 너무 많은 일들이 이 방에서 일어났다는 게 새삼 믿어지지가 않았다. 처음 이 방에 들어왔을 때는 악마가 입을 쫙 벌리고서 그녀를 집어삼키는 것처럼 무섭기만 했다. 그런데 이젠 입가에 살포시 미소가 그려질 정도로, 아니, 이 방을 나가야 한다는 게 아쉬울 정도로 정이 들어 있었다. 침대로 천천히 손을 뻗은 인경이 시리던 몸을 따뜻하게 감싸주던 이불을 부드럽게 어루만지며 속삭였다.

"그동안 고마웠어. 덕분에 참 따뜻했다."

그 말을 하는 사이 눈물방울이 이불 위로 툭툭 떨어져 얼룩을 만들었다. 이불에 진 얼룩이야 곧 지워지겠지만 그의 체취에 녹아내린 그녀의 마음에 새겨진 얼룩은 아마 평생 지워지지 않을 것이다.

"하아! 그만 가자."

인경은 크게 심호흡을 하고서 가방을 집어 들었다. 이제 정말 가야 할 시간이었다. 방을 나온 인경은 거실과 주방을 둘러본 다음 현관으로 향했다. 그리고 막 신발을 신고 가방을 들었을 때, 문이 열리더니 주열과 서진이 들어왔다.

"인경 씨!"

서진이 그녀의 손에 들려 있는 가방을 보고서 눈을 휘둥그레 떴다. 하지만 인경은 활짝 미소를 지었다. 그들에게 나약한 모습은 보이고 싶지 않았다. 더구나 주열이 그녀와의 약속을 지켜준 것처럼 말없이 사라지지 말라던 그와의 약속도 지켜야 했기에.

"그만 가야 할 것 같아서요. 그동안 고마웠어요, 서진 씨. 덕분에 이곳에서의 시간을 견딜 수 있었어요. 잘 지내요."

인경은 그들을 지나쳐 밖으로 나갔다. 주열의 얼굴을 보고 싶었지만 차마 눈길을 줄 수가 없었다. 목구멍을 가득 채운 야속한 눈물이 굴러떨어질 것만 같아서.

"기다려요, 인경 씨!"

서진의 목소리가 들려왔지만 인경은 걸음을 멈추지 않았다. 멈추면 다시 저 안으로 들어가고 싶어질 것만 같아서.

"인경 씨, 우리 얘기 좀 해요."

쫓아온 서진이 그녀의 손목을 붙잡았다. 하지만 인경은 살짝 몸을 비틀어 그의 손을 떨쳐 냈다.

"난 할 얘기 없어요."

"난 있어요. 인경 씨가 꼭 들어줬으면 하는."

대체 그가 무슨 할 말이 있다는 건지 모르겠다. 당사자인 강주열도 입을 닫고 있는데.

"부탁할게요, 인경 씨."

그녀가 대답이 없자 그가 다시 말했다. 하지만 인경은 어서 여기서 벗어나고만 싶었다.

"미안해요, 서진 씨. 잘 있어요."

인경은 그대로 걸음을 옮겼다. 그녀의 뜻을 알아들었는지 그도 더 이상 붙잡지 않았다.

"잘했어, 하인경. 더는 비참한 꼴 보이지 마."

나지막이 속삭이는 그녀의 얼굴 위로 슬픈 그늘이 드리워졌다.

"인경아! 이게 어떻게 된 거야."

초인종 소리에 문을 연 미란은 가방을 들고 서 있는 그녀를 보곤 깜짝 놀라서 외쳤다. 어제 통화할 때까지만 해도 아무런 말이 없었는데 눈앞에 불쑥 나타나니 심장이 철렁 내려앉았다.

"들어가도 돼?"

"물론이지."

미란이 옆으로 비켜서자, 인경이 안으로 들어갔다. 그녀의 뒤를 따르는 미란의 얼굴이 서서히 굳어졌다. 입은 웃고 있는데, 눈은 울고 있었던 것이다. 대체 무슨 일이 있었던 것일까. 그녀에게서 묻어나는 심상치 않은 기운이 미란의 마음을 어지럽게 흔들어놓았다.

"아, 좋다."

인경이 양팔을 활짝 벌리고서 소파에 털썩 주저앉았다. 그 모습조차 상당히 눈에 거슬렸다.

"어떻게 된 거야? 온다는 말 없었잖아."

미란이 그녀와 마주 보고 앉으며 물었다. 그러자 인경이 생긋이 웃으며 자세를 바로잡고 앉았다.

"갑자기 네가 무지하게 보고 싶더라고. 그래서 가방 싸 들고 왔지, 뭐."

"그 말을 믿으라고?"

"믿어. 믿는 자에게 복이 있다고 하잖아."

"복이 아니라 발등 찍혀서 상처로 남겠지."

"아무튼 기집애가 말도 살벌하게 한다니까."

인경이 더 이상 얘기하고 싶지 않다는 듯이 소파에 등을 기대고 앉으며 눈을 감았다. 하지만 미란은 불길하게 치솟는 감정을 모른 척할 수가 없었다.

"갑자기 돌아온 이유가 뭐야?"

"그냥. 돌아다니는 것도 무지 피곤하더라고. 그래서 말인데 나 잠 좀 자면 안 될까?"

인경이 다시 눈을 감았다. 미란은 묻고 싶은 것이 많았지만 참기로 했다. 그녀의 입이 열리지 않을 거라는 걸 온몸으로 느낄 수 있었기에.

"그래. 자라, 자."

"고마워, 친구."

"방에 들어가서 편히 자."

"어."

짧은 대답만 들려올 뿐, 그녀는 움직이지 않았다. 미란은 다시 한숨이 튀어나오려는 것을 억지로 삼켰다. 얘기할 마음이 생기면 그녀 스스로가 입을 열 것이다. 그 시간이 빨리 오기만을 기다릴 수밖에 없었다.

"왜 붙잡지 않은 거야?"

서진의 물음에 주열은 심장이 뒤틀리자 술잔을 쥐고 있는 손끝에 힘을 꽉 주었다. 붙잡고 싶었다. 미치도록 붙잡고 싶었다. 지금 이 순간에도 그녀에게 달려가고 싶어서 온몸이 아프게 비명을 질러댔다. 하지만 잘 지내라는 흔하디흔한 인사말 한마디도 없이, 바로 옆에 서 있는 그에겐 눈길조차 주지 않은 채 무심히 그렇게 스쳐 지나갔다. 그와 함께했던 시간들이 그녀에겐 아무것도 아니란 듯이 활짝 피어난 꽃처럼 입가에 환한 미소까지 매달고서.

그걸 본 순간 그녀를 향해 뻗어가려는 손을 가까스로 붙잡아야 했다. 갈기갈기 찢겨지는 심장을 움켜잡고 이를 악물고 버텨야 했다. 자유롭게 날고 싶어하는 그녀의 날개를 꺾을 자격이 그에겐 없으니까.

"벌…… 받나 보다."

처연한 목소리가 무거운 공기를 갈랐다. 제 잔에 술을 따르던 서진이 엉뚱한 말에 시선을 돌려 주열을 바라보았다. 그는 텅 빈 눈동자를 하고서 한쪽 입꼬리를 살짝 끌어 올린 채 미소 짓고 있었다. 웃고 있지만 결코 행복하다고 말할 수 없는 슬픈 얼굴이라

서진의 가슴이 촉촉이 젖어들었다.

"무슨 소리야, 그게?"

"나로 인해 고통받은 사람들. 나로 인해 아픈 상처를 끌어안아야 했던 사람들. 나로 인해 눈물 흘려야 했던 사람들이 내게 저주를 내렸나 봐. 눈멀고 귀 막은 대가가 얼마나 괴롭고 고통스러운지 깨닫게 하기 위해서. 그래서 그들이 내게 하인경이란 이름으로 벌을 주나 봐."

"말도 안 되는 소리 하지도 마! 누구보다 고통받은 사람은 너야. 아무도 널 비난할 수 없어!"

서진이 화가 나서 소리쳤다. 한 여자를 사랑한 죄밖에 없던 그가 겪어야 했던 고통이 얼마나 처참하고 비참했는지 누구보다 잘 알고 있었기에 가만히 듣고 있을 수가 없었다.

"다행이다. 너라도 내 편이라서."

"쓸데없는 자책으로 널 괴롭히지 마. 그동안의 시간으로도 충분하니까."

"후훗, 그런가. 근데 서진아. 솔직히 난 지금도 아주 이기적인 생각을 한다. 내 욕심을 채우기 위해서."

"욕심이라니, 뭐가?"

"하인경. 갖고 싶다. 아주 간절히."

"그럼 가. 가서 데려와. 뭐가 두려워서 이러고 있어. 송기철과도 이미 헤어진 것 같던데 안 될 이유 없잖아."

"그럴 자격이 없잖아, 내겐."

"그녀를 원하는 마음 하나면 충분하지 뭐가 더 필요한데."

순진하기만 한 서진의 말에 주열의 얼굴에 쓰디쓴 미소가 걸렸다. 그런 거라면 어느 누구에게도 뒤지지 않는다. 이것이 사랑인지 집착인지는 모르겠지만 그녀를 원하는 마음 하나만큼은 그도 어쩌지 못할 만큼 깊고 강하니까. 하지만 그로 인해 그녀가 받아야 했던 모욕과 상처는 결코 용서받지 못할 범죄였다.

"납치 감금한 것도 모자라 성폭력까지 휘둘렀어. 결코 날 용서하지 않을 거야. 아니, 그녀가 용서한다고 해도 내가 날 용서할 수가 없어."

"너도 몰랐던 일이잖아. 그리고 성폭력이라니. 그건 두 사람이……."

"아니!"

날카롭게 울리는 짧은 한마디가 그의 목소리를 삼켜 버렸다. 서진은 고통으로 일그러진 얼굴을 하고서 천천히 입술을 달싹이는 주열을 그저 멍하니 바라보았다.

"거절할 수 없는 그녀의 처지를 이용해서 내가 강제로 응하게 만든 거야. 그녀로선 어쩔 수 없었지."

"헛소리 집어치워! 네가 그렇게 했을 리도 없거니와 설령 그렇게 했다 하더라도 인경 씨가 원하지 않았다면 끝까지 반항했을 거야. 인경 씬 충분히 그럴 수 있을 만큼 강단 있는 여자니까."

"반항했어. 아주 치열하게. 내가 무참히 짓밟아 버렸지만."

"대체 너 왜 이래? 왜 널 못 괴롭혀서 난리야, 난리가. 네 말대로 네가 잘못했다면 차라리 인경 씨를 찾아가서 용서를 빌어. 널 괴롭히는 것보다 훨씬 이로울 테니까."

"나, 못 가. 아니, 갈 수가 없어. 돌아서는 그녀를 얼마나 붙잡고 싶었는지 몰라. 지금도 미치도록 그녀가 보고 싶어. 하지만 그녀에게 갈 수는 없어. 내가 움직이면 괴롭고 고통스러운 건 그녀야. 더는 내 이기적인 욕심 때문에 그녀를 괴롭힐 수는 없어. 그래서 보낸 거야. 내 감정은 내가 책임져야 할 내 몫이니까."

"인경 씨 마음을 네 멋대로 단정 짓지 마. 본인에게 직접 들어보지 않은 이상 아무도 몰라."

"너도 봤잖아. 내겐 눈길조차 안 주는 거."

"그거야……!"

화가 나서 소리치던 서진은 그만 입을 다물고 말았다. 붙잡는 그를 뿌리치고서 냉정하게 돌아서던 그녀의 모습이 너무 단호하던 게 뒤늦게 생각난 것이다.

"후훗, 너무 걱정하지 마. 이 또한 무뎌져 갈 테니까."

주열은 지그시 입술을 깨무는 그를 보면서 단숨에 잔을 비웠다. 몸속을 태워 버릴 듯 뜨거운 열기가 전신으로 퍼져 나갔다. 주열은 지그시 눈을 감고서 몸속을 내달리는 뜨거운 열기에 몸을 맡겼다. 이 순간을 기다렸다는 듯이 활짝 웃으며 뒤돌아서던 그녀의 모습이 뇌리에, 심장에, 각인되어 그를 집어삼켰다. 무뎌져 갈 거라는 제 감정을 기만한 그를 질책이라도 하듯.

[너들 뭐 하는 놈들이야. 여태 그딴 자식도 하나 못 잡고! 밥줄 놓고 싶어!]

앙칼진 목소리가 좁은 공간을 뒤흔들었다. 승용차 뒷좌석에 앉아 있던 강우는 두 눈을 질끈 감았다. 5분 간격으로 전화를 해서 쏘아붙이는 그녀에게 정말이지 화가 치밀었다. 그렇다고 대놓고 화를 낼 수도 없는 처지라 애꿎은 입술만 이로 질근질근 씹어

댔다.

[야, 이강우. 왜 말이 없어! 너까지 날 개무시하는 거야, 지금!]

그럴 수만 있다면 좋겠다. 정말 그럴 수만 있다면 당장이라도 지긋지긋한 이곳에서 벗어날 텐데, 하지만 현실은 비참하리만치 쓰디썼다.

"아닙니다."

[아니긴 뭐가 아니야, 새끼야. 능력 안 되면 손 털어. 네 자리 넘보는 놈들 줄 섰으니까.]

그 말을 끝으로 전화가 끊어졌다. 강우는 손에 쥔 전화기를 집어 던지려다 안에 든 내용이 떠오르자 가까스로 손을 내렸다.

"제길!"

강우는 목이 조이는 것처럼 숨이 턱 막혀오자 차에서 내려 담배를 꺼내 입에 물었다. 끓어오르는 화를 다스리기엔 니코틴만 한 것도 없었다.

"실장님."

허공에다 연기를 길게 뿜어내던 강우는 나지막이 부르는 소리에 고개를 돌렸다. 그러자 그가 고갯짓으로 앞을 가리켰다. 강우는 담배를 입으로 가져가며 그가 가리키는 곳으로 시선을 던졌다.

얼마 떨어지지 않은 곳에서 몸을 비틀거리며 걸어오는 남자가 눈에 들어왔다. 한눈에 봐도 그자가 송기철이라는 것을 알 수 있었다. 애써 억눌렀던 열기가 서서히 고개를 내밀며 가슴을 치고 올라왔다. 강우는 불씨가 남아 있는 담배를 바닥에 툭 던지고서 발로 지그시 밟은 다음 성큼 앞으로 걸음을 뗐다.

"더러운 세상아. 내 앞길을 막지 마……! 어떤 새끼야!"

기철은 불쑥 튀어나온 인영에 놀라 눈을 부라리며 고함을 질렀다. 그러다 상대가 누군지를 깨닫고서는 입술을 비틀며 입을 열었다.

"오호, 무희 년의 개. 이강우가 여긴 어쩐 일이지?"

제 처지를 모르는 그는 거침없이 입을 놀리고 있었다. 발끝에 힘을 꽉 주고선 강우는 몸도 못 가눌 만큼 술에 취한 그를 보며 재킷의 단추를 천천히 풀었다. 이곳에서 기다리면 그가 나타날 거라는 예상이 맞아떨어져 그나마 지루하게 기다린 시간을 보상받게 된 것 같아서 한결 기분이 가벼웠다.

"아하, 그년이 보냈나 보네. 왜? 반쯤 죽여서 끌고 오라던?"

강우에게서 아무런 대답이 없자, 기철이 주위를 둘러보며 다시 빈정거렸다. 건장한 남자들이 그를 둘러싸고 있었던 것이다. 하기야 그년의 성질머리라면 충분히 그러고도 남았다.

"주둥아리 함부로 놀리면 안 된다는 것쯤은 이미 알 텐데, 역시 송기철이란 건가. 더러운 입이 통제가 안 되네."

강우는 그대로 발을 들어 올려 그의 복부를 가격했다. 비틀거리던 몸이 '커억.' 소리를 내며 힘없이 앞으로 꼬부라졌다. 하지만 날카롭게 쳐다보는 눈빛만큼은 불꽃이 튀는 것처럼 살아서 꿈틀거렸다.

"이강우. 고작 이 정도냐. 하하하, 대단한 줄 알았더니 너란 놈도 별거 아니었구나."

"그래. 송기철이라면 그 정도 배짱은 있어야지. 그래야 내 구둣발이 아깝지 않지."

강우는 다시 발을 들어 올려 일어서는 그의 얼굴을 향해 사정없이 휘둘렀다. 픽! 소리와 함께 그의 몸이 바닥으로 나뒹굴었다. 숨만 붙어 있으면 된다고 했으니 술에 취했건 말건 사정 따위 안 봐줄 것이다. 강우가 발뒤꿈치로 그의 등을 사정없이 찍어 누르며 말했다.

"반격을 해야지, 송기철. 그렇게 웅크리고만 있으면 내가 일방적으로 폭행하는 것처럼 보이잖아."

"허윽, 커억!"

등이 두 쪽으로 갈라지는 듯한 통증에 기철의 얼굴이 처참하게 일그러졌다. 하지만 그는 숨 돌릴 시간 따위도 아깝다는 듯이 다시 발길질을 했고, 기철은 또다시 고통에 찬 신음 소리를 내질렀다. 등을 펴는 건 고사하고 숨조차 제대로 쉴 수가 없었다.

벼르고 있던 기회라고 생각하는지 그는 쉴 새 없이 손이 아닌 발로만 움직이고 있었다. 한번쯤 맞아본 사람들은 안다. 주먹보다는 구둣발의 강도가 더 세다는 걸. 하기야 그의 입장에서 보면 기철이 눈엣가시였을 것이다. 그의 사랑에 걸림돌이기만 한 존재였으니.

'제길! 근데 그게 내 탓이냐고!'

기철은 소리 없는 아우성을 내질렀다. 그의 사랑을 기철이 빼앗은 게 아니었다. 그녀의 사랑이 기철을 향해 있었을 뿐. 그리고 기철은 그 사랑을 원하지 않았다. 오히려 귀찮았다. 그래서 매번 소리쳤다. 제발 떨어지라고. 그깟 사랑 따위 줘도 싫다고. 물론 그녀는 듣지도 믿지도 않았다. 그래서 더 매몰차게 내쳤다. 강우가 그녀를 사랑한다는 걸 알고 있었으니까.

"커억, 커으윽!"

기철은 옆구리로부터 전해져 오는 거대한 통증을 견디지 못하고 그대로 바닥에 얼굴을 박고 쓰러졌다. 얼마나 고통스러운지 이대로 죽었으면 싶었다. 그래서 눈을 감았다. 아무런 감흥도 느끼지 못하는 삶을 살아야 한다는 것도 지긋지긋했고, 먹고 먹히는 짐승의 먹이사슬처럼 얽혀 있는 인간관계도 다 귀찮고 짜증났다. 그러니 이렇게 조용히 잠들어도 나쁘지 않을 듯했다. 그녀만 아니라면…….

"하아. 네가 들으면 비참한 얘기 하나 해줄까."

강우가 숨을 헐떡거리며 말했다. 기철은 그게 무슨 말인지 묻고 싶었다. 그러나 그에겐 입을 달싹거릴 기운조차 남아 있지 않았다.

"네가 죽고 못 사는 하인경 말이야. 돈거래 같은 건 없었어. 너 때문에, 오직 네게서 그녀를 떼어놓기 위해서 그냥 빈손으로 던져 준 거야. 아무것도 모르는 하인경은 자신의 몸값이 10억이라고 철석같이 믿고서 볼모로 잡혀 있는 거고. 그러니까 다른 사람 원망하지 말고 네 자신을 원망해. 일이 이 지경이 된 건 모두가 너 때문이니까!"

강우는 사정없이 그의 복부를 걷어찼다.

"허으윽! 이, 인…… 경아…….

피비린내가 나는 입술 사이를 비집고 아프게 젖어드는 이름이 흘러나왔다. 아닐 것이다. 결코 그런 게 아닐 것이다. 돈이라면 눈에 불을 켜는 최무희가 대가 없는 거래를 했을 리가 없었다. 그러니 저 말은 거짓이었다. 아니, 거짓이어야 했다. 그게 아니라면 그녀의 인생을 송두리째 **빼앗아** 버린 사람은 이강우의 말처럼 바로 그가 될 테니까. 그러니 이강우의 입을 갈기갈기 찢어져서라도 진실을 알아내야 했다.

그러나 안타깝게도 그가 할 수 있는 것은 아무것도 없었다. 그저 시야를 자꾸만 가리는 눈꺼풀을 가까스로 붙잡고 있는 것뿐. 그것도 이젠 점점 더 힘들어지고 있었다.

'인경아. 하인경······.'

기철은 가물거리는 의식을 애써 붙잡고서 그녀의 얼굴을 떠올렸다. 활짝 피어난 꽃처럼 해맑게 웃던 모습이 이내 눈앞에 아른거렸다. 다시는 그녀의 웃는 얼굴을 볼 수 없을지도 모른다는 것이 그의 눈가를 뜨겁게 적셨다.

'내가 죽었다는 소리를 전해 들으면 네가 슬퍼해 줄까. 그리워해 줄까. 난 네가 몹시도 그립고 보고 싶을 텐데 넌 아니겠지. 미안해. 내 감정을 너무 늦게 깨달아서. 미안하다. 너의 사랑을 모른 척 외면해서. 하지만 인경아. 내게 여자는 너 하나야. 사랑해. 사랑한다, 아주 간절히. 이 말을 전하지 못하는 게 너무 슬프고 아프다.'

짙은 어둠이 그의 의식을 잠식해 가는 사이 기철의 눈꼬리를 타고 또르르 눈물이 흘러내렸다.

"실장님! 그만하십시오. 이미 의식이 없습니다."

발길질을 하는 강우의 허리를 옆에 서 있던 남자가 양팔로 붙잡았다. 그제야 강우는 물기를 잔뜩 머금고서 빨랫줄에 매달려 있는 젖은 빨래마냥 축 늘어져 있는 기철이 눈에 들어왔다. 쉴 새 없이 발길질을 한 터라 그의 호흡도 매우 거칠었다.

"하아, 하아. 차에 실어. 소울로 간다."

강우는 그들의 대답도 듣지 않고 곧장 걸음을 옮겼다. 저 꼴을 보면 그녀가 길길이 날뛸 거라는 것을 안다. 하지만 후회는 없었다. 그를 만나게 되면 죽여 버릴 것이라고 이미 마음속으로 정해 놓았으니까.

"빌어먹을!"

이리저리 몸을 뒤척이던 주열은 이불을 확 거둬내고 비틀거리는 몸으로 침대에서 내려왔다. 술기운이 몸을 지배하고 있었지만 뇌까지 마비시키진 못했다. 주열은 흔들리는 몸을 간신히 지탱하며 어둠을 뚫고 천천히 걸음을 뗐다.

"당신은 떠나는 게 그렇게 간단한가."

한 걸음씩 걸을 때마다 그녀를 이해하는 마음과 함께 그녀의 대한 원망도 뒤따랐다. 너무 매정하게 돌아서던 그녀의 모습이 자꾸만 눈에 밟혀, 몸도 마음도 쓰러질 듯이 지쳐 있었지만 도저히 잠을 이룰 수가 없었다.

"하아."

주열은 심장이 찢어질 듯이 아파오자 숨을 크게 내쉬며 가슴을 움켜잡았다. 그녀를 떠올리면 폭죽이 터지는 것처럼 심장이 발작을 했다.

"난 당신을 떠올리는 것만으로도 이렇듯 아픈데……. 심장이 파열될 것처럼 너무너무 아파서 숨조차 쉴 수가 없는데 당신은 어떻게 그런 표정을 지을 수가 있는 거지. 어떻게 웃으면서 떠날 수가 있는 거야."

주열은 그녀의 웃는 모습이 마치 눈앞에 있는 것처럼 생생하게 떠오르자 가슴을 움켜쥐고 있는 손에 더욱 힘을 주었다. 정말 화가 난다. 그녀를 붙잡지 못한 그에게도, 기회조차 주지 않고 미련 없이 떠나간 그녀에게도 화가 나서 미칠 것 같았다.

"제기랄! 내가 붙잡았으면 당신은 가지 않았을까. 아니, 아니지. 당신은 내 손을 매정하게 뿌리치고서 갔을 거야. 그렇게 해맑게 웃을 수 있다는 것이 그 증거니까. 그렇지?"

주열은 어느새 그녀의 방문 앞에 섰다. 하지만 선뜻 문을 열지는 못했다. 이 문을 열면 이대로 그녀와는 정말 끝일 것만 같아서 도저히 문을 열 용기가 나지 않았다. 주열은 굳게 닫혀 있는 문을 향해 천천히 손을 뻗었다. 그리고 양 손바닥으로 문을 짚은 다음 이마를 가져다 댔다. 나무 특유의 차가운 느낌이 술기운으로 달아오른 얼굴의 열기를 천천히 식혀주었다.

"당신…… 여기 있나. 이 안에…… 있어?"

그녀가 이곳에 있었으면 좋겠다는 간절한 바람을 담아 나지막이 중얼거렸다. 물론 돌아오는 대답은 없었다. 간절한 마음과 달리 그녀가 이곳에 없다는 것을 온몸으로 느끼고 있었으니까. 이렇듯 알고 있는 사실을 확인한 것뿐인데도 가슴을 휘몰아치고 지나가는 시린 느낌은 지독히도 쓰리고 아팠다.

"여기 있어주면 안 되나. 내 손길 닿는 곳에 있어주면 안 돼. 내가 당신 욕심내면 안 되는 건가. 정말 안 되는 거야."

주열의 몸이 주르르 바닥으로 미끄러져 내렸다. 정말 싫다, 이런 느낌. 몸속에 있는 알맹이는 쏙 빠져나가고 빈껍데기만 남아 있는 듯한 허무함. 두 번 다시는 느끼고 싶지 않았던 죽음의 그림자가 다시 그의 몸을 지배하는 것 같아서 정말이지 싫었다.

짝!

날카로운 소리가 무거운 공기를 타고 흩어졌다. 불에 덴 듯이 볼이 화끈거렸지만 무표정한 얼굴로 굳은 듯이 서 있는 강우의 표정에는 아무런 변화가 없었다. 오직 그녀가 쏟아내는 비난의 말들만이 그의 몸속을 갈기갈기 찢어놓고 있었다.

"너 뭐야. 네까짓 게 뭔데 사람을 저 지경으로 만들어. 어! 이 깡패 새끼야. 너 일부러 그런 거지. 나 엿 먹이려고 일부러 더러운 성질머리 부린 거 맞지. 그렇지?"

강우의 몸속에서 회오리바람이 거세게 휘몰아쳤다. 지시받은 대로 일을 처리했는데 무슨 문제냐고 소리치고 싶었다. 당신이 시켜놓고서 왜 이제 와서 딴소리를 하냐고 따져 묻고 싶었다. 왜 매사가 자기중심적이냐고 고함치고 싶었다. 하지만 강우는 어금니를 꽉 깨물고서 입을 앙다물었다.

"당장 원래 모습으로 돌려놔. 안 그러면 너도 저 꼴 날 테니까. 알아들어?"

"그렇게 하십시오."

"뭐?"

둔탁한 것이 뒤통수를 내려친 것처럼 멍한 표정이 되어 그녀가 되물었다. 그가, 천하의 이강우가 반항이라니. 이건 분명 그녀가 잘못 들은 것이다.

"기꺼이 맞겠습니다. 원하시는 만큼. 아니! 죽이고 싶다면 죽이셔도 됩니다."

"야, 이강우! 너 지금 반항하는 거야?"

강우는 입을 굳게 다물 뿐, 대답하지 않았다. 칼날이 깃든 듯 날 카로운 눈빛을 하고서. 순간, 무희는 처음으로 그가 무서워졌다. 그녀의 말이라면 토씨 하나 달지 않고, 죽으라면 죽는 시늉까지 할 그가 지금은 온몸으로 살기를 뿜어내고 있었던 것이다. 그녀의 입술이 공포로 바짝 말라갔다. 하지만 이대로 물러날 수는 없었다. 그렇게 되면 그를 다루기가 점점 더 힘들어졌다.

"하! 이 새끼, 너도 남자란 거냐. 굽실굽실 허리만 굽히기에 남 잔 줄도 몰랐더니. 병원 데려가. 애들 붙여놓고."

톡 쏘아붙이고서 무희는 등을 돌렸다. 그의 눈빛을 바라보기가 겁이 났다. 하지만 그녀가 자리에 가 앉는 동안에도 그에게선 어 떠한 움직임도 없었다.

"병원에 데려가라는 말 안 들려?"

"기꺼이 맞겠다고 했습니다."

"그래서?"

"제 손으로 병원에 데려가는 일은 없을 겁니다."

"그를 병원에 데려가느니 차라리 매질을 당하겠다, 그 말이야?"

"제 손으로 병원에 데려가는 날이 그가 이승에서 머무는 마지 막 순간일 겁니다."

검게 타오르는 눈빛이 올곧이 그녀를 바라보았다. 무희는 발끝 을 시작으로 온몸에 소름이 돋자, 어금니를 꽉 깨물었다. 얌전한 고양이가 드디어 발톱을 드러낸 것이다. 그러니 드러낸 발톱으로 물어뜯기 전에 그의 마음을 다독여 줘야 했다. 그래야 기철을 살 릴 수 있었다. 무희가 억지로 미소를 지으며 말했다.

"그건 안 되지. 그가 죽는 것도 싫지만 네가 살인자가 되는 것도 싫어. 내가 좋아하는 두 사람이 동시에 날 떠나 버린다고 생각하면 아주 끔찍해. 기철 씨는 내가 알아서 할 테니까 그만 퇴근해. 많이 피곤하겠다. 집에 가서 푹 쉬어."

"알겠습니다."

강우는 미련 없이 돌아섰다. 다른 때 같았으면 고집을 피워서라도 그녀 곁에 있었을 것이다. 온전한 모습으로 집에 들어가는 것을 봐야지만 마음이 놓였다. 그러나 오늘은 그녀가 보기 싫었다. 송기철에게 목매다는 것도 싫었고, 그의 마음을 몰라주는 것은 더욱더 싫었다.

하루를 시작하려는 듯 어스름한 새벽빛이 땅 위로 내려앉더니 어느새 날이 환하게 밝았다. 어제와 다른 오늘이 시작되고 있었다. 하지만 인경의 마음은 알 수 없는 의문점들로 인해 어제에 머물러 있었다.

"물어볼 걸 그랬어. 아프더라도 그에게 직접 듣고 돌아설 걸 그랬어. 그랬다면 이런 고민 따위로 날 괴롭히지 않아도 됐을 텐데. 바보처럼 이게 뭐야, 대체."

지금은 이도 저도 아닌 상태라 더 괴롭고 아팠다. 인경은 상처받을지도 모른다는 두려움 때문에 도망친 것을 뒤늦게 후회했다.

"거기서 뭐 하고 있어?"

갈증을 느끼며 주방으로 가던 미란은 테라스로 나가는 문 입구에 쪼그려 앉아 있는 인경을 보곤 그곳으로 발길을 돌렸다. 날이 환하게 밝기는 했지만 아직은 이른 시간이라 절로 미간이 찌푸려졌다.

"잘 잤어?"

그녀가 옆에 앉자, 인경이 살포시 미소를 지었다. 하지만 허무하리만치 공허한 눈빛을 마주하는 순간 애써 억누르고 있던 미란의 날카로운 신경이 기어이 끊어지고 말았다.

"설마 너 이 상태로 밤을 꼴딱 샌 거야?"

"눈을 감을 수가 없어."

"왜? 무슨 이유로."

"눈을 감으면 모든 게 꿈이었던 것처럼 사라질 것 같아서 무서워."

"대체 뭐가 사라지는데? 생각만 하지 말고 차라리 입으로 뱉어. 어차피 사라질 거라면 속이라도 시원하게!"

미란이 울컥해서 소리쳤다. 알 수 없는 말만 하는 게 속이 상했다. 그러자 열리지 않을 것 같았던 입이 스르르 열리고 있었다.

"한때는 모든 게 꿈이길 바란 적도 있었어. 다시는 악몽 따위 꾸지 않게 해달라고 억지로 잠을 청할 정도로 아주 간절히 빌기도 했으니까."

동화책을 읽어주듯 흘러나오는 그녀의 목소리는 아주 담담했다. 하지만 미란은 오히려 더 긴장한 채 그녀의 이야기에 귀를 기울였다. 어떤 이유에선지는 모르겠지만 그녀가 입을 떼는 순간 심장이 발아래로 쿵 떨어졌기 때문이다.

"그런데 어느 순간부터 꿈에 나타난 남자에게 마음을 빼앗겨버렸어. 그러면 안 되는 남자였는데, 정말 나쁜 남자였는데 그를 향해 뻗어가는 손을 막을 수가 없었어. 입으로는 수도 없이 죽여 버리겠다고 악을 쓰면서도 정작 그 남자의 품에서 녹아내리는 것은 나였어. 안아달라고, 사랑해 달라고 애원하면서 기꺼이 나의 모든 것을 그에게 열어줬지. 그러다 깨달았어. 이게 만일 꿈이라면 깨고 싶지 않다는 걸. 영원히 이 꿈속에 갇혀 있었으면 좋겠다는 걸. 하지만 그런 바람은 산산이 부서져 버렸고, 역시나 현실은 비참하리만치 잔인했어. 후훗, 근데 여기서 웃긴 게 뭔 줄 알아?"

담담하게 이야기하던 그녀가 갑자기 피식 웃으며 물었다. 그 모습이 미란을 더 긴장시켰다. 잠시 후, 그녀의 말이 이어졌다. 주르륵 흘러내리는 눈물과 함께.

"난 이미 깨져 버린 그 꿈속에 갇혀 버렸다는 거야."

"이, 인경아."

미란이 울먹이며 그녀를 꼭 안았다. 입버릇처럼 새로운 남자를 만나야 한다고 말은 했지만 이렇듯 아픈 사랑을 하길 바란 적은 단 한 번도 없었다. 하지만 지금 그녀는 송기철보다 더 아픈 사랑으로 무너지고 있었다.

"흑흑흑. 미란아, 나 어떡하지? 그 남자가, 그 남자가 너무 보고 싶어. 흑흑흑…… 말도 안 된다는 거 아는데, 그러면 안 된다는 것도 아는데 정말, 정말 너무 보고 싶다. 보고 싶어, 미치겠다. 흑흑흑……."

미란은 가슴 저미는 울음소리에 눈을 질끈 감았다. 첫눈에 반한 사랑이 있다지만 그녀가 이렇듯 빨리 무너질 줄이야. 어떤 남자가 그녀를 울부짖게 만든 것인지 빨리 만나보고 싶었다.

7장 나의 마음이 그대에게 닿기를

주열은 하루 24시간이 모자랄 정도로 정신없이 일에 빠져 살았다. 바늘로 살짝만 찔러도 요란한 소리를 내며 터지는 풍선처럼 온몸의 신경줄을 팽팽히 당긴 채였다.

그런 주열을 바라보는 서진의 마음은 착잡하기만 했다. 잠은 고사하고 밥조차 제대로 입에 대지 않은 탓에, 곧 쓰러질 것 같은 몰골이었지만 결코 손에서 일을 놓지 않았다. 차라리 쓰러지기라도 하면 입원을 시켜서라도 억지로 쉬게 할 수 있을 텐데, 무슨 정신으로 버티는지 벌써 일주일째 저 모습이라 더 불안했다.

"곧 점심시간인데 식사는 어떻게 하시겠습니까?"

"생각 없어. 다녀와."

한결같은 대답이 돌아왔다. 하지만 서진도 이번만큼은 그냥 넘어가지 않을 것이다. 무슨 수를 써서라도 그에게 꼭 밥을 먹여야 했다.

"도시락 시키겠습니다."

"필요 없어. 사무실에 냄새 풍기지 말고 나가서 먹어."

"혼자서는 싫습니다. 같이 가시죠?"

"재희랑 먹어."

"오늘은 꼭 사장님과 함께 먹으라는 명을 받았습니다."

주열은 펜을 놀리던 손길을 멈추고 서진을 올려다보았다. 다른 날과 다르게 고집을 부린다고 생각했는데 아마도 그게 다 재희 때문이었나 보다. 하지만 서진의 상관은 재희가 아니라 바로 그였다.

"황서진."

"네."

"재희가 너 월급 주는 거 아니야. 귀찮게 하지 말고 용건 끝났으면 그만 나가."

"그래서 더더욱 안 됩니다. 사장님의 건강을 책임지는 것 또한 제가 할 일이니까요. 재희는 그저 월급 받는 값을 하라는 말을 했을 뿐입니다."

"대체 오늘……!"

Rrrr. Rrrr.

전화벨 소리가 주열의 말을 삼켜 버렸다. 서진은 얼른 주머니에서 전화기를 꺼냈다. 그러다 발신자를 확인하고는 저도 모르게 거친 소리로 숨을 들이켰다. 그 소리를 들었는지 그의 시선이 날카롭게 서진에게로 날아들었다. 하지만 상대방에 대해서는 묻지 않았다. 서진은 나가서 받을까 하다가 이내 생각을 바꿔 통화키를 눌렀다.

"네, 인경 씨."

[죄송한데 전 인경이가 아니라 친구 고미란이라고 합니다. 통화

가능할까요?]

"네, 괜찮습니다. 근데 인경 씨에게 무슨 일이라도 있는 겁니까?"

[인경이 지금 병원에 있어요.]

"병원이요? 어디 아픕니까?"

날카롭게 울리는 서진의 목소리가 사무실을 가득 채웠다. 주열은 저도 모르게 몸을 벌떡 일으켰다. 그리고 성큼성큼 서진에게로 걸어가 전화기를 확 낚아채고서 입을 열었다.

"어느 병원입니까?"

전화 받는 목소리가 달라진 것이 이상했는지 상대방은 아무런 대답이 없었다. 그 시간이 영원처럼 느껴지자 타들어가는 심장의 아픔을 견디지 못한 주열이 버럭 고함을 질렀다.

"어디냐니까!"

[하, 한국병원 801호요.]

대답을 들은 주열은 서진에게 전화기를 휙 던지고선 빠르게 사무실을 나갔다. 그 뒤를 서진이 냉큼 따라나서며 전화기에 대고 말했다.

"죄송합니다. 지금 병원으로 출발하니까 가서 뵙겠습니다."

[네, 그럼.]

서진은 문이 닫히기 전, 가까스로 엘리베이터를 탔다. 그러나 숨이 막힐 것 같은 압박감에 가슴이 짓눌리자 그와 함께 탄 것을 후회했다.

"뭐야, 이 무례한 남자는!"

끊어진 휴대전화를 내려다보는 미란의 얼굴이 불쾌감으로 확 구겨졌다. 하지만 그것도 잠시뿐, 이내 입술이 절로 히죽거렸다. 드디어 그녀의 남자를 볼 수 있는 것이다.

"호호호, 요 앙큼한 것. 얌전한 고양이가 치맛자락 살랑거리며 꼬리 흔든다더니, 그사이 남자를 2명이나 꼬셨어? 능력 좋다, 하인경."

중얼거리는 미란의 얼굴에는 미소가 가득했다. 인경의 말을 들었을 때는 그녀 혼자만의 짝사랑이라 생각했다. 그런데 아프다는 말에 버럭 화를 내는 것을 보고서 조금은 안심이 되었다. 적어도 그녀의 일방적인 감정만은 아닌 것이다.

벌컥! 갑자기 병실 문이 열렸다. 침대 위에 얼굴을 묻고서 살포시 잠이 들었던 미란은 문이 열리는 소리에 놀라서 고개를 홱 치켜들었다. 잔뜩 굳어진 표정을 한 남자가 성큼성큼 안으로 들어서고 있었다. 그 뒤를 또 다른 남자가 따르고 있었다. 미란은 그들이 누군지를 단번에 알아챘다.

"어서 오세요. 제가 전화……!"

"어떻게 된 겁니까?"

그녀의 말을 남자가 단칼에 잘랐다. 미란은 남자의 건방진 태도가 상당히 불쾌해서 톡 쏘아붙였다.

"뭐가요?"

"그녀가 왜 여기에 있는 겁니까?"

남자는 인경에게서 시선을 떼지 않은 채 묻고 있었다. 미란은 이 남자가 바로 문제의 남자라는 것을 알았다.

"보고도 몰라요? 아프잖아요."

"송기철, 짓입니까?"

'여기서 왜 그딴 자식 이름이 튀어나와. 기분 나쁘게.'

미란이 눈살을 찌푸렸다. 그가 송기철에 대해서 어떤 식으로 알고 있는지는 모르겠지만 그녀가 아픈 것은 이 남자 때문이었다. 본인은 그것을 모르고 있는 것 같지만.

"당. 신. 짓. 이. 죠."

미란이 한 자 한 자에 힘을 주어 말했다. 그러자 남자가 처음으로 인경에게서 시선을 거두고 그녀를 바라보았다. 그리고 그와 얼굴을 마주한 순간, 미란은 대박! 왕대박! 이라고 소리칠 뻔했다.

"무슨…… 뜻입니까?"

넋 놓고 남자의 얼굴을 바라보고 있던 미란은 그가 미간을 찌푸리자 그제야 무슨 말인가를 했다는 것을 깨닫고 얼른 입을 뗐다.

"뭐라고 하셨나요? 잘못 들어서……."

"내 짓이란 게 무슨 뜻인지를 물었습니다."

"당신이 인경일 아프게 한 사람이란 뜻이죠."

"그녀가 아픈 게 내 탓이라는 겁니까?"

"그래요. 당신 때문이에요. 솔직히 둘 사이에 무슨 일이 있었는지는 잘 몰라요. 하지만 인경이가 갑자기 여행에서 돌아온 것도 그렇고, 우리 집에 온 뒤로도 잠을 자지도, 밥을 먹지도 못했어요. 그러다 결국 이렇게 쓰러지고 말았죠."

"송기철과 함께 있었던 게 아닙니까?"

"인경이가 왜 그딴 자식과 함께 있어요! 예전에 끝난 사인데. 당신이 무슨 뜻으로 그런 말을 하는지는 모르겠지만 다시는 그딴 자식 입에 올리지도 말아요. 불쾌하니까."

그녀의 말이 끝남과 동시에 주열의 몸이 휘청거렸다.

"주열아!"

곁에 서 있던 서진이 얼른 그를 붙잡았다. 미란은 하얗게 질린 얼굴로 무너지듯 의자에 앉는 그를 보면서 무언가가 잘못되었다는 것을 알았다.

"많이…… 아파했습니까?"

나지막한 목소리가 침묵의 공간을 깨뜨렸다. 미란은 고개를 돌려 그를 바라보았다. 역시나 그의 시선은 인경을 향해 있었다.

"네. 눈을 감지 못할 만큼, 아주 많이요. 이유가 뭔 줄 아세요?"

"말씀해 주시겠습니까?"

모른다는 대답을 돌려 말하는 것을 보니 이제야 그는 대화할 준비가 되었나 보다. 하지만 그전에 먼저 알고 싶은 것이 있었다.

"이유를 말해주기 전에 한 가지 궁금한 게 있어요. 대답해 줄 수 있나요?"

"네."

"좋아요. 그럼 단도직입적으로 물을게요. 인경이가 떠나고 난 다음 당신은 어땠나요?"

주열은 뜻밖의 질문에 잠시 당황했다. 그녀를 사랑하느냐고 물을 줄 알았다. 이런 상황이라면 누구라도 그게 가장 궁금할 테니까. 그리고 기꺼이 그렇다고 대답할 생각이었다. 그런데 전혀 예상치 못한 엉뚱한 질문이 날아들었다.

"대답하시죠."

그에게서 대답이 없자 그녀가 재촉했다. 주열은 잠시 숨을 고른 뒤, 천천히 입술을 달싹였다.

"나라는 존재가 사라졌습니다. 아무것도 느낄 수도, 생각할 수도, 담을 수도 없는 허수아비. 그게 지금의 납니다. 하인경, 그녀만이 내 안에 존재할 뿐이니까."

담담하게 내뱉는 목소리와 달리 지독한 아픔이 느껴지자 미란은 혀끝으로 마른 입술을 적셨다. 인경의 일방적인 감정이었다면 미란은 망설이지 않고 그를 여기서 쫓아낼 생각이었다. 그런데 질문의 답을 듣는 순간, 인경이보다 더 아픈 사람이 바로 그라는 것을 깨달았다.

"인경인 당신과 함께했던 시간들을 기억하기 위해서 잠도 자려고 하지 않았어요. 잠에서 깨어나면 모든 게 꿈처럼 허무해질까 봐 잠을 자기가 무섭다고 했어요. 그리고 정말 지쳐 쓰러질 때까지 스스로 눈을 감은 적은 단 한 번도 없었어요."

주열은 수십 개의 칼날들이 가슴을 난도질하는 것 같은 통증을 느끼며 눈을 질끈 감았다. 그도 마찬가지였기에 충분히 그녀의 마음을 느낄 수 있었다. 잠을 자면 그녀와 함께했던 시간들이 물거품처럼 흩어질까 봐서 감히 눈을 감기가 두려웠다. 그래서 잠을 자는 대신 일에 매달렸다. 눈이라도 뜨고 있어야 집 안 구석구석에 남겨져 있는 그녀의 흔적을 만날 수 있었으니까.

"잠시 자리 좀 비워주시겠습니까?"

"그러죠."

미란은 냉큼 등을 돌렸다. 그가 말하지 않아도 이미 자리를 비워줄 생각이었기에 망설일 필요가 없었다.

"받아."

서진이 자동차 키를 내밀었다. 회사로 먼저 돌아가겠다는 뜻이었다.

"아니야. 밖에서 기다려."

"그래, 알았다."

서진이 열쇠를 손아귀에 쥐고서 병실을 나갔다. 주열은 혼자가 되자 천천히 의자에서 몸을 일으켜 그녀에게 가까이 다가갔다. 금방이라도 심장의 불꽃이 꺼져 버릴 듯, 그녀의 얼굴에선 핏기라곤 찾아볼 수가 없었다. 주열의 손이 창백한 그녀의 뺨에 가 닿았다. 살짝 닿기만 해도 사르르 번져 가는 물결처럼, 그녀의 뺨을 어루만지는 손길이 파르르 떨리고 있었다. 대신 아파할 수 없는 안타까운 마음을 대변이라도 하는 것처럼.

"대체 왜 이러고 있는 거야. 왜 바보같이 당신을 괴롭혀. 내가 뭐라고, 대체 나 같은 게 뭐라고 이 꼴로 누워 있어, 이 바보 같은 여자야."

너무 속상하니 오히려 화가 났다. 못 견디게 그리워하는 그와 달리 그녀는 잘 지내고 있을 줄 알았다. 미련 없이 돌아서던 모습이 너무 당차게 보여서 아픔 따위는 그녀와 상관없는 줄 알았다. 그런데 아니었나 보다. 그녀의 그림자를 쫓아서 헤매고 다니던 그보다 더 아팠나 보다. 주열은 양손으로 그녀의 볼을 감싸고서 제 이마를 그녀의 이마 위에 가져다 댔다. 그러자 맞닿은 이마와 입술을 통해서 그녀의 열기가 고스란히 전해졌다.

"보고 싶으면 전화하지. 걸었다가 그냥 끊더라도 전화하지 그랬어. 그러면 당신에게 달려갔을 텐데. 내 발로 찾아갈 수가 없으니까 당신 전화를 핑계로 달려갔을 거 아니야. 그런데 이게 뭐야. 대체 이 꼴이 다 뭐냐고. 내가 말했잖아. 당신이 놓지 않는 한, 내가 당신 손을 놓는 일은 없을 거라고. 그런데 왜, 대체 왜에……. 허흡!"

주열은 그만 흐느끼고 말았다. 송기철에게 돌아가서 잘 지내는

줄 알았다. 약속한 날짜가 지나도록 그가 나타나지 않았기에 그녀
가 송기철에게 돌아간 거라 생각했다. 그래서 참았다. 하루에도
수십 번씩 미친 종마처럼 그녀를 향해 뛰쳐나가려는 몸을 이를 악
물고 붙잡고 또 붙잡았다. 그런데 이런 꼴이라니. 자신의 어리석
은 생각이 그녀를 이렇게 만든 것 같아서 가슴이 무너져 내렸다.

"연락 주셔서 감사합니다."

서진이 허리를 숙여 미란에게 인사했다. 안 그래도 주열이가 걱
정되어 인경에게 전화를 해보려던 참에 연락을 받은 것이라 더 반
가웠다.

"감사는요. 내 친구를 위해서 한 일인데. 그보다 당신이 서진 씨
죠?"

"네. 그렇습니다."

"그럼 저 남자는 누구예요? 연락처에는 서진 씨밖에 없던데."

"제 것만 있었다고요?"

서진은 뜻밖의 말에 미간이 절로 찡그려졌다. 당연히 있어야 할
주열의 전화번호가 없다는 게 이상했다.

"네. 그래서 전 자연스럽게 서진 씨에게 전화를 건 거죠. 또 다
른 남자가 전화기에 대고 고함을 지르기 전까지는 당연히 서진 씨
가 인경이와 관계된 남자라고 생각했거든요. 그런데 지금 보니 그
건 아닌 것 같네요."

"아, 그러셨군요. 전 인경 씨와 친굽니다. 그리고 저 안에 있는
사람은 강주열입니다. 아시다시피 인경 씨와 관계된 남자고요."

"후훗, 네. 충분히 확인했어요. 그런데 두 분은 친구세요?"

"주열인 친구이자 제 상관입니다."

"아, 그렇구나. 친구는 닮는다더니 두 분 다 정말 잘생기셨네요."

"별말씀을요."

서진은 쑥스러움이 밀려오자 살포시 미소를 지었다. 그러다 문득 생각나는 것이 있어 다시 입을 열었다.

"저기, 궁금한 것이 있는데요?"

"네, 말씀하세요."

"인경 씨가 고미란 씨 집으로 간 지가 얼마나 됐습니까?"

"일주일 정도 됐어요."

그렇다면 인경은 짐을 들고 나간 후, 곧장 친구의 집으로 갔다는 말이었다. 서진은 그녀가 송기철의 집으로 가지 않았다는 게 무척이나 고맙고 반가웠다. 그러다 주열에게 3일이란 시간이 주어졌다는 게 떠오르자 다시 입을 열었다.

"그럼 혹시 인경 씨가 고미란 씨 집에 있다는 것을 송기철이 알고 있습니까?"

또다. 그놈의 송기철. 대체 그가 무슨 짓을 했기에 남자들의 입에서 계속해서 그 이름이 거론되는지 모르겠다.

"그 자식이 어떻게 알아요. 그리고 왜 자꾸 그딴 자식을 들먹거리는 거죠? 혹시 그자가 무슨 짓이라도 했어요?"

그자에 대한 감정이 좋지 않은지 그녀의 목소리가 날카로워졌다. 서진은 그녀를 통해서 기철에 대한 정보를 얻으려던 생각을 접었다. 하기야 연인이었던 인경도 아무것도 모르는데 그녀가 아는 게 있을까 싶었다. 그렇다면 왜 그에게선 아무런 소식이 없는 걸까. 이미 약속 시간이 훨씬 지났는데 말이다. 서진은 왠지 모를 불길한 느낌이 들어 마음이 무거웠다.

"이봐요!"

"아, 죄송합니다."

생각에 잠겨 있던 서진은 부르는 소리를 듣고서야 얼른 정신을 차리고서 대답했다. 그때, 병실 문이 열리더니 주열이 나왔다.

"가시게요?"

"네."

그녀의 물음에 주열이 고개를 살짝 끄덕이며 대답했다. 그녀가 깨어날 때까지 곁에 있어주고 싶었지만 처리해야 할 일이 있었다.

"참 냉정하시네요. 깨어날 때까지 있을 줄 알았더니."

"죄송합니다."

"됐어요, 사과는 무슨. 인경이 깨어나면 왔었다고 전해줄게요."

"아닙니다. 그녀에게 아무 말도 하지 마세요."

"왜요? 왔다고 하면 좋아할 텐데."

"그렇게 해주십시오."

그는 뜻을 굽히지 않았다. 그녀를 향한 마음이 그토록 절절하더니 이건 또 뭐 하자는 건지, 원. 미란은 참 속을 알 수 없는 남자라는 생각을 하며 입을 열었다.

"알았어요. 입에 지퍼 채우죠."

"고맙습니다. 그리고 잘 부탁드립니다."

"걱정 말아요. 당신 애인이기 이전에 내 소중한 친구니까. 안녕히 가세요."

미란이 살짝 고개를 숙여 보이곤 병실로 들어갔다. 주열이 아련한 눈빛으로 그녀가 들어간 문을 바라보았다. 인경이 깨어날 때까지 곁에 있고 싶었지만 그럴 수 없는 현실이 시야를 흐릿하게 했다.

"괜찮아?"

서진의 물음에 주열은 그저 고개를 끄덕거렸다. 입을 열면 애써 억누르고 있는 아픔이 쏟아져 나올까 봐 겁이 났다.

"송기철이 잠잠한 게 이상해. 그녀가 그에게 돌아가지 않은 이상 분명 너를 찾아왔어야 하는데 말이야."

서진의 말에 주열이 고개를 주억거리며 걸음을 뗐다. 안 그래도 지금부터 그 일을 처리할 생각이었다. 그들을 이렇게 만든 사람들을 결코 용서할 수가 없었다.

"최무희 잡아와. 난 아버지 만나러 간다."

"회장님은 왜?"

서진이 그의 팔을 잡아채며 물었다. 주열은 팔을 비틀어 그의 손아귀에서 벗어났다.

"공범이야. 대가를 치르게 해야지."

서진은 그의 목소리가 너무나 차가워서 감히 말릴 생각도 하지 못했다. 그저 강 회장이 무사하길 바라는 수밖에.

"왜 아직도 의식이 안 돌아오는 거죠? 어디가 잘못된 거 아닌가요?"

무희는 의사를 붙잡고 답답한 마음을 토했다. 그가 입원한 지 벌써 일주일이나 되었지만 도무지 깨어날 기미가 보이지 않았다. 오히려 시간이 지날수록 금방이라도 죽음의 사자에게 끌려갈 것처럼 창백하기만 했다.

"검사결과 장기와 뇌에는 아무런 이상이 없으니까 좀 더 지켜봅시다. 이러다가도 한순간에 깨어날 수도 있으니까."

의사는 별일 아니란 듯이 말하고서 병실을 나갔다. 전혀 위로되지 않는 말에 그녀의 눈빛에 짙은 슬픔이 드리워졌다. 왜 그를 짓밟을 생각을 했을까. 이렇게 될 줄 알았으면 그냥 참아볼 것을. 무희는 되돌릴 수 없는 시간들이 야속하기만 했다.

"당신, 나 겁주려고 이러는 거야? 만일 그런 거라면 이제 그만 눈 떠. 당신 뜻 충분히 알아들었고 지금 나, 죽을 만큼 고통스러우니까 이제 제발 눈 좀 떠라. 응?"

기철의 얼굴을 어루만지는 그녀의 손끝이 물기에 젖어 떨리는 목소리만큼이나 부들거렸다. 그 모습을 옆에서 지켜보던 강우의 눈빛이 이글거리는 태양처럼 붉게 타올랐다. 심장으로 모든 열기가 빨려 들어가는지 뜨겁다 못해 아주 터질 것 같았다.

곧 죽어도 고라고, 언제, 어디서나 당당하기만 하던 사람이 바로 그녀였다. 날카로운 칼날이 제 목을 겨누어도 떨림은 고사하고 눈빛조차 흔들리지 않았던 사람이 바로 그녀였다. 그 자리에서 맞아 죽을지언정 일단 큰소리부터 치고 보는 게 지금껏 강우가 보아 온 그녀의 모습이었다. 그런데 저 남자 앞에서만큼은 여리고 여린 여자가 되어 무너진다. 오직 저 남자가 세상 전부라는 듯이. 그 모습이 너무나 보기 싫었다. 강우는 사납게 등을 돌려 병실을 박차고 나왔다.

"아악! 빌어먹을!"

병실을 나온 강우는 그대로 벽을 향해 주먹을 날렸다. 손가락 마디를 시작으로 극심한 통증이 온몸을 뒤흔들었지만 녹아내리는 심장만큼은 아프지 않았다.

"방금 뭐라고 한 거냐?"

태식의 얼굴이 무섭도록 일그러졌다. 필시 그가 잘못 들었을 것이다. 아들인 주열이 결코 그렇게 말했을 리가 없었다. 하지만 주열은 한 치의 흔들림도 없이 같은 말을 되풀이했다.

"그녀에게 잘못을 시인하고 용서를 구해달라고 했습니다."

태식은 똑같은 대답이 돌아오자 피가 거꾸로 치솟았다. 다른 이도 아니고 아들이, 그것도 저를 보호하고자 한 일이었는데 당당하게 용서를 구하라고 요구하다니. 무자식이 상팔자라고 세상에 이런 불효막심한 아들이 어디에 있단 말인가. 설령 자신이 잘못을 했다 하더라도 아들인 그가 나설 일은 아니었다.

"못하겠다면 어쩔 거냐? 아니, 그렇게는 못해!"

아들에 대한 실망감을 감추지 못한 태식의 음성에는 노기가 가득했다. 주열은 튀어나오려는 한숨을 안으로 삼켰다. 이곳으로 올 때부터 쉽지 않을 거라는 것을 알고 있었다. 하지만 이미 칼을 빼어 든 만큼 그 역시 이대로 물러날 수는 없었다. 더구나 이 모든 일의 원흉은 그가 아니던가. 그래서 더욱이 지금의 이 자리가 미치도록 괴롭고 힘들었다. 주열은 꽉 막힌 숨통이 조금이라도 뚫리기를 바라며 크게 가슴을 들썩거린 후, 차분한 목소리로 입을 열었다.

"어떠한 경우에라도 제 편이라고 하셨던 말씀 기억나십니까?"

엉뚱한 말에 태식의 미간에 주름이 잡혔다. 물론 똑똑히 기억하고 있었다. 부모라는 이름은 어떠한 경우에라도 자식을 믿고 지켜줄 수밖에 없는 존재니까.

"그래. 아직은 내 기억력이 나쁘지 않은 탓에 똑똑히 기억하고 있지. 그런데 그게 왜?"

"제 편이라는 걸 보여주십시오."

"보여달라니. 대체 뭘?"

"전 이제 그녀가 아니면 안 됩니다. 그래서 부탁드리는 겁니다. 그녀에게 당당하게 다가갈 수 있도록 도와주십시오."

"대체 그게 무슨 소리…… 설마, 너!"

태식은 불현듯 떠오른 생각으로 인해 말을 잇지 못했다.

'아니야. 아닐 것이야. 설마 그럴 리가 없어.'

하지만 주열은 정확히 그의 말뜻을 알아듣고서 입을 열었다.

"네. 아버지가 생각하시는 게 맞습니다. 그리고 이미 그녀를 마음에 담아버렸습니다."

"허허허! 이럴 수가. 대체 어찌 이런 일이…….'"

태식은 설마설마 하며 가슴을 졸이고 있던 일이 사실로 드러나자 무슨 말을 어떻게 해야 할지 몰랐다. 분명 뛸 듯이 기뻐해야 할 일이었다. 그토록 바라고 바라던 것이 이루어졌으니까. 하지만 기뻐해야 할 무게보다 가슴을 짓눌러 오는 통증의 무게가 더 크고 무거웠기에 마음이 착잡했다.

"도와주십시오, 아버지."

그가 도와달라고 말하지 않아도 발 벗고 나서서 도와주고 싶었다. 그러나 상대가 상대인 만큼 선뜻 입이 떨어지지가 않았다. 그저 하늘이 원망스럽고 안타까울 뿐.

"그 여자가 아니면 안 되는 게냐?"

시간이 한참 지나서야 태식이 입을 열었다.

"네. 꼭 그녀여야만 합니다."

쐐기를 박듯 곧장 들려온 말에 태식은 주먹을 꽉 움켜쥐었다. 고약하게도 양보란 것이 없었다. 저것도 아들이라고 그동안 속을 끓인 걸 생각하니 이젠 억울하기까지 했다. 태식은 끝내 분을 삭이지 못하고 자리에서 벌떡 일어나 손바닥으로 사정없이 그의 등을 후려쳤다.

"나쁜 놈. 천하에 아주 고약한 놈!"

주열은 감정이 잔뜩 실린 손끝이 참으로 맵고 아팠다. 하지만 신음 소리는 고사하고 미동조차 하지 않았다. 이렇게라도 해서 상처받은 아버지의 마음이 조금이나마 풀릴 수만 있다면 얼마든지 등을 내어줄 수 있었다.

"여자 때문에 제 애비에게 머리를 조아리라는 게 말이 될 소리야!"

"여자에게 머리를 숙이라는 게 아닙니다. 아버지의 잘못을 인정해 달라는 것입니다. 아버지께서 늘 말씀하셨죠. 한번 부끄러워하면 될 일을 가지고 평생 가슴앓이하지 마라고요. 잘못은 누구나 하는 것이지만 그것을 인정하지 못하면 눈뜬장님이라 결코 앞으로 나아갈 수 없다고요. 그리고 제가 아는 아버지는 단 한 번도 부끄러운 행동을 한 적이 없었습니다. 제 일이 있기 전까지는 말입니다. 그래서 솔직히 말씀드리면 전, 이 모든 상황들이 분통 터지게 짜증이 나고 화가 치밉니다. 자식으로서 아버지께 씻을 수 없는 상처를 드렸다는 것도 싫지만, 무엇보다 제가 견딜 수 없는 것은 그릇된 욕심으로 인해 무고한 사람의 인생이 처참하게 일그러졌다는 것입니다. 그래서 부탁드리는 겁니다. 이미 벌어진 일이라 원래대로 되돌릴 수는 없겠지만 상처받은 마음이 조금이라도 치유될 수 있는 방법이 그것뿐이라서."

"하아. 못된 놈!"

태식은 맥이 탁 풀려 버리자 자리에 털썩 주저앉았다. 그가 한마디까지 들먹거리며 반박을 하니, 무릎을 꿇는 것 외에는 달리 할 말이 없었다.

"끝내 날 이겨먹다니. 저것도 자식이라고 그런 짓까지 한 내가 미친 거였지."

"그래도 전 아버지 아들인 게 좋습니다."

"내가 싫다, 이놈아."

태식은 마음에도 없는 말을 한마디 툭 던져 놓고서 그대로 눈을 감았다. 하필이면 송기철의 여자라니. 마음이 너무 어지럽고 혼잡스러워 눈을 뜨고 있을 수가 없었다. 아들이 임포텐츠라는 걸 처음 알게 됐을 때는 그야말로 세상이 무너져 내렸다. 하나밖에 없는 아들이 그런 몹쓸 병에 걸렸다는데 어느 부모가 온전한 정신일까. 그래서 해서는 안 되는 줄 알면서도 지푸라기라도 잡고 싶었기에 이 일을 할 수밖에 없었다. 그런데 아들을 움직이게 한 사람이 그녀가 될 줄이야. 역시 사람의 인연이란 참으로 알 수 없는 것이었다.

"아버지."

나지막이 들려온 목소리가 덧없이 떠돌고 있는 상념을 깨트렸다. 하지만 태식은 눈을 뜨지 않은 채 입을 열었다.

"그만 가. 생각이 정리되면 연락할 테니까."

"괜찮으십니까?"

"괜찮아. 걱정 말고 가."

"그럼 일어나겠습니다."

주열은 의자 깊숙이 몸을 묻는 아버지를 보는 게 괴로워서 자리에서 일어났다. 눈에 보이지는 않았지만 그의 마음은 이미 찢어질 대로 찢어져 형체를 알 수 없을 만큼 너덜거렸다. 아마도 아버지 또한 그런 마음일 것이다. 하지만 그가 견디어내듯 아버지 또한 잘 이겨내리라 믿었다.

서진은 문을 열어주기 위해서 뒷좌석으로 가는 강우의 모습을 보곤 서둘러 차에서 내렸다. 서진이 그들에게 다가갈 때, 마침 그녀가 모습을 드러냈다.

"안녕하십니까, 최 사장님."

예상치 못한 상대를 만난 무희는 저도 모르게 마른침을 꿀꺽 삼켰다. 그동안 잠잠하기에 그녀의 요구를 들어준 거라고 생각했는데 그게 아니었던 모양이다.

"자주 뵙네요, 황 실장님."

"그러게 말입니다. 별로 보고 싶지 않은 얼굴일 텐데."

"에이, 무슨 그런 말씀을. 그럼 저 같은 사람 굶어 죽는답니다."

"하하하, 엄살이 심하시군요, 최 사장님."

"호호호, 그런가요? 근데 오늘은 어쩐 일이세요?"

"최 사장님을 뵙고 싶어하는 분이 계셔서 모시러 왔습니다."

그녀의 표정이 급격히 굳어졌다. 황 실장이 온 것으로 보아 상대는 강주열일 것이다. 강 회장보다 상대하기가 더 껄끄러운 사람이 바로 그였다.

'빌어먹을! 이제 어쩐다. 상대가 그라면 빠져나가기가 쉽지 않을 텐데.'

무희는 불길한 기운이 온몸을 휘감자 어금니를 지그시 깨물었다.

"가시죠."

서진이 우두커니 서 있는 그녀를 향해 다시 말했다. 그러자 강우가 앞으로 나섰다.

"제가 모시겠습니다."

"아니. 내 차로 갑니다."

서진은 만일의 사태에 대비했다. 도망갈 사람은 아니었지만 방심할 수는 없었다. 서진이 앞장서자 무희와 강우가 뒤를 따랐다.

"으음."

인경은 입안이 모래가 들어찬 것처럼 까칫거리자 천천히 눈을 떴다. 시원한 물이라도 마셔야지만 살 것 같았다. 인경은 무거운 몸을 힘겹게 일으켜 앉았다. 날이 곧 새려는지 창밖으로 여명이 밝아오고 있었다. 인경은 침대에서 내려서기 위해 몸을 비틀었다. 그러다 손등에 무언가가 있는 것을 보곤 멈칫했다.

"이게 뭐지."

인경은 손을 들어 올려 물끄러미 그것을 바라보았다. 곧이어 그것이 링거 바늘이란 걸 알았다.

"내가 왜 여기에 있는 거지."

화들짝 놀란 그녀가 이리저리 고개를 돌려 주위를 살피기 시작했다. 그리고 입구로 시선이 닿는 순간, 문이 열리더니 미란이 들어왔다.

"어! 깼네!"

물을 떠서 병실로 들어오던 미란은 반가운 마음에 한걸음에 그녀에게 다가갔다.

"어때? 좀 괜찮아?"

"어떻게 된 거야. 내가 왜 여기에 있어?"

"어떻게 되긴 뭐가. 쓰러져서 119에 실려 왔지!"

그녀의 외침 소리에 인경의 얼굴이 일그러졌다. 분명 잠자리에 든 것까지는 기억이 나는데 쓰러진 기억은 없었다.

"목마르다고 일어났던 거 기억 안 나?"

"응. 전혀 기억이 없네."

그녀가 고개를 내저으며 대답했다. 미란은 충분히 그럴 수 있겠다는 생각이 들었다.

"하기야 열이 그렇게 높았으니 기억 못할 수도 있겠다."

"그거 물이야?"

"응? 어어. 줄까?"

무슨 말인가 싶어 시선을 내리던 미란은 물병이 손에 들려 있는 것을 보곤 냉큼 물었다. 그녀가 깨어났다는 것에 흥분한 나머지 손에 물병이 있다는 것도 잊어버렸다.

"응."

미란이 컵에 물을 따라 그녀에게 내밀었다. 꽤나 목이 말랐던지 그녀는 허겁지겁 물을 들이켰다.

"천천히 마셔. 물에 체하면 약도 없어."

"하아! 이제 좀 살 것 같다."

"어이구, 우리 아가씨. 그렇게 목이 마르셨어요."

미란은 물을 마시고 난 그녀의 얼굴에 생기가 돌자 그제야 마음이 놓여 농담을 했다. 그러자 그녀가 피식 소리를 내며 웃었다.

"배는 안 고파?"

"응. 괜찮아."

"힘들 텐데 누워. 한숨 더 자던지."

"아니야. 여태 잤는걸 뭐. 그나저나 너 출근 준비해야지. 어서 가봐. 이러다 늦겠다."

"다 저녁에 무슨 출근이야. 좀 있다가 밥 먹고 자야지."

"지금이 몇 신데?"

인경이 깜짝 놀라서 물었다. 그러자 미란이 휴대전화로 시간을 확인했다.

"4시 13분. 근데 시간은 왜?"

"그럼 대체 내가 얼마나 잔 거야?"

"이 사람아. 오늘이 이틀째네요."

"세상에!"

인경은 입을 쫙 벌렸다. 불과 몇 시간이라고 생각했는데 이틀을 내리 자다니. 생각했던 것보다 몸이 많이 약해진 모양이었다.

"놀랄 것 없어. 그동안 못 잔 잠, 한꺼번에 잔 거니까."

"맞는 말이긴 한데 그다지 위로는 안 되네요, 친구."

"헤헤헤, 그런가. 뭐 그럼 할 수 없고. 히히히."

"하하하. 진짜 못 말려. 그래. 내가 너 때문에 웃는다."

인경은 장난스러운 그녀의 웃음소리에 이끌려 그만 웃음을 터트리고 말았다. 잠을 실컷 자서 그런지 그래도 기분은 나쁘지 않았다.

"그래. 그렇게 웃어. 행복은 아주 가까운 곳에 있으니까."

"근데 밖에 비 와? 날씨가 흐리네."

인경이 창밖으로 시선을 던지며 물었다.

"아니. 근데 곧 내릴 것처럼 우중충하긴 해."

그녀의 말에 무심히 대꾸하던 미란은 우중충하던 어떤 남자의 얼굴이 떠오르자 피식 웃음을 흘렸다.

'그나저나 깨어났다고 알려는 줘야겠지?'

미란은 아파하던 주열의 모습이 떠오르자 서진의 전화번호를 저장해 두길 잘했다는 생각이 들었다.

주열은 끓어오르는 화를 참기 위해 손가락 끝에 힘을 주고서 꽉 움켜잡았다. 그녀와 대면할 시간을 기다리면서 폭주하려는 것처럼 날뛰는 심장을 가까스로 억눌렀다. 그런데 뻔뻔스럽게 서 있는 얼굴을 보고 있자니 순식간에 휘몰아친 불길이 심장을 에워쌌다.

"내게 할 말이 있을 텐데."

무겁게 가라앉은 목소리가 불편한 침묵을 깨트렸다. 무희는 발 아래로 곤두박질치는 심장의 소리를 들으며 혀끝으로 마른 입술을 적셨다. 이곳으로 오는 내내 빠져나갈 구멍을 찾아보았지만 사생활마저 깔끔한 사람이라 내세울 만한 것이 하나도 없었다.

"없는가 보군. 그럼 내 방식대로 할 수밖에."

"아니에요!"

무희가 냉큼 대답했다. 그의 방식이 어떤 것인지는 모르겠지만 가만히 앉아서 당할 수는 없었다.

"아니다? 무슨 뜻이지?"

"아니, 그게 아니라 말이 잘못 나왔어요."

"후훗. 천하의 최무희가 말실수를 하다니. 다시 보이는걸."

"죄송합니다."

그녀가 고개를 깊숙이 숙여 사과했다. 도도하기 짝이 없던 목덜미가 저리도 쉽게 구부려지다니. 역시 사람을 움직이는 것은 권력과 돈이었다.

"기회는 한 번뿐이야. 하고자 하는 말 있으면 해."

"잘못했습니다. 한 번만 용서해 주세요."

그녀가 다시금 머리가 땅에 닿을 정도로 깊숙이 허리를 숙였다. 그러나 주열의 표정엔 냉기가 뚝뚝 흘렀다.

"듣고 싶은 말은 그게 아닌데 내 말을 오해한 것 같군."

"무슨 말씀이신지……."

"이 자리에 불려왔다는 것은 용서 따윈 없다는 거야. 단지 내 방식대로 처리하기 전에 마지막 기회를 주려 한 것뿐이니까."

'기회라니. 어떤 기회를 말하는 거지. 설마 나에게 선택권이라도 주려는 것일까.'

무희는 그가 주는 기회가 어떤 것인지는 모르겠지만 작은 희망이라도 있다는 것이 무척이나 반가웠다.

"기회라는 것이 정확하게 무슨 뜻인가요?"

"당신이 어떤 잘못을 했는지는 여기 있는 모두가 알고 있지. 하지만 어떤 처벌을 받길 원하는지는 당신만이 알 거야. 또한 어떤 처벌을 내리고 싶은 건지는 나만 알고 있지. 그래서 기회를 주는 거야. 물론 그 기회란 것도 내 마음에 들어야 가능한 일이겠지만. 그러니까 선택 잘해. 후회가 남지 않도록."

그녀의 얼굴이 흙빛으로 변해갔다. 참으로 잔인한 말이었다. 아니, 잔인한 사람이었다. 고양이도 쥐를 쫓을 때는 빠져나갈 구멍 하나쯤은 남겨놓는다. 하지만 기회라는 말을 이용해 그녀를 옴짝 달싹못하게 묶어버리는 저 남자는 바늘구멍만 한 숨통까지 짓눌러 버리는 게 참으로 무섭고 잔인했다.

'망할 자식. 교활한 자식. 그럴싸한 말로 사람을 우롱하다니. 그래. 어디 네 뜻대로 해봐라. 어떤 방법을 쓰든 너 역시 더러운 기분일 테니까.'

무희는 선택권을 그에게 넘겨주기로 결정했다. 어차피 그녀의 뜻대로 될 일은 없었다. 그럴 바엔 차라리 그의 비위를 맞춰주는 게 나았다.

"원하시는 것을 말씀하세요. 그에 따르겠습니다."

부들부들 떨리는 속과 다르게 겉으로 내뱉는 목소리는 차분하기 이를 데 없었다. 무희는 그것에 만족하기로 했다. 목소리까지 떨렸다면 더욱 비참했을 테니까. 그녀의 대답이 만족스럽다는 듯 그의 입술이 보기 좋게 휘어졌다.

"아주 마음에 드는데. 좋아. 황 실장!"

"네."

갑자기 이름이 불렸지만 서진은 곧장 대답했다. 신경이 온통 그에게 쏠려 있었기에 가능한 일이었다.

"최무희에게 놀아난 자들에게 네가 가지고 있는 소스 뿌려. 그래도 살아남는다면 어쩔 수 없지."

"그건 안 됩니다!"

강우가 날카롭게 외쳤다. 소울이 무너지면 그녀도 사라지고 없었다. 소울은 단순한 클럽이 아니라 그녀의 목숨이었다. 그녀가 스스로 내려놓지 않는 한 존재해야 했다. 그런데 만일 이 일을 그들이 알게 된다면 소울은 물론이고 그녀 역시 비참한 최후를 맞이하게 될 것이다.

"안 된다? 감히 그따위 말을 입에 올리다니, 상당히 건방지군."

"소울은 안 됩니다. 대신 다른 걸 드리겠습니다."

주열은 다른 걸 주겠다는 말에 콧방귀를 뀌었다. 그가 바라는 것은 그녀의 목숨뿐, 다른 건 필요치 않았다. 하지만 궁금했다. 그녀의 목숨값을 대신할 만한 것이 무엇인지.

"그만한 가치가 있을까?"

"충분할 겁니다."

그의 눈빛이 당당한 말투만큼이나 초롱초롱 빛이 났다. 대체 무엇을 가지고 있기에 저토록 자신감에 차 있는 걸까. 주열은 고개를 돌려 최무희를 바라보았다. 그가 무엇을 가지고 있는 것인지 힌트라고 얻고 싶어서였다. 그런데 눈을 휘둥그레 뜨고 강우를 바라보는 표정을 보니 그녀도 전혀 모르는 듯했다. 그렇다면 직접 부딪칠 수밖에.

"뭔지 보고 판단하지."

"그전에 자리를 옮겼으면 합니다."

"둘이서만 얘기하자는 건가?"

"네."

"따라와."

주열이 자리에서 일어났다. 그러자 서진이 팔을 붙잡으며 고개를 내저었다. 주열은 괜찮다는 뜻으로 그의 어깨를 가볍게 두드려주었다. 그가 무엇을 걱정하는지 잘 알고 있으니 조심하면 되었다.

"이제 가지고 있는 패를 보여봐."

둘이 되자 주열은 곧장 본론으로 들어갔다. 그러자 그가 주머니에서 휴대전화를 꺼내 들었다. 저것으로 무엇을 하려는 것일까, 지켜보는 사이 문제의 물건에서 목소리가 흘러나왔다.

'이건!'

주열은 입 밖으로 튀어나가려는 소리를 가까스로 붙잡았다. 대체 이게 어떻게 된 일일까. 어째서 저것이 그의 손에 들어가 있는 거지. 분명 병실에는 그들밖에 없었는데. 주열은 생각지도 못한 것에 뒤통수를 맞자 망연자실하고 말았다. 하지만 시끄러운 속마음을 겉으로 드러낼 수는 없었다.

"그것으로 날 협박할 수 있다고 생각하는 건가?"

주열이 차가운 미소를 지으며 물었다. 강우는 그런 그의 시선을 올곧이 마주 보며 입을 열었다.

"협박이 아니라 거랩니다. 서로에게 이득이 되지 않는 일에 대한 침묵."

"후훗. 말은 그럴싸한데 별로 내키지는 않는데."

"그렇다면 할 수 없군요. 이걸 들고 박민수 이사님을 찾아가는 수밖에."

회오리바람을 일으키듯 주열의 눈빛이 사납게 이글거렸다. 웬만한 사람이었다면 그 눈빛에 주눅이 들고도 남았을 정도로 아주 살벌했다. 하지만 간절하게 지켜야 할 것이 있는 강우에게는 그런 눈빛쯤은 얼마든지 견뎌낼 수 있었다.

"나와 끝까지 싸우겠다는 거군."

"지켜야 할 것이 있습니다."

"최무희 말인가?"

진실이었기에 강우는 부정하지 않았다.

"그렇습니다."

주열은 한 치의 망설임도 없이 대답하는 강우를 보며 문득 인경이 떠올랐다. 지금 그가 하려는 일들도 모두 그녀를 위해서였다. 그녀가 웃을 수만 있다면, 아픈 상처를 조금이라도 덜어낼 수만 있다면, 비록 함께할 수 없더라도 그걸로 충분하다고 여겼다. 어떤 경우에라도 제 여자를 지키고 싶어하는 것은 남자의 본능이었다. 하나뿐인 목숨조차 기꺼이 내어줄 수 있을 만큼. 그래서 주열은 지금 최무희를 생각하는 강우의 마음을 충분히 이해할 수 있었다.

"무조건 받아들여야 한다는 뜻이군."

"사장님께서 소울을 건드리지 않는 이상, 이 내용들이 세상 밖으로 나오는 일은 없을 겁니다. 그러나 소울에 조금이라도 흠집이 난다면 가차 없이 세상에 뿌려질 것입니다."

"이걸 또 누가 알고 있나?"

"아직은 저만 알고 있습니다."

최무희는 모른다는 거였다. 하기야 그녀가 알고 있었다면 그렇게 쉽게 머리를 조아리지는 않았을 것이다.

'빌어먹을! 이놈이고 저놈이고 다 마음에 안 들어.'

주열은 급격히 두통이 밀려오자 양손으로 관자놀이를 지그시 눌렀다. 그를 둘러싸고 있는 좋지 못한 일들을 깔끔하게 정리한 후, 그녀에게 가려고 했는데 아마도 그건 힘들 것 같았다. 이강우가 가지고 있는 것이 세상에 알려진다면 그도 문제였지만 아무것도 모른 채 뒤통수를 맞아야 하는 박민수가 더 걱정이 되어 섣불리 행동할 수가 없었다. 아마 이강우도 그 점을 노렸을 것이다.

"삭제해 달라고 하면 욕심이겠지."

"죄송합니다. 하지만 사장님께서 움직이지 않는 한 약속은 꼭 지킬 겁니다."

"물론 이강우의 이름을 걸고서 말이지."

"네."

"좋아. 이강우를 한번 믿어보도록 하지. 대신 해줘야 할 일이 있어."

"말씀하십시오."

"최무희가 하인경에게 사과하도록 만들어. 그녀의 가슴에 응어리져 있는 원망이 조금이라도 사라질 수 있게. 이 실장도 알고 있다시피 우린 모두 그녀에게 너무 가혹한 짓을 했어."

"알겠습니다."

쉽지 않은 일이었지만 강우는 순순히 응했다. 이 일에서 피해를 본 사람이 있다면 그건 바로 하인경, 그녀뿐이니까.

"최무희가 기고만장해지기 전에 처리해. 팁을 하나 주자면 지금 그녀가 병원에 있어. 병실은 한국병원 801호야. 그리고 이미 알고 있겠지만 나완 상관없는 일이야."

"알겠습니다."

"그리고 또 하나. 이 일이 박민수 귀에 들어가지 않도록 해. 만일 그가 알게 된다면 이강우는 사라지게 될 거야."

"결코 그런 일은 없을 겁니다."

강주열 하나 상대하기도 벅찬데 이 일에 박민수까지 끼어들게 되면 그야말로 죽은 목숨이었다.

"그건 두고 보면 알겠지. 그만 나가봐."

"감사합니다."

강우는 진심으로 고마워하며 고개를 숙인 뒤, 문을 열었다.

"젠장!"

그의 모습이 사라지자 주열은 분을 이기지 못하고 주먹으로 책상을 쾅 내려쳤다. 이참에 그를 기만한 최무희를 깔끔하게 처리하고 싶었다. 그래야 그녀에게 가는 발걸음이 조금은 가벼워질 것이기에. 그런데 생각지도 못한 복병이 기다리고 있을 줄이야.

"제기랄!"

주열은 생각할수록 분통이 터지자 다시금 책상을 내려쳤다. 그때 노크도 없이 벌컥 문이 열리더니 서진이 들어왔다.

"대체 뭐가 어떻게 된 거야? 왜 저들을 그냥 보내는 건데."

"그렇게 됐어."

"그렇게 되게 한 이유가 뭔데?"

"말할 수 있는 거였다면 이미 실토했어. 더는 묻지 마."

"나한테까지 비밀인 걸 보니 아주 큰 건인가 보네. 알았어. 더는 묻지 않을게. 그런데 좀 서운하다."

"미안해."

서진의 입장으로서는 충분히 할 수 있는 말이었기에 주열은 그저 고개를 숙일 수밖에 없었다.

"됐어. 네가 입을 닫아야 한다면 그만한 이유가 있겠지. 나도 모르게 실언한 거니까 마음에 담아두지 마."

주열은 마음에도 없는 말을 그가 아니라는 것을 알기에 아무런 대답도 하지 않았다. 이런 일일수록 말을 길게 하면 오히려 상대방에게 더 큰 상처를 주게 된다는 것을 알고 있기에.

"아, 맞다. 인경 씨 깨어났대. 조금 전에 미란 씨에게서 문자 왔어."

"다행이네."

"그게 다야?"

"그럼 또 뭐가 있어야 돼?"

"아니다. 그거면 됐지, 뭐."

서진은 괜스레 민망해지자 애꿎은 머리를 긁적거렸다. 그녀가 깨어났다는 소리를 들으면 한걸음에 달려갈 줄 알았다. 그런데 의외로 그가 너무 태연하게 받아들인 것이다.

"어떻게 된 거야?"

무희는 택시에 올라타자마자 냉큼 물었다. 온몸이 부들거리는 게 더는 조급증을 참을 수가 없었다.

"뭐가 말입니까?"

"시치미 떼지 말고 빨리 대답해. 대체 무슨 말을 했기에 성난 호랑이가 갑자기 꼬리를 내린 거야?"

"꼬리를 내린 게 아니라 잠시 유예 시간을 준 겁니다. 그리고 사장님이 어떻게 행동하는지에 따라서 그 시간이 결정될 겁니다."

"그게 무슨 소리야? 설마 너! 나를 두고 거래를 한 거야, 지금?"

"그렇습니다."

강우는 순간의 망설임도 없이 대답했다. 그녀가 직접적으로 관련된 것은 아니었지만 아예 무관하지는 않았다. 하인경에게 진실된 모습으로 사과를 해야 한다는 조건이 붙었으니까. 그리고 그 약속을 지키기 위해서는 이 방법밖에 없었다. 말로써 설득하기에는 그녀의 고집이 너무 셌다.

"너 미쳤어! 왜 멋대로 그런 결정을 해! 네가 뭐라고!"

"그럼 소울을 포기하시겠습니까? 그렇다고 대답하면 곧장 취소하겠습니다."

"너 이 새끼, 지금 날 협박하는 거야!"

"협박이 아니라 사장님 결정을 따르는 겁니다."

무희는 한마디도 지지 않고 되받아치는 그를 매서운 눈길로 노려보았다. 맞는 말이긴 한데 이상하게 기분은 점점 더 나빠졌다. 뒤통수를 한 대 후려치고 싶을 만큼.

"나쁜 새끼. 제 목숨 아니라고 쉽게도 말하네."

결코 쉽게 하는 말이 아니었다. 그녀를 살리기 위해서 그는 모든 것을 걸었다. 심지어 그의 목숨까지도. 하지만 강우는 아무런 대꾸도 하지 않았다.

"저기…… 말씀 중에 죄송한데 어디로 모실까요?"

조용한 틈을 타 택시 기사가 옆에 앉아 있는 강우를 향해 조심스럽게 물었다. 타자마자 무섭게 싸우는 바람에 목적지를 묻지도 못한 채 불안한 마음으로 기회만 엿보고 있었던 것이다.

"아! 죄송합니다. 한국병원으로 가주세요."

강우가 화들짝 놀라서 얼른 대답했다. 생각보다 긴장을 많이 하고 있었는지 차가 제자리에 서 있다는 것을 의식조차 하지 못했다.

"네. 알겠습니다."

강우의 대답을 들은 택시 기사는 얼른 차를 출발시켰다. 그들을 한시라도 빨리 차에서 내리게 하고 싶었다.

"한국병원은 왜?"

"직접 가서서 확인하십시오."

강우는 딱 잘라 대답하고서 창밖으로 시선을 던졌다. 안 그래도 흥분해 있는데 하인경의 대한 이야기까지 보태진다면 아마도 그녀는 달리는 차에서 뛰어내린다고 미쳐 날뛸 것이 분명했다.

"당신은!"

여자를 바라보는 인경의 눈동자가 튀어나올 듯이 휘둥그레졌다. 이어 몸이 부들부들 떨리고 심장이 제 기능을 잃은 듯 미친 듯이 쿵쾅거렸다. 설마 진짜는 아니겠지. 많이 아팠던 탓에 헛것이 보이는 거겠지.. 그러나 가까이 다가온 여자의 모습은 결코 허상이 아니었다. 한 번밖에 본 적이 없었지만 머리에 이어 심장에 각인될 정도로 첫인상이 아주 강렬했기에 얼굴만은 또렷이 기억하고 있었다.

"어디 아픈가 봐. 근데 환자복 진짜 안 어울린다. 하긴 뭔들 어울릴까."

팔짱을 끼고서 한쪽 입꼬리를 치켜올린 채 빈정거리는 꼴이 참으로 기가 막혔다. 아니, 누가 반겨준다고 이곳에 왔을까. 갈기갈기 찢어 죽여도 시원찮을 여잔데. 아니면 제발 죽여달라고 제 발로 찾아온 건가. 그렇다면 아주 기쁜 마음으로 기꺼이 죽여줄 수 있었다.

"당신, 여기에 왜 온 거야. 설마 제 무덤을 찾아온 건 아닐 테고."

무덤이라니, 어림없는 소리였다. 그녀 역시 병균이 득실거리는 이곳엔 발길조차 하기 싫었다. 그러나 방법이 이것밖에 없다고 하니 피눈물을 머금고 이곳에 선 것이다. 그것도 혼자서 말이다. 지금도 마음 같아서는 당장 뒤돌아서고 싶었다.

"다른 방법은 없습니다. 자존심은 버리시고 무조건 용서를 빌어야 합니다. 그래야 사장님이 살 수 있습니다. 허나 죽어도 그렇게 하기 싫으시면 그냥 나오셔도 됩니다. 마지막 가시는 길에 제가 동행하겠습니다."

흔들리는 그녀의 마음을 질책이라도 하듯 강우의 목소리가 불쑥 뇌리를 파고들었다.

"빌어먹을 새끼. 날 이따위로 엿 먹이다니. 어디 두고 봐. 절대 가만 안 둬."

무희는 나지막이 이를 갈 듯 내뱉으며 그녀 앞에 털썩 무릎을 꿇었다. 마음이 바뀌기 전에 빨리 처리하고 이 자리를 벗어나고 싶었다.

"뭐 하는 짓이야!"

깜짝 놀란 인경이 침대에서 팔딱 내려섰다. 갑자기 찾아온 것도 믿을 수가 없는데 무릎까지 꿇다니. 이 여자가 미친 게 분명했다.

"미안해. 용서해 줘."

"허허, 이젠 헛소리까지. 대체 무슨 꿍꿍이야!"

"그런 거 없어. 그냥 용서 빌러 온 거야. 다시 한 번 사과할게. 미안해."

"나를 만신창이로 만들어놓고서는 용서란 말을 참 쉽게도 하네. 왜? 기철 씨가 내게 용서를 빌지 않으면 헤어진대? 그래서 이러는 거야?"

인경은 그것밖에는 이유가 없다고 생각했다. 그런 게 아니고서는 제 발로 찾아와 절대 무릎 꿇을 여자가 아니니까.

"기철 씨와는 상관없어. 내가 멋대로 일을 꾸몄고, 이제야 잘못했다는 것을 깨달았기에 용서를 빌러 온 거야."

"그래? 당신 발로 왔단 말이지. 그럼 내가 무슨 짓을 해도 상관없겠네."

"그래. 용서만 해준다면."

"하하하, 용서에 목숨 걸었나 봐. 그 말밖에 안 하는 것을 보니. 그럼 어디 용서해 줄 마음이 생기나 좀 볼까."

인경은 분하고 억울한 마음을 손바닥에 담아 그녀의 뺨을 힘껏 때렸다. 이런 순간이 오기를 기다리며 피고름을 짜내야 했던 시간들이 주마등처럼 스쳐 지나가자 끓어오르는 열기를 더는 참을 수가 없었다. 인경은 다시 손을 올려 사정없이 뺨을 후려쳤다. 하지만 그녀의 입에서는 신음 소리조차 나오지 않았다. 독한 것인지 아니면 아픔에 단련된 것인지는 모르겠지만 약이 바짝 오를 정도로 그녀의 표정엔 변함이 없었다. 오히려 때린 인경의 얼굴이 찡그려질 정도로 손이 얼얼했다. 하지만 인경은 얄밉도록 도도한 얼굴을 향해 손을 멈추지 않았다. 그것도 오로지 한쪽 뺨만 노렸다. 어디, 언제까지 참을 수 있나 두고 보자는 심정으로.

"아앗!"

이제야 인경이 원하던 소리가 튀어나왔다. 이번에는 꽤나 아팠는지 바람이 일 정도로 그녀가 고개를 휙 치켜들었다. 이어 선명하게 새겨진 손자국의 위력을 알려주려는 듯 그녀의 입꼬리를 타고 피가 주르륵 흘러내렸다. 아마도 입안이 찢어진 모양이다. 그러나 인경은 아무런 죄책감도 들지 않았다. 피가 차갑게 얼어붙고, 심장이 갈기갈기 찢겨지다 못해, 차라리 죽어버렸으면 좋겠다고 울부짖어야 했던 비참한 심정에 비하면 이런 것쯤은 아무것도 아니었다.

"왜? 아프니?"

"이씨, 그딴 말을 왜 물어. 아프라고 때린 거잖아!"

"고작 그게 아파. 그럼 난 어땠을 것 같아?"

"그래서 사과하러 왔잖아. 근데 뭐!"

고작 사과 한마디 한다고 그녀의 죄가 씻어질 거라고 생각한 걸까. 그렇게 엄청난 짓을 저질러 놓고서. 인경은 어린애 같은 소리를 듣고 있자니 너무 어처구니가 없어 웃음도 나오지 않았다.

"이제 보니 너 참 대책 없는 년이구나. 아무렇지도 않게 타인의 인생을 팔아놓고서 뭐, 용서? 그래. 용서해 줄게. 단, 네년 목숨 내게 가져와."

"뭐?"

"못 들었어? 네년 목숨 내게 달라고."

"이년이 미쳤나. 어디서 개수작이야! 개 줄에 묶여서 어쩔 수 없이 끌려왔더니 뭐, 목숨을 내놔. 네년이 죽고 싶어서 환장했지!"

그녀가 자리에서 벌떡 일어나서 소리쳤다. 역시 제 발로 찾아왔다는 말은 새빨간 거짓이었다. 인경은 가소롭다는 듯이 한쪽 입꼬리를 끌어 올리며 입을 열었다.

"개년이라 개 줄에 묶여서 왔나 보지? 누군지는 몰라도 아주 고맙네. 내가 하고 싶었던 일을 대신해 줘서."

"이게 진짜!"

무희가 사납게 눈을 번뜩이며 달려들었다. 하지만 가만히 서서 당하고 있을 그녀가 아니었다. 인경은 오른발을 들어 그녀의 복부를 가격했다.

"허억!"

그녀가 배를 감싸고 자리에 털썩 주저앉았다.

"지금까지 당한 일만도 억울한데 내가 그 손에 또 당할까 봐. 어림도 없지. 용서해 줄 마음 따윈 없으니까 그만 꺼져. 경찰 부르기 전에. 그리고 송기철에게 가서 전해. 이 시간 이후로 내 눈에 띄면 네년도 그놈도 모두 유치장에 처박아 버릴 거라고."

인경은 꼴 보기 싫은 낯짝으로부터 등을 돌렸다. 마음 같아서는 당장이라도 경찰을 불러서 죗값을 치르게 하고 싶었다. 그러나 주열이 관련되어 있는 이상 참을 수밖에 없었다. 이 일로 그가 다치는 게 그녀가 아픈 것보다 싫었다.

'미친년. 기철 씨가 보냈다고 아주 찰떡같이 믿고 있나 보네. 그래. 네 맘대로 생각해라. 강주열이 무슨 생각으로 이딴 짓을 꾸민 건지는 모르겠지만 네가 기철 씨 옆에서 사라져 준다면 나야 좋으니까.'

무희는 비릿한 웃음을 흘리며 자리에서 일어났다. 어쨌든 그가 시키는 대로 무릎을 꿇었으니 더는 강주열도 그녀를 어쩌지 못할 것이다.

"빌어먹을! 아파 죽겠네."

무희는 들으란 듯이 툭 내뱉고서 배를 움켜쥐고 걸음을 뗐다. 맞은 곳이 생각보다 너무 아파서 허리를 펴기도 힘들었다. 그러다 문득 생각나는 것이 있자 다시 인경을 바라보았다.

"아 참! 비밀 하나 알려줄까?"

"또 무슨 헛소리를 하려고. 듣기 싫어. 하지 마."

하지 말라고 하면 더 하고 싶어지는 게 사람 심리였다. 무희는 입가에 비릿한 웃음을 지으며 입을 열었다.

"네 몸값 말이야. 제로야."

"뭐라고?"

"제로라고. 0원."

무희는 보란 듯이 손가락으로 원을 그렸다.

"무슨……!"

인경은 말문이 턱 막히고 말았다. 그녀의 말이 사실이라면 처음부터 돈거래는 없었다는 거였다. 그런데 왜 그런 계약서가 존재한다는 말인가. 어째서!

"처음부터 돈거래는 없었어. 널 기철 씨에게서 떼어내려고 서류를 조작한 거야. 그것에 너는 보기 좋게 당한 거고."

"그게 정말이야?"

"그래. 사실이야. 강 사장은 모르고 있었지만, 아니, 이제는 알고 있겠구나. 그러니까……."

"잠깐!"

인경이 그녀의 말을 가로채며 황급히 덧붙였다.

"강주열이 그 사실을 알고 있었다니, 언제부터."

"며칠 됐어. 아마 그도 꽤나 충격이 컸을 거야. 그러니까 그를 너무 원망하지 마. 그도 조작된 서류에 속아 넘어간 것뿐이니까."

"하, 말도 안 돼."

인경은 맥없이 바닥에 주저앉았다. 그가 사실을 알고서도 숨겼다는 것이 그녀를 무너지게 했다.

'그래. 네가 그렇게 무너져야 맞은 게 덜 억울하지. 하하하, 이제야 좀 속이 풀리네.'

무희는 멍하니 앉아 있는 그녀를 내버려 둔 채 병실을 나갔다.

"네 몸값은 제로야. 0원. 강 사장도 이젠 알고 있어."

인경은 머리가 터질 것처럼 쑤셔와 눈을 제대로 뜨고 있기가 힘들었다. 그렇다고 감을 수도 없었다. 눈을 감으면 최무희의 말이 더욱더 또렷이 들려와 가슴을 짓이겼다.

"무슨 생각 해?"

"어떤 미친년."

"오호, 그 미친년이 설마 나는 아니겠지?"

미란의 농담에 인경은 피식 웃고 말았다. 그나마 그녀가 옆에 있어서 꽉 막힌 숨통이 조금은 트였다. 하지만 거기까지였다. 더는 메아리처럼 들려오는 최무희의 목소리를 참고 있기가 괴로웠다.

"미란아, 집에 가자."

침대에서 몸을 일으킨 인경이 환자복을 벗었다. 그녀의 말에 휘둘려서 밤새 괴로워하느니 지금이라도 가서 사실을 확인하고 싶었다.

"야! 지금 시간이 몇 신데 집에를 가."

말도 안 되는 소리라 미란이 소리를 질렀다. 저녁 8시가 넘은 시간에 퇴원시켜 주는 병원은 세상 어디에도 없었다.

"그럼 잠깐만 나갔다 올게."

"미쳤어. 그 꼴로 어디를 간다는 거야. 곧 비가 내릴 것처럼 날씨도 무거운데."

하지만 인경은 들은 척도 않고서 보관함에서 옷을 꺼내 갈아입었다. 이대로 있다가는 정말 미쳐 버릴 것 같았다.

"야!"

미란이 걸음을 떼는 그녀의 팔을 얼른 붙잡았다.

"미란아, 놔줘. 나 확인할 게 있단 말이야."

"뭘 확인하고 싶은 건지는 모르겠지만 내일 해. 이대로 사라지면 안 된단 말이야!"

"네가 있으면 되잖아!"

미란이 고함을 지르자 인경도 맞받아쳤다. 내일까지 기다릴 수 있었다면 처음부터 나서지 않았다. 정말 죽을 것 같아서, 미쳐 버릴 것 같아서 가려는 거였다.

"간호사가 아픈 널 찾지, 멀쩡한 날 찾겠냐!"

미란의 목소리가 하늘 높은 줄 모르고 올라갔다. 말이 되는 소리를 해야 화도 안 나지. 이건 순전히 억지고 아집이었다.

"미란아, 제발 가게 해줘. 이대로는 죽을 것 같단 말이야. 숨을 못 쉬겠다고."

인경이 울상을 지으며 바닥에 털썩 주저앉았다.

"하아. 미치겠다, 진짜."

난데없는 그녀의 행동에 미란은 거칠게 머리를 쓸어 넘겼다. 분명 그 남자와 관련이 있는 것 같은데 터놓고 물어볼 수도 없어서 애꿎은 가슴만 쥐어뜯어야 했다.

"금방 다녀올게, 응? 하나만 물어보고 올게, 어? 간호사가 찾기 전에 돌아올게. 제발."

이제 그녀는 떼를 쓰기 시작했다. 미란은 어이가 없어 고개를 내저었다. 고집이 세다는 것을 알았지만 이 정도일 줄은 몰랐다.

"아 씨! 나도 몰라. 네가 알아서 해."

미란은 더는 그녀를 말릴 수 없다는 결론을 내리곤 뒤돌아섰다.

"고마워. 얼른 다녀올게."

냉큼 몸을 일으킨 인경이 쏜살같이 병실을 나갔다.

"기집애. 총알이 따로 없네."

미란은 열린 병실 문을 바라보며 나지막이 중얼거렸다.

주열은 독주를 마시듯 독한 술을 연거푸 비웠다. 옆에서 지켜보고 있던 서진은 이제 슬슬 걱정이 되기 시작했다. 인경이 깨어났다는 소리를 듣고도 잠잠하기에 잘 참고 있는 줄 알았다. 그런데 늦은 저녁을 먹으며 반주로 시작된 술은 이제 반주가 아니라 주식이었다. 밥은 한 숟가락도 뜨지 않은 채 술잔만 비우고 있으니 말이다.

"밥도 좀 먹어. 빈속에 술만 들어가면 탈 나."

보다 못한 서진이 애꿎은 반찬 그릇을 이리저기 옮기며 말했다.

"오늘따라 술이 다네."

서진은 술이 단 게 아니라 네 애간장이 녹아내리는 거겠지. 라고 말하고 싶었다. 그러나.

"비가 오려니까 그런가 보다."

라고 가볍게 받아치며 술잔을 입으로 가져갔다.

"내릴 거면 신나게 쏟아졌으면 좋겠다."

'둑이 허물어진 듯 흘러내리려는 내 눈물도 씻어낼 수 있게. 그럴 수 있게.'

주열은 다시 잔을 비웠다. 술로 달궈진 뜨거운 열기가 오로지 눈으로만 몰리는지 자꾸만 눈가가 뜨거워졌다.

"주열아, 그러지 말고 가봐. 인경 씨 보고 싶잖아."

주열은 인경이란 이름에 파르르 떨리는 심장의 파동을 느끼며 다시 술잔을 들었다. 보고 싶었다. 미치도록 보고 싶었다. 심장이 녹아내리고 뼈와 살이 허물어져 내릴 정도로 그립고 보고 싶었다. 지금이라도 당장 그녀에게 달려가 살려달라고 제발 그를 살려달라고 애원하고 싶었다. 하지만 갈 수가 없었다. 갈 수가 없었기에 이렇게 술로써 그를 붙잡고 있었다.

띵동! 띵동!

성급한 초인종 소리가 그들의 동작을 멈추게 했다.

"이 시간에 누구지."

서진이 자리에서 일어나 주방을 나갔다. 주열은 누가 찾아왔던 관심이 없었기에 술병을 들어 비워진 잔을 채웠다.

"인경 씨?"

서진은 화면에 비친 얼굴을 보곤 서둘러 열림 버튼을 눌렀다. 그리고 잠시 주방 쪽을 바라본 뒤, 빙그레 웃으며 서둘러 현관 쪽으로 걸어갔다. 건강이 좋지 않다는 것이 신경 쓰이긴 했지만 그녀가 찾아와 줬다는 것이 무척이나 고맙고 반가웠다. 잠시 후, 문이 벌컥 열리더니 그녀가 들어왔다. 뛰어왔는지 벌게진 얼굴로 꽤나 숨을 헐떡거리고 있었다.

"인경 씨, 어서 오세요."

"서진 씨, 잘 지냈어요?"

"네. 근데 몸은 이제 괜찮은 거예요?"

"네?"

인경이 의아한 얼굴로 그를 쳐다보았다. 서진은 그녀의 표정을 보고서야 말실수를 했다는 것을 깨닫고서 서둘러 입을 뗐다.

"아니, 얼굴이 빨간 게 어디가 아파 보여서 몸이 괜찮은지 물은 거예요."

"아, 네. 괜찮아요. 저기, 서진 씨……!"

"누가 온 거야?"

갑자기 끼어든 목소리가 그녀의 다음 말을 삼켜 버렸다. 인경은 소리가 나는 쪽으로 천천히 몸을 틀었다. 그러다 손에 술병과 잔을 들고 주방에서 걸어오는 그를 보곤 멈칫했다. 주열도 그녀를 보곤 그 자리에서 멈춰 섰다. 그렇게 두 사람의 시선이 공간을 사이에 두고 허공에서 부딪쳤다. 서진은 슬그머니 뒷걸음을 쳤다. 그들이 만났으니 자리를 피해주는 게 좋을 듯했다.

'후훗. 재희가 기절하겠는걸.'

보고 싶다고 보채는 말에 오늘은 볼 수 없다고 말했으니, 그를 보면 아주 반가워서 죽으려 할 것이다. 그건 서진도 마찬가지라서 이곳을 빠져나가 그녀에게 가고 싶었다.

'내 눈앞에 있는 여자가 하인경인가. 정말 그녀가 맞는 건가. 아니면 내가 만들어낸 허상인 건가.'

주열은 잔에 남겨져 있는 술을 단숨에 들이켰다. 그리고 그녀를 뚫어지게 다시 바라보았다. 제 눈이 정확하게 그녀를 보고 있는 것인지 확인하기 위해서. 그때, 그녀가 한 걸음 앞으로 다가왔다. 흠칫! 주열은 저도 모르게 몸이 뒤로 빠지려 하자 발끝에 힘을 꽉 주었다.

"정말 당신이군."

"그래요. 저예요."

부드럽게 울리는 그의 목소리와 달리 그녀의 말투에는 날이 서 있었다. 그것이 잠들어 있는 주열의 신경을 깨웠다.

"여긴 어쩐 일이지?"

주열은 굳어버린 몸을 가까스로 움직이며 물었다. 보고 싶었다는 말을 하고 싶었는데 목구멍까지 차올랐던 그 말은 어느새 사라지고 없었다.

"물어보고 싶은 것이 있어서 왔어요."

"그럼 물어봐."

주열이 소파에 털썩 주저앉으며 말했다. 그런 다음 빈 잔에 술을 채웠다. 또다시 시작된 슬픔의 파도가 그를 덮치기 전에 잠재워야 했다. 그가 막 술잔을 들려고 할 때, 그녀의 모습이 시선 안에 들어왔다. 그리고 그가 채워놓은 술잔을 낚아채듯 집어 들고서 말릴 틈도 없이 단숨에 입안으로 털어 넣었다.

"뭐 하는 짓이야!"

주열이 깜짝 놀라서 자리에서 벌떡 일어났다. 의식이 깨어난 지 얼마 되지도 않았는데 겁도 없이 독한 술을 마시고 있었다. 하지만 그녀는 그의 말을 못 들은 척 다시 잔을 채우고 있었다.

"대체 왜 이래!"

그녀가 채워진 잔을 다시 집어 들자 주열이 냉큼 빼앗으며 소리쳤다.

"줘요. 술이 필요해요."

인경은 손을 내밀었다. 술병을 보자 정말이지 간절하게 알코올이 필요했다. 멀쩡한 정신으로는 도저히 그의 대답을 들을 자신이 없었다.

"술의 힘을 빌려야 할 정도로 힘든 말인가?"

"그래요. 그러니까 줘요."

그녀가 다시 손을 내밀었다. 주열은 할 수 없이 그녀의 손에 잔을 쥐어주었다. 그러자 그것이 물이라도 되는 듯, 그녀는 다시 잔을 비웠다. 그러자 거센 바람이 불어온 듯 그녀의 몸이 흔들거렸다. 주열이 얼른 팔을 뻗어 그녀를 안았다.

"괜찮아?"

"네. 근데 좀 앉아야겠어요."

"기다려. 물 가져올게."

주열이 소파에 그녀를 앉혀놓고서 주방으로 갔다. 인경은 등받이에 몸을 기대고 눈을 감았다. 연거푸 술잔을 비우다니, 어리석은 짓이었다. 몸도 안 좋은데다 저녁도 제대로 먹지 않은 상태에서 독한 술을 마셨으니 위장이 받아들일 리가 없었다.

"마셔."

그가 물컵을 내밀었다. 인경이 손을 뻗어 그것을 받아 들었다. 시원한 감촉이 손안에 들어오자 안도의 숨이 절로 나왔다.

"꿀…… 물이군요."

인경은 빈 컵을 내려놓으며 힘겹게 말을 이었다. 그저 시원한 물이라고 생각하고 마셨는데 입안으로 달콤한 감각이 퍼지자 울컥 차오르는 눈물이 목을 아프게 죄어와 목소리가 제대로 나오지 않았다.

"이제 진정이 좀 됐나?"

"네."

"그럼 이제 묻고 싶은 말이 뭔지 들어볼까."

인경은 물끄러미 빈 컵을 바라보던 시선을 들어 그와 마주했다. 시끄럽게 비명을 질러대는 그녀와 다르게 소파에 등을 기대고 앉아 있는 그의 모습은 참 편안해 보였다. 약이 바짝 오를 정도로. 그래서 결심했다. 느긋한 저 표정이 일그러지는 모습을 꼭 보고야 말겠다고.

"오늘 최무희가 날 찾아왔었어요."

'벌써 그녀를 찾아간 건가. 일 처리 하나는 마음에 드는군.'

주열은 생각보다 빨리 움직인 강우가 몹시도 마음에 들었다. 그러는 사이 그녀의 말은 계속되었다.

"그런데 이상한 말을 하더군요."

"무슨 말을."

"내가 들고 온 서류가 가짜라는 것. 그리고 나와 강주열 씨 사이에는 처음부터 돈거래가 없었다는 것."

주열의 눈썹이 눈에 띄게 꿈틀거렸다. 사과를 하라고 보냈더니 아예 고해성사를 한 모양이었다. 주열은 입을 꾹 다문 채 계속되는 그녀의 말에 귀를 기울였다.

"마지막으로……."

그녀는 잠시 말을 끊었다. 아무렇지 않은 척하려고 했는데, 상처 따윈 받지 않은 듯이 당당하게 말하려고 했는데, 그녀의 의지와 상관없이 어느새 눈가에 스며든 눈물이 목을 적셨다. 하지만 인경은 억지로 물기를 삼킨 뒤, 다시 말을 이었다.

"이 모든 이야기를 당신이 알고 있다는 것."

주열은 그녀의 말이 끝나자 지그시 눈을 감았다. 촉촉이 젖어버린 눈물을 애써 감추려는 모습이 너무 아프게 보여 차마 그녀의 얼굴을 마주할 수가 없었다.

'그것이 문제였나. 내가 알고 있었다는 것이 당신을 괴롭힌 거야. 그래서 이 늦은 시간에 아픈 몸을 이끌고 달려온 건가.'

주열은 한숨이 터져 나오려는 것을 꾹 눌러 참았다. 일부러 속이려고 한 것이 아니었다. 많은 일들이 한꺼번에 터져 버린 탓에 그에게도 마음의 여유가 없었다. 하지만 그녀에겐 이 모든 게 핑계일 뿐, 이유가 될 수는 없을 것이다.

"그래, 맞아. 알고 있었어."

주열이 천천히 눈을 뜨고서 인정했다. 모든 것을 알고 묻는데 거짓을 말할 수는 없었다.

"왜 말하지 않았어요."

"말하면 뭐가 달라지나. 이미 벌어진 일인데."

"정말 오만하군요. 이미 벌어진 일이라고 해도 당사자인 내가 판단할 일이지 당신이 아니에요. 그리고 만일 내가 알았다면 쫓겨나는 게 아니라 당당하게 내 발로 이 집을 나갔을 거예요."

"당신 발로 당당하게 걸어나간 거 아니었나? 난 그렇게 기억하는데."

"말도 안 되는 소리 하지도 말아요!"

인경이 자리에서 벌떡 일어나며 소리쳤다.

"내가 원하는 곳에 갈 수 있다고 말한 사람은 당신이에요. 난 그 말에 따랐을 뿐이라고요. 당신이 날 원하지 않았으니까!"

"내가 원하지 않았다니. 말도 안 되는 소리! 난 누구보다 당신이 내 곁에 남아주길 바랐어. 그런데 당신은 내게 눈길조차 주지 않고 떠났잖아!"

"그걸 지금 말이라고 해요?"

"왜 말이 안 되지?"

인경은 정말 어처구니가 없어 말문이 막혀 버렸다. 분명 그들은 약속한 게 있었다. 한데 이제 와서 발뺌을 하다니. 인경은 퍼석거리던 가슴이 급기야 가루가 되어 흩어지는 것을 느끼며 조용히 입술을 달싹였다.

"우리가 했던 약속 잊었어요?"

"약속이라니?"

그가 불쾌하다는 듯 미간을 찡그렸다. 정말 기억하지 못하는 것이다. 인경은 쓴웃음을 지으며 고개를 가로저었다. 기억도 못하는 사람을 붙잡고 무슨 이야기를 한단 말인가. 해봤자 아픈 상처만 더 헤집을 뿐인 것을.

"후훗. 정말 기억을 못하는군요. 됐어요. 그만하죠. 당신 말대로 이미 벌어진 일, 되돌릴 수도 없으니까."

인경은 그대로 등을 돌렸다. 처음부터 여기에 오는 게 아니었다. 최무희가 한 말 따윈 지나가던 개가 짖었다 생각하고 그냥 잊어버렸어야 했다. 그랬으면 덜 억울하고, 덜 아팠을 텐데.

"대체 우리가 무슨 약속을……!"

주열이 그녀의 뒤통수에 대고 고함을 지를 때 어떤 영상이 불쑥 뇌리를 잠식했다.

"아무 말도 없이 사라지지 않겠다고 약속해."

"그럼 당신도 약속해 줘요. 우리 사이에 끝이 보이면 당신 입으로 말해주겠다고. 그게 무엇이든 간에."

"빌어먹을!"

주열은 자리를 박차고 일어나 밖으로 뛰쳐나갔다. 천하에 바보멍청이 같은 놈. 제 입으로 한 약속을 잊고 있었다니. 주열은 스스로를 원망하며 이를 바득 갈았다.

이제 끝났다. 정말 그와는 이게 마지막이었다. 다시는, 두 번 다시는 그를 그리워하지도, 아파하지도, 보고파 눈물짓지도 않을 것이다. 보란 듯이 아주 깨끗하게 잊어줄 것이다.

"울지 마, 하인경. 저딴 남자 때문에 울 필요 없어."

인경은 거친 손길로 눈물을 지웠다. 하지만 지워도, 지워도 눈물은 멈추지 않았다. 그녀의 아픈 마음을 위로라도 하듯 하늘에서 비가 내리고 있었다.

"그래. 이건 빗물이야. 내 눈물이 아니야. 난 울고 있지 않……허억!"

갑자기 뒤에서 등을 꽉 끌어안았다. 인경은 등으로부터 묵직하게 전해져 오는 따뜻한 체온이 그의 것이라는 것을 알았다.

"미안해."

따뜻한 숨결과 함께 귓가로 스며들어 오는 나지막한 목소리가 살짝 떨리고 있었다. 인경은 그가 기억을 떠올렸다는 것을 알았다. 나쁜 사람. 강압적으로 약속을 강요해 놓고서 잊고 있었다니. 더 괘씸하고 미웠다. 인경은 얼어붙은 듯 꼼짝도 않던 손을 힘겹게 움직여 어깨를 감싸고 있는 손을 떼어냈다. 그가 기억을 떠올렸다고 해서 그들의 관계가 달라질 것은 아무것도 없었다. 하지만 양손이 꽉 맞물려 있는 탓에 꼼짝도 하지 않았다.

"놔줘요."

"가지 마."

인경은 질끈 눈을 감았다. 가슴을 적시는 한마디가 파도를 타듯 심장을 뒤흔들었다. 듣고 싶었던 말이었는데, 너무나도 간절히 바라던 말이었는데 아프게 젖어들 뿐, 기쁘지가 않았다. 행복하지가 않았다. 오히려 가슴이 무너져 내릴 듯이 슬프고 괴로웠다.

"나와 함께 있어. 내 곁에, 내 품에, 내 손길 닿는 곳에 있어줘."

'언제까지요. 언제까지 날 곁에 둘 건가요. 당신이 싫증날 때까지. 그래서 날 버릴 때까지 말인가요.'

그녀의 마음이 소리 없는 메아리가 되어 비를 타고 흩어졌다.

"싫어요. 당신들에겐 나란 존재가 하찮겠지만 난 내가 너무나 소중해요. 그래서 이제 더는 내 자신을 함부로 던질 수가 없어요. 나만을 원하고, 나만을 사랑해 주는 그런 사람 곁에 있을 거예요."

"내가 원해. 내가 당신을 원해. 아주 간절히. 그래도 안 되나. 안 되는 건가."

"우린 잘못된 인연으로 시작된 관계예요. 그게 밝혀졌으니 우리 관계도 끝났어요."

순간, 절대 떨어지지 않을 것 같던 고리가 스르르 풀리고 있었다. 이어 그녀의 등을 뜨겁게 태우고 있던 열기가 서서히 사라져 갔다. 그러자 이내 차가운 빗물이 그녀의 등을 타고 흘러내렸다. 인경은 흠칫, 몸을 떨었다. 추운 줄도 몰랐는데 온기가 사라지자마자 차가운 기운이 뼛속까지 파고들었던 것이다. 인경은 떨리는 몸을 가까스로 추스르고서 걸음을 뗐다. 그에게 잘 지내라는 인사라도 하고 싶었지만 차마 입을 뗄 수가 없었다. 입이 떨어지는 순간, 그녀의 의지와 상관없이 그에게로 달려들 것 같아서. 그를 끌어안고 소리 내어 울 것만 같아서, 그저 묵묵히 발걸음을 옮길 뿐이었다.

"기다려."

빗소리를 뚫고 그의 목소리가 들려왔다. 인경은 천천히 몸을 돌려 그를 바라보았다. 빗물을 사이에 두고 바라본 얼굴은 모든 것을 내려놓은 듯 처연하기만 했다. 왜 저런 표정을 짓는 것일까. 그보다 더 아프고 슬픈 사람은 그녀인데. 그녀가 우두커니 서서 바라보고만 있자, 그의 목소리가 다시 들려왔다.

"가져가."

"무슨 말이에요."

"당신을 안는 대가로 주기로 한 내 목숨. 가져가. 지금."

그녀가 움찔거리며 몸을 뒤로 뺐다. 이거였나 보다. 그의 표정이 말하고 싶었던 진실은. 순식간에 얼음물에 빠진 듯, 온몸에 소름이 돋았다. 같은 하늘 아래 그가 없다는 상상만으로도 이미 그녀의 영혼은 허공을 떠돌고 있었다. 그런 그녀에게 직접 목숨을 거두라니. 상상지도 못했던 말이 가까스로 숨을 쉬고 있는 그녀의 심장을 참혹하게 난도질했다. 인경은 펌프질을 하듯 목구멍으로부터 울컥, 울컥 울분이 치솟자 차디찬 목소리로 입을 열었다.

"당신 목숨 따위 필요 없어요."

"그래도 가져가. 내가 한 약속이야."

"그 약속 지키지 않아도 돼요."

"아니. 꼭 지켜야겠어."

"필요 없다고 했잖아요!"

"당신이 그토록 지키려는 게 약속 아닌가. 그러니까 나도 약속을 지키게 해줘."

"대체 왜 이래요. 내게 뭘 원하는 거예요!"

"그저 약속을 지키게 해달라는 것뿐, 원하는 거 없어."

그녀의 눈빛이 사납게 춤을 추었다. 거짓말이었다. 눈에 뻔히 보이는 새빨간 거짓말. 겉으로 보기에는 선택권이 그녀에게 있는 것 같지만 전혀 아니었다. 그가 원하는 것을 손에 넣기 위한 수단으로 제 목숨을 담보로 내놓은 것일 뿐. 인경은 부들부들 떨리는 몸으로 그의 앞에 다가섰다. 그리고 손을 들어 올려 사정없이 그의 뺨을 후려쳤다.

"뭐가 원하는 게 없다는 거야! 당신 목숨을 빌미로 날 붙잡아둘 생각이잖아. 내가 당신 목숨을 원할 리가 없다는 것을 아니까. 아니면 아니라고 말해봐, 어디!"

"그래, 맞아. 당신을 붙잡아두기 위해선 내 목숨밖에 없었어. 살고 싶어서, 당신이 숨을 쉬고 있는 하늘 아래에서 나도 함께 살아가고 싶어서, 그때 했던 약속을 이용할 수밖에 없었어. 아니면 죽을 것 같아서, 내 몸이 온통 타들어가 잿더미만 남을 것 같아서 이대로 당신을 보낼 수가 없었어. 나도 알아. 당신에게 상처를 줬다는 것을. 하지만 이렇게라도 해서 당신을 붙잡고 싶은 내 마음도 좀 알아주면 안 되나? 간절히 원한다잖아. 죽을 것 같다고 외치고 있잖아. 그런데 왜 기회조차 안 주는 거야. 왜!"

인경은 핏대를 올려 소리치는 그를 슬픈 눈빛으로 바라보았다. 기회를 안 주는 것이 아니라 줄 수가 없었다. 안타깝게도 어긋난 관계를 바로잡기에는 그녀의 상처가 너무나 컸다. 이런 인경의 마음을 알 리가 없는 주열은 그녀만큼이나 쌓인 게 많은지 좀처럼 고함 소리가 잦아들지 않았다.

"나도 이러는 내가 정말 싫어. 여자에게 휘둘려서 아무것도 못하는 바보 같은 모습이 싫고, 제 감정 하나 추스르지 못해서 술에 매달려 사는 것도 싫어. 무엇보다 끔찍하게 싫은 것은 당신에게 상처를 줬다는 거야. 당신이 아픈 게 싫고, 당신이 눈물 흘리는 게 싫고, 당신이 나로 인해 괴로워하는 것도 싫어. 그런데도 포기가 안 돼. 보내야 한다. 보내줘야 한다. 매일같이 되뇌지만 마음이 당신을 붙잡고 놓지를 않아. 그러면 결론은 하나잖아. 당신을 붙잡거나, 내가 죽거나! 이런 날 욕한다고 해도…… 허읍!"

그녀의 입술이 그의 입을 막아버렸다. 절규하는 그의 마음이 너무나 아파서 더는 듣고 있을 수가 없었다. 마음을 보이지 않았기에 아픈 줄을 몰랐다. 아픈 줄을 몰랐기에 원망하고 미워했다. 그런데 울부짖듯 내뱉는 목소리를 들으면 들을수록 그녀보다 더 아픈 사람이 그라는 것을 깨달았다. 그녀에겐 마음껏 원망하고 미워할 수 있는 상대라도 있지. 그에겐 오직 자신밖에 없었던 것이다.

"미안해요. 정말 미안해요."

그녀의 입술이 상처받은 마음을 어루만지듯, 그의 입술에 자잘한 입맞춤을 하며 계속해서 중얼거렸다.

"당신 마음을 헤아렸어야 했는데 나밖에 몰랐어요. 내가 너무 옹졸했어요. 용서해 줘요."

"젠장!"

주열의 입술이 격렬하게 부딪쳐 왔다. 인경은 두 눈을 감고서 그의 열기를 뜨겁게 받아들였다. 빗물이 입안으로 섞여들었지만 짜릿한 감각을 마비시키진 못했다. 오히려 벌이 꿀을 찾아 이리저리 헤집고 다니듯, 짙은 갈망으로 입안 구석구석을 핥아대고 빨았다. 때론 난폭하게 입술을 질끈 깨물기도 하고, 때로는 아이스크림을 핥아먹듯 혀끝으로 치아를 훑기도 했다. 그렇게 빗물인지 타액인지 알 수 없는 흔적들이 점점 더 짙어져 갈 때쯤, 믿을 수 없는 말이 입술 위에서 춤을 추었다.

"사랑해."

그녀의 몸이 차갑게 얼어붙었다. 여자로 태어나서 처음 받아본 고백이라 심장이 멎은 듯 아무런 감각을 느낄 수가 없었다.

"당신을 사랑해, 하인경."

딱딱하게 굳어진 그녀의 입술을 그의 입술이 부드럽게 휘감으며 또다시 속삭였다. 사랑해. 참 듣기 좋은 말이었다. 가슴 시릴 정도로 행복한 말이었다. 하지만 되돌릴 수 없는 말이었기에 슬픈 말이기도 했다. 급기야 그녀의 눈에서 눈물이 뚝뚝 떨어져 내렸다. 부드럽게 다가온 그의 입술이 그녀의 눈물을 받아 삼켰다.

"부담 가지라고 한 말 아니야. 내 마음을 더는 숨길 수가 없어서, 나 편하자고 한 말이니까 겁먹지 마."

"난…… 나는……."

인경은 무슨 말이라도 해야 할 것 같은데 도저히 대답할 말이 떠오르지 않았다. 그를 좋아하지만 사랑이라고 말하기가 두려웠다. 그와 함께 있고 싶지만 또다시 상처받는 것은 무서웠다. 이런 복잡한 감정으로 그의 마음을 받아들여도 되는 걸까. 솔직히 자신이 없었다.

"괜찮아. 당신 대답 듣지 않아도 돼. 그저 내가 싫지 않다면 그냥 내 옆에만 있어. 난 그거면 돼."

"당신이 상처받을지도 몰라요."

"기꺼이 받을게."

"당신을 아프게 할지도 몰라요."

"기꺼이 감당할게."

"어쩌면 당신은 영원히 내 사랑을 가질 수 없을지도 몰라요. 그래도 괜찮겠어요?"

"당신의 사랑을 받지 못한다면 그건 오로지 내 탓이야. 당신이 걱정할 필요는 없어."

그의 대답 소리는 막힘이 없었다. 그러니 거절할 방법 또한 없는 것이다. 인경은 올곧이 그녀를 바라보는 시선을 붙잡은 채 천천히 입술을 열었다.

"좋아요. 이런 나라도 괜찮다면 당신 곁에 있을게요."

"하아. 이제야 살 것 같군."

숨을 참고 있기라도 한 듯, 그가 숨을 크게 내쉬더니 그녀를 꼭 끌어안았다. 그녀 역시 그의 허리에 팔을 둘러 꽉 끌어안았다. 그가 외로움을 느끼지 않도록. 그녀가 함께 있다는 것을 알려주기 위해서. 그리고 무엇보다 그녀도 그와 함께 있게 되어서 너무너무 기쁘다는 마음을 알아주길 바라며.

8장 지금 이 순간, 이 느낌이 영원하길

인경은 일찍 눈이 떠지자 살며시 이불을 거둬내고 침대에서 내려왔다. 행여나 곤히 자고 있는 그를 깨울까 봐 조심스럽게 움직였다. 이윽고 무사히 침대에서 빠져나온 그녀는 잠들어 있는 그를 흘끗 바라본 후 곧장 마당으로 나갔다.

"흐흡…… 하아."

인경은 폐 속 깊숙이 숨을 들이마셨다가 내쉬기를 반복했다. 싱그러운 나무 향기가 콧속으로 스며들어 와 가슴과 머리를 맑게 했다. 인경은 사뿐거리는 걸음으로 나무 숲길을 따라 걸었다. 사르르 불어온 바람이 간지러움을 태우듯 그녀의 얼굴 위로 날아들었다. 마음까지 상쾌할 정도로 기분 좋은 느낌. 요즘은 하루하루가 꿈길을 걷듯 행복하기만 했다.

"아아, 날씨 좋다."

한껏 기분이 들뜨자 가던 걸음을 멈추고서 지그시 눈을 감았다. 그리고 몸속에서 꿈틀거리고 있는 세포들을 하나하나 깨워서 바람이 전해주는 소리에 귀를 기울였다. 사각사각. 나뭇가지들이 부딪쳐서 내는 소리를 시작으로 표현할 수 없는 아름다운 소리들이 하나로 융화되어 음악처럼 들려왔다. 이것이 바로 자연의 소리인가. 눈을 감고 가만히 듣고 있으니 마음이 참 평온해졌다.

"일찍 일어났군."

주열이 그녀의 허리를 뒤에서 껴안으며 나지막이 속삭였다. 자연의 소리에 심취해 있던 인경이 살포시 미소를 지으며 천천히 눈을 떴다.

"언제 깼어요?"

그녀의 손이 그의 손등을 부드럽게 쓰다듬으며 물었다.

"으음, 문이 닫히는 소리에."

주열이 그녀의 어깨 위에 턱을 괴며 대답했다. 조심한다고 했는데도 그를 깨웠나 보다.

"무시하고 좀 더 자지 그랬어요."

"푹 잤어. 당신은 왜 이렇게 일찍 일어난 거지?"

"눈이 일찍 떠졌어요."

"그럼 같이 가자고 하지 그랬어."

"후훗. 당신이 이렇게 알아서 나오잖아요. 근데 뭐 하러 굳이 말로 해요."

"하긴 그렇군."

주열이 그녀의 허리를 더욱 끌어안으며 나른한 목소리로 대꾸했다. 인경은 살며시 눈을 감고서 등으로 느껴지는 그의 심장 소리에 가만히 귀를 기울였다. 두근두근. 그녀의 심장과 그의 심장이 하나인 것처럼 일정한 리듬감을 유지하며 같이 뛰고 있었다. 그걸 깨닫는 순간 지금 이 순간이 무척이나 특별하게 다가왔다.

"참 좋다. 지금 이 순간, 이 느낌이."

"나도 거기에 포함되나?"

"당연하죠."

'당신과 함께라서 좋은 건데요.'

라는 말은 속으로만 읊조렸다. 그리고 이 느낌이 오래도록 함께하길 간절히 바랐다.

"그럼, 그 기분을 조금 더 느껴보기 위해서 좀 걸을까?"

껴안고 있던 그녀의 허리를 놓으며 그가 손을 내밀었다. 인경이 활짝 웃으며 그 손을 잡았다.

"네, 좋아요."

이른 시간에 그와 이렇듯 손을 잡고 걸어보는 것이 처음이라서 그런지 설레기도 하고 또 살짝 떨리기도 하는 게 기분이 참 묘했다.

"와아, 이런 곳도 있었구나."

그가 이끄는 대로 따라가던 인경은 눈앞에 펼쳐진 광경을 보곤 입을 헤벌쭉 벌렸다. 집채를 돌아가자 양쪽으로 꽃들이 흐드러지게 피어 있는 오솔길이 나타났던 것이다.

"와아, 진짜 멋지다."

그에게 잡혀 있던 손을 슬그머니 빼낸 인경이 눈동자를 이리저리 굴리며 오솔길을 따라 걸었다. 한 걸음, 한 걸음씩 옮길 때마다 그녀의 입에서는 연신 감탄사가 터져 나왔다. 하지만 그녀와 달리 주열의 표정은 어둡기만 했다. 이곳에서의 일들을 잊기 위해서 무던히도 애를 썼는데 3년이 지난 지금도 마치 어제 일처럼 생생하게 떠올랐던 것이다.

"와아! 세상에 이게 다 뭐야!"

들뜬 그녀의 목소리가 시간을 거꾸로 거슬러 올라가는 그를 깨웠다. 주열은 천천히 고개를 돌렸다. 그녀가 무엇을 보고 흥분하는지 너무나 잘 알고 있었다. 주열은 떨어지지 않으려는 발을 억지로 움직여서 그녀에게 다가갔다.

"나 지금 꿈꾸고 있는 거 아니죠? 그죠?"

시선을 온통 다른 곳에 빼앗긴 채로 그녀가 묻고 있었다. 주열은 그녀가 대답을 듣고자 한 말이 아니란 것을 알면서도 손을 뻗어 볼을 꽉 꼬집었다.

"아야! 뭐 하는 거예요?"

인경이 꼬집힌 곳을 손바닥으로 문지르며 원망의 눈초리로 그를 노려보았다.

"질문에 답한 거야."

주열이 피식 웃으며 그녀 곁을 지나쳐 갔다.

"쳇. 그렇다고 꼬집을 건 또 뭐람."

인경은 화원 안으로 쏙 들어가 버리는 그를 바라보며 입을 삐죽거렸다.

"와아! 근데 이런 곳이 정말 있긴 있구나. 미란이가 장난치는 줄 알았는데."

안으로 들어서던 인경은 믿을 수 없는 광경에 입이 쩍 벌어졌다. 부잣집 뜰엔 눈이 휘둥그레질 정도로 멋진 정원이 있다더니 정말 그런 곳이 있을 줄이야. 눈으로 보고 있으면서도 도저히 믿어지지가 않았다. 물감을 흩뿌려 놓은 것처럼 형형색색으로 잔뜩 멋을 부린 이곳은 그야말로 꽃들의 낙원이었다.

"미란이가 보면 정말 좋아하겠다."

인경은 유달리 꽃을 좋아하던 그녀가 생각나자 절로 입가에 웃음이 번졌다. 아마도 이곳을 보게 되면 입에 거품까지 물고 쓰러질 것이다. 하지만 보여줄 수 없다는 것이 참 안타까웠다.

"아, 맞다! 사진. 핸드폰으로 사진을 찍어서 보여주면 되겠구나. 저기 주열 씨, 나……! 왜 그래요?"

휴대전화를 가지러 가기 위해서 그를 불렀던 인경은 화들짝 놀라서 주열에게로 달려갔다. 그는 어디가 불편한지 반쯤 허리를 굽히고서 숨을 몰아쉬고 있었다.

"주열 씨, 왜 그래요? 가슴이 또 아픈 거예요?"

"하아…… 하아."

주열은 가슴이 반으로 갈라지는 것 같은 통증으로 숨이 막히자 그만 주저앉고 말았다. 시간이 꽤 흘렀으니 괜찮을 줄 알았다. 설령 그게 아니더라도 그녀가 함께 있으니 견딜 수 있을 거라 생각했다. 한데 아니었다. 서인에게 향했던 그의 마음이 변했고, 제법 긴 시간이 흘렀지만 그때 느꼈던 고통만큼은 아직도 변함이 없었다.

"아, 어쩌지. 서진 씨도 없는데. 저기, 주열 씨. 119 부를게요. 조금만 참고 있어요."

"가지 마!"

주열이 일어나려는 그녀의 손목을 움켜잡았다. 이곳에 혼자 있다가는 이대로 숨이 막혀 죽을 것만 같았다.

"혼자 있기 싫어. 가지 마."

그는 공포에 휩싸인 사람처럼 고개까지 세차게 흔들어대고 있었다.

"알았어요. 혼자 두지 않을게요. 당신 옆에 꼭 붙어 있을 테니까 그만 진정해요."

인경은 고통으로 일그러진 그의 얼굴을 가슴으로 끌어당겨 꼭 안았다. 상태로 보아 빨리 병원으로 데려가야 할 것 같은데 그를 혼자 두고 싶지가 않았다.

"무엇 때문에 힘들어하는지 모르겠지만 여기엔 당신과 나뿐이에요."

인경이 거친 호흡으로 괴로워하는 그의 머리카락을 살며시 쓰다듬으며 말했다. 그가 안정을 찾을 수 있게 어떤 말이라도 해야 할 것 같았다.

"그리고 난 당신과 함께 있는 지금 이 순간이 너무나 행복하고 좋아요. 그러니까 당신 속에 있는 나쁜 생각 따위로 행복한 이 기분을 깨지 말아요. 그럼 슬플 것 같아."

주열은 정말 슬프다는 듯이 쓸쓸하게 들려오는 그녀의 목소리에 흠칫 몸을 떨었다. 모든 것을 있는 그대로 내보이는 그녀에게 부끄러운 사람이 되고 싶지 않았다. 그래서 이곳으로 데려왔는데 본의 아니게 걱정만 끼치고 있었다.

"하아…… 미, 미안해."

그가 의도해서 일어난 일이 아니니까 사과할 필요는 없었다. 그런데 이상하게 그 말을 듣는 순간, 인경은 억울하다는 생각이 들면서 마음이 울적해졌다.

"정말 미안하다면 나만 생각해요. 나도 당신만 생각하고 있으니까."

인경이 그를 더욱 꼭 끌어안으며 속삭였다. 매달리듯 그녀에게 안겨 있던 주열은 따뜻한 기운이 몸속으로 스며들자 가슴을 움켜쥐고 있던 손아귀에서 천천히 힘을 뺐다. 그녀의 말 때문인지 아니면 사람의 체온이 때론 아픔도 치유할 수 있다는 역설 때문인지는 모르겠지만 죽을 것처럼 휘몰아치던 통증이 거짓말처럼 가라앉고 있었다. 주열은 눈을 꼭 감고서 그 느낌에 젖어들었다. 그렇게 얼마나 있었을까. 어느 정도 안정을 되찾게 되자 그녀의 얼굴이 몹시도 보고 싶었다.

"당신 얼굴 좀 보여줘."

주열은 그녀의 가슴에 안겨 있는 탓에 얼굴을 볼 수가 없자 나지막이 읊조렸다.

"이제…… 괜찮아요?"

그를 놓아준 인경이 안색을 살피며 물었다. 심장이 튀어나올 듯 거칠게 뛰던 호흡 소리는 가라앉았지만 혈색만큼은 아직도 좋지가 않았다.

"그래. 당신 덕분에."

"괘, 괜찮다니 다행이네요."

인경은 뒤늦게 그에게 했던 부끄러운 말들이 떠오르자 얼른 몸을 일으켰다. 하지만 불쑥 잡아당기는 손길에 의해 다시 바닥에 주저앉고 말았다.

"왜, 왜요?"

강렬한 눈동자가 그녀를 가만히 응시했다. 인경은 갑자기 찾아온 두근거림에 저도 모르게 긴장되자 마른침을 꿀꺽 삼켰다.

"왜 묻지 않는 거지?"

"뭘요?"

인경은 그가 무슨 말을 하는지 알고 있었지만 시치미를 뚝 떼고서 되물었다.

"내게 나타나는 증상에 대해서."

"물어보면 대답해 줄 건가요?"

"당신이 원한다면."

"그 말은 당신은 대답하고 싶지 않다는 뜻이군요."

주열은 살짝 당황했다. 그런 뜻이 아니었지만 어쩌면 그녀의 말이 맞을지도 모른다는 생각이 들어서였다.

"좋아요. 묻지 않을게요. 이곳을 보여준 것만으로도 감사하니까. 진정됐으면 들어가서 잠시만이라도 눕는 게 좋겠어요. 아직도 혈색이 좋지 않아요."

인경이 자리에서 일어났다. 이렇게 멋진 곳을 구경도 못하고 돌아가야 하는 게 아쉬웠지만 이른 아침에 겪은 일치곤 제법 강도가 센 편이라 조금 피곤했다.

"숨기려는 게 아니야."

그녀가 막 걸음을 떼려는데 그가 말문을 열었다. 인경은 저도 모르게 숨을 삼켰다. 막상 그가 입을 열자 듣게 될 말이 두려워졌다.

"그랬다면 당신을 이곳으로 데려오지도 않았어."

인경은 계속해서 그의 목소리가 들려오자 천천히 몸을 돌려 시선을 마주했다. 두려운 감정만큼이나 피하고 싶지 않다는 오기가 생겼다.

"그녀가 내겐 너무 아픈 상처라서 말을 꺼내기가 쉽지 않았어. 그런데 이젠 말해줘야 할 것 같군. 오해에서 비롯된 상상의 날개가 당신의 심장을 갉아먹기 전에."

"힘들면 안 해도 돼요. 당신이 고통받는 거 싫어요."

주열이 그녀를 뒤에서 꼭 끌어안았다. 그리고 굳게 닫혀 있던 마음의 빗장을 서서히 열기 시작했다.

"그녀는 내게 첫사랑이었어. 온몸으로 원하고 사랑하며, 오직 그녀만을 위해서 내가 존재한다는 착각을 할 정도로 아주 깊게 빠졌지."

인경은 그것이 어떤 마음인지 잘 알고 있었다. 그녀가 품었던 송기철에 대한 마음과 똑같았으니까.

"그리고 정말 하루하루가 행복한 날들이었지. 내 심장이 그녀의 웃음소리에도 불규칙하게 반응할 정도로. 그리고 여긴 그녀가 무척이나 좋아하던 곳이었어."

주열은 그녀와 처음으로 사랑을 나눈 곳이 여기란 말은 덧붙이지 않았다. 누구라도 그런 말을 듣게 되면 마음 다칠 테니까.

"그러나 영원토록 함께할 것만 같았던 그녀가 홀연히 내 곁을 떠났지. 내…… 품에서 아주…… 먼 곳으로."

인경의 몸이 움찔거렸다. 그녀가 움직인 것이 아니라 그가 그녀를 꽉 끌어안고서 어깨에다 고개를 묻은 것이다. 인경은 본능적으로 그의 머리 위로 손을 올렸다. 그리고 아무런 말도 없이 가만가만 그의 머리를 쓰다듬었다. 손끝이 파르르 떨렸지만 쓰다듬는 것을 멈추지 않았다. 많이 아팠을 그에게 조금이라도 위로가 되고 싶었다. 그렇게 얼마나 있었을까. 나지막한 목소리가 다시 귓가로 파고들었다.

"난 정처 없이 그녀를 찾아 헤맸지. 세상 어디에도 그녀가 없다는 것을 알면서도 찾는 것을 멈추지 않았어."

인경은 기철과 헤어졌을 때가 떠올랐다. 머리로는 그와 헤어졌다는 것을 인식하면서도 마음은 현실을 전혀 받아들이지 못했다. 그러니 그도 멈추지 않은 게 아니라 멈추지 못했을 것이다. 그녀의 죽음을 받아들이지 못했을 테니까.

"그녀가 너무너무 보고 싶어서, 해맑게 웃는 그녀의 웃음소리가 가슴 저리게 듣고 싶어서 꿈속에서도 찾아 헤맸지. 하지만 늘 꿈은 악몽이었고, 난 더 이상 온전한 생각을 할 수가 없었어."

인경은 눈시울이 뜨거워졌다. 고통스럽게 몸부림치던 그의 모습이 떠오르자 가슴이 아렸다. 사랑하는 사람을 제 품에서 떠나보냈으니 악몽이 아니라 혼이 빠져나갔다 한들 하나도 이상할 게 없었다.

"그때, 그녀가 남긴 유언장을 보게 됐어."

"그래도 참 다행이네요. 유언장이라도 남아 있어서."

인경은 진심으로 그렇게 생각했다. 그것마저도 없었다면 어쩌면 그는 아주 무서운 생각을 했을지도 모른다.

"아니. 그건 유언장이 아니었어. 악마가 걸어놓은 마수였지."

"악마라니. 그게 무슨 말이에요?"

인경이 깜짝 놀라서 물었다. 가슴 아픈 사랑 이야기에 악마가 등장할 줄은 꿈에도 몰랐다.

"그녀는 날 사랑하지 않았어. 살아생전 그녀는 내게 사랑한다는 말도 하지 않았지. 가짜 유언장에 거짓으로 쓴 것 말고는."

"헉! 가짜 유언장이라니. 말도 안 돼."

인경은 뒤돌아서서 그의 얼굴을 보고 싶었다. 정말 한 점 거짓 없는 진실을 말하고 있는 것인지 확인하고 싶어서. 하지만 촉촉이 젖어 있던 목소리에 언제부턴가 날이 선 것을 느끼곤 감히 뒤돌아볼 용기가 나지 않았다.

"그런데 난 그녀가 날 사랑하지 않는다고는 단 한 번도 의심해본 적이 없었어. 비록 입으로 듣지는 못했지만 마음으로 느끼고 있었기에 다른 생각 따윈 하지도 않았지. 그런데 내 친구는 그걸 알고 있었나 봐. 그녀가 날 사랑하기는커녕 이용만 하고 있다는 것을. 그리고 비극은 시작됐다. 그 친구의 입을 막기 위해서 그녀가 가짜 유언장을 써놓고서 제 목숨으로 장난치려다 진짜로 숨을 거두게 된 거야."

"세상에 어떻게 그런 짓을. 와아, 진짜 소름 끼친다. 마음에 안 들면 헤어지면 그만이지. 사람의 탈을 쓰고 어떻게 그런 무서운 짓을. 아무리 미쳐 돌아가는 세상이라지만 그건 아니지. 아우, 생각할수록 열 받네. 이봐요, 강주열 씨. 이것 좀 놔봐요."

인경이 그녀의 어깨에 둘러져 있는 팔을 확 풀어냈다. 그리고 휙 돌아서서 그의 얼굴에다 대고 소리쳤다.

"당신 바보예요. 그런 여자 때문에 매일 밤 악몽에 시달리게. 푸닥거리를 하던 뭘 하든 해서라도 그녀를 당신 인생에서 치웠어야죠. 아니, 왜 멍청하게 여태까지 당하고 있어요, 당하고 있기를. 나 같으면 억울해서라도……! 왜 웃어요? 나는 화가 나서 죽겠는데."

목청껏 소리치던 인경은 그가 웃고 있자 인상을 팍 썼다. 그녀가 너무 흥분해서 날뛰고 있다는 것은 알지만 그래도 웃는 모습을 보니 기분이 확 상했다.

"아아, 정말 답 없다."

주열이 그녀를 끌어당겨 품에 꼭 안았다. 제 일처럼 흥분해서 소리치는 그녀가 너무나 사랑스러워서 품에 안지 않고서는 견딜수가 없었다. 더구나 그녀에게 이야기를 들려주는 사이 거짓말처럼 가슴의 통증이 사라졌다. 마치 그의 고통을 그녀가 흡수하기라도 한 것처럼.

"왜 이래요. 좀 놔줘요. 아직 할 말이 남았단 말이에요."

"해. 들을게."

"이렇게 안겨서 어떻게 말을 해요. 진짜 못됐어."

"지금처럼 하면 되겠군."

인경은 반항하던 몸에서 힘을 쭉 뺐다. 힘들게 몸부림쳐 봤자 그가 놔줄 것 같지가 않았다. 그냥 몸이 자유로워질 때까지 기다리는 수밖에. 그러다 문득 생각나는 것이 있자 다시 입을 열었다.

"근데 가짜 유언장이라는 건 언제 알았어요?"

"얼마 전에."

인경은 그제야 모든 궁금증이 풀렸다. 처음 그가 그녀를 서인이라 착각했을 때, 분명히 죽으면 안 된다고 애원하면서 비통해했었다. 그리고 악몽을 꿨을 때는 미안하다고 하면서 눈물까지 흘렸었다. 만일 그전에 유언장이 가짜라는 것을 알았다면 결코 그런 모습을 보이지 않았을 것이다. 그러고 보니 참 미련스럽게도 가여웠다. 강주열이라는 사람이. 인경은 슬그머니 팔을 올려 그의 허리를 꼭 껴안았다. 고통의 시간을 잘 참아준 그가 참으로 대견했다.

"강주열 씨 참 많이 아팠겠다. 이제 그 아픔 훨훨 떠나보내요. 장서인이란 여자는 당신 가슴에 묻힐 자격이 없어요."

"응."

주열은 목이 메어오자 짧게 대답하고서 그녀를 안은 팔에 힘을 꽉 주었다. 그동안 위로의 말이라면 셀 수 없을 만큼 많이 들었다. 슬픔 위에 덧씌워진 위로의 말들은 그를 하염없이 눈물짓게 하기도 했다. 그러나 시린 가슴을 따뜻하게 감싸주지는 못했다. 텅 비어버린 눈동자에 빛을 주지는 못했다.

그런데 그녀는 아니었다. 꽁꽁 얼어 있던 가슴은 따뜻한 온기로 녹아내리고, 빛을 잃어 헤매던 눈동자엔 열정이 채워지고, 겹겹이 싸여 있던 고통은 뱀이 허물을 벗듯 사라지고 없었다. 그녀가 불러온 마법. 주열은 이 마법이 영원히 지속되길 갈망했다.

기철은 달라 붙어버린 것처럼 떨어지지 않는 눈꺼풀을 가까스로 들어 올렸다. 하지만 쏟아져 내리는 환한 불빛으로 인해 인상을 찡그리며 다시금 눈을 감았다. 그 사이를 뚫고 어떤 기억 한 자락이 불쑥 뛰어들었다. 기철은 눈을 번쩍 떴다. 여전히 눈이 부실 만큼 빛이 따가웠지만 그는 개의치 않고 두 눈을 부릅뜨고서 주위를 살폈다. 그리고 깨달았다. 그가 죽지 않았다는 것을.

"살았구나. 내가 살아 있구나. 으윽!"

그 사실에 놀란 기철이 벌떡 몸을 일으켜 앉다, 통증이 밀려오자 인상을 찌푸렸다. 그러나 이내 바보처럼 피식피식 웃기 시작했다. 아프다는 건 곧 살아 있다는 증거. 살아 있다는 건 그녀를 볼 수 있다는 것. 지금 그에겐 그것 하나만으로도 충분히 기쁘고 행복했다.

"그게 끝이 아니라서 참 다행이다."

꼼짝없이 죽는 줄 알았던 기철은 인경일 다시 볼 수 있다는 것에 기뻐하며 믿지도 않는 신들을 향해 감사의 기도를 올렸다. 그때 노크도 없이 병실 문이 스르르 열렸다. 자연스럽게 그의 시선이 입구로 향했다.

"송기철 씨, 깨어났군요. 어디 불편한 데는 없습니까?"

의사가 한달음에 다가와 이곳저곳을 살피며 그에게 물었다.

"옆구리가 좀 아픈 것 외에는 괜찮습니다."

"늑골이 골절된 상태라 한동안 통증이 있을 겁니다. 시간이 지나면 자연스럽게 치유가 될 테니 너무 걱정하지 마시고, 무리한 행동은 삼가시기 바랍니다."

"네. 알겠습니다."

"그래도 이만하길 천만다행입니다. 열흘 동안이나 깨어나지 않아서 걱정하고 있었는데."

"지금 뭐라고 하셨습니까?"

기철은 자신의 귀를 의심하며 다시 되물었다. 열흘이라니. 그가 꼬박 열흘 동안 잠들어 있었다는 말인가. 도저히 믿을 수가 없었다.

"열흘 만에 깨어나셨다고요."

"말도 안 돼."

똑같은 대답이 돌아오자 기철은 몸에서 힘이 쫙 빠졌다. 딱히 며칠이라고는 생각해 보지 않았지만 열흘이란 말은 너무 큰 충격이었다.

"그런데 보호자분이 안 보이시네요. 송기철 씨 깨어난 거 알면 꽤나 기뻐하실 텐데."

기철은 보호자란 말에 아무런 말도 하지 않았다. 상대가 누군지 굳이 물어보지 않아도 최무희라는 걸 쉽게 알 수 있었다. 그에게서 아무런 말이 없자, 의사가 다시 말했다.

"그럼 쉬세요. 불편한 곳 있으면 언제든지 간호사를 통해 말씀하시고요."

"네. 감사합니다."

의사가 나가자 기철은 그대로 침대에 등을 대고 누웠다. 그렇게나 많은 시간이 흘렀다는 것이 아직도 믿어지지가 않았다.

"제길!"

기철은 아픈 것도 잊을 정도로 벌떡 몸을 일으켜 침대에서 내려왔다. 이강우가 한 말이 뒤통수를 때리듯 뇌리로 파고들어 와 그의 몸을 뒤흔들었다. 거짓된 계약의 진실. 그것을 알게 된 이상 이대로 있을 수는 없었다.

「송기철 씨, 깨어났습니다. 병원으로 와주세요.」

무희는 문자를 떠올리며 몸을 바르르 떨었다. 열흘 만이었다. 그가 깨어난 것이. 그리고 드디어 오늘에서야 그의 눈동자를 마주할 수 있었다.

"젠장! 엘리베이터가 왜 이렇게 느려 터졌어!"

무희는 굼벵이가 기어가듯 느리게만 움직이는 엘리베이터에 대고 짜증을 부렸다. 병원에서 온 연락을 늦게 본 터라 안 그래도 마음이 조급한데 느리게 내려오는 엘리베이터가 층층마다 서고 있었다.

"다른 거 없어!"

그녀가 참다못해 옆에 서 있는 강우를 향해 버럭 소리를 질렀다.

"층수가 정해진 거라 기다리셔야 합니다."

강우가 침착한 목소리로 대답했다. 그러자 못마땅하다는 듯이 그녀의 얼굴이 확 일그러졌다. 그때 마침내 기다리고 있던 엘리베이터의 문이 그들 앞에서 서서히 열리고 있었다.

"에이씨. 내리고 타야 할 거 아니야!"

마음이 조급했던 무희가 사람들이 내리기도 전에 엘리베이터 안으로 발을 들이자 내리려던 사람들이 그녀를 밀치며 신경질을 냈다.

"어어!"

떠밀리는 힘에 의해 그녀의 몸이 휘청거렸다. 뒤에 서 있던 강우가 얼른 팔을 뻗어 그녀의 허리를 껴안았다.

"다칩니다. 제발 좀 기다리십시오."

걱정스러운 목소리가 나지막이 귓가를 울렸다. 무희는 뜨거운 숨결과 함께 귓속으로 파고드는 속삭임에 저도 모르게 몸을 흠칫 떨었다. 두근두근. 심장이 미쳐 버렸는지 멀미를 하듯 가슴이 울렁거렸다. 그와 지내는 동안 이런 신체 접촉쯤은 얼마든지 있었다. 하지만 오늘처럼 마음의 동요가 일어난 적은 단 한 번도 없었다.

"타십시오."

"어? 어, 알았어."

몸의 반응에 놀라서 우두커니 서 있던 무희는 그의 목소리에 퍼뜩 정신을 차리고서 얼른 엘리베이터 안에 몸을 실었다.

"어디 불편하십니까?"

강우가 빨개진 그녀의 얼굴을 보고서 미간을 살짝 찡그리며 물었다. 빨리 붙잡는다고는 했지만 그사이 다친 곳이 있는 게 아닌가 걱정이 되었다.

"아니, 없어."

그녀는 짧게 대답하고서 엘리베이터가 빨리 12층에 도착하길 기다렸다. 그런 감정을 느껴서인지 그와 함께 있는 좁은 공간이 매우 불편했다. 이윽고 12층에 도착했다는 알림이 들려왔다. 무희는 목구멍으로 안도의 한숨을 삼키며 문이 열리자마자 서둘러 걸음을 뗐다. 기철이 빨리 보고 싶기도 했지만 뒤따라오는 그를 의식하기 싫어서였다.

"기철 씨!"

무희가 병실 문을 벌컥 열고서 소리쳤다. 그런데 누워 있어야 할 사람이 보이지 않았다.

"어디 갔지. 화장실에 있나."

무희는 노크도 없이 화장실 문을 벌컥 열었다. 하지만 거기에도 기철은 보이지 않았다.

"어딜 간 거야, 대체!"

무희는 거칠게 머리카락을 쓸어 넘기며 간호사실로 뛰어갔다.

그 뒤를 강우가 조용히 뒤따랐다.

"송기철 환자 어디 갔어요? 검사실 갔나요?"

"아니요. 조금 전까지 병실에 계셨는데 안에 없어요?"

"네, 없어요."

"그럼 휴게실에 가셨나."

"그 몸으로 혼자서요?"

간호사의 말에 무희가 놀라서 물었다. 그러자 간호사가 얼굴 가득 환하게 웃으며 말했다.

"걱정 마세요. 주치의께서 이미 다 확인하셨고, 옆구리에 통증이 있는 것 외에는 아무 이상 없었어요."

"저, 정말요? 정말 괜찮아요?"

그녀의 목소리가 살짝 떨리고 있었다. 간호사는 깨어나지 않는 그를 보면서 애태워하던 그녀의 모습이 떠오르자 안심하라는 듯 고개까지 끄덕이며 입을 열었다.

"네. 걱정하지 마세요."

"하아. 고맙습니다. 정말 고맙습니다."

무희는 연신 간호사를 향해 고개를 숙였다. 그런 모습을 옆에서 지켜보고 있는 강우의 마음은 착잡하기만 했다.

"여기에 계십시오. 제가 찾아보겠습니다."

병실로 돌아온 그녀는 주저앉듯 의자에 등을 기대고 앉으며 가만히 고개를 끄덕였다. 괜찮다는 말에 그만 다리가 풀려서 더는 서 있을 수가 없었다.

'젠장!'

강우는 차마 입 밖으로 내뱉지 못한 욕을 속으로 뇌까리며 병실을 나갔다. 송기철이란 이름자에 저렇듯 쉽게 무너지는 그녀의 모습을 보는 게 점점 더 힘들어졌다.

"하아. 진짜 떨린다."

인경은 주체할 수 없이 가슴이 두근거리자 여러 차례 심호흡을 했다. 그러나 가슴속에 진동벨이라도 박혀 있는 것처럼 떨리기 시작한 느낌은 좀처럼 가시지 않았다. 오히려 시간이 지나면 지날수록 입이 바짝 마르고 속이 탔다. 누군가를 기다리면서 이렇듯 긴장해 보긴 처음이었다. 심지어 손도 바들바들 떨리는 게 꼭 수전증에라도 걸린 듯했다.

"그렇게 긴장되나?"

벌써 저러고 있기를 30여 분. 보다 못한 주열이 넌지시 물었다.

"네."

그녀의 대답은 아주 짧았다. 정말 많이 긴장하고 있다는 뜻이었다. 주열이 그녀를 향해 손을 내밀며 말했다.

"이리 와."

"왜요?"

"와봐."

인경은 내키지 않았지만 천천히 자리에서 일어나 그의 손을 잡았다. 순간, 확 잡아당기는 힘에 의해서 끌려간 그녀는 어느새 그의 무릎 위에 앉아 있었다.

"왜, 왜 이래요?"

인경이 놀라서 눈을 휘둥그레 떴다. 곧 있으면 그들이 올 텐데 이런 모습은 전혀 도움이 되지 않았다. 하지만 주열은 그녀의 머리를 그의 가슴 위에 올려놓고서 손바닥으로 머리카락을 쓰다듬기 시작했다.

"이런 말 하면 도움이 될지 모르겠지만 재희는 내가 친구로 인정한 유일한 여자야. 아니, 나뿐만 아니라 서진이도 그리고 당신이 알고 있는 박민수도 유일하게 친구로 인정한 여자지. 우리 넷은 남이 부러워할 만큼 아주 절친한 친구였어."

"박 이사님과 당신이 친구라고요?"

인경이 놀라서 목소리를 살짝 높였다. 그저 그들이 아는 사이라고만 생각했지, 친구라고는 전혀 생각해 보지 않았던 것이다.

"그래, 친구야. 지금은 그 말밖에는 못해주지만."

"알았어요. 더는 묻지 않을게요."

묻고 싶은 것이 많았지만 그의 목소리에 깃들어 있는 무거운 감정이 그녀의 입을 다물게 했다. 그러자 그가 그녀의 정수리에 입을 쪽 맞추며 말했다.

"고마워. 이해해 줘서. 그래서 하는 말인데 재희 좋은 여자야. 내가 서진의 짝으로 인정할 만큼 아주 착하고 심성이 고와. 당신이 무엇 때문에 긴장하는지 아는데 그러지 않아도 돼. 서진이가 우리의 관계를 재희에게 곧이곧대로 말했을 리도 없거니와 설령 그녀가 모든 것을 알고 있다고 해도 당신을 색안경 끼고 보는 일은 없어. 날 보면 당신이 내게 어떤 존재인지를 알게 될 테니까."

인경은 아무런 말도 하지 않았다. 그녀가 그들의 관계에 대해서 알고 있을 거라는 생각은 애초부터 하지 않았다. 서진이 그런 얘기를 했을 리가 없으니까. 그런데도 긴장이 되는 것은 아마도 스스로가 자격이 없다고 생각하는 마음 때문일 것이다.

띵동. 띵동.

초인종 소리가 울렸다. 드디어 올 것이 온 것이다. 인경은 흠칫 몸을 떨고서 황급히 그에게서 벗어났다.

"와, 왔어요."

"그래. 들었어."

그가 문을 열어주기 위해서 걸음을 옮겼다. 인경은 재빨리 손가락으로 머리를 쓸어내리며 옷매무새를 살폈다. 첫인상이 중요하다고 그녀에게 좋은 이미지로 다가가고 싶었다.

"젠장!"

주열의 입에서 거친 말이 튀어나왔다. 손님을 맞이하기 위해서 그에게로 다가가던 인경은 불만스러운 소리에 우뚝 걸음을 멈추었다.

"왜 그래요?"

"불청객이야. 당신은 나오지 마."

주열은 그 말만 남겨두고서 서둘러 밖으로 나갔다.

"불청객이라니. 대체 누굴 보고……!"

그녀는 어떤 얼굴이 떠오르자 가슴이 꽉 막혀왔다. 그가 왜 또 이곳을 찾아왔는지는 모르겠지만 지금은 때가 좋지 않았다.

"넌 알고 있었지. 그 계약이 가짜라는 것!"

그가 이빨을 드러낸 짐승처럼 사납게 으르렁거렸다. 제 입으로 한 약속도 어길 만큼 그동안 코빼기도 보이지 않던 이유가 이거였나 보다. 하지만 그가 모든 것을 알게 됐다 한들 그녀를 빼앗아갈 수는 없었다.

"그래, 알아. 네가 한 짓이 아니라는 것까지 포함해서."

"그건 이미 내가 알려줬잖아! 그런데도 왜 그녀를 붙잡고 있는 거야. 대체 그 이유가 뭐야!"

"그것까지 대답할 이유는 없지만 궁금해하니 말해주지. 오직 나만의 여자로 내 곁에 있어주길 바라서야."

"이 미친놈이 뭐라고 씨불거리는 거야. 넌 그녀를 가질 자격이 없어!"

"너야말로 이제 와 이러는 이유가 뭐야. 넌 그녀를 사랑하지도 않잖아."

"사랑이 아니라고 누가 그래. 말로 하지 않으면 사랑이 아닌 건가. 그래!"

맞는 말이긴 했다. 사랑은 말이 아닌 마음이었고, 주열 역시도 그녀를 사랑하고 있었지만 말로 표현한 것은 얼마 되지 않았으니까.

"대답해 봐. 아니라고 하면 이 길로 돌아서서 다시는 그녀 주위엔 얼씬도 안 할 테니까. 어디 말해보라고!"

주열은 아니라고 말하고 싶었다. 그러나 차마 입이 떨어지지가 않았다.

"대답 못하겠지? 그럼 넌 이제 빠져."

"그렇게는 못해. 내가 그녈 사랑하거든."

폭탄 같은 발언에 기철은 죽일 듯이 주열을 노려보며 이를 바드득 갈았다. 사랑, 웃기는 개소리였다. 만나게 된 지 얼마나 됐다고 그새 사랑에 빠졌단 말인가. 더구나 그를 사랑하고 있던 인경이 그리 호락호락하게 마음을 내어줬을 리가 없었다. 한데 저 더러운 입으로 잘도 사랑이라 나불거리고 있었다.

"갈아 뭉개 버리기 전에 주둥아리 닥쳐. 인경일 욕보이면 가만 안 둬."

"믿고 싶지 않겠지만 사실이야."

"너 이 새끼!"

"그러지 마!"

기철이 주먹을 치켜올릴 때, 그녀의 목소리가 천둥처럼 내리꽂혔다. 순간, 그의 코끝이 시큰해졌다. 그토록 보고 싶었던 얼굴이 바로 곁에 있다고 생각하니 가슴 떨리게 좋았다. 기철은 두근거리는 가슴을 끌어안고 그녀를 향해 천천히 고개를 돌렸다.

"대체 여긴 또 왜 온 거야. 우린 이미 끝났다고 했잖아!"

성큼성큼 그들 앞으로 다가온 인경이 기철을 향해 야멸차게 쏘아붙였다. 그런데도 기철의 입가엔 미소가 번졌다. 저 소리마저 기분 좋게 들리는 것을 보니 아마도 그는 바보가 된 모양이다.

"내가 말했잖아. 내가 끝내지 않는 한 우린 끝난 게 아니라고."

"헛소리 그만하고 가. 여긴 당신이 올 곳이 아니야!"

"아니. 너와 함께 가는 게 아니라면 안 가. 아니, 못 가. 넌 여기 붙잡혀 있을 이유가 없어."

"누가 그래. 내가 붙잡혀 있다고. 당신이 뭔가 착각하고 있는 것 같아서 말하는데 여기 있는 것은 오로지 내 의지야. 내가 있고 싶어서 있는 거라고."

"거짓말하지 마! 강주열이 가짜 계약서로 널 붙잡아두고 있는 거 다 알고 있으니까."

"가짜 계약서? 아, 내 몸값이 제로라는 거 말이지."

"너, 너 알고 있었어?"

뜻밖의 말에 기철의 목소리가 잘게 떨리고 있었다.

"그래. 알고 있었어. 그런데 그게 뭐?"

"너 그걸 알고서도 여기 있는 거야?"

"말했잖아. 내 의지라고."

"말도 안 돼. 네가 왜 저딴 자식이랑 한집에 있어. 왜!"

"몇 번을 물어봐도 내 대답은 똑같아. 그러니까 기운 그만 빼고 돌아가. 주열 씨, 그만 들어가요."

인경이 주열의 손을 잡고 걸음을 뗐다. 기철은 몸속에 불기둥이 박힌 듯 온몸이 뜨겁게 타오르자 불길을 뿜어내듯 고함을 내질렀다.

"거기 서, 강주열!"

섬뜩한 기운을 느낀 주열이 가던 걸음을 멈추고서 그를 돌아보았다. 금방이라도 불길이 튀어나올 듯이 그의 눈동자가 광기에 휩싸여 있었다.

"내 손에 뭐가 있는지 벌써 잊은 것은 아니겠지. 당장 그녀를 돌려보내. 안 그러면 네가 서 있는 곳이 온통 불바다가 될 거야. 가짜 계약서까지 세상에 알려진다면 넌 영원히 끝이야."

"그게 무슨 소리야!"

인경이 놀라서 소리쳤다. 그러나 당사자인 주열은 남의 얘기하듯 태연스러운 목소리로 입을 열었다.

"날 상대로 하는 거라면 얼마든지 덤벼. 하지만 가짜 계약서는 잊어. 그게 세상에 알려지면 다치는 건 너도 나도 아닌 그녀야. 설마 그걸 바라는 건 아니겠지?"

기철도 그녀가 다치는 것은 원하지 않았다. 그러나 그녀를 되찾아오려면 그 방법밖에는 없었다. 그와 관련된 일은 이미 대책을 세워놨을 테니까.

"아니. 그녀가 돌아오지 않으면 제일 먼저 세상에 뿌려질 거야."

"이 더러운 새끼!"

주열은 뛰다시피 걸어가 그의 얼굴을 향해 주먹을 날렸다. 사랑이라고 주장하던 입이 너무나도 더럽고 추악해서 더는 들어줄 수가 없었다.

"그래. 쳐라, 쳐. 얼마든지 쳐. 하지만 인경인 안 돼!"

기철은 악을 바락바락 써대며 그를 향해 얼굴을 가까이 들이밀었다.

"대체 뭐가 어떻게 돌아가는 건지 누가 설명 좀 해줄래요!"

사태가 심각하게 돌아가자 인경이 발을 동동거리면서 소리쳤다. 대체 그녀를 둘러싸고 두 남자가 무슨 이야기를 주고받는지 궁금해서 미칠 지경이었다. 그러자 기철이 그녀를 바라보며 소리쳤다.

"하인경. 너도 똑똑히 들어. 내가 저놈의 목숨줄을 쥐고 있거든? 그러니까 돌아와. 만일 네가 돌아오지 않으면 저 자식의 인생은 여기서 끝이야."

"목숨줄이라니. 대체 그게 뭔데?"

"아무것도 아니니까 신경 쓸 필요 없어. 저런 자식에게 내 나머지 인생을 맡길 생각은 추호도 없으니까."

"그게 뭔지 당신은 알고 있는 거예요?"

"알아. 그러니까 걱정하지 마."

"그렇다면 기철 씨 말이 모두 사실이라는 거군요."

인경은 마음이 복잡해졌다. 기철이 가지고 있는 것이 무엇인지는 모르겠지만 주열에게는 치명적인 약점인 게 분명했다. 그렇지 않고서야 저렇듯 대놓고 협박하지는 않을 것이다. 그렇다면 그게 무엇인지부터 먼저 알아야 했다. 그래야 주열을 도울 수가 있었다.

"그렇다고 달라질 것은 없어. 당신만 내 옆에 있으면 돼."

인경은 그의 말에 아무런 대답도 할 수가 없었다. 대신 기철을 향해 입을 열었다.

"그만 가줘, 기철 씨. 당신 이야기는 충분히 알아들었으니까."

"좋아. 오늘은 그만 갈게. 대신 이틀밖에 시간 못 줘. 그 안에 어떤 결정이든 해야 할 거야."

"알았어."

기철은 그녀의 대답을 듣고서야 걸음을 옮겼다. 그가 알고 있는 그녀라면 틀림없이 연락을 해올 것이다. 그것도 아주 빠른 시간에.

"당신, 지금 무슨 생각을 하고 있는 거지?"

기철의 모습이 사라지자 못마땅하다는 것을 여실히 드러내는 목소리가 그녀를 향해 날아들었다. 인경은 가슴을 무겁게 짓누르는 불안감을 애써 감추고서 나긋한 목소리로 입을 열었다.

"서진 씨가 오기 전에 기철 씨를 돌려보내서 참 다행이라는 생각이요. 왜요?"

그녀는 능청스럽게 미소까지 짓고 있었다. 주열은 입매가 딱딱하게 굳어지자 그녀를 끌어당겨 품에 꼭 안았다. 그녀와 마찬가지로 그 역시 그들이 오기 전에 어서 기철을 보내야 한다는 조바심으로 속이 타들어가고 있었기에 아무런 말도 할 수가 없었다. 하지만 저 미소 속에 감춰진 또 다른 진실이 있다는 것을 알고 있었기에 마음은 점점 더 어둠 속을 향해 걸어가고 있었다.

"네가 여기에 왜 있어?"

신발을 벗던 기철의 얼굴이 순식간에 일그러졌다. 오늘만큼은 파렴치한 저 낯짝을 마주하고 싶지 않아서 여기로 온 것인데 그의 마음을 조롱이라도 하듯 제 발로 와 있었다.

"당신 기다렸잖아. 대체 그 몸으로 어딜 갔다 온 거야. 내가 얼마나 걱정한 줄 알아?"

"하! 걱정을 해? 네가? 죽었어야 할 놈이 아직 살아 있어서 나머지 숨통 끊으러 온 게 아니고?"

"이 미친놈아! 그럴 생각이었으면 네 숨통은 이미 예전에 아작났어. 뭘 알고나 까불어. 까불길!"

그녀가 눈을 부라리며 소리쳤다. 애써 억누르고 있던 그녀의 성질머리가 기어이 터지고 말았다.

"아아, 그런가. 네가 날 봐주고 있는 건가. 후훗, 뭐 그럴 수도 있겠네. 그래서 말인데."

말을 하다 말고 기철의 팔이 순식간에 뻗어 나와 그녀의 목을 옭아매고서 힘을 꽉 주었다. 목이 졸린 그녀의 얼굴이 이내 시뻘게졌다.

"커억!"

"뭐 하는 짓이야!"

강우가 놀라서 소리쳤다. 너무나 갑작스럽게 벌어진 일이라 미처 손을 쓰지 못했다.

"이강우, 뒤로 물러나. 그녀가 다치는 걸 원하지 않는다면."

"당장 놔! 안 그러면 이번에야말로 기필코 널 죽여 버릴 거야."

강우의 눈빛이 부글부글 끓어오르는 용암처럼 붉게 타들어갔다. 이번에야말로 진짜로 죽인다는 말은 빈말이 아닐 것이다. 그렇다고 겁먹고 뒤로 물러날 그도 아니었다. 아니, 이번에야말로 그들의 관계를 깨끗이 끝내고 싶었다. 기철이 노리는 건 그거 하나였다.

"우리 그만하자, 최무희. 그대로 땅에 날 묻어도 됐을 텐데 살려주다니 고맙게 생각해. 하지만 너와 난 여기서 끝이야. 너도 이미 알고 있었을 거야. 그래서 내 여자를 무일푼으로 강주열에게 던져 줬겠지."

고통으로 일그러져 있던 그녀의 눈이 번쩍 뜨였다. 무일푼. 분명 그가 무일푼이라고 말했다. 어떻게 알았을까. 때가 되면 통쾌하게 한 방 먹이려고 벼르고 있었는데. 무희는 그것마저도 다른 이에게 빼앗겼다고 생각하니 허무했다.

"그러니까 더는 우리의 관계를 엮으려 하지 마. 우리끼리 물어뜯고 싸워봤자 고통만 따를 뿐이야. 그러니 우리 조용히 갈라서자. 그래야 너와 나, 그리고 저기 서 있는 이강우까지 살 수 있어. 그게 싫다면 우리 셋, 여기가 마지막 종착역이 될 거야. 난 이미 한번 죽었던 몸이라 죽는 게 그다지 무섭지는 않아. 하지만……하지만 살고 싶다. 지금까지 나뒹굴었던 시궁창 인생에서 벗어나

홀가분한 마음으로 새로운 인생을 살아보고 싶어. 그러기 위해선 널 떠나야 해. 너 역시 마찬가지로 날 떠나야 행복해질 수 있어. 그러니까 제발 날 좀 놔줘. 부탁이다. 최무희."

시뻘게진 그녀의 눈에서 또르르 눈물이 흘러내렸다. 살고 싶다고 말하는 그의 목소리가 파르르 떨리고 있었다. 그걸 느낀 순간, 이제는 정말 그를 놓아줘야 한다는 것을 깨달았다. 그를 가지려는 욕심을 버려야 한다는 걸 알아버렸다. 그의 말대로 이런 관계가 계속된다면 그들은 틀림없이 서로를 죽이고 말 테니까.

'그래. 그만 끝내자, 최무희. 버리지 못하는 미련 때문에 화가 난다고 해서 그를 죽일 수는 없잖아. 그의 손에 죽고 싶지도 않잖아. 그러니까 사랑 따위 말고, 집착 따위 벗어던지고, 그저 그리워만 하자. 그게 내게 주어진 운명이라면 더는 거부하지 말자.'

어느새 굵어진 물방울이 그녀의 아픔을 씻어내려는 듯 방울방울 떨어져 내렸다. 그때, 꽉 조이고 있던 목줄의 힘이 서서히 빠져나갔다. 그리고 이내 그녀의 몸이 바닥으로 스르르 내려앉았다.

"사장님!"

강우가 황급히 다가와 그녀를 안았다. 무희는 마른기침을 해대며 어렵사리 고개를 들어 기철을 바라보았다. 순간, 거대한 폭탄이 그녀 안에서 뻥 하고 터지고 말았다.

"마, 하아…… 말도 허윽…… 안…… 돼."

말을 이어 하기도 버거울 정도로 커다란 충격이 그녀를 휘감았다. 그가 운다. 그가 울고 있었다. 천하의 송기철이 주르륵 눈물을 흘리며 소리 없이 울고 있었다. 이런 모습을 바란 적이 있던가. 아니, 결단코 없었다. 꿈에서조차 생각해 본 적이 없었다. 그런데 지독한 현실이 되어 그녀의 눈을 짓무르게 했다.

'싫어! 그런 모습 보이지 마. 더는 날 비참하게 만들지 마!'

소리 없는 고통이 심장을 옥죄었다. 무희는 차마 더는 볼 수가 없어 강우의 부축을 받으며 천천히 몸을 일으켰다. 지금 그가 쏟아내고 있는 눈물은 결코 그녀를 위한 게 아니었다. 하인경, 그 여자를 위한 눈물이었다. 그런데도 아팠다. 그를 바라보는 눈이, 가슴이, 심장이, 새까맣게 타들어갈 듯이 아리고 고통스러웠다. 타인의 눈물이 그녀의 눈물보다 더 고통스럽다는 것을 처음 알게 된 순간이었다.

"그만…… 가."

무희는 목을 쥐어짜듯 힘겹게 말을 내뱉고서 떨어지지 않는 발을 억지로 움직였다. 투두둑. 한 걸음씩 걸음을 옮길 때마다 그녀의 눈물이 흔적을 남기고 있었다. 마치 이곳에서 그와 함께 있고 싶다는 마지막 발악이라도 하듯이 떨어지고 또 떨어져 내렸다. 하지만 결코 뒤돌아보지 않았다. 가시밭길을 걷는 것처럼 온몸에서 핏물이 쏟아져 내렸지만 묵묵히 앞으로 걸어갔다. 뒤돌아서서 그를 보게 되면 또다시 미련의 노예가 될 것 같아서 마지막 인사조차도 소리 내어 말하지 못했다.

'잘 가. 부디 다음 생에선 내 남자이길.'

이별을 고하는 그녀의 아픈 눈물 위로 슬픈 미소가 깃들었다.

"대답하고 가."

기철의 말이 그녀의 발목을 붙잡았다. 무희는 이를 질끈 악물었다. 이대로 그냥 보내주지. 한 번쯤은 그녀를 가엾게 여겨서 하고 싶은 대로 하게끔 놔두지. 이런 순간까지도 끝까지 대답을 강요하다니. 역시 그는 자기밖에 모르는 이기주의자였다. 그런 자에게 원하는 대답을 던져 주고 싶지 않았다. 무희는 천천히 몸을 돌렸다. 그리고 입가에 비릿한 미소를 지으며 한 자 한 자에다 힘을 실어 말했다.

"내 대답은…… 언제나 하나야."

"빌어먹을, 최무희. 지옥에나 가라!"

"후훗. 그렇게. 그럴 거야."

무희는 부릅뜬 눈으로 씩씩거리고 있는 그를 남겨두고 다시 걸음을 옮겼다. 이미 그녀가 있는 곳은 지옥이었다. 그리고 결코 그녀는 혼자가 아니었다. 그도 지금쯤 느끼고 있을 것이다. 지옥 불에 그도 함께 떨어졌다는 것을. 그러니 저런 악언을 듣는다 한들 상처 따윈 받지 않았다.

"생판 모르는 놈이 다가와 다짜고짜 미안하다고 하더니 갑자기 날 끌고 가서는 자기 엄마에게 내가 지 애인이라고 인사를 시키잖아. 얼마나 어이가 없고 황당하던지. 꼼짝없이 남의 여자가 될 뻔했다니까."

재희가 황당한 일을 겪었다며 이야기보따리를 풀어놓고 있었다. 그리고 그 얘기를 들은 세 사람의 반응은 가지각색이었다.

"대체 어떤 놈이 내 여자를 건드려!"

"와아, 정말 큰일 날 뻔했네요."

서진은 듣고만 있어도 화가 치미는지 목소리를 높였고, 인경은 세상이 정말 무섭다는 듯이 양팔로 몸을 꼭 감쌌다. 하지만 주열은 느긋한 동작으로 술잔을 들더니 조용한 목소리로 입을 열었다.

"그 남자는 어떻게 됐어? 서재희한테 걸렸다면 멀쩡하진 않을 텐데."

"하하하. 역시 주열 씨답다. 근데 아쉽게도 싸대기 한 대로 끝냈어."

"그딴 자식을 왜 그냥 둬. 뼈도 못 추리게 지근지근 밟았어야지."

"그러게요."

흥분한 서진의 말에 인경이 동의하고 나섰다. 재희의 입가에 달콤한 미소가 번졌다. 그가 화를 내는 것은 그녀가 그의 여자이기 때문일 것이다. 세상에 단 하나뿐인 온전한 자기편. 재희는 그런 그가 너무나 사랑스러웠다.

"내 남자, 황서진 씨. 흥분 좀 가라앉혀. 남자에게 그만한 사정이 있더라고."

"대체 그 사정이란 게 뭔데?"

"어머니가 치매 환자였어. 창가에 앉아 있는 날 보시곤 네 애인이 저기 있다고 어서 인사를 시켜달라고 졸랐나 봐. 아니라고 몇 번을 말해도 믿질 않으시고 고집을 부려서 어쩔 수 없었대. 어차피 돌아서면 금방 잊어버릴 테니 마음이라도 편하게 해주고 싶었다고. 뺨 한 대 때려놓고 그 말을 들었는데 더는 손을 움직일 수가 없더라."

"그랬구나. 그래도 나쁜 놈은 아니었네."

재희의 말을 듣고서야 서진은 흥분을 멈추었다. 그러나 인경은 다른 이유로 가슴이 두근거렸다. 스스럼없이 내 남자라고 당당하게 말하던 재희의 모습이 몹시도 부러워서였다. 내 남자. 내 여자.

내 사람. 오직 서로의 마음을 확인한 연인만이 사용할 수 있는 단어였다.

부러움으로 가득 찬 그녀의 시선이 자연스럽게 주열에게로 향했다. 그녀의 시선을 느꼈는지 그가 고개를 돌렸다. 그리고 그녀와 시선이 마주치자 그의 얼굴에 따스한 미소가 번졌다. 덩달아 그녀의 입가에도 미소가 피어올랐다. 그러나 가슴에는 찬바람이 불기 시작한 늦가을 날씨처럼 쓸쓸함이 스며들었다.

'당신이 내 첫 번째 남자였다면 어땠을까요. 당신이었다면 내 사랑을 저버리지 않았을까요. 나도 재희 씨처럼 당당하게 당신을 내 남자라고 말할 수 있을까요. 과연 그런 날이 오기는 할까요.'

문득 떠오른 생각들이 마음을 어지럽게 흔들어대자 인경은 슬며시 그에게서 시선을 돌렸다. 안 그래도 기철이 다녀간 일 때문에 신경이 예민해져 있는데 쓸데없는 생각들을 보태어 머릿속을 더욱 복잡하게 만들고 싶지 않았다.

'그나저나 대체 뭘 가지고 있는 거지. 당사자를 앞에 두고 협박할 정도면 그냥 해본 소리는 아닐 텐데.'

생각의 꼬리가 다시 기철에게로 향하자 그녀의 미간에 주름이 잡혔다. 그때, 어떤 손이 그녀의 손을 툭 쳤다. 인경이 깜짝 놀라서 고개를 들자 세 사람의 얼굴이 그녀를 빤히 쳐다보고 있었다.

"어머, 미안해요. 잠시 딴생각을 하느라 그만."

민망해진 인경이 얼굴을 붉히며 중얼거렸다.

"인경 씨, 무슨 걱정 있어요?"

서진이 주열의 눈치를 살피며 조심스럽게 물었다. 그녀의 모습도 마음에 걸렸지만 서진은 오히려 주열이가 더 걱정됐다. 밥을

먹을 때도, 와인 잔을 들고 있는 지금도, 입은 웃고 있는데 눈은 어둠 속 어딘가를 죽일 듯이 노려보고 있었다.

"아, 아니에요. 걱정은 무슨. 어? 재희 씨, 잔 비었네요. 제가 한 잔 따를게요."

인경이 냉큼 와인 병을 집어 들자 재희가 생긋이 웃으며 그녀 앞으로 잔을 내밀었다.

"고마워요, 인경 씨."

"고맙긴요."

그녀의 말에 쑥스러워진 인경이 배시시 웃었다. 그러다 주열과 눈이 딱 마주쳤다. 순간, 해일이 집어삼킨 듯 그녀의 눈동자가 그의 눈 속으로 빨려 들어갔다. 아니, 눈뿐만이 아니었다. 그녀의 머릿속 생각까지 모조리 빨려 들어간 느낌이었다. 그것을 증명이라도 하듯 그의 눈빛이 그녀에게 말을 건네고 있었다.

'쓸데없는 생각하지 마. 당신이 걱정하는 그런 일 없어.'

그녀의 가슴이 미세한 파동을 그리며 흔들렸다. 그녀도 기철의 말보다 그의 말을 더 믿고 싶었다. 하지만 야속하게도 지금은 기철의 말에 더 무게가 실렸다. 그렇다고 사실대로 말할 수는 없지만.

'알았어요. 걱정 안 할게요.'

인경이 생긋이 웃으며 한쪽 눈을 살짝 감았다 떴다. 그제야 그의 얼굴에 미소가 감돌았다.

"뭐 해. 두 사람?"

불쑥 끼어든 재희의 목소리가 두 사람의 눈빛을 흐트러지게 했다.

"아, 아무것도 안 했는데요."

인경이 황급히 시선을 딴 곳으로 돌리며 대꾸했다. 얼굴이 빨개진 게 별것 아닌 일에도 참 부끄러움이 많았다. 재희는 그런 그녀가 싫지 않았다. 오히려 보고 있으면 마음이 따뜻해졌다. 그녀의 대한 이야기를 서진에게 처음 들었을 때도 거부감은 들지 않았는데, 막상 만나고 나니 더 마음에 들었다. 아마도 입과 눈이 동시에 웃는 거짓 없는 미소와 따뜻하게 재희를 맞이하던 편안함 때문일 것이다. 그 덕분에 재희는 몇 년 만에 주열을 만나게 된 자리임에도 불구하고 아무런 거리낌 없이 그를 대할 수 있었다.

"주열 씨, 긴장해야겠다."

"왜?"

"뭘?"

느닷없는 말에 주열과 서진이 동시에 재희를 바라보며 물었다. 하지만 그녀만은 재희의 말을 못 들은 듯 눈만 깜박거리고 있었다. 어린 사슴의 눈망울이 이처럼 맑을까. 절로 미소 짓게 만드는 그녀의 매력에 빠져들면서 재희가 천천히 입을 열었다.

"인경 씬 독이야. 아주 치명적인 독."

"재희 씨, 그게 무슨 말이에요?"

인경이 눈을 휘둥그레 뜨고서 물었다. 하지만 두 남자는 재희의 말에 동의한다는 듯 빙그레 웃고 있었다.

"간수 잘해. 해독제도 없는데 사라지면 안 되잖아."

"그래."

"대체 무슨 말들을 하는 거예요?"

재희와 주열이 주고받는 말을 들으며 인경이 미간을 살짝 찡그리고서 다시 물었다. 그제야 재희가 미소 가득한 얼굴로 그녀를 바라보며 입을 뗐다.

"인경 씨, 우리 오래도록 친구 해요. 흰머리 송송 난 할머니가 돼서도 지금처럼 우아하게 와인 잔을 손에 들고서 못난 남자들이라고 욕도 섞어가며 신나게 수다도 떨고, 또 아이가 생기면 자라는 모습까지도 함께 지켜봐 주며 행복을 나눌 수 있는 그런 친구. 난 인경 씨와 그런 친구가 되고 싶어요. 어때요? 내게 그런 친구가 되어줄래요?"

인경은 마치 사랑하는 사람에게 프러포즈를 받은 것처럼 가슴이 세차게 뛰었지만 정작 아무런 대답도 하지 못했다. 그녀와 친구가 된다는 것은 무척이나 기쁜 일이었다. 하지만 약속은 또 다른 시련을 예고하는 것이라 그녀가 내민 손을 덥석 잡을 수가 없었다.

"내가 너무 무리한 부탁을 했나 보군요. 미안해요, 인경 씨."

"아아, 아니에요."

그녀가 사과를 하자 인경이 손사래를 치며 말을 꺼냈다.

"그게 아니라 너무 겁이 나서 그래요. 솔직히 저도 재희 씨와 오래도록 친구로 지내고 싶어요. 하지만 사람 일이란 모르는 것이고, 또 약속이라는 것이 정말 무섭다는 것을 알기에 대답할 수가 없었어요. 미안해요. 마음 써주셨는데 대답을 이렇게밖에 하지 못해서."

"그렇군요. 그래도 완전한 거절이 아니라서 다행이네요. 그럼 기다릴게요. 인경 씨가 두려운 마음을 이겨낼 때까지. 물론, 여기 있는 남자들과는 상관없이요. 그건 괜찮죠?"

재희는 그녀가 거절의 말을 하지 못하도록 남자들을 미끼로 던졌다. 그리고 인경도 그런 재희의 의도를 모르지 않았기에 거절의 말을 할 수가 없었다.

"그것까지 거절한다면 제가 나쁘죠. 고마워요, 재희 씨."

"별말씀을."

주열은 그녀들의 대화를 듣는 내내 가슴이 널을 뛰듯 쿵쿵 울렸다. 전혀 예상치 못한 재희의 말에 기뻐서 쿵. 그렇게 대답할 수밖에 없는 인경의 마음을 충분히 이해하면서도 서운한 감정에 쿵. 어느 것 하나 쉬운 게 없는 상황이 점점 더 그를 옭아매고 있는 것에 화가 나서 쿵. 그리고 무엇보다 그를 힘들게 하는 것은 그녀의 마음속에 그의 대한 믿음이 부족하다는 것이었다.

인경은 심한 갈증을 느끼며 눈을 떴다. 분위기에 취해서 몇 잔 마신 것이 꽤나 속을 긁어대는 게 아무래도 꿀물이라도 타서 마셔야 할 듯했다. 손을 뻗어 스탠드를 탁 치자 금세 어둠이 빨려 들어가고 주위가 환해졌다. 인경은 이불을 거둬내고 주섬주섬 몸을 일으켰다. 머리까지 지끈거리는 게 몸 상태가 심상치 않았다.

"술병 나면 안 되는데."

인경은 절로 얼굴이 찡그려지자 양손으로 마른세수를 하며 방을 나섰다. 그러나 거실에 불이 환하게 밝혀져 있는 것을 보곤 우뚝 멈춰 섰다. 방으로 들어갈 때, 불을 끈 기억 때문이었다. 그때, 거실 쪽에서 도란도란 이야기 소리가 들려왔다. 인경은 무의식적으로 등을 벽에 기대고 섰다. 그러자 그들의 목소리가 더욱 또렷하게 들려왔다.

"송기철이 왔었어."

주열의 목소리가 들려오자 인경은 마른침을 꿀꺽 삼켰다.

"언제?"

"니들이 오기 얼마 전에."

"그래서 두 사람의 표정이 좋지 않았구나. 다행이다. 재희랑 부딪치지 않아서."

그녀의 얼굴에 슬픈 미소가 어렸다. 다행이라는 저 말이 그녀의 처지를 일깨워 주는 것만 같아서 기분이 씁쓸했다.

"와서 뭐라고 하던?"

"가짜 계약서를 빌미로 협박했어. 한데 타깃은 내가 아니라 그녀야."

"그거 미친놈 아니야! 이번 일의 최대 피해자가 인경 씬데 그녀를 협박한다는 게 말이 돼!"

서진의 목소리가 거실에 쩌렁쩌렁하게 울렸다. 인경은 몸속으로 퍼져 가는 따뜻한 기운을 느끼며 살며시 눈을 감았다. 무조건 내 편이 되어주는 사람이 있다는 것은 참 좋은 거였다.

"목소리 낮춰. 겨우 잠들었어."

"어, 알았어. 그래서 이젠 어떻게 할 건데."

"솔직히 어떻게 해야 할지 모르겠다. 다른 걸 원한다면 얼마든지 내줄 수 있어. 그런데 그가 원하는 것은 딱 하나야. 하인경. 내가 줄 수 없는 것도 그녀 하나지. 이런 두 사람 사이에서 누구보다 괴로운 건 그녀야."

"그렇지. 그렇다면 인경 씨가 어떤 선택을 할지가 관건이라는 건데……."

"그래서 불안해. 날 위한답시고 내가 아닌 그 자식을 택할 것 같아서."

격해진 그의 목소리에서 아픔이 느껴지자 인경은 입술을 지그시 깨물었다. 그의 말대로 하나를 택해야 한다면 그녀는 송기철을 택할 것이다. 그가 불행해지느니 차라리 그녀가 떠나는 게 나았다.

"그렇게 돼서는 안 되겠지만 만일 그녀가 송기철을 택한다면 우리로선 방법이 없어. 가짜 계약서라는 것도 문제지만 그녀와 함께 살고 있다는 것이 세상에 드러나면 너뿐만이 아니라 그녀도 다쳐. 세상의 이목은 과정이 중요한 게 아니라 결과니까."

"알아. 그래서 방법을 찾아보라는 거야. 어떻게 해야 온전한 모습으로 그녀를 내 곁에 둘 수 있는지."

"하아. 진짜 미치겠다. 왜 또 이런 일이 네게 일어나는 거야. 지금까지 일만으로도 충분히 넘치는데."

"내가 못나서지."

"그딴 말 하지 마! 네가 그런 말 할 때마다 한 대씩 패주고 싶어지니까."

"후훗. 참 오래 참았다, 황서진. 네가 때린다면 기꺼이 맞아줄 수 있었는데."

"지금 농담이 나와?"

"농담 아니야. 그만큼 네게 많이 미안했으니까."

"재희 얘기라면 그만둬. 우린 오히려 더 잘됐으니까."

"그래. 두 사람 참 보기 좋더라."

"너도 인경 씨랑 잘될 거야. 걱정 마."

"그래. 그래야지."

인경은 어둠에 휩싸인 듯 낮게 가라앉은 그의 목소리를 들으며 천천히 걸음을 옮겼다. 가슴이 아파서 더는 그들의 대화를 엿듣고 있을 수가 없었다.

"아우. 그나저나 송기철, 이 나쁜 자식. 양날의 칼을 휘두르면서도 지놈은 피 한 방울도 안 흘리려 하다니. 진짜 상종 못할 개새끼네."

문고리를 잡아 돌리던 인경은 개새끼라는 소리에 그만 피식 웃고 말았다. 왠지 서진의 입을 통해서 그 말을 들으니 더 인간적이게 느껴졌다.

9장 부디 내 사랑이 그대에게 전해지길

"하인경. 정신 바짝 차려. 일단 부딪쳐 보는 거야."

주열이 출근하자마자 그녀의 집으로 달려온 인경은 흐트러지려는 마음을 다시 한 번 붙잡았다. 주열은 기철에게서 들은 말을 잊어버리라고 누누이 말했었다. 하지만 뇌 속에 녹음기를 틀어놓은 것처럼 시도 때도 없이 그녀를 괴롭혀 더는 가만히 있을 수가 없었다.

"그래. 이유를 알아야 대책도 세우지. 겁먹지 마, 하인경. 겁먹을 필요 없어."

인경은 자기 최면을 걸면서 계단을 오르기 시작했다. 한 걸음, 한 걸음씩 발을 옮길 때마다 두려운 마음을 지그시 눌렀다. 이윽고 집 앞에 도착한 인경은 크게 심호흡을 하고서 문을 열고 안으로 들어갔다. 하지만 기철의 모습은 보이지 않았다.

"송기철! 나 왔어. 나와봐."

인경은 거실 중앙에 서서 소리를 질렀다. 잠을 잘 때 옷을 입지 않는 그의 습관 때문이었다. 잠시 후, 방문이 열리더니 그가 모습을 드러냈다. 아니나 다를까. 몸에는 아무것도 걸치고 있지 않았다.

"당장 옷 입어."

"나갈 일 없어."

기철이 태연스럽게 말하며 소파에 앉았다.

"당장 입어!"

인경이 버럭 소리를 질렀다. 예전 같았으면 황홀해하며 그의 옆에 찰싹 달라붙었을 것이다. 그러나 지금은 혐오스럽기만 할 뿐, 흥미조차도 느껴지지 않았다.

"기운 빼지 말고 와서 앉아. 입을 것 같았으면 입고 나왔어."

"당신은 늘 이런 식이었어. 다른 사람의 마음 따윈 아랑곳없이 자기가 원하고, 하고 싶은 대로 하면서 상대방이 그저 따라주기만을 원하지. 그래. 나도 한때는 당신이 그런 모습으로 앉아 있으면 심장이 조각조각 부서지는 것처럼 흥분되고 떨렸어. 인정해. 하지만 지금은 아니야. 아무런 느낌이 없어. 그러니까 날 흔들어놓기 위해서 그런 거라면 그만둬. 수치스러움으로 당신만 비참해질 테니까."

기철은 얼굴이 화끈 달아오르자 이를 지그시 앙다물었다. 그녀는 정확하게 정곡을 찔렀다. 처음엔 그녀의 목소리에 놀라서 벌거벗고 있다는 것도 인식하지 못한 채 벌떡 일어나 밖으로 나왔다. 그러다 옷을 입고 나오라는 그녀의 말을 듣고서야 맨몸이라는 것을 깨달았다. 그 순간, 얄궂게도 그녀의 마음을 흔들어놓고 싶다는 충동에 사로잡힌 것이다.

"계속 그러고 있을 거라면 그만 갈게. 하지만 난 오늘까지 결정해 달라는 당신의 말을 지켰어. 그러니 딴소리하지 마."

인경은 그대로 돌아섰다. 솔직히 이대로 돌아갈 수는 없었다. 힘들게 여기에 온 것만큼 그가 가지고 있는 것이 무엇인지 확인을 해야 했다. 하지만 저런 상태로 있는 그와는 도저히 대화를 할 수가 없었다.

"기다려."

한마디 툭 던져 놓고 기철은 방으로 들어갔다. 드디어 둘이 만나게 됐는데 이대로 보낼 수는 없었다. 대충 옷을 걸치고 나오자 그녀는 여전히 그 자리에 서 있었다. 순간, 짜증이 확 솟구쳤다.

"계속 거기 서 있을 거야!"

기철이 목소리를 높이자 그제야 눈을 흘끗 흘기며 그녀가 움직이고 있었다.

"마실 거 줘?"

"여기 내 집이거든? 손님 취급하지 마. 불청객은 당신이야."

기철은 피식 웃고 말았다. 맞는 말이긴 한데 손님처럼 굴고 있는 사람은 바로 그녀였다.

"아, 맞다. 열쇠 내놔. 그리고 다시는 여기 오지 마."

인경이 손을 내밀었다. 그가 아직도 그녀의 집에 있다는 것이 불쾌했다.

"손 치워. 여기서 나갈 생각 없으니까."

"진짜 웃긴다. 여기 내 집이거든. 그러니까 열쇠 내놔."

"개소리 집어치워. 집 주인은 네가 아니야!"

인경은 일순간 머릿속이 멍해졌다. 그의 말대로 집의 실소유자는 그녀가 아니었다. 하지만 세를 들어 살고 있는 동안에는 엄연히 그녀의 집이었고, 그 같은 사실을 그가 모를 리가 없었다. 한데도 집주인이란 말을 들먹인 것이다.

"방금 한 말…… 무슨 뜻이야?"

"뜻 같은 거 없어. 말 그대로 주인이 따로 있다는 소리니까."

"아니란 거 아니까 돌리지 말고 제대로 말해. 뭐야? 담고 있는 속뜻이."

목소리만큼이나 날카로운 눈빛이 그를 주시하고 있었다. 쓰윽 스치기만 해도 상처를 낼 수 있을 만큼 아주 잘 갈린 칼날처럼.

"빌어먹을!"

기철은 뒤늦게 실수했다는 것을 깨달았지만 진실 외에는 둘러댈 말이 없었다.

"나야."

기철이 툭 내뱉듯이 말했다.

"뭐?"

"내가 이 집 주인이라고."

인경은 그대로 굳어버렸다. 분명 계약서에 서명된 사람은 그가 아니라 이강우였다. 터무니없는 가격으로 집을 얻은 터라 몇 번이고 계약서를 봤었기에 똑똑히 이름을 기억하고 있었다. 한데 그라니. 그렇다면 이 집의 계약서마저 가짜라는 뜻이 아닌가.

'가짜 계약서? 설마!'

인경은 정신이 번쩍 들었다.

"이강우가 누구야?"

"최무희, 오른팔."

"이, 이 미친 것들!"

인경이 자리에서 벌떡 일어나서 소리쳤다. 가짜 계약서에 서명되어 있던 그녀의 사인이 어떻게 도용됐는지 이제야 안 것이다. 애써 잠재웠던 분노가 봇물 터지듯 솟구쳐 올랐다. 분을 이기지 못한 그녀의 몸이 사시나무 떨 듯 바들바들 떨렸다.

"이 나쁜 새끼야. 니들이 사람이야!"

화를 주체 못한 인경이 사정없이 그의 뺨을 후려쳤다. 사람을 기만해도 유분수지. 이렇듯 철저하게 우롱하다니. 그들은 절대 인간이 아니었다.

"당장 나가. 아직은 내 집이야!"

인경이 손가락으로 문을 가리키며 소리를 질렀다. 하지만 그는 망부석이라도 된 듯 꼼짝도 하지 않았다.

"나가라는 말 안 들려!"

다시 소리쳤지만 역시나 그는 움직이지 않았다.

"하! 그래. 네가 주인이라 이거지. 좋아. 더러워서 내가 나간다!"

인경이 시뻘게진 얼굴로 돌아섰다.

"여기 온 목적이 있을 텐데."

무겁게 가라앉은 목소리가 그녀의 뒷목을 서늘하게 했다. 멈춰 선 인경은 피가 배일 정도로 이로 입술을 질끈 깨물었다. 흥분한 나머지 잊고 말았다. 이곳에 온 목적을. 그녀가 움직이지 않자 기철의 목소리가 다시 들렸다.

"궁금하지 않아? 내 손에 뭐가 있는지."

인경의 눈에 갈등이 일었다. 궁금했다. 궁금해서 미칠 것 같았다. 하지만 멀쩡한 정신으로 그와 마주 앉아 있을 자신이 없었다.

"궁금하지 않나 보군. 그럼 가. 난 한숨 더 자야겠어."

기철이 자리에서 일어났다. 인경은 이제 갈등을 넘어 조바심이 났다. 아무것도 모른 채 돌아가게 될까 봐. 그리고 그 조바심은 기어코 그녀의 입을 열게 했다.

"당신이 가지고 있는 게 뭐야?"

"이제야 대화할 마음이 생겼나 보네. 그럼 와서 앉아."

"아니. 여기서 들을 거야. 그러니까 대답해."

"하아. 고집쟁이."

기철은 혼잣말로 중얼거리며 답답한 가슴을 한숨으로 밀어냈다. 그녀의 뒤통수가 아닌 얼굴이 보고 싶었다. 어떤 표정을 짓고, 무슨 생각을 하는지, 그리고 그의 대한 마음이 정말 아무것도 남아 있지 않는지를 그녀의 눈을 통해서 듣고 싶었다. 그런데 그녀는 얼굴조차 보여주지 않으려 했다.

'나를 보는 게 힘들 정도로 그렇게 괴로웠니. 내 얼굴조차 보기 싫을 정도로 그렇게 미웠어. 그래. 염치없이 주는 사랑만 넙죽넙죽 받았으니 날 떠날 결심을 했겠지. 그래서 많이 미안하고 괴로워. 이런 마음이 커질수록 널 향한 사랑은 더욱 깊어만 간다. 말도 안 되는 이유로 널 붙잡고 싶을 만큼. 이런 내 마음이 너에게 닿을 수만 있다면 설령 죽는다고 해도 웃을 수 있을 것 같아. 하지만 지금은 죽는 것보다 더 괴롭고 힘들다.'

기철의 눈빛이 슬픔으로 촉촉이 젖어들었다. 온몸이 타들어가고 피가 모두 메말라 버린 것처럼 그녀의 대한 사랑으로 심장이 죽어가고 있었다.

"심장은 하나야. 멈추면 끝이지."

'내 심장이 너를 향해 멈춰 버렸어.' 라는 말을 기철은 차마 덧붙이지 못했다. 헛소리로 치부하고 비웃어 버릴 것 같아서.

그녀의 몸이 바람을 일으킬 정도로 휙 돌아섰다. 그리고 창백해진 얼굴로 그를 바라보았다. 드디어 보고 싶은 얼굴이 그를 똑바로 응시했다. 기철은 파도가 밀려와 바위에 부딪친 것처럼 심장이 거세게 요동치자 마른침을 꿀꺽 삼켰다.

"그, 그게 무슨…… 뜻이야?"

섬뜩한 말에 그녀의 심장이 일순간 멈췄다가, 맥박이 요동치듯 다시 세차게 뛰기 시작했다.

"말 그대로 한 번 멈춘 심장은 다시 뛸 수 없다는 거지."

"설마…… 그를 죽이려는 거야?"

순식간에 차가운 분노가 그를 집어삼켰다. 기철은 피가 역류하듯 화가 치솟아 오르자 주먹을 불끈 쥐었다. 강주열을 죽인다는 게 아니었다. 그 정도로 그녀의 대한 마음이 절실하기에 한 말이었다. 그런데 저기 서 있는 그녀는 이런 그의 마음은 안 보이나 보다. 그러니 저런 헛소리를 할 테지. 하지만 순간적으로 정말 그래 버릴까 싶은 충동이 일기도 했다. 오해가 불러온 말이었지만 그걸 미끼로 그녀가 돌아올 수만 있다면. 그래서 슬쩍 던져 보기로 했다. 그녀의 반응이 궁금해서.

"당신 하기에 달렸겠지."

얼음물이 뚝뚝 떨어지는 것처럼 그의 목소리는 차갑기 그지없었다. 인경은 부정하지 않는 그의 말에 순식간에 머리끝까지 두려움이 차올랐다.

"내가, 내가 뭘 어떻게 해야 하는데."

"아주 간단해. 돌아와."

"뭐라고?"

인경은 두 귀로 똑똑히 듣고도 믿을 수가 없어서 다시 되물었다.

"내게 돌아오면 된다고."

"하, 고작 그딴 이유로 사람을 해치겠다는 거야, 지금? 하하, 미쳤어. 당신 지금 제정신 아니지? 어떻게 사람 목숨을 가지고 그딴 식으로 말을 해. 그러면 당신은 살인자야. 살인자라고. 알아!"

"당신이 돌아오면 그딴 일은 일어나지 않아."

"지금 나랑 끝까지 해보자는 거야?"

"내 대답은 하나야."

"하! 정말 기가 찬다."

인경은 어이가 없어 고개를 가로저었다. 이런 남자랑 무슨 대화를 할까. 정말 기가 차다는 것밖에는 할 말이 없었다.

"한 가지 더 알려줄까? 강주열은 굳이 내가 죽이지 않아도 편히 살지 못해. 내 손에 있는 것이 세상에 알려지면 그를 상대로 군침을 흘리고 있는 모든 인간들의 밥이 될 테니까."

다시 원점으로 돌아온 이야기에 인경은 천천히 숨을 가다듬으며 화를 삭였다. 그걸 알아야 이야기의 끝을 알 수 있을 것 같았다.

"말해. 그게 뭔지."

"강주열이 임포텐츠란 거는 알고 있지?"

"무슨 말······."

인경은 은숙의 말이 떠오르자 얼른 입을 닫았다. 기철도 같은 말을 하는 것을 보니 전혀 근거 없는 말은 아닌 모양이다. 하지만 그녀는 주열이 얼마나 열정적으로 사랑을 나누는지 잘 알고 있었다. 그런 생각만으로도 그녀의 몸에서 열기가 서서히 피어오를 정도로.

"그래서. 그게 뭐 어떻다고."

인경이 톡 쏘아붙이듯이 말을 이었다.

"그렇게 된 이유가 뭔 줄 알아? 장서인. 그녀의 죽음이 그를 그렇게 만든 거야."

인경은 장서인이란 이름을 듣자 가슴에 작은 파문이 일기 시작했다. 이미 주열에게서 그 여자가 어떤 존재였는지를 들어서 알고 있었고, 그로 인해 그가 어떤 고통을 받고 있었는지도 잘 알고 있었다. 하지만 이 일에까지 그 여자가 관계됐을 줄은 몰랐다.

"그 여자가 왜? 이 일과 무슨 관련이 있다고."

"너도 장서인이 누군지는 알고 있구나."

"그래. 알고 있어."

"그러면 이것도 알아? 두 사람이 뜨거운 밤을 보내고 난 후에 장서인이 죽었다는 것."

인경은 끔찍한 장면이 떠오르자 눈을 질끈 감았다. 몸에 소름도 쫙 끼치는 게 이미 알고 있는 내용이었지만 역시나 받아들이기 쉽지 않은 이야기였다. 하지만 이런 그녀의 반응에도 그의 이야기는 계속되었다.

"그 일로 인해 악의적인 유머들이 많이 나돌았지. 자살을 비롯해 타살까지도. 끝내는 심장마비로 결론이 났지만 어떤 이들은 복상사를 가장한 타살이라는 말까지 서슴지 않았어. 이미 3년이라는 시간이 흘렀지만 아직도 간간이 추문이 나돌 정도로 당시엔 큰 이슈였지. 물론 일반인들에게는 비밀이었지만."

인경은 주열이 생각나자 눈시울이 뜨거워졌다. 사랑하는 사람이 제 품에서 죽어버린 것만으로도 생살이 갈기갈기 찢겨져 나가고, 심장이 녹아내릴 정도로 고통스러웠을 텐데 그런 더러운 추문까지 들어야 했다니. 그의 고통이 손에 잡히는 것 같아서 그녀의 마음이 무척이나 아팠다.

"그래서 당신이 말하고자 하는 결론이 뭐야?"

"내가 쥐고 있는 이 패를 던져 버릴 생각이야."

"이미 지나간 일인데 그 패를 던져 버린들 누가 관심이나 둔데?"

"지나간 일이 아니라 현재진행형이지. 그 결과가 바로 너고."

"그게 무슨 뜻이야?"

인경은 불길한 생각이 들자 절로 목소리가 가라앉았다.

"임포가 된 강주열이 돈으로 여자들을 사들였고, 그 여자들 중 한 명과 현재 같이 살고 있다. 라고 발표가 되면 어떻게 될 것 같아? 아, 물론 더 큰 효과를 거두기 위해선 가짜 계약서라는 것까지 밝혀야겠지."

"지금 날 이용하겠다는 거야?"

"널 이용하는 게 아니라 네게 선택권을 주는 거야. 더불어 선택하기 쉽도록 방법까지 제시했고."

"닥쳐! 이건 누가 들어도 협박이야!"

"당신이 그렇게 들었다면 맞겠지. 어쨌든 대답은 해야지? 그래야 나도 이번 일을 어떤 식으로든 마무리를 짓지."

인경은 이를 바드득 갈며 주먹을 움켜쥐었다. 마치 빠져나올 수 없는 수렁에 빠진 기분이었다. 한때나마 사랑했던 사람이 저런 인간이었다는 게 치가 떨리게 싫었다. 그렇다고 그의 말을 무시할 수는 없었다. 그의 말대로 그녀가 돌아가지 않으면 거미줄에 걸려 있는 먹이처럼 그의 손짓 하나에 많은 사람들이 다칠 것은 분명했다. 그의 직업이 파파라치라고 했으니 제 욕심을 채우기 위해서는 수단과 방법을 가리지 않을 것이다. 그렇다면 그녀가 선택할 수 있는 것은 하나밖에 없었다.

'주열 씨, 미안해요. 당신을 혼자 두지 않으려 했는데 이 방법밖에는 없네요. 저런 쓰레기 같은 인간 때문에 당신이 고통받는 걸 보느니 차라리 내가 아픈 게 낫겠어요. 그러니 이런 결정을 한 날 이해해 줘요. 제발.'

그녀는 울컥 슬픔이 밀려오자 눈을 부릅떴다. 심장이 칼로 도려내지는 것처럼 아프고 고통스러웠다. 하지만 송기철 앞에서만큼은 절대 눈물을 보이고 싶지 않았다.

"표정이 왜 그래? 꼭 저승사자에게 끌려가는 것처럼."

저승사자. 그래. 그 말이 꼭 맞았다. 아무렇지도 않게 사람 목숨을 좌지우지할 수 있는 것을 보니 틀림없이 그는 저승사자였다. 그러고 보니 그의 주위로 검은 연기가 둘러싸여 있는 듯했다. 인경은 눈을 가리고 있는 머리카락을 거칠게 쓸어 올리고서 입을 열었다.

"당신 저승사자 맞잖아. 내 목숨줄 쥐고 있는."

"하하하. 그런가. 그래서 대답은?"

인경은 대답을 요구하는 그의 앞에서 천천히 허리를 내려 바닥에 무릎을 꿇었다.

"뭐 하는 짓이야!"

그의 고함 소리가 들렸지만 인경은 아랑곳없이 고개까지 숙이고서 입을 열었다.

"미안해. 나 당신한테 갈 수 없어. 그 사람 곁에서도 떠날게. 그러니까 더는 그를 괴롭히지 마. 그가 아니더라도 우린 이미 끝났다는 거 알잖아."

"아니! 난 끝나지 않았어. 내가 놓아주지 않는 한 넌 어디에도 못 가!"

"그건 억지고 집착이야!"

"그래도 상관없어! 당신만 내 곁에 있으면 되니까!"

인경은 그녀만을 고집하는 그로 인해 이젠 몸도 마음도 서서히 지쳐 갔다. 모든 걸 내던져 버리고 싶을 만큼.

"꼭, 나여야만 해?"

"그래. 너 아니면 안 돼! 죽은 시체라도 너여야만 해!"

기철은 독한 말도 서슴지 않았다. 그녀가 아니면 이젠 살아갈 아무런 의미가 없었다.

"알았어. 그럼 기다려."

인경은 접었던 무릎을 펴고서 당당하게 말했다. 죽은 시체라도 원한다는데 어쩌겠는가. 그의 말에 따를 수밖에.

"얼마나?"

"일주일."

"너무 길어. 이틀."

"너무 짧아. 5일."

"시간은 이미 충분히 줬어. 3일. 그 이상은 안 돼. 이것도 당신이 돌아온다는 조건하에서야. 만일 그 안에 연락이 없으면 바로 실행에 옮길 테니 명심해."

인경은 할 수 없이 받아들여야 했다.

"좋아. 연락처 줘. 내 폰에 있는 당신 번호론 통화가 안 돼."

"폰 줘."

그녀가 휴대전화를 내밀었다. 기철은 그녀의 전화기로 번호를 찍은 다음 통화키를 눌렀다. 그러자 이내 그의 전화기가 울렸다. 기철이 그녀에게 전화기를 돌려주며 말했다.

"3일이야."

"주열 씨 털끝 하나도 건들지 마. 찾아가지도 마. 연락도 하지 마. 만약에 이 중 한 가지라도 어기면 넌 끝이야!"

인경이 전화기를 확 잡아채며 사나운 목소리로 받아쳤다.

"걱정 마. 네가 약속을 어기지 않는 한 그런 일은 없을 테니까."

인경이 그를 노려보고선 그대로 돌아섰다. 돌이킬 수 없는 약속을 하고 말았지만 강주열, 그 사람만 지킬 수 있다면 그걸로 충분했다.

"너 무슨 일 있어?"

미란이 숟가락을 놓으며 인경에게 조심스럽게 물었다. 연락도 없이 불쑥 찾아와 점심을 같이 먹자고 하더니 밥을 먹기는커녕 고개를 처박은 채 젓가락으로 밥알만 세고 있었다.

"아니. 아무 일도 없어."

"아무 일도 없는 애 표정이 왜 그리 죽상인데."

"배가 고파서 그래."

"배고픈데 밥알은 왜 세고만 있어. 입에 넣지 않고."

"그러게. 배는 고픈데 밥은 안 넘어가네."

"어디 아파? 아니면 무슨 고민 있어? 누가 널 괴롭히기라도 해? 어떤 말이라도 좋으니까……!"

그때, 맑은 물방울이 테이블 위로 뚝 떨어졌다.

"뭐야! 너 울어?"

미란이 깜짝 놀라서 소리쳤다. 하지만 눈물만 뚝뚝 떨어질 뿐, 돌아오는 대답은 없었다.

"또 왜? 무슨 일인데. 너 호르몬 분비에 이상이라도 생겼어? 왜 툭하면 울어."

미란은 속이 상하자 그곳이 식당이라는 것도 잊고 소리를 질렀다. 그녀가 기철과 사귀고 있을 때는 행복하거나 외롭거나 딱 두 가지 감정밖에는 보이지 않았다. 그런데 강주열이라는 남자를 만나고부터는 다양한 모습을 보여주고 있었다. 그중에서도 가장 많이 본 것이 바로 눈물이었다.

"미란아, 나, 나 말이야. 흑흑흑……."

"그래 네가 뭐? 울지 말고 말을 해, 말을."

미란은 그녀가 말을 잇지 못하고 울기만 하자 어서 말하길 재촉했다. 가슴이 두근거리고 조바심이 나는 게 더는 기다려 줄 자신이 없었다.

"나, 그 사람 좋아해. 아니, 사랑해. 그를 향해 가는 마음을 멈출 수가 없어."

"계속 가, 그럼. 뭐가 걱정인데. 혹시 그 남자 다른 여자 있어?"

인경이 고개를 가로저었다. 차라리 다른 여자라도 있었더라면 이렇듯 슬프지는 않을 것 같았다.

"그럼 못 갈 이유도 없잖아. 그런데 왜 울어, 울긴."

"못 가. 아니, 갈 수가 없어."

"왜? 그 사람이 너 싫대?"

미란은 제 입으로 말해놓고도 그건 아니라는 것을 알고 있었다. 병원에서 본 그는 틀림없이 인경일 좋아하고 있었다. 물론 인경이는 아직 그와 미란이 만났다는 것을 모르고 있었지만 말이다.

"그런 거 아니야. 그 사람은 내가 자길 사랑한다는 것도 몰라."

"그럼 뭐가 문제야. 그 남자가 좋으면 확 고백해 버리면 되지. 왜? 고백했다가 차일까 봐 겁나?"

"응. 겁나. 무서워."

인경은 고개까지 끄덕이며 대꾸했다. 하지만 차일까 봐 겁이 나는 게 아니었다. 마음을 고백하고 나면 혼자 남겨질 그가 더 아파할 거라는 것을 알기에 말하기가 무서웠다.

"어이구, 이 바보. 왜 미리 겁부터 내? 깨질 때 깨지더라도 부딪쳐 봐야 속이라도 후련하지."

"그래. 그랬으면 좋겠다. 정말 속이라도 후련했으면 좋겠다."

인경은 그녀가 내린 결정에 부디 후회가 남지 않기만을 빌고 또 빌었다. 그때 그녀의 휴대전화가 울렸다. 인경은 젖은 눈길로 발신자를 확인했다. 이내 멈춰 있던 눈물이 방울이 되어 또르르 굴러떨어졌다.

'주열 씨, 나 어떡해요. 나 무서워요. 정말…… 정말 무서워요.'

인경은 전화기를 두 손안에 꼭 쥐고 이마를 가져다 댔다. 그의 목소리가 너무너무 듣고 싶은데 듣게 되면 목 놓아 울어버리게 될까 봐 통화를 할 수가 없었다.

"받아봐. 계속 울리잖아."

끊겼졌던 소리가 다시 울리자 미란이 한마디 거들었다. 인경은 냅킨으로 얼른 물기를 닦아내며 목소리를 가다듬었다. 전화를 받지 않으면 계속해서 울릴 것 같았다.

"네, 주열 씨."

[전화 받기 곤란한 데 있는 건가.]

"으음, 아니에요. 친구랑 점심 먹고 있었어요. 주열 씬 점심 드셨어요?"

[아직. 이제 먹어야지.]

"배고프겠다. 어서 드세요."

[그래.]

"저기, 주열 씨."

[말해. 듣고 있어.]

"용건이 있어서 전화한 건 아니죠?"

[아니냐. 어서 밥 먹어.]

"네. 그럼 끊을게요. 식사 맛있게 하세요."

인경은 그의 대답도 듣지 않고 그대로 전화기를 내려놓았다. 자꾸만 목이 메어와 더는 통화를 할 수가 없었다.

"쯧쯧. 사막이 따로 없다. 아주 삭막해."

미란이 혀를 내둘렀다. 보통의 연인들의 대화치곤 참 재미없었다. 엿들어보고 싶은 기분이 싹 가실 정도로.

"배고프다. 밥 먹자."

인경은 그녀의 말을 못 들은 척하며 숟가락을 들었다. 밥이 목구멍으로 넘어갈 리가 없었다. 하지만 억지로라도 먹고 기운을 차려야 했다. 얼마 남지 않은 소중한 시간을 눈물로 보낼 수는 없었다.

"인경 씨 어디래?"

서진이 전화기를 내려놓는 그에게 넌지시 물었다. 그녀가 걱정된다며 주열의 얼굴빛이 오전 내내 좋지 않았다. 그래서 점심을 핑계로 일부러 집에 온 건데 당연히 있을 줄 알았던 그녀가 없던 것이다.

"친구랑 점심 먹는대."

그 말 하는 그의 표정이 어둡기만 했다. 하지만 서진은 가볍게 무시하기로 했다. 그녀가 어디에 있는지 알게 되었으니 그나마 다행이었다.

"그래? 그럼 우리도 밥 먹자. 배고프다. 근데 친구라면 미란 씨겠지?"

서진이 주방으로 가며 물었다.

"몰라. 안 물어봤어."

"자식, 인상 좀 펴라. 네가 걱정하던 그런 일은 없잖아."

서진의 말에도 불구하고 주열의 표정은 풀리지 않았다. 송기철이 아닌 친구랑 함께 있다는 것을 확인했지만 이상하게 불안한 마음은 가시지가 않았다. 서둘러 전화를 끊어버리는 그녀의 태도 때문이었다. 그러다 주열은 문득 최무희가 떠오르자 입을 열었다.

"최무희 쪽은 어때?"

"조용해. 몸을 사리는지 클럽에도 안 나와."

"이강우는?"

"별다른 움직임은 없어. 근데 갑자기 그들은 왜?"

"송기철에 관한 약점이 최무희 손에 있지 않을까 해서."

"이미 알아봤는데 그런 건 없었어. 최무희에게는 정보만 제공받았을 뿐, 그에 따른 증거 수집은 철저히 혼자서 움직였대. 송기철이 얄밉긴 하지만 일에 관해서는 프로야. 전혀 빈틈이 없어. 오히려 최무희의 약점을 그가 쥐고 있을 거야."

주열은 서진의 말을 듣는 내내 가슴으로 찬바람이 불어닥치는 기분이었다. 그래서 송기철이 더 위험한 놈이었다.

"내가 자폭한다면 어느 정도 파장이 일 것 같아?"

"미쳤어! 그따위 생각은 꿈에서도 하지 마. 아주 끔찍해! 인경 씨도 그런 건 바라지 않을 거야."

서진이 놀라서 소리쳤다. 자폭이라니. 생각만 해도 눈앞이 암흑천지로 뒤덮였다.

"흥분 가라앉혀. 만일에 대해서 생각해 본 거니까."

"만일이 아니라 단 1초도 하지 마. 너의 그 한마디가 세상을 뒤엎을 거야."

주열도 알고 있었다. 그가 입을 여는 순간, 장서인의 죽음에서부터 하인경의 일까지 모조리 다 파헤쳐질 거라는 걸. 그렇게 되면 이와 관련된 모든 사람들은 물론이고, 송정과 태화그룹 둘 다

큰 타격을 입게 될 것이다. 그러한 사실을 뼛속 깊이 알고 있었기에 마음 가는 대로 행동할 수가 없는 것이다.

"인경 씨에 대한 네 마음을 모르지 않아. 하지만 네 감정만큼이나 회사도 중요해. 아니, 회사가 먼저야. 그래서 하는 말인데 혹시라도 네게서 그런 기미가 보이면 나, 인경 씨에게 떠나달라고 부탁할 거야. 그리고 내가 아는 인경 씨라면 아마 거절하지 않을 거다. 그러니 날 나쁜 남자로 만들지 마."

"내 사람으로 날 협박하다니. 황서진, 아주 무서운 놈이었군."

"이제 알았으면 그딴 말 다시는 입에 담지 마. 소름 끼쳐."

서진이 못을 박듯 다시 한 번 말했다. 주열의 입가에 쓸쓸한 미소가 번졌다. 입 밖으로 그 말을 꺼냈을 때, 어느 정도의 반응은 예상했었다. 하지만 그녀를 미끼로 협박까지 할 줄은 전혀 몰랐다.

'역시 안 되는 건가. 그렇다면 정말 방법이 없는데.'

주열은 자신이 사면초가에 빠졌다는 것을 새삼 깨닫고 있었다.

"이제 그만하십시오."

강우가 그녀의 손에 들려 있는 술병을 확 낚아챘다. 술병을 끼고 산 지가 벌써 며칠째였다. 하지만 시간이 흐를수록 술병은 점점 더 늘어났고, 그녀의 몰골은 차마 눈 뜨고 볼 수 없을 만큼 엉망이었다.

"줘, 이 새끼야! 너까지 지금 날 개무시하는 거야!"

"대체 언제까지 이러실 겁니까. 소울은 이제 사장님께 아무것도 아닌 겁니까?"

"소울? 하! 그게 뭐. 그까짓 게 다 뭔 소용인데. 다 필요 없어. 다 필요 없다고! 내겐 술만 있으면 돼. 그러니까 내놔!"

그녀가 비틀거리며 다가와 그의 옷자락을 움켜잡았다. 그리고 손을 뻗어 술병을 확 잡아챘다. 하지만 이내 그녀의 손끝을 타고 술병이 미끄러져 내려갔다. 파삭! 병이 깨어지는 소리가 그녀의 시선을 붙잡았다.

"어어, 내 술. 내 아까운 술이 깨져 버렸다."

그녀의 손이 깨어진 잔해를 향해 천천히 움직였다. 강우는 재빨리 그녀를 안아 들었다. 깨어진 파편에 그녀가 다치는 걸 원치 않았다.

"내 술. 아까운 내 술."

그에게 안긴 채로 그녀는 같은 말을 중얼거렸다. 강우는 속으로 욕을 삼키며 성큼성큼 침실을 향해 걸어갔다. 잠도 제대로 자지 않은 탓에 초롱초롱 빛이 나던 그녀의 눈동자는 초점조차 흐릿했다. 그녀를 침대 위에 내려놓은 강우가 이불을 덮어주며 말했다.

"주무십시오."

"나쁜 새끼야. 명령하지 마. 명령은 내가 너한테 하는 거야."

"그럴 기운도 없지 않습니까."

"왜 없어. 있어. 충분히 넘쳐."

"그럼 하십시오. 그 명령 받겠습니다."

강우는 술주정이라는 것을 알면서도 그녀의 말 한마디 한마디에 성실히 대꾸했다. 그런 강우를 그녀가 물끄러미 바라보았다. 그도 그녀의 시선을 피하지 않은 채 마주 보았다. 그런데 갑자기 그녀의 눈가가 벌겋게 충혈되더니 물을 머금은 듯 촉촉이 젖어들었다. 그리고 마침내 두 눈에서 눈물이 뚝뚝 떨어져 내렸다. 강우는 어금니를 꽉 깨물었다. 보고 또 봐도 적응 안 되는 것이 있다면 그건 여자의 눈물이었다. 이상하게 여자들이 흘리는 눈물을 보면 그의 가슴이 아릿하니 아파왔다.

"너도…… 너도 이렇게 아팠어?"

그의 입매가 천천히 굳어졌다. 눈치채고 있었나 보다. 그가 그녀를 마음에 담았다는 것을. 하지만 강우는 무슨 말을 해야 할지 몰라서 묻는 말에 아무런 대꾸도 하지 않았다.

"대답해. 명령이야."

"지금도 아픕니다."

강우는 명령을 핑계로 있는 그대로의 마음을 내보였다. 지금이 아니면 영영 그녀의 대한 마음을 보여줄 수가 없을 것 같았다.

"나 때문에 아픈 거 맞아? 다른 여자 때문이 아니라."

"최무희. 그 여자만이 절 아프게 할 수 있습니다."

"후후, 하하하…… 흐흐억…… 흑흑."

웃음을 터트리는가 싶더니 갑자기 그녀가 소리 내어 울기 시작했다. 그 모습을 보고 있으려니 가슴이 통째로 뽑혀져 나가는 것처럼 고통스러웠다.

"미친놈. 그딴 년 때문에 뭐 하러 아파. 버려. 아무짝에도 쓸모없는 년이야."

"존재 자체만으로도 좋습니다. 전 그거면 됩니다."

무조건적인 사랑이라니. 무희는 저 같은 년을 좋아하는 그가 진실로 불쌍하게 느껴졌다. 하지만 싫지는 않았다. 누군가에게 사랑받는다는 것은 아직은 살아 있다는 기쁨이었다.

"바보. 그래서 넌 안 돼. 사랑은 누가 뭐라고 해도 쟁취하는 거야. 양보란 것은 없어."

"양보란 가진 자가 쓰는 말입니다. 하지만 전 가진 적이 없기에 양보한 적 또한 없습니다. 하지만 기회를 주신다면 쟁취해 보도록 하겠습니다. 제게 기회를 주시겠습니까?"

그는 제 마음을 모두 내보이며 그녀를 압박했다. 그녀의 말을 인용해 기회를 달라고 하니 마땅히 거절할 방법이 없었다. 무희는 입안이 바짝 말라가자 마른 입술을 달싹였다. 무슨 말이라도 해야 할 것 같은데 도무지 입이 떨어지지가 않았다.

"그만 주무십시오. 대답은 다음에 듣겠습니다."

그녀의 속을 들여다본 것처럼 그가 한발 물러났다. 무희는 다행이라고 생각하며 얼른 눈을 감았다. 술기운에 너무 멀리 가버렸다는 것이 뒤늦게 생각난 것이다.

"거실에 있겠습니다. 필요한 것이 있으면 부르십시오."

강우는 일부러 한마디 더 던지고서 뒤돌아섰다. 그의 입가에는 보기 좋은 미소가 감돌았다. 이제야 겨우 그녀에게 한발 다가간 것 같아서 무척이나 기분이 좋았다.

Rrrrr. Rrrrr.

주열이 운전석에 앉자마자 휴대전화가 울렸다. 주머니에서 전화기를 꺼내 든 그는 선뜻 받지 못하고 깊은 한숨을 토해냈다. 기억하고 싶지 않은 하지만 영원히 가슴에 남을 멍울이 욱신거리기 시작했다. 사정을 몰랐을 때는 원망이라도 했는데 모든 걸 알고 난 지금은 어떻게 대해야 할지 막막하기만 했다. 이런 그의 사정을 알 리가 없는 야속한 전화는 계속해서 울어대고 있었다. 아마도 받을 때까지 울릴 모양이다. 주열은 지그시 눈을 감으며 마지못해 통화버튼을 눌렀다.

"무슨 일이야?"

[이번에도 받지 않으면 그냥 가려고 했다.]

대답하는 민수의 목소리는 착 가라앉아 있었다. 혹시 집 앞에서 기다리고 있기라도 하는 걸까. 그렇다면 차라리 그냥 가주면 좋겠는데. 못나게도 주열은 아직 그를 만날 자신이 없었다.

"그냥 가, 그럼."

[그럼 끝까지 받지 말았어야지.]

"그럼 끊으면 되겠군."

[주열아!]

끊는다는 소리에 그가 다급하게 불렀다. 휴대전화를 반쯤 귀에서 떼었던 주열은 천천히 다시 귓가로 가져다 댔다.

"말해."

[나 떠난다. 지금 공항이야.]

주열은 눈을 번쩍 떴다. 예상하고 있던 곳이 아니라 깜짝 놀랐다. 한데 공항이라니, 대체 이 시간에 어딜 간단 말인가.

"그게…… 무슨 말이야?"

[여기저기 좀 돌아다니다 오려고. 그냥 가려다 좀 오래 걸릴 것 같아서 전화한 거야. 네가 날 찾을 일은 없겠지만 그래도 알려는 줘야 할 것 같아서. 그리고 돌아오면 본격적으로 태화에 뛰어들 것 같아. 아버지가 그러길 원하셔. 이번이 마지막 휴가라고 생각하래. 그래서 실컷 돌아다니다 오려고. 그래서 말인데, 주열아.]

주열은 갑자기 그가 부르자 살짝 긴장되어 저도 모르게 자세를 고쳐 앉았다. 그가 뭐라고 말할지 두렵다. 하지만 피하고 싶지는 않았다.

"듣고 있으니 말해."

[다시 돌아오면 내 안에 너 없다. 그러니까 너도 잊어. 네가 들었던 모든 말들, 기억 속에 담아두지 말고 하나도 남김없이 깨끗이 지워 버려. 몰랐더라면 더 좋았겠지만 알아버린 이상 다른 도리가 없잖아. 그리고 우리가 다시 만나게 되면 딱 10년만 되돌아가자. 내가 뉴욕에서 돌아와 널 다시 만났던 그때로 말이야. 그래 줄 수 있겠어?]

그가 2년 동안 뉴욕에서 지내다가 귀국한 게 바로 5년 전이었다. 그리되면 5년이란 시간을 나가 있겠다는 뜻이었다. 주열은 그게 무엇을 의미하는지 어렵지 않게 알 수 있었다. 민수는 그들의 시간 속에서 가장 행복했던 때로 돌아가고 싶은 것이다. 주열은 휴대전화를 움켜잡은 손끝에 힘을 꽉 주었다. 솔직히 예전처럼 그를 대할 수 있을지 자신이 없었다. 그러나 민수가 그러길 원한다면 노력은 해보고 싶었다. 지금은 누가 뭐라고 해도 제일 힘든 사람은 그일 테니까.

"돌아와 보면 알겠지."

긍정도 부정도 아닌 말이 입 밖으로 튀어나왔다. 곧바로 대꾸를 하지 않는 것을 보니 그가 원하던 대답이 아닌 모양이다. 하지만 지금은 이 말밖에는 해줄 말이 없었다.

[그래. 조급해하지 않을게. 흐르는 시간만큼 많은 것들이 달라질 테니까. 그만 끊어야겠다. 잘 지내라, 주열아.]

주열은 대꾸도 하지 않고 그대로 전화기를 내려 버렸다. 5년 후
라는 시간을 기약하긴 했지만 그사이 어떤 수많은 일들이 일어날
지는 아무도 모른다. 운이 나쁘면 민수가 죽을 수도 있었고, 아니
면 그가 세상과 등질 수도 있었다. 그렇기에 약속은 무의미할 뿐
이었다. 그러나 만일 그들이 다시 만나게 된다면 친구로서 맞이하
고 싶었다.

"건강해라, 민수야."

차마 그에게 전하지 못한 말이 밤공기에 녹아내렸다.

인경은 한 손에 와인 잔을 든 채로 테라스의 난간에 기대고 섰
다. 그리고 고개를 뒤로 젖혀 어둠이 내려앉은 하늘을 올려다보았
다. 별도 달도 보이지 않는 까만 밤이 오늘따라 유난히도 어둡고
무거워 보이는 게 대지를 적실 비라도 내릴 태세였다.

"내릴 비라면 가슴이 후련할 정도로 쏟아졌으면 좋겠다. 속이
라도 시원하게."

인경이 나지막이 중얼거리며 입안으로 와인을 흘려보냈다. 그
러자 달곰씁쓸한 맛이 입안을 가득 채우더니 와인 특유의 진한 향
을 남기고 있었다.

"어딜 갔나 했더니 여기 있었군."

주열이 그녀의 허리를 팔로 휘감더니 목덜미에 입술을 묻었다.
방금 샤워를 끝낸 그에게서 풍겨오는 은은한 민트 향이 두 사람을
에워쌌다. 인경은 뜨거운 열기가 목을 달구자 몸을 비틀어 그와
마주했다. 사랑, 번뇌, 그리고 고통이 고스란히 묻어난 눈동자가
오롯이 그녀를 향해 있었다.

그 마음이 너무 안쓰러워 인경이 까치발을 하고서 그의 눈에 살며시 입을 맞췄다. 이어 천천히 입술을 내려 콧잔등에도 입맞춤을 한 뒤, 입술 위에서 멈췄다. 많이 힘들었을 그에게 조금이라도 위로가 되어주고 싶은데 그녀가 해줄 수 있는 게 이런 것밖에는 없었다. 인경이 살짝 혀를 내밀자, 탐이 날 정도로 부드러운 입술이 혀끝에 닿았다. 이내 그의 입술이 벌어지더니 그녀의 혀를 끌어당겨 안았다. 그렇게 시작된 열기는 뜨거운 불길이 되어 두 사람을 에워쌌다. 그 바람에 그녀의 손에 들려 있던 와인 잔이 출렁거리며 안에 든 내용물이 쏟아지고 말았다.

"아앗!"

인경이 외마디 비명을 지르며 그에게서 떨어졌다. 그녀의 손가락을 타고 흘러내리는 붉은 액체가 마치 핏물처럼 보였다. 그녀가 그에게 할 짓을 미리 예고라도 하는 것처럼.

'내가 당신 심장을 이렇듯 붉게 물들이게 할 거예요. 그러니 나 원망해요. 원망하면서 날 잊어요. 그래야 당신이 살 수 있어요.'

마르지 않을 눈물이 그녀의 가슴을 타고 소리 없이 흘러내렸다.

"금방 지워지겠죠?"

"그래. 비누칠 한 번이면 깨끗해져."

주열이 목욕 가운 자락으로 그녀의 손을 닦아주며 대답했다. 하지만 그녀가 말한 것은 손이 아니었다. 그녀를 향한 그의 마음이 오래가지 않길 바라서 한 말이었다. 인경은 울컥 눈물이 치솟자, 잔에 남아 있던 술을 입안에 머금고 그대로 주열의 입술을 덮쳤다.

"흐흡, 하아."

주열이 입안으로 흘러들어 오는 술을 거칠게 받아 마셨다. 그것이 촉진제가 되어 더 많은 것을 갈망하게 했다.

"제길!"

조급증이 난 주열은 입술도 떼지 않은 채 그녀를 번쩍 안아 들고서 성큼성큼 침실을 향해 걸어갔다. 마음이 조급해서 그런지 그녀를 침대 위에 내려놓는 손길이 제법 거칠었다. 주열은 거추장스러운 가운을 재빨리 벗어 던졌다. 그리고 곧장 그녀의 옷으로 손을 뻗었다.

인경은 성급한 손길로 단추를 풀고 있는 그를 사랑스런 눈길로 바라보았다. 근사한 몸매를 가지고 있는 부드러운 남자. 결코 누구에게도 내어주고 싶지 않은 애장품처럼 그녀만이 갖고 싶었다. 그러나 안타깝게도 그건 마음일 뿐, 현실에서는 이루어질 수 없었다.

그의 손길에 의해 어느새 그녀의 몸은 갓 태어난 아기처럼 벌거벗은 채로 누워 있었다. 주열은 상기된 표정으로 바라보고 있는 눈동자에 부드럽게 키스했다. 온몸을 휘도는 짜릿한 전율. 인경은 몸을 부르르 떨며 그의 목을 꽉 끌어당겨 안았다. 키스가 짙어질수록 톱니가 맞물려 있는 것처럼 조금의 틈도 보이지 않는 입술에선 색스러운 소리가 흘러나왔다. 주열은 더 많은 갈증을 느끼며 더 깊은 곳까지 혀를 밀어 넣었다. 그렇게 그들은 굶주린 짐승이 먹잇감을 빼앗듯 서로를 휘감으며, 폭풍우가 휘몰아치듯 뜨거운 욕망의 파도에 몸을 실었다.

"하아……."

그의 손이 터질 듯 부풀어 오른 가슴을 움켜쥐었다. 거센 욕망의 물살은 조금의 망설임도 없이 그녀의 몸속 깊숙이 침투해 들어와 머릿속까지 하얗게 비워 버렸다. 주열이 열에 들떠 허우적거리는 그녀의 허리를 양손으로 들어 올려 앙증맞게 구멍이 난 배꼽 속으로 혀를 밀어 넣고서 빙빙 돌렸다. 그러자 척추를 타고 흐르는 짜릿한 쾌감이 발작하듯 그녀의 몸을 흔들었다. 미칠 것 같았다. 금방이라도 쩍 하고 몸이 두 동강이 날 것만 같았다. 당장 그를 느끼지 못하면 죽을 것만 같았다.

"이제, 이제 그만 들어와요. 온전한 당신을 느끼고 싶어요."

거절할 수 없는 유혹이었다. 그러나 아직은 아니었다. 주열은 간절한 눈빛을 애써 외면하며 배꼽을 지난 입술이 가장 은밀한 곳에 닿을 때까지 혀를 멈추지 않았다. 이윽고 목적지에 당도한 그는 입술 대신 코를 가져다 대고 숨을 깊게 들이켰다. 그녀의 향기를 가장 깊고 진하게 맡을 수 있는 곳. 그가 숨을 들이켤 때마다 검은 숲을 헤치고 전해오는 그녀의 향기는 어떠한 알코올이나 마취제보다 강렬하게 그를 취하게 했다.

그래서 좋았다. 이렇게 그녀 안에 고개를 묻고 있으면 다른 것은 아무것도 생각나지 않았다. 망각의 늪에 빠진 것처럼 온전히 그녀만을 느끼며 편안하게 쉴 수 있었다. 주열은 기다란 손가락으로 수줍은 듯이 움츠리고 있는 꽃잎을 어루만지며 탁해진 목소리로 입을 열었다.

"당신의 이곳은 세상 어느 꽃보다 아름다워. 그래서 가만히 둘수가 없어. 나비는 달콤한 꿀을 잔뜩 머금고 있는 꽃을 너무나 사랑하거든."

무슨 말인지 채 깨닫기도 전에 불에 덴 듯, 뜨거운 감촉이 그녀의 질 속으로 파고들었다.

"주, 주열 씨. 하윽!"

인경은 불길에 휩싸인 듯 아랫도리가 화끈거려 이리저리 몸을 비틀어대며 울부짖었다. 그러나 애원의 목소리에도 불구하고 그는 더욱 집요하게 그녀 안에서 혀를 움직였다. 그녀는 참을 수 없는 열기에 숨을 헐떡거리며 몸부림쳤다. 세포 하나하나가 그의 혀 끝에서 생명을 찾은 듯, 일시에 깨어나 미친 듯이 자유를 갈망했다.

그러나 그의 입술은 그칠 줄 몰랐다. 달콤한 꿀을 삼키듯 쪽쪽 소리를 내며 핥고 빨기를 반복했다. 그럴 때마다 그녀 안에서는 짙은 향을 뿌리며 희뿌연 액이 흘러나왔다. 이제 더는 참을 수 없었다. 금방이라도 그의 입안에 자신의 흔적을 쏟아낼 것만 같았다. 다급해진 그녀가 그의 머리를 밀어내며 또다시 애원하기 시작했다.

"주, 주열 씨. 그만! 그만해요 제발. 더, 더는, 더는……."

그녀는 괴로움에 몸부림치며 말을 잇지 못했다. 하지만 주열에게는 고통스러운 표정으로 떨고 있는 모습조차도 아름다웠다.

"참지 마. 몸이 하자는 대로 맡겨. 그럼 나머진 내가 다 알아서 해. 당신에게서 새어 나오는 어떠한 것도 버리고 싶지 않아. 그게 한 방울의 땀이라 할지라도 내겐 너무나 소중해."

"주열…… 아윽! 난 몰라."

그의 말에 자극을 받은 그녀는 결국 정욕을 참지 못하고, 그의 입안에 체액을 쏟아내고 말았다. 부끄러운 행동에 얼굴이 화끈 달아오르자 인경이 얼른 손으로 얼굴을 가렸다.

"쿡쿡, 하하하!"

주열은 그녀의 모습이 너무나 사랑스럽고 귀여워, 그러면 안 된다는 것을 알면서도 그만 큰 소리로 웃고 말았다.

"웃지 말아요!"

인경은 차마 그의 얼굴은 보지 못하고 얼굴을 가리고 있는 손바닥 너머로 톡 쏘아붙였다. 그러나 그의 웃음소리는 더욱 커져만 갔다. 순간 묘한 승부욕이 그녀 안에서 꿈틀거렸다. 이대로 당하고만 있을 수 없었다. 그녀는 슬쩍 손가락 사이로 그의 동태를 살폈다. 그는 뭐가 그렇게 즐거운지 고개까지 뒤로 젖힌 채 웃고 있었다.

벌거벗은 채로 웃고 있는 남자가 이토록 섹시할 줄이야. 그녀 안에서부터 뜨거운 전율이 흘렀다. 인경은 벌떡 몸을 일으키고 앉아 손바닥으로 그를 힘껏 밀었다. 그리고 그가 정신을 채 차리기도 전에 냉큼 몸을 날려 그의 몸에 엉덩이를 내려놓았다.

"이게 무슨……."

주열은 순식간에 그녀의 밑에 깔리게 되자 어안이 벙벙했다.

"놀랄 것 없어요. 혼자 당하기 억울해서 그러는 거니까."

인경은 열띤 표정으로 그의 목덜미에 입술을 묻고 입을 맞췄다. 진한 울림이 입술 끝으로 전해져 왔다. 심장 소리. 그건 그가 살아 있다는 증거였다. 순간, 그녀의 눈가가 뜨거워졌다. 뒤이어 가슴에이도록 차가운 목소리가 귓전을 때렸다.

"심장은 하나야. 멈추면 끝이지."

알고 있다. 한 번 멈춘 심장은 결코 되돌아올 수 없다는 것을. 그래서 멈출 수가 없다. 이미 고장난 심장은 멈춰지지 않는다.

"당신! 지금 우는 건가?"

차가운 기운이 목덜미를 적시자 그가 날카롭게 물었다. 그러나 고개를 묻고 있는 그녀에게서는 아무런 대답도 들려오지 않았다. 불길한 느낌이 정신을 번쩍 들게 하자 주열이 황급히 몸을 일으키려 했다. 그러나 가슴을 누르고 있는 손길이 그의 행동을 제지했다.

"하인경."

주열이 그녀의 머리를 쓰다듬으며 나지막이 속삭였다. 사랑을 나누다 흘리는 눈물을 어떻게 받아들여야 할지를 몰라서 그저 그녀의 이름을 부르는 게 다였다. 그리고 한참이 지난 후에야 그녀의 목소리를 들을 수 있었다.

"나…… 취했나 봐요."

"무슨 소리야?"

부드러운 목소리로 그가 묻자, 인경이 손바닥으로 그의 가슴을 어루만지며 말했다.

"주정하잖아요. 이건 모두 당신 때문이에요."

"나 때문이라니, 왜?"

"와인 한 잔에 취할 리가 없잖아요. 그러니 강주열이란 향기에 취한 거죠."

"후훗, 그런 거라면 나쁘지 않군. 아니, 좀 더 보고 싶어. 대신 이번엔 함께 취하자고."

순식간에 위치가 뒤바뀌자 인경이 비명을 질렀다. 그러나 싫지 않은 비명 소리는 뜨겁게 덮쳐 오는 입술 속으로 빨려 들어갔고, 그들의 밤은 뜨거운 불꽃이 되어 새까맣게 타올랐다.

테라스로 나간 인경은 산들거리는 바람을 느끼며 살며시 눈을 감았다 떴다. 새벽녘에 집어삼킬 듯이 쏟아지던 빗줄기는 아침이 되자 언제 그랬냐는 듯이 햇살 속으로 모습을 감추었다. 나뭇가지에 매달려 있는 물방울이 아니었다면 아마 꿈이라 생각할 정도로 날씨는 화창했다.

"날씨는 눈물 날 정도로 참 좋구나."

밤새 내린 비가 탁한 공기를 거둬간 듯 싱그러운 바람이 얼굴로 날아들었다. 그녀는 양팔을 쫙 벌리고서 숨을 깊게 들이켜 폐 속 깊숙이 상큼한 바람을 불어넣었다. 그러자 에너지가 흡수되듯 나른하던 몸에 생기가 돌기 시작했다. 아주 기분 좋은 하루의 시작이었다. 하지만 마음속만큼은 걷잡을 수 없는 폭풍우에 휘말리고 있었다.

"결국 와버렸구나. 조금 천천히 와도 되는데 너무 빨리 와버렸네."

그녀의 눈가에 이슬이 맺혔다. 울지 않으려고 무던히도 참고 또 참았었는데 불쑥 다가온 내일이 너무나 야속했다.

"울지 마, 하인경. 울지 않기로 했잖아. 그와 보낼 수 있는 마지막 날을 눈물로 허비하지 마."

인경은 연신 손등으로 눈물을 훔치며 스스로를 나무랐다. 운다고 해결되는 것은 아무것도 없었다. 차라리 매시간 매 순간이 기억에 남을 수 있도록 행복한 일을 찾아보는 게 나았다.

"주열 씨 깨워서 아침 산책 가자고 해야겠다."

인경은 그와 나란히 걸었던 산책로가 생각나자 서둘러 침실로 향했다. 무거운 이야기로 끝을 맺긴 했지만 싱그러운 바람과 향기로운 꽃 내음을 맡으며 그와 함께 걸었던 그 시간만큼은 세상이 다 그녀의 품에 안겨 있는 듯 행복했다. 그래서 오늘 그 행복을 다시 한 번 느껴보고 싶었다.

"후훗. 일어났구나."

안에서 들려오는 이야기 소리에 문손잡이를 돌리던 그녀의 얼굴에 미소가 번졌다. 이른 시간에 통화를 하는 것을 보니 아마도 상대는 서진일 것이다. 인경은 통화에 방해가 되지 않도록 조심조심 문을 열었다. 그러나 이내 몸이 흠칫 굳어졌다. 문이 조금 열린 틈새로 들려온 이름자가 모든 동작을 멈추게 한 것이다.

"제기랄!"

이불을 확 걷어낸 주열은 곧장 침대에서 내려섰다. 기분 좋게 깨어난 아침이 전화 한 통화에 깨져 버려 상당히 불쾌했다. 부재중 전화를 무시하지 못한 스스로를 탓해야 했지만 입에서 나가는 말투가 곱지 않았다.

[목숨 귀한 줄 알면 얌전히 있으란다. 자기 뒤꽁무니 따라다녀 봤자 득보다 실이 더 클 거라고. 생각보다 훨씬 치밀한 녀석이야. 섣불리 건드렸다가는 우리가 당해.]

주열은 스피커를 통해 흘러나오는 서진의 목소리가 속을 확 뒤집어놓자 눈을 부릅떴다. 송기철이 너무 조용하게 있는 것이 불안해서 미행을 붙인 거였는데 이렇듯 쉽게 들킬 줄이야. 아무것도 얻은 것 없이 그에게 협박할 수 있는 빌미만 제공했다고 생각하니 독주를 마신 듯 입안이 쓰디썼다.

"철수시켜."

[알았다. 바로 처리할게. 참, 그리고 회장님이 전화하셨어. 일이 어떻게 돌아가는지 궁금해하시더라.]

"아버지껜 아무 말 마. 상황을 알게 되면 직접 나서려 하실 거야. 그러면 일만 더 복잡해져."

[나도 알아. 그래서 지금 조율 중이라고 말씀드렸더니 더는 묻지 않고 끊으시더라. 솔직히 송기철이 돈을 요구하면 상대하기가 훨씬 쉬울 텐데 원하는 것이 인경 씨밖에 없으니 정말 답이 없다. 네게 인경 씨를 포기하라고 말하고 싶을 정도로.]

"내 손에 죽고 싶거든 그딴 농담해라."

[농담 아니야, 인마. 송기철이 계속 인경 씨만 고집한다면 네가 포기하는 게 맞아. 너 하나 살리자고 많은 이들을 죽일 수는 없으니까. 그리고 설령 네가 인경 씨를 차지했다 하더라도 너도 인경 씨도 행복할 수 없어. 왜 그런지 굳이 이유를 말하지 않아도 잘 알 거라고 본다. 너의 자폭을 막는 이유이기도 하니까.]

주열은 틀린 말이 아니었기에 반박할 수 없었다. 모든 것을 내던져 버리고 가장 소중한 것, 하나를 얻었다 한들 그 하나가 불행하다면 결코 행복할 수 없었다. 그럼에도 불구하고 그 하나를 얻기 위한 방법이 그것뿐이라면 그는 기꺼이 모든 것을 내려놓을 것이다. 심지어 그의 목숨까지도.

[근데 그 자식은 왜 이제 와서 인경 씨를 못 가져서 안달인 거야. 옆에 있을 때 잘하지 않고.]

"그녀의 진가를 이제야 알게 됐겠지."

[하! 얍삽한 놈. 우리를 지놈 손바닥 위에 올려놓고 가지고 놀려는 심보구만.]

"그럴지도."

[사람 마음 가지고 장난치는 것들은 똑같이 되갚아줘야 해. 그래야 보이지 않는 상처가 얼마나 더 고통스러운지 뼈저리게 느끼지.]

"맞는 말이긴 한데 너 오늘 좀 이상하다. 아침부터 너무 흥분해 있어. 무슨 일이야?"

주열은 갈수록 서진의 말투가 거칠어지자 미간을 찡그리며 물었다. 그가 모르는 어떤 일이 또다시 일어나고 있는 것은 아닌가, 신경이 쓰였다.

[일은 무슨. 그 자식 얘기하다 보니 열 받아서 그러지.]

"그럼 열 내리게 그만 끊자. 씻어야겠다."

[어, 그래. 사무실에서 보자. 아침 꼭 먹고 출근해. 배고프다고 짜증내지 말고.]

"알았다. 잔소리쟁이."

[잔소리 안 하게 잘 좀 하⋯⋯.]

주열은 피식 웃으며 그대로 전화를 끊어버렸다. 어떻게 된 게 그는 갈수록 잔소리가 늘어나고 있었다. 저러다 물에 빠지면 입만 동동 뜨는 게 아닐까 싶을 정도로.

"송기철. 이 자식이 진짜."

주열이 욕실로 들어가는 것을 확인하고 나서야 인경은 참고 있던 말을 툭 내뱉었다. 털끝 하나라도 건들지 말라고 경고를 했었는데도 아무 소용이 없었다니, 도저히 그를 용서할 수가 없었다. 인경은 몸을 부들부들 떨며 침실로 들어가 휴대전화를 집어 들었다. 그리고 떨리는 손끝으로 통화버튼을 꾹 눌렀다. 짧은 신호음을 끝으로 상대방이 전화를 받았다.

[이 시간에 어쩐 일이야? 우리의 시간은 내일인 걸로 아는데.]

천연덕스러운 말에 인경은 고함 소리가 나가지 않도록 어금니를 꽉 깨물었다. 전화기를 사이에 두고 흥분된 감정을 드러내 봤자 그에게 먹힐 것 같지가 않았다. 인경은 심줄이 불거져 나올 정도로 주먹을 꽉 쥐고서 천천히 입술을 열었다.

"오늘…… 시간 돼?"

[없어도 내야지. 누가 부르는 건데. 어디서 볼까?]

살짝 들뜬 목소리가 전화기를 타고 흘러들었다. 인경은 잠시 눈을 감고서 어디서 만나는 게 그녀에게 유리할지 떠올려 보았다. 이내 기다렸다는 듯이 한곳이 뇌리에 박혀들었다. 마음껏 소리를 질러도 남의 시선 따윈 신경 쓸 필요 없으니 맞붙 놓기에는 최적의 장소였다. 하지만 그곳은 결코 그와 함께 가고 싶지 않은 곳이기도 했다. 어떻게 할지 잠시 생각에 빠져들었던 인경은 결심이 서자, 피가 맺힐 정도로 꽉 깨물고 있던 입술을 달싹였다.

"우리가 갔던 바닷가 기억해?"

[죽어서도 못 잊지. 우리가 처음…….]

"거기서 봐."

인경은 냉정한 말투로 그의 말을 끊었다. 굳이 다음 말은 듣지 않아도 알 수 있었다. 그녀 역시 비참하리만치 또렷이 기억하고 있으니까.

[좋아. 12시까지 가도록 할게.]

그의 대답이 들려오자 인경은 그대로 전화를 끊어버리고 맥없이 침대에 주저앉았다. 모든 매듭의 끈은 그녀가 쥐고 있었다. 그녀만이 질긴 악연을 끝낼 수 있는 것이다.

약속 시간보다 조금 일찍 도착한 인경은 어젯밤 비로 인해 넘칠 듯이 출렁거리는 바다를 응시했다. 먼 곳에서부터 밀려오던 하얀 물살이 지면에 닿을 때쯤 되자 거대한 파도가 되었다.

쏴아, 철썩!

바람을 타고 밀려온 물살이 바위에 부딪쳐 산산이 부서졌다가 파도에 밀려 다시 떠내려갔다. 부서지고 깨지면서도 물살은 쉬지 않고 밀려왔다가 밀려가길 반복했다. 마치 그것이 운명인 것처럼 어떠한 감정 표현도 없었다. 그러나 그건 그저 겉모습일 뿐, 자세히 들여다보면 제각기 색이 있었다.

거센 파도가 되어 밀려온 물살은 아픔을 쏟아내듯 거대한 물보라를 일으키며 부서져 내린다. 그러나 잔잔한 수면 위에서 밀려오는 물살은 바위를 어루만지듯 찰랑찰랑거리는 게 평화롭기만 하다. 인생도 마찬가지다. 눈으로 보이는 것이 결코 다가 아니었다. 그녀의 삶은 평온한 듯 보이지만 그 속은 썩어 뭉크러져 악취를 풍겼다. 제아무리 씻겨내고 고급 향수로 치장을 한다고 해도 벗겨낼 수 없었다.

"저들은 오래도록 행복했으면 좋겠다."

인경은 모래사장을 뛰어다니는 연인들을 바라보며 슬픈 목소리로 중얼거렸다. 저들처럼 그녀에게도 행복한 꿈을 꿀 때가 있었다. 주머니에 가진 것은 없었지만 온 세상이 제 것인 양 가슴 벅찼다. 그러나 꿈은 역시 꿈일 뿐, 결코 제 것이 될 수 없었다.

"아악!"

일그러진 표정으로 회상에 잠겨 있던 인경은 허리를 껴안는 손길에 놀라서 펄쩍 뛰어올랐다.

"왜 그렇게 놀라. 사람 무안하게."

"도둑고양이처럼 굴지 말고 기척 좀 내고 다니라고 했잖아!"

인경이 고함을 꽥 질렀다. 제 버릇 못 준다고 매번 일러줘도 달라지지가 않았다. 아니면 고칠 의향이 없는 것일지도. 하기야 제멋에 사는 인간이니 남의 말을 듣는다는 것이 오히려 더 이상 할지도 모르겠다.

"컨디션 안 좋아? 별것도 아닌 일로 왜 그렇게 까칠하게 굴어."

"다시는 이런 짓 하지 마. 역겨워!"

기철의 눈빛이 차갑게 얼어붙었다. 아침에 그녀의 전화를 받고 여기까지 오는 내내 가슴이 너무 떨려서 심장이 다 아플 지경이었다. 왜 그를 보자고 하는 것일까, 라는 불안감보다 그녀의 얼굴을 볼 수 있다는 것이 너무 좋아서 물 한 모금도 입안으로 넘기지 못했다.

그러다 그녀를 보게 되었고, 어느새 그의 손은 그녀를 안고 있었다. 그가 인식도 하기 전에 벌어진 일이라 그녀가 비명을 질렀을 때, 그도 놀라서 얼른 손을 뗀 것이다. 하지만 이렇듯 격한 반응을 할 줄은 몰랐다. 기철이 그녀의 볼을 향해 천천히 손가락을 움직였다.

"그 정도로 내 손길을 싫어하는 줄은 몰랐네. 알았어. 오늘은 당신 말대로 할게. 하지만 내일부터는 역겨워도 참아야 할 거야. 내 인내심은 딱 거기까지니까."

그의 손가락이 그녀의 볼을 쓰다듬었다. 인경은 볼을 스치고 지나가는 저 손가락을 부러뜨려 버리고 싶은 충동을 느꼈다. 아니, 그를 죽여 버리고 싶었다.

순간, 그녀의 눈동자가 반짝 빛을 뿜었다. 죽여 버린다? 이 세상에서 그를 영원히 추방한다? 그럼 그 사람을 지킬 수 있을까? 그녀 안에서 걷잡을 수 없는 물음들이 연이어 들려왔다. 그를 지킬 수 있다면, 사랑하는 그 사람을 지킬 수만 있다면 기꺼이 그녀의 목숨쯤은 내놓을 수 있었다.

"그래. 나쁘지 않은 생각이야."

"뭐가 나쁘지 않은데?"

혼잣말로 중얼거린 말에 그가 날카롭게 물었다. 화들짝 놀란 인경은 억지 미소를 지으며 얼른 고개를 가로저었다.

"아니야, 아무것도. 배고프다. 우선 밥부터 먹어. 그런 다음 어떻게 할지 생각해 보자고."

마지막 말은 그에게가 아닌 그녀에게 한 말이었다. 그를 어떻게 처리해야 할지 생각할 시간이 필요했다. 인경은 벌어진 입을 다물지 못하고 눈동자만 굴리고 서 있는 그를 지나쳐 걸어갔다.

"지금 밥이라고 했어?"

기철은 꼭 뭐에 홀린 사람처럼 그녀의 뒤를 따라가며 물었다. 입에 게거품을 물고 고래고래 소리를 지를 줄 알았는데 태연한 표정으로 밥 타령이나 하다니. 듣는 사람이 이상해질 정도였다.

"먹고 죽은 귀신 때깔도 좋다고 하잖아. 배나 실컷 채워두자고."

"하고많은 말 중에 왜 하필 귀신이야. 기분 섬뜩하게."

"귀신이 뭐 어때서. 우리도 죽으면 다 그 모습일 텐데. 이참에 사겨두는 것도 나쁘지 않겠어."

인경은 바닷가에서 그다지 멀지 않은 횟집으로 들어가 자리를 잡고 앉았다. 기철이 아직도 믿어지지 않는다는 표정으로 그녀의 맞은편에 앉았다.

"여기 특대로 하나 주세요."

인경이 큰 소리로 말하자 알았다는 답변이 돌아왔다.

"오늘 왜 보자고 한 거야?"

기철은 눈에 띄게 달라진 그녀의 행동이 마음을 불안하게 하자 조심스럽게 물었다. 아침을 굶은 터라 배가 몹시 고프기는 했다. 하지만 그녀의 말을 듣기 전에는 목구멍으로 밥이 넘어갈 것 같지가 않았다.

"밥 먹고 얘기해. 나 잠깐 화장실 좀 다녀올게."

인경은 그를 향해 생긋 웃어준 뒤, 밖으로 나왔다. 그리고 더는 분을 참지 못한 그녀의 입에서 거침없이 욕지기가 쏟아졌다.

"흡혈귀 같은 자식. 내가 가만둘 줄 알아. 배불리 실컷 처먹어둬라, 이 나쁜 새끼야."

그렇게 혼자서 분풀이를 하고 있을 때, 그녀의 휴대전화가 울렸다. 인경은 크게 심호흡을 하고 난 후 가방에서 전화기를 꺼내 발신자를 확인했다. 악마라는 글자가 선명하게 찍혀 있었다. 순간, 울컥 목이 메고 눈이 뻑뻑해졌다. 처음엔 그가 영락없는 악마인

줄 알았다. 그래서 아무런 고민 없이 악마라고 저장을 했다. 하지만 모든 것을 알게 된 지금은 그가 아닌 그녀가 악마였다.

"그가 알면 서운해하겠다."

인경은 통화를 끝내고 이름을 바꿔야겠다는 생각을 하며 통화 버튼을 눌렀다.

"여보세요?"

[잠을 깨운 건가?]

예리한 질문. 그는 단 네 글자로 그녀의 목소리가 다른 때와 다르다는 걸 눈치채고 있었다. 인경은 가슴으로 밀려드는 아릿한 느낌을 지그시 누르며 장난스럽게 입을 열었다.

"어젯밤에 무리했나 봐요. 목소리가 잠기네요."

[이런, 어젯밤을 상기시키다니. 요부가 따로 없군.]

맞받아치는 장난스러움에 한결 기분이 좋아졌다. 이렇게 그의 목소리만 듣고 있어도 가슴속에 맺혀 있던 답답함이 사라지면서 마음이 편안했다. 인경은 조금만 더 놀려줄 생각으로 말문을 열었다.

"왜요? 느낌이 이상해요?"

[그래야 하나?]

"치, 됐어요. 일이나 하시죠."

인경은 되묻는 말에 금세 맥이 빠지자 토라진 목소리로 대꾸하며 발걸음을 바닷가로 향했다. 그에게 파도 소리를 들려주고 싶어서였다.

[당신은 어때? 느껴지나?]

"그래야 하나요?"

인경이 그의 말을 흉내 내자 커다란 웃음소리가 들려왔다. 듣기 좋은 울림에 그녀의 입가에도 미소가 피어올랐다. 더불어 그가 몹시도 그립고 보고 싶었다.

"주열 씨."

[듣고 있으니 말해.]

"보고 싶어요."

그녀의 말에 일순 침묵이 찾아들었다. 인경은 적막감이 흐르는 전화기가 생명줄이라도 되는 듯이 꽉 움켜쥐었다. 처음이었다. 그녀 스스로가 감정 표현을 한 것은. 그래서 두렵다. 또한 흥분되기도 했다. 그에게서 듣게 될 말이 무엇일지. 그렇게 잠시 동안 침묵했던 공간에 그의 목소리가 다시 들려왔다.

[지금 가도록 하지.]

"저기, 주열 씨!"

예상하지 못한 대답에 인경이 날카롭게 소리쳤다.

[할 말 있나?]

"집 아니에요. 잠시 밖에 나왔어요."

[어딘데?]

"바닷가요. 바다가 보고 싶어서 왔어요. 파도 소리 들리죠?"

인경은 그에게 파도 소리를 들려주기 위해서 바위 위로 올라갔다.

[그곳으로 가지. 어딘지 말해.]

"아, 아니에요. 그러지 말아요. 그냥 집에서 봐요."

[혼자가 아닌가 보군.]

인경은 단정 짓는 말에 간담이 서늘해져 오자 어떠한 대꾸도 하지 못했다. 아니, 그의 말이 사실이기에 어떤 말도 할 수가 없었다.

[그만 끊지.]

침묵을 긍정으로 받아들이며 전화는 그렇게 끊어지고 말았다. 띠릭! 하고 날카롭게 울리는 소리를 따라 저릿한 통증이 가슴으로 전해졌다. 인경은 아픈 부위를 손바닥으로 지그시 누르며 그 또한 상처받았다는 것을 깨달았다. 본의 아니게 그를 아프게 한 것이다. 그녀는 이대로 그를 내버려 둘 수 없다는 생각에 서둘러 통화 버튼을 눌렀다. 그러나 한참의 신호음에도 불구하고 통화는 이루어지지 않았다. 인경은 엄습해 오는 불안감에 다시 전화를 걸었고, 역시나 통화는 이루어지지 않았다. 그녀는 어쩔 수 없이 음성 메시지를 남겼다.

"눈물겨운 대사로군."

인경은 불쑥 끼어든 목소리에 고개를 휙 돌렸다. 기철이 주머니에 손을 찔러 넣은 채 한쪽 발을 그녀가 서 있는 바위 위에 걸치고 서 의미심장한 표정으로 웃고 있었다. 순간, 그녀의 눈동자에 불꽃이 일렁거렸다.

"이제 전화까지 엿들어?"

"무슨 말씀을. 기다리다 지쳐서 찾아나섰다가 절절한 목소리가 자연스럽게 내 귀로 흘러들어 온 건데. 근데 좀 실망스럽군. 너만은 그렇지 않을 거라 생각했는데."

"뭐가?"

인경은 알 수 없는 말에 주머니에서 담배를 꺼내 물고 불을 붙이는 그를 멀뚱히 바라보며 물었다.

"일편단심에 지고지순한 사랑 아니었던가?"

기철이 길게 연기를 뿜어내며 되물었다. 하도 어처구니가 없는 말에 인경은 픽 코웃음을 치고 말았다.

"후훗, 진짜 웃긴다. 그걸 차버린 사람이 사랑 타령이라니. 아, 그리고 몰랐는데 사랑은 움직이는 거더라고."

"그래? 그럼 언제든지 다시 움직일 수 있다는 말이군."

"상대가 누구냐에 따라 달라지겠지. 하지만 당신 같은 사람에겐 두 번은 없어."

"그건 두고 보면 알겠지."

기철은 쓴웃음을 지으며 천천히 그녀에게 다가갔다. 그러자 다가오지 말라는 듯 매서운 눈초리로 그녀가 노려보았다. 하지만 그는 걸음을 멈추지 않았다. 이윽고 그녀 앞에 선 그는 얼굴을 반쯤 뒤덮고 있는 머리카락을 살며시 걷어 올렸다. 불쾌하다는 듯 그녀가 인상을 찡그리며 얼굴을 옆으로 휙 돌렸다. 전혀 쓸데없는 행동에 그가 혀를 내둘렀다.

"쯧쯧쯧. 날 화나게 하면 안 된다는 것쯤은 알고 있을 텐데 도발이라니. 각오는 됐겠지."

"앗!"

짧은 비명 소리와 함께 그녀의 몸이 순식간에 그의 품 안으로 빨려 들어갔다. 인경은 양손으로 힘껏 그를 밀어냈다. 하지만 그의 몸은 바윗덩이처럼 꿈쩍도 하지 않았다.

"놔! 놓으란 말이야!"

"소용없는 반항이야. 넌 날 이길 수 없어. 평생이 가도 못 이겨. 그건 강주열도 마찬가지야."

옭아매는 사슬에서 빠져나오기 위해 몸부림치던 인경은 뒤통수를 내려치는 충격에 몸이 굳었다. 아무도 그를 이기지 못한다고 한다. 평생을 가도 이기지 못한다고 한다. 그러면? 그러면 그 사람은 이제 어떻게 한단 말인가. 그녀가 아니면 구해줄 사람도 없는데 이대로 평생을 기철의 협박 속에서 살아야 한다는 말이 아닌가. 안 될 말이었다. 더는 그녀를 미끼로 주열을 제물로 쓰게 할 수는 없었다. 그러기엔 그 사람이 너무나 소중했다. 인경은 기철의 품에 갇혀 멍하니 바다를 응시했다. 하얀 물보라가 그들을 향해 달려오고 있었다.

'그래. 여기서 끝내야 해. 만일, 살아야 할 운명이라면 다시 태어나겠지.'

모든 것을 내려놓기로 결심한 그녀의 마음은 의외로 담담했다. 인경은 고개를 비틀어 주위를 둘러보았다. 몇 쌍의 연인들이 손을 잡고서 바닷가를 거닐고 있었다. 바로 그들 옆에도 사진을 찍는 연인들이 있었다. 그녀는 눈을 지그시 감았다. 지금 이 순간, 강주열이라는 사람이 너무너무 보고 싶었다. 미치도록 보고 싶었다. 그나마 다행인 게 비록 메시지였지만 그녀의 마음을 그에게 전할 수 있어서 큰 위안이 되었다.

"송기철. 나 아니면 안 되는 게 확실해?"

"내 대답은 바뀌지 않아."

"그렇구나. 그런데 말이야. 난 강주열 씨가 아니면 안 돼. 그럼 어떻게 해야 할까?"

어디서 용기가 났는지 모르겠다. 그러나 이젠 하나도 무섭지가 않았다. 겁나지 않았다. 기꺼이 송기철, 이자와 갈 것이다.

"말했잖아. 넌 선택의 여지가 없다고."

"그래. 나도 그런 줄 알았어. 그런데 딱 하나 방법이 있더라고."

"그런 게 있을 리가 없잖아. 둘 중에 하나가 죽지 않는 한."

"아니, 있어. 아마 당신도 마음에 들 거야. 날 원하는 당신 마음과 강주열 씨를 원하는 내 마음이 둘 다 충족될 수 있거든."

기철이 그녀를 품에서 떼어냈다. 둘 다 충족시킬 수 있다는 말이 귀를 솔깃하게 했다.

"그게 뭔데?"

"알려주기 전에 다시 한 번 물을게. 정말 날 갖고 싶어?"

"넌 이미 내 거야. 지금은 단지 대여 중일 뿐이지. 그것도 내일로 끝나겠지만."

"뭐, 대여 중? 하하하, 말 되네. 그거 참 말 된다. 그럼 어디 내가 당신 거란 증거를 대봐. 그럼 믿어줄게."

"그거야 어렵지 않지."

기철은 한순간의 망설임도 없이 곧장 그녀의 입술을 덮쳤다. 그녀를 길들인 사람이 바로 그였기에 요구 조건은 그다지 어렵지 않았다. 그러나 쉽게 열릴 거라고 생각했던 것과 다르게 그녀의 입술은 굳게 잠긴 자물쇠처럼 꽉 닫혀 있었다. 하기야 쉽게 열어준다면 그녀가 아니었다. 쉽게 포기할 그도 아니었지만.

'송기철. 절대 네 뜻대로는 되지 않아. 그게 무엇이든.'

인경은 집요하게 파고드는 입술을 거부하며 그의 허리를 꽉 끌어안았다. 그리고 몸이 쉽사리 빠져나가지 못하도록 양 손가락을 깍지 낀 채 뒷걸음질 쳤다. 한 걸음씩 조심스럽게 옮길 때마다 파도 소리는 더욱 크게 들려왔다.

"제기랄!"

뜻대로 되지 않으니 그의 입에서 욕설이 튀어나왔다. 당연했다. 그는 그녀를 가질 자격이 없었다. 그리고 그녀의 모든 것은 강주열, 그 사람의 것이었다. 빼앗으려는 자에게 빼앗기지 않으려고 애쓰는 동안 어느새 그들은 바위 끝에 서 있었다.

인경은 눈을 감은 채 그동안의 삶을 뒤돌아보았다. 그러나 아무 것도 보이지 않았다. 기억나지 않았다. 오직 한 사람만이 뇌 속에 박혀 있었다. 가슴이 에이는 듯 아픔이 밀려오자 그녀의 눈에 이슬이 맺혔다. 이렇게 될 줄 알았더라면, 이렇듯 아프게 떠날 줄 알았더라면 사랑한다고 그의 귓가에 대고 속삭여 줄 것을. 허무하게도 허공을 향해 말해야 한다는 것이 그녀를 지독한 슬픔에 빠져들게 했다.

"강주열 씨. 우리 다음 생에서 만나요. 그때는 원없이 사랑하기로 해요."

기철이 눈을 동그랗게 치켜떴다. 그제야 그녀의 의도를 눈치챈 것이다.

"너! 너 뭘 하려는 거야, 지금!"

"내가 뭘 하는지 직접 확인해 봐."

인경은 기철을 향해 환하게 미소 지으며 그의 허리를 더욱 꽉 끌어안았다. 그리고 보고픈 사람의 얼굴을 떠올리며 그대로 허공을 향해 몸을 날렸다.

『미안해요. 당신을 아프게 해서. 만일 내게 다음 생이 있다면 내 첫 번째 사랑은 당신이었으면 좋겠습니다. 강주열 씨, 당신을 사랑합니다.』

"허억!"

엘리베이터를 타기 위해 서 있던 주열은 심장에 날카로운 물건이 박힌 것처럼 고통이 엄습해 오자 가슴을 움켜잡았다. 눈앞이 캄캄해지고 숨조차 제대로 쉴 수 없는 게 아무래도 몸에 이상이 생긴 것 같았다.

"주열아, 왜 그래!"

옆에 서 있던 서진이 황급히 다가와 그를 부축했다.

"수, 숨을…… 허억! 쉬, 쉴 수가…… 어, 없어."

"빌어먹을! 119 부를게."

서진이 서둘러 전화기를 꺼냈다. 한동안 이런 증상이 없었기에 치유된 거라 생각했는데 그게 아니었던 모양이다.

"아, 아니. 사…… 사무실로 가. 어서!"

주열이 그를 저지하며 사무실 쪽으로 발길을 돌렸다. 다리가 후들거려 제대로 걷기도 힘들었지만 이런 모습을 다른 사람이 보게 될까 두려워 걸음을 멈출 수가 없었다.

"안 돼. 이러다가 너 큰일 나!"

서진이 그의 팔을 잡고서 소리쳤다. 하지만 주열은 어서 여기를 벗어나야 한다는 생각뿐, 그런 말 따윈 귀에 들어오지도 않았다. 곧 점심시간이라 사람들이 몰려나올 것이다. 더구나 오늘은 한 달에 한 번 있는 구내식당을 이용하는 날이었다. 그를 비롯한 모든 임원진들까지 함께하는 날이라 시간을 지체할 수 없었다. 벌써 사람들의 목소리가 도란도란 들려오고 있었다.

"회, 회의실로. 어서!"

주열은 얼마 떨어지지 않은 곳에 회의실이 보이자 서진을 재촉했다.

"하아. 이 자식을 진짜."

서진은 할 수 없이 그를 부축해 그곳으로 향했다. 병원으로 가야 할 것 같은데 고집을 부리고 있었다.

"으윽! 하아."

안으로 들어오자마자 주열이 바닥으로 주저앉았다.

"괜찮아?"

서진이 그의 목에 걸려 있는 넥타이와 셔츠 단추를 풀어헤치며 물었다. 얼굴빛이 하얗게 질린 게 상태가 말이 아니었다.

"하아, 하아. 물, 물 좀……."

"그래, 알았어. 조금만 참아."

서진이 밖으로 뛰쳐나가는 것을 보며 주열은 눈을 감았다. 아무래도 심장이 제대로 고장이 났나 보다. 시간이 흐를수록 통증이 잦아들기는커녕 더욱 심해지고 있었다.

"이러…… 하아, 다가 정말 주, 죽을 수도…… 허윽! 있겠구나."

주열은 처음으로 죽는다는 것이 무서워졌다. 얼마 전까지만 해도 이렇게 살 바엔 차라리 죽어버리는 것이 낫겠다고 생각했다. 그런데 막상 죽을 것 같은 고통을 느끼다 보니 오히려 살고 싶다는 마음이 훨씬 더 강해졌다.

"하아. 이래서 말은 하, 함부로 하는 게…… 아니야. 하, 하하하."

주열은 이런 와중에도 웃을 수 있다는 게 참 신기했다. 그때 문이 벌컥 열리더니 서진이 들어왔다.

"자. 물 마셔."

서진이 그를 감싸 안고 입에다가 물병을 대주었다. 주열은 차가운 물줄기가 입안을 적시자 허겁지겁 목구멍으로 꿀꺽꿀꺽 삼켰다.

"천천히 마셔. 물에 체하면 약도 없어."

서진의 말에도 불구하고 그는 물병에서 입을 떼지 않았다. 이윽고 병이 반쯤 비워질 때서야 마시는 속도가 서서히 줄어들기 시작했다. 그리고 거의 병이 비워질 때서야 그가 입을 뗐다.

"괜찮아?"

주열이 고개를 끄덕거렸다. 통증이 사라진 건 아닌데 숨은 제대로 쉴 수 있었다.

"병원 가자. 이러다 정말 큰일 나겠다."

"심장에는 아무 이상 없다는 거 알잖아. 곧 괜찮아질 거야."

"심장이 아니라 정신에 문제가 있다고 하잖아. 그러니까 치료를 받자고! 그 빌어먹을 장서인이 남긴 흔적들을 모조리 지우잔 말이야!"

서진은 울화통이 치밀자 소리를 질렀다. 그깟 정신 치료를 받는 게 무슨 큰 흠이 된다고 저렇듯 고집을 부리는지. 할 수만 있다면 당장이라도 끌고 가고 싶었다.

"소리 지르지 마. 머리 울려. 그리고 장서인, 이미 내 안에 없어. 지웠어. 아주 깨끗이."

"지웠다는 녀석이 또 쓰러지냐!"

"그게 좀 이상해. 아까는 장서인이 아니라 인경 씨를 생각하고 있었어. 바닷가에 있다는데 아무래도 송기철과 함께 있는 것 같았어. 그게 마음이 쓰였는데 갑자기 통증이 밀려온 거야."

"인경 씨가 그 자식과 함께 있다고?"

"말은 하지 않았지만 느낌이 그랬어."

'혹시 인경 씨에게 무슨 일이 있는 건가.'

서진은 문득 떠오른 생각을 차마 입 밖으로 내뱉지 못하고 속으로 되뇌었다. 장서인 때도 이런 적이 있었다. 그녀가 교통사고를 당한 직후, 주열이 가슴 통증을 호소하며 쓰러졌으니까. 설마 이번에도 그런 경우인가. 서진은 불길한 예감이 밀려오자 혀끝으로 마른 입술을 적셨다.

"하인경. 하인경에게 전화해 봐야겠다."

주열도 그걸 느꼈는지 주머니를 뒤지기 시작했다. 서진은 제발 그런 일이 아니기를 속으로 빌었다.

"서진아, 전화기. 전화기 좀 줘봐."

전화기를 찾지 못했는지 주열이 손을 내밀고 있었다. 그런데 그 손이 부들부들 떨고 있었다.

"진정해, 주열아. 아무 일 없을 거야."

서진이 그의 손을 꼭 잡고서 그녀에게 전화를 걸었다. 그런데 신호음이 한참을 울려도 전화를 받지 않았다.

"왜? 안 받아?"

그의 물음에 서진은 그저 고개를 끄덕거렸다. 그러자 주열이 자리에서 벌떡 일어났다. 서진이 얼른 그의 손을 붙잡았다.

"어딜 가려고?"

"전화기를 사무실에 두고 왔어."

"같이 가."

주열은 아무런 대답도 하지 않고 곧장 문을 열고 나갔다. 마음이 급해선지 그의 발은 어느새 바닥을 쿵쿵 울리며 뛰어가고 있었다. 서진도 그 뒤를 빠르게 뒤따라갔다. 다행히 사무실까지 오는 동안 이런 그들의 모습을 본 사람은 아무도 없었다.

"하아. 여기 있다."

주열은 책상 위에 올려져 있는 전화기를 냉큼 집어 들었다. 불빛이 반짝거리는 게 부재중 전화가 있는 듯했다. 주열은 서둘러 내용을 확인했다. 아니나 다를까. 부재중 전화 속에 그녀에게서 온 것도 있었다. 음성 메시지도 함께. 주열은 떨리는 가슴으로 비밀번호를 누르고 귀에다가 전화기를 가져다 댔다. 그리고 잠시 후, 그녀의 목소리가 귓속으로 잔잔히 울려 퍼졌다.

[미안해요. 당신을 아프게 해서. 만일 내게 다음 생이 있다면 내 첫 번째 사랑은 당신이었으면 좋겠습니다. 강주열 씨, 당신을 사랑합니다.]

털썩! 주열의 몸이 그대로 바닥으로 내려앉았다. 그리고 이내 볼을 타고 뜨거운 눈물이 흘러내렸다.

"으아아악! 으아아악!"

"주열아!"

서진이 놀라서 다가갔지만 주열의 비명 소리가 한발 더 빨랐다. 공간을 가득히 뒤흔드는 처절한 비명 소리가 가슴을 저미자 서진은 두 눈을 꼭 감아버렸다.

에필로그

　탁탁. 탁탁!

　바닥을 울리는 뜀박질 소리가 조용한 공간을 뒤흔들었다. 짜증스럽다는 것을 여지없이 드러낸 시선들이 그 소리를 따라 고개를 휙 돌렸다. 하지만 그런 것에 신경 쓸 겨를이 없는 그의 눈동자는 무언가를 찾아 쉴 새 없이 이리저리 두리번거렸다. 그러다 응급실이라는 푯말이 눈에 띄자 곧바로 문을 열고 안으로 뛰어들어 갔다.

　"하인경!"

　갑작스러운 고함 소리에 그곳에 있던 사람들의 시선이 일제히 그를 향했다. 하지만 주열은 아랑곳없이 커튼을 하나하나 젖히며 그녀를 찾기 시작했다. 이곳 어딘가에 그녀가 누워 있다는 생각만으로도 피가 마르고 생살이 찢겨져 나갔다.

"하인경, 대답해!"

그녀가 보이지 않자 그가 다시 고함을 질렀다. 그러자 황급히 다가온 간호사가 그를 저지했다.

"여기서 이러시면 안 됩니다!"

"하인경, 하인경을 찾습니다. 119에 실려왔다는데 지금 어디에 있습니까?"

"하인경 씨라면 병실로 옮겼습니다. 호실 알려줄 테니 소란 떨지 말고 밖에서 기다려 주세요."

간호사가 자리를 뜨자 주열은 양손을 맞잡고 이마에 가져다 댔다. 병실로 옮겨진 것으로 보아 생명에는 지장이 없는 듯했다.

"하인경 씨는 1021호실입니다."

간호사의 말이 떨어지기가 무섭게 주열은 몸을 돌려 응급실 문을 나섰다. 서진이 응급실로 들어오다 그와 부딪쳤다.

"인경 씨 찾았어?"

"병실로 옮겼대."

"하아, 무사하구나. 다행이다."

서진이 안도의 숨을 내쉬었다. 하지만 그녀를 보지 못한 주열의 마음은 아직도 공포 속에 빠져 있었다. 그녀의 상태를 직접 두 눈으로 확인을 해야지만 편히 숨을 내쉴 수 있을 것 같았다. 그들이 엘리베이터 앞에 서자 기다렸다는 듯이 문이 열리고 사람들이 우르르 몰려나왔다. 서둘러 올라탄 주열은 10층 버튼을 누르고서 엘리베이터가 움직이길 초조한 마음으로 기다렸다. 하지만 애가 타는 그의 마음을 알 리가 없는 엘리베이터는 층층마다 서고 있었다.

"빌어먹을!"

주열은 저도 모르게 욕을 내뱉고 말았다. 그 소리를 들은 사람들이 그를 흘끗, 흘끗 쳐다보기 시작했다. 하지만 주열은 문만 노려볼 뿐, 사람들의 시선 따윈 아랑곳하지 않았다.

"침착해, 강주열. 너답지 않아."

보다 못한 서진이 팔꿈치로 그를 툭 치며 한마디 했다. 그때, 그들이 내릴 층에 도착했다는 알림음이 들려왔다. 주열은 문이 다 열리기도 전에 밖으로 뛰쳐나갔다. 어떻게 해야 그답게 행동하는 것인지는 모르겠지만 지금은 마음이 너무 지옥이라 다른 걸 생각할 겨를이 없었다.

"하인경, 너 그렇게 독한 여자였어? 아니면 그럴 정도로 내가 미웠던 거야. 그래?"

무겁게 짓눌린 목소리가 조용한 공간으로 울려 퍼졌다. 대답을 듣고자 한 말은 아니었다. 그런데도 서운했다. 아니, 화가 났다. 설마, 아니겠지. 아닐 거야. 라고 생각했던 그 말이 사실로 드러났을 때 느껴야 했던 비참함은 이루 말할 수 없을 정도로 그를 아프게 했다. 그녀가 선택한 그 길이 누구를 위한 것인지를 알기에 배신감 또한 적지 않았다.

하지만 그 어떤 것보다 그를 고통스럽게 한 것은 바다로 떨어질 때, 환하게 웃고 있던 그녀의 얼굴이었다. 모든 것을 가진 듯한 그 표정이 그를 무너지게 했다. 다행히 온몸이 물속에 잠겨들었을 때 정신이 번쩍 든 탓에 그들이 살아남을 수 있었다.

"내가 사라지는 것이 네가 원하는 거라면 그래, 떠나줄게. 기꺼이 떠나줄 테니까 다시는 목숨 갖고 장난치지 마. 아주 기분 엿 같고 끔찍하니까."

기철은 딱딱하게 굳어버린 심장에다 손을 가져다 댔다. 심장뿐만 아니라 온몸의 피가 마르고 숨을 쉬고 있는 세포 하나하나가 다 죽어버린 느낌이었다. 그때 깨달았다. 이것이 그녀와 마지막이라는 것을. 다시는 그녀의 얼굴을 마주 볼 수 없다는 것을.

"네 목숨과 맞바꿀 정도로 그 자식을 사랑한다는 게 분통 터지게 싫지만 받아들일게. 하지만 거기까지야. 네가 한 짓, 절대 용서 안 해. 아니, 못해. 내가 받은 상처 꼭 니들에게 되돌려줄 테니까 기대해."

기철은 다짐이라도 하듯 손바닥으로 가슴을 꽉 움켜쥐었다. 그때, 벌컥! 하고 병실 문이 열렸다. 기다리던 인간이 드디어 온 것이다. 기철은 천천히 등을 돌렸다.

"너 이 새끼!"

한걸음에 다가온 주열이 그의 멱살을 휘어잡았다. 송기철이 이곳에 있을 거라고는 생각지도 못했던 것이다.

"나가서 얘기해!"

기철이 성난 손길로 손을 뿌리치고서 걸음을 뗐다. 주열은 잠시 그녀를 바라본 뒤 그를 따라나섰다.

"주열아."

서진이 그의 팔을 붙잡고서 고개를 가로저었다. 가지 말라는 뜻이었다. 주열은 어둠에 사로잡힌 눈동자를 지그시 바라보며 나지막한 목소리로 말했다.

"다녀올게. 그녀 옆에 있어줘."

서진이 붙잡고 있던 손에서 스르르 힘을 뺐다. 주열은 빠른 걸음으로 밖으로 나갔다. 먼저 나갔던 기철이 비상구의 문을 열고서 기다리고 있었다. 주열이 성큼성큼 다가가자 먼저 가라는 듯이 고개를 까딱거렸다. 주열은 사나운 눈길로 그를 노려보고서 먼저 걸음을 뗐다. 그러자 이내 등 뒤로 문이 쾅 닫혔다.

"동작이 느려 터졌군. 전화한 지가 언젠데."

그의 말투는 다분히 시비조였다. 안 그래도 기분이 엉망이었던 주열은 돌아서는 것과 동시에 주먹을 휘둘렀다. 하지만 기다렸다는 듯이 그가 주먹을 피하며 피식 웃었다.

"한 번 당해줬으면 됐잖아. 오늘은 네 차례야."

말이 채 끝나기도 전에 주먹이 날아왔다. 맞은 충격으로 인해 주열의 고개가 휙 돌아갔다. 이가 빠질 듯이 턱이 얼얼한 게 꽤나 강도가 셌다.

"한 대만 더 맞자."

기철이 다시 주먹을 휘둘렀다. 하지만 두 번 맞아줄 생각 따윈 없었다. 주열은 날아오는 주먹을 잡아채 그대로 팔을 꺾어 벽으로 밀어붙인 뒤, 팔꿈치로 그의 목을 사정없이 내리눌렀다.

"한 대 맞은 것도 억울해. 그러니까 묻는 말에 대답이나 해. 어떻게 된 거야?"

"윽! 뭐가?"

"그녀가 누워 있는 이유. 말해."

"후훗. 들으면 죽고 싶을 텐데 그래도 괜찮겠어?"

몸이 꼼짝없이 붙잡혀 있음에도 불구하고 그의 목소리에는 여전히 비웃음이 담겨 있었다. 그게 주열의 심기를 더욱 끓어오르게 했다. 주열이 꺾은 팔에 더욱 힘을 가하며 입을 열었다.

"넌 묻는 말에 대답만 하면 돼. 다른 말 따윈 필요 없어."

"흑! 빌어먹을 자식. 이게 다 너 때문이잖아!"

"나 때문이라니. 그게 무슨 말이야?"

"인경이가 날 끌어안고 바다로 뛰어들었어. 너 같은 자식을 위해서!"

"뭐?"

주열은 뒤통수를 얻어맞은 것처럼 멍하니 입을 뗐다. 앙심을 품은 송기철이 그녀를 끌어안고 바다로 뛰어든 거라 생각했다. 그런데 이 모든 것이 그녀가 한 짓이라니. 도저히 그의 말을 믿을 수가 없었다.

"내가 인경일 원하듯 인경인 널 원했어. 그래서 선택한 것이 나와 함께 죽는 거였더군. 널 지키기 위해서."

벼락이 내리친 듯 정수리에서부터 발끝까지 순식간에 찌릿한 전류가 주열을 휩쓸고 지나갔다. 그를 위해서 선택한 것이 죽음이라니. 결코 있을 수 없는 일이었다. 아니, 그녀가 그런 짓을 했을 리가 없었다. 그가 끌어안고 있는 상처가 어떤 것인지 누구보다 잘 알고 있는 그녀가 제 목숨으로 그런 행동을 할 리가 없었다. 이건 분명 뭔가가 잘못된 것이다.

"헛소리 집어치워. 그녀가 날 두고 그런 짓을 했을 리가 없어."

말은 그렇게 하고 있었지만 주열의 목소리에는 힘이 없었다. 그에 따라 기철을 붙잡고 있는 손길에서도 점점 힘이 빠져나갔다. 기철은 몸이 자유롭게 되자 휙 돌아서서 사나운 눈길로 그를 노려보았다.

"믿고 싶지 않겠지. 하지만 사실이야. 그녀가 날 죽이려고 했어. 그게 뭘 의미하는지 알아! 살인이야. 살인이라고!"

귀가 울릴 정도로 기철이 큰 소리로 고함을 질렀다. 거짓이 아닌 진실인 것이다. 하얗게 질린 얼굴로 주열의 몸이 휘청거렸다. 살인이라니, 그녀가 살인을 저지르려 했다니. 너무나 끔찍한 내용이라 온몸이 날카로운 칼날로 난도질당한 기분이었다.

"그녀를 사랑한 대가가 죽음이라니. 너무 잔인하지 않아?"

주열은 끔찍한 장면이 떠오르자 눈을 질끈 감았다. 만일 그의 말이 사실이라면 그녀는 빠져나올 수 없는 덫에 걸린 것이다. 그건 주열도 마찬가지였다. 기철은 그 점을 노린 것이 분명했다.

"원…… 하는 게 뭐야?"

그가 원하는 것이 무엇인지 짐작하고도 남았지만 주열은 일부러 그렇게 물었다. 그의 입으로 직접 듣고 싶어서.

"이제야 귓구멍이 열렸나 보네. 왜? 말하면 들어주고?"

"이번 일로 그녀에게 책임을 묻지 않겠다는 약속만 해준다면 뭐든 상관없어."

"책임을 묻지 않는다면 뭐든 들어준다? 후훗, 좋아. 네가 내 말에 따라준다면 그녀에게 책임을 묻지 않을게. 대신, 약속을 어기면 그 길로 그녀의 인생은 끝이야."

"그런 일 없어."

"하하하, 과연 그럴까."

주열은 저도 모르게 몸이 움찔거렸다. 호탕하게 웃는 그의 웃음소리가 가슴을 섬뜩하게 했던 것이다.

"시간 끌지 말고 말해. 어떤 말이든 들을 준비됐어."

"물론 그래야지. 이제부터가 시작인데."

기철은 한마디 툭 던지고서 지그시 눈을 감았다. 지금 하려는 말은 주열이 어떤 선택을 하느냐에 따라서 세 사람의 운명이 갈라진다. 어쩌면 그만이 벌을 받게 될지도 모른다. 사랑하는 사람에게 몹쓸 짓을 하게 한 형벌로. 그런데도 이런 모험을 하게 된 것은 그녀의 대한 주열의 사랑이 얼마나 간절한지 알고 싶어서였다.

"내가 바라는 건 인경이가 날 실종된 것으로 알길 원하는 거야. 죄책감으로 평생 날 기억할 수 있게."

주열은 얼음이 들어찬 듯 가슴이 서늘해지자 흠칫 몸을 떨었다. 그가 원하는 것은 그녀라고 생각했다. 늘 그녀가 돌아오길 바랐으니까. 그런데 버젓이 살아 있는 사람을 두고 실종이라니. 그는 지금 제정신이 아니었다.

"무슨 수작을 부리려는 거야?"

"수작이라니, 말조심해. 내 목숨값을 정당하게 요구하는 거야. 그러니 네겐 선택권이 없어. 무조건 따라야 해. 그게 싫다면 말해. 지금이라도 경찰서로 갈 테니까."

주열은 경찰서라는 말에 입술을 질끈 깨물었다. 말도 안 되는 억지를 부리고 있다는 것을 알고 있었다. 하지만 만일, 그가 정말로 그것을 원한다면 거절할 방법이 없었다. 그렇게 하지 않으면 그녀에게 살인미수라는 올가미가 씌워질 테니까. 하지만 그가 미처 생각하지 못한 것이 하나 있었다.

"네가 실종됐다는 소릴 들으면 죄책감을 견디지 못한 그녀가 제 발로 경찰서를 찾아갈지도 몰라. 그럴 경우는 어떻게 될지 생각해 봤나?"

"그녀가 경찰서로 간다고 해도 소용없을 거란 거 알아. 네가 먼저 손을 쓸 테니까. 안 그래?"

주열은 맞는 말이었기에 아무런 대꾸도 하지 않았다. 그녀의 손목에 수갑이 채워지는 것을 두 눈 멀쩡히 뜨고 보고 있을 수만은 없으니까. 하지만 그런 것까지 염두에 두고 행동하는 그의 치밀함이 만만하게 볼 상대가 아니라는 것을 말해주는 것 같아서 상당히 불쾌했다.

"후훗. 대답이 없다는 것은 내가 정곡을 찔렀다는 것이겠지. 뭐 그 마음 충분히 이해하니까 그냥 넘어가 줄게. 어차피 괴로워하는 그녀를 지켜봐야 하는 너 역시도 마음은 편치 않을 테니까. 아니지. 너 자신은 물론이고, 그녀까지 속여야 하니 더 고통스럽겠는걸. 그런데도 뭘 어쩌겠어. 그녀를 내게서 빼앗아간 벌이니까 그냥 견뎌야지. 나는 그녀를 잃은 슬픔으로 평생을 살아가야 하는데 두 사람만 행복하면 내가 너무 억울하잖아. 안 그래? 그러니까 둘이서 잘 견뎌봐. 시간이 지나면 나라는 존재도 기억 속에서 희미해지겠지."

"그것이 네가 우리에게 내리는 벌인 모양이군."

"하하하. 역시 눈치가 빠르다니까."

"그 벌, 내가 받기 싫다고 하면 어쩔 거지?"

"그러면 인경인 내 것이 되겠지. 목숨을 담보로 옆에 있어달라고 하면 차마 외면하진 못할 테니까. 그래도 그녀가 날 싫다고 한다면 미련 없이 경찰서로 갈 거야."

주열은 심줄이 튀어나올 정도로 주먹을 꽉 움켜쥐었다. 이제야 기철의 속셈이 무엇인지 눈에 뻔히 보여 피가 거꾸로 치솟아 올랐다. 그녀를 갖기 위해서는 죄책감이라는 형벌을 뒤집어써야 했고, 사실대로 말하게 되면 그녀를 잃게 되는 형벌이 그를 기다리고 있었던 것이다. 그러니 그가 어떤 선택을 하던 그들은 결코 행복할 수가 없었다. 한마디로 송기철이라는 인간은 정말 비겁할 정도로 야비한 놈인 것이다.

"선택권이 없다는 말이 이런 뜻이었군. 역시 머리가 좋아."

"하하하. 칭찬 고맙게 받아들일게."

의기양양한 말투가 심히 거슬렸지만 주열은 신경 쓰지 않기로 했다. 대신에 정말 궁금한 것을 입 밖으로 끄집어냈다.

"내가 네 조건을 받아들이면 다시는 그녀 앞에 나타나지 못할 텐데 그래도 상관없나?"

"그건 내가 알아서 해! 그러니 신경 끄고 넌 대답이나 해!"

그의 목소리가 날카롭게 울려 퍼졌다. 눈빛까지 사나워진 것으로 보아 아무래도 그의 심기를 건드린 모양이었다. 주열의 머릿속이 복잡하게 엉켜들었다. 그의 뜻에 따른다면 그들 모두가 불행해질 것은 뻔했다. 그런데도 지금 주열의 마음은 악마에게 영혼을 팔 듯, 그녀와 함께할 수만 있다면 기꺼이 그와 공범이 되겠다고 말하고 있었다. 그리고 얼마 지나지 않아 기어이 마음의 소리가 입 밖으로 튀어나오고 말았다.

"좋아. 그렇게 하지."

"역시 강주열이야. 대답이 시원시원해서 마음에 들어."

기철이 원하는 대답을 들었다는 듯 빙그레 웃었다. 하지만 힘이 꽉 들어차 있던 눈동자만큼은 서서히 그 빛을 잃어가고 있었다. 아마 그도 알고 있을 것이다. 그들 모두가 불행이란 덫에 갇혔다는 것을.

"인경이 깨어나면 연락 줘. 문자라도 괜찮아. 그녀가 무사한지 알기만 하면 되니까."

제 할 말이 끝났다는 듯이 기철이 계단을 내려가기 시작했다. 그러다 빼먹은 말이 있다는 듯 아! 라고 내뱉더니 다시 돌아보며 입을 열었다.

"당신 종 입 막아둬야 할 거야. 괜히 나불거렸다간 낭패 보는 건 너일 테니까."

그 말을 끝으로 기철이 다시 계단을 내려갔다. 주열은 그가 말한 종이 서진이라는 것을 알았지만 아무런 대꾸도 하지 않았다.

"빌어먹을! 대체 왜 그런 짓을 한 거야. 왜!"

그녀를 향한 원망이 스스럼없이 입을 통해 흘러나왔다. 물론, 그를 위해서 한 일이란 것을 알고는 있었다. 하지만 그녀가 없는 곳엔 그도 없었다. 죽음보다 더 끔찍했던 고통의 시간을 다시 겪느니 이번에야말로 세상과 등을 졌을 테니까. 그런데 그런 악몽 속에 다른 사람도 아닌 그녀가 그를 집어 던졌다. 그가 어떤 고통 속에서 몸부림치며 살았는지 잘 알고 있는 그녀가 말이다.

"솔직히 지금 당신이 너무 밉다. 정말 미워 죽겠다."

주열의 얼굴이 아픔으로 잔뜩 일그러졌다. 하고많은 사랑 중에서 왜 항상 그는 목숨을 담보로 사랑을 지켜야 하는지 알 수가 없었다. 그냥 남들처럼 평범한 그런 사랑을 하고 싶었을 뿐인데 그의 사랑은 처절하리만치 지독히도 아팠다.

"대체 뭐가 문제인 걸까. 왜 난 평범한 사랑을 할 수가 없는 거지. 왜. 대체 왜!"

주열은 생각할수록 그의 처지가 비참하다는 생각밖에 들지 않았다. 그때, 주머니 속에 넣어둔 휴대전화가 요란하게 울렸다. 무심한 손길로 전화기를 꺼내 든 주열은 발신자를 보곤 얼른 통화키를 눌렀다.

"어, 서진아."

[어디야? 인경 씨 깨어났어. 빨리 와.]

후다닥! 자리에서 일어난 주열이 문고리를 잡으며 말했다.

"병실 앞이야. 끊어."

비상문을 열고 나간 주열은 그곳이 병원이라는 것도 잊은 채 뛰기 시작했다. 그녀가 눈을 떴을 때, 곁에 있어주고 싶었는데 그러지 못한 것이 몹시도 속이 상했다. 주열이 병실 문을 벌컥 열고 들어가자 그녀가 앉아 있는 모습이 바로 눈에 들어왔다.

"주열…… 씨."

그녀의 목소리가 나지막이 그를 부르고 있었다. 주열은 성큼성큼 다가가 그녀를 꽉 끌어안았다. 따뜻했다. 눈물이 날 정도로 참 따뜻했다. 이 온기가 사라져 버렸다면 어땠을지 생각하고 싶지도 않을 만큼 따뜻하고 또 따뜻했다.

"주열…… 씨."

인경이 서진의 눈치를 보며 조심스럽게 그를 불렀다. 하지만 그는 그녀를 꽉 끌어안은 채 미동도 하지 않았다. 인경이 난처한 표정으로 서진을 보자 괜찮다는 듯, 생긋이 웃더니 병실을 나갔다. 인경은 그제야 손을 뻗어 그의 등을 꼭 껴안았다.

"미안해요. 미안해요, 주열 씨."

인경이 진심으로 미안해하며 나지막이 중얼거렸다. 바다 깊숙이 몸이 가라앉았을 때 깨달았다. 장서인 못지않게 그녀가 주열에게 잔인한 짓을 저질러 버렸다는 것을.

"살아와 줘서 고마워. 진심으로 고마워."

"저도 당신을 다시 볼 수 있어서 기뻐요. 아주 많이."

그녀의 눈에서 눈물이 뚝뚝 떨어져 내렸다. 살아 있다는 것이 다행이라서. 그를 다시 볼 수 있다는 게 너무너무 기뻐서 흘리는 눈물이었다. 그러다 문득 한 사람의 얼굴이 떠오르자 표정이 급격히 굳어져 갔다.

'그는 어떻게 됐을까. 설마 죽은 것은 아니겠지. 아니야, 아니야. 그는 살아 있어. 의식이 흐릿하긴 했지만 내 이름을 부르는 목소리가 있었어. 그러니까 살아 있을 거야. 내 이름을 아는 사람은 그밖에 없으니까.'

인경은 덜컥 겁이 나자 애써 자신을 위로했다. 하지만 바다에 빠지고부터는 정신이 혼미했기에 솔직히 자신이 없었다.

"저…… 저기, 주열 씨."

인경이 그를 살짝 밀어내며 말했다. 주열은 지그시 그녀를 바라보았다. 눈동자가 이리저리 불안정하게 춤을 추는 게 그녀가 무슨 말을 하려는지 느낌으로 알 수 있었다. 그래서 주열은 아직도 흔들리고 있는 마음을 단단히 다잡아야 했다.

"미, 미안한데요. 혹시 기, 기철…… 씨 소식 알아요?"

이윽고 그녀가 정말 하고 싶었던 말을 끄집어냈다. 주열의 표정이 급격이 어두워졌다. 입 밖으로 그 말을 내뱉는 순간 다시는 돌이킬 수 없다는 것을 알기에 커다란 바위가 가슴을 짓누르고 있는 것처럼 마음이 한없이 무겁게 가라앉았다.

"살아…… 있죠?"

조심스럽게 묻는 목소리가 파르르 떨리고 있었다. 주열은 천천히 그녀를 끌어당겨 품에 안았다. 차마 그녀의 눈을 보고서는 도저히 거짓말을 할 수가 없었다.

"살아…… 있는 거 맞죠?"

재차 확인하는 말에 주열은 천근같이 무거운 입술을 달싹일 수밖에 없었다.

"실종…… 됐어."

"허윽!"

그녀의 양손이 그의 등을 꽉 끌어안았다. 얼마나 세게 끌어안았는지 등에 손가락이 박힌 듯 닿은 곳이 욱신거렸다.

"어, 어떡해요. 어떡해요, 주열 씨. 어떡해요!"

급기야 그녀의 몸이 바들바들 떨기 시작했다. 드디어 끝을 알 수 없는 공포가 시작된 것이다. 주열은 이를 꽉 악물었다. 방금 한 말은 농담이었다고, 그는 버젓이 살아 있다고 말하고 싶은 것을 참고 또 참아 누르려니 이가 다 빠질 지경이었다.

"내가, 내가 그를 끌어안고 바다로 뛰어들었어요. 너무 미워서, 그가 하는 짓이 너무너무 얄미워서 같이 죽을 생각이었어요. 그런데 나만 살아 있으면 어떡해요. 그가, 그가 죽어버렸으니 이제 나는 어떡하면 좋아요. 어떡하면 좋아요, 주열 씨. 흑흑흑…… 그냥 같이 가지. 차라리 같이 가버리지. 왜 난 여기 있을까요. 왜 그가 아니라 내가 살아 있을까요! 왜. 대체 왜 나냐고요! 왜에……!"

비명과 함께 쏟아내는 눈물이 그의 심장을 녹아내리게 했다. 주열은 눈을 질끈 감고서 그녀를 더욱 꽉 끌어안았다. 결코 마르지 않을 고통의 강이 그녀의 심장을 통해서 그의 심장으로 흘러들고 있었다.

"실종이지, 죽은 게 아니야. 어딘가에 살아 있을 수도 있어. 아니, 그는 살아 있어!"

"아, 아니에요. 흑흑흑…… 아니에요. 죽었을 거예요. 내가 죽어버렸으면 좋겠다고 빌었어요. 내가요! 그런데 나만 살았어. 나만 살았다고요. 나만! 으어엉!"

"당신이 바란다고 해서 그렇게 될 리가 없잖아. 걱정하지 마. 그는 분명히 살아 있어."

몸을 바들바들 떨며 몸부림치는 그녀를 더욱 꽉 끌어안는 주열의 눈빛이 허공을 향해 번뜩였다. 각오는 하고 있었지만 막상 오열하는 그녀를 보니 그가 내린 벌이 얼마나 잔인한 것인지 이제야 실감할 수 있었다.

'송기철, 이 나쁜 자식. 지옥에나 떨어져라!'

주열은 이를 바드득 갈았다. 이런 그녀의 모습을 매일 보게 될 것을 생각하니 눈앞이 캄캄했다. 과연 이런 날들을 며칠이나 견딜 수 있을는지 모르겠다.

"당신이 어떻게 알아요. 당신이 어떻게 아냐고요. 흐어엉!"

"죽을 운명이었다면 그 자식은 진즉에 죽었어. 그러니까 걱정하지 마. 곧 살아 있다는 연락이 올 테니까."

그녀가 고개를 삐죽이 치켜들어 그를 바라보았다. 빨갛게 충혈된 눈동자에 그렁그렁 매달려 있던 눈물이 또르르 아래로 굴러떨어졌다. 그 모습이 너무나 애처로워 보여 주열의 입매가 딱딱하게 굳어졌다.

"저, 정말…… 그럴까요? 정말 그가 살아 있을까요?"

"당신도 이렇게 살아 있잖아. 틀림없이 그도 살아 있어."

"흑흑흑…… 당신 말이 맞았으면 좋겠어요. 내가 살아 있는 것처럼 그도 죽지 않고 살아 있었으면 좋겠어요. 제발. 부디 제발!"

"그래. 그렇게 믿어. 언젠가 건강한 모습으로 당신 앞에 나타날 테니까."

인경은 그의 가슴에 얼굴을 깊숙이 묻고서 새어 나오려는 흐느낌을 애써 억눌렀다. 하늘이 무너져 내린다는 기분이 이런 걸까. 기철과 함께 가고자 했을 때는 무서울 것이 없었는데 막상 그녀만 남게 되자 눈물조차 흘리는 게 두렵고 무서웠다.

'미안해, 기철 씨. 내가 잘못했어. 내가 잘못했으니까 제발, 제발 살아 있어줘. 살아서 내 앞에 나타나 줘. 날 용서해 달라고 안 해. 아니, 어떤 벌이든 달게 받을게. 그러니까 당신이 무사하다는 것만 보여줘. 제발! 제발!'

뚝뚝 떨어지는 눈물과 함께 소리 없는 외침이 병실 가득히 울려 퍼졌다. 하지만 이런 그녀의 마음을 조롱이라도 하듯 그의 대해서는 아무런 소식이 없었다. 인경은 퇴원을 하자마자 그녀를 병원으로 이송해 온 119 대원을 찾아가 그날의 일들에 대해서 물었지만 그녀를 구해준 남자 말고는 아무도 없었다고 했다.

그 남자라면 기철을 보지 않았을까 싶어서 연락처를 물었지만 그들이 물어보기도 전에 남자는 사라지고 없었다고 했다. 그때부터 그녀는 뉴스란 뉴스는 모두 챙겨 보게 되었다. 하지만 어디에서도 시체가 떠올랐다는 소식은 없었다.

"기철 씨. 대체 어디에 있는 거야. 살아 있다면 제발 모습만이라도 보여줘. 제발, 부디 제발!"

신경이 극도로 예민해진 인경은 급기야 고함을 질러대기 시작했다. 기철의 실종 소식을 들은 이후로 그녀는 잠을 자지도 밥을 제대로 먹지도 못했다. 깨어 있을 때는 그가 무사하길 바라며 간절하게 빌었고, 그러다 지쳐 쓰러져 잠이 들면 꿈속에서도 그를 찾아 헤매다 가위에 눌려 깨어나기가 일쑤였다. 그러길 벌써 일주일째. 인경도 그런 그녀를 바라봐야 하는 주열도 힘든 시간을 보내고 있었다.

"돌아와, 인경아. 내게 돌아와."

불현듯 그가 했던 말이 환청처럼 귓속으로 파고들었다. 죽은 듯이 침대 위에 누워 있던 인경이 벌떡 몸을 일으켰다.

"그래. 집으로 가야 해. 그러면 기철 씨가 돌아올지도 몰라."

이불을 확 걷어낸 인경은 후다닥 침대에서 내려와 짐을 챙기기 시작했다. 어쩌면 그는 그녀가 집으로 돌아오길 기다리고 있을지도 몰랐다.

"지금 뭐 하는 거지?"

무겁게 가라앉은 목소리가 그녀의 손을 흠칫거리게 했다. 아침 내내 그의 모습이 보이지 않았기에 출근한 줄 알았더니 그게 아니었던 모양이다. 하지만 인경은 짐을 싸던 손길을 멈추지 않았다. 대답도 하지 않았다. 입 밖으로 말을 꺼내면 눈물이 되어 흐를까 봐 차마 입을 뗄 수가 없었다.

"뭐 하는 건지 물었어."

다시금 들려온 목소리에 인경은 바쁘게 움직이던 손을 멈추었다. 그리고 목구멍을 가득 채우고 있는 눈물을 힘겹게 꿀꺽 삼켰다. 또다시 그에게 아픔을 줘야 한다는 게 싫었다. 하지만 다른 방법이 없었기에 모질게 대할 수밖에 없었다.

"집으로 돌아가려고요."

"그건 안 돼!"

"당신한테 허락받을 이유 없어요."

이대로 물러서지 않겠다는 듯 그녀가 마구잡이로 가방에다 옷을 쑤셔 넣었다. 그 모습을 보던 주열이 성난 손길로 가방을 빼앗아 휙 던져 버렸다.

"내가 보낼 수 없어!"

그의 고함 소리와 함께 벽에 부딪친 가방이 둔탁한 소리를 내며 바닥으로 떨어졌다. 안에 든 옷가지들을 여기저기 흩뿌리고서. 그 모습이 마치 너덜너덜해진 그녀의 심장처럼 보였다. 인경은 입술을 지그시 깨물고서 옷가지들을 줍기 시작했다. 그녀도 떠나고 싶지 않았다. 그의 곁에서 영원히 머물고 싶었다.

하지만 기철이 사라지고 없는 지금의 상황에선 결코 그들은 함께할 수 없었다. 함께하는 시간 내내 그도 그녀도 서로를 불행하게 할 뿐이었다. 지금 그가 보여주고 있는 행동이 그 증거였다. 그도 많이 힘들고 지쳤을 테니까.

"난 가고 싶어요. 아니, 가야겠어요. 이런 마음으로 당신 곁에 있다가는 죽을 것 같아요."

"나도 그래. 나도 죽을 것 같아. 더는 망가지는 당신 모습 못 보겠어!"

주열의 말은 진심이었다. 괴로워하는 그녀를 보고 있으려니 가슴에 대못이 하나하나 박히는 게 여간 아픈 게 아니었다. 차라리 모든 것을 다 내던져 버리고 싶을 정도로 아주 시리고 아팠다.

"그러니 보내줘요. 안 보는 게 서로가 덜 괴로울 테니까."

"아니. 난 당신을 못 보는 게 더 괴롭고 힘들어. 그러니까 내 옆에서 떠날 생각 하지 마."

"당신은 기철 씨를 그렇게 만든 내가 무섭지도 않아요?"

"아니. 무섭기는커녕 당신을 더 사랑하게 됐지. 그리고 그 자식은 살아 있어. 아주 멀쩡하게."

"당신이 그렇게 말한 게 벌써 며칠짼지 알아요. 그런데도 안 나타잖아. 안 보이잖아! 그러니 더는 그런 말로 날 위로하려 하지 말아요. 당신이 그럴수록 내가 더 비참해지니까."

끝내 그녀의 눈에서 눈물이 떨어지고 말았다. 그런 그녀를 주열이 꽉 끌어안았다. 인경은 그를 밀어내고 싶었지만 손끝에 힘이 들어가지 않았다.

"내가 무슨 말을 한다고 해도 당신이 믿지 못한다는 거 알아. 하지만 날 믿고 조금만 기다려 줘. 곧 당신에게 어떤 소식이든 들려줄 테니까."

주열이 그녀의 머리카락을 부드럽게 쓸어내리며 말했다. 이 일로 더는 그녀와 논쟁을 하고 싶지 않았다. 그의 뜻을 알아들었는지 그녀도 더는 말하지 않았다. 주열은 천천히 고개를 돌려 창밖으로 시선을 던졌다. 사실 송기철이 신경 쓰이기는 그도 마찬가지였다. 그녀가 퇴원했다는 문자를 끝으로 송기철에게선 아무런 연락이 없었다. 그가 전화를 해도 받지를 않았다.

어제도 여러 번 연락을 취했지만 역시나 통화를 하지 못했다. 문자도 남겼지만 아직까지도 답장이 없었다. 일부러 그를 피하는 게 아니라면 분명 다른 이유가 있는 것이다. 그래서 서진에게 송기철의 행방을 알아보라고 부탁해 놓은 상태였다. 그런 상황에서 그녀가 짐을 싸는 모습을 보게 된 터라 본의 아니게 날카롭게 반응하고 만 것이다.

'별일 없겠지. 그래. 별일 없을 거야.'

주열은 애써 마음을 위로해 보지만 똬리를 틀 듯 꿈틀거리는 불안감을 지우진 못했다.

"어떻게 됐어?"

주열은 사무실로 들어서기가 무섭게 서진을 향해 용건부터 꺼내 들었다. 자리에서 일어난 서진이 집무실로 들어가는 그의 뒤를 따르며 입을 열었다.

"최 사장도 모르는 눈치야. 이강우도 마찬가지고. 그 자식은 도깨비야. 아주 산도깨비. 숨어버리면 당최 찾을 수가 없어."

"하인경 집엔 가봤어?"

"아니, 아직. 안 그래도 조금 있다가 가보려고. 근데 갑자기 송기철은 왜 찾는데?"

서진이 어제부터 묻고 싶었던 말을 입 밖으로 꺼냈다. 다시는 그런 자식과 상종도 하고 싶지 않을 텐데 난데없이 전화를 해서는 그를 찾아보라고 하는 것이 이상했던 것이다.

"확인할 게 있어서."

"무슨 확인? 그 자식 또 사고 쳤어?"

서진이 목소리를 높였다.

"그런 거 아니야. 목소리 낮춰."

"그런 게 아니면 뭔데? 이번에도 답을 회피하면 재미없을 줄 알 아."

서진이 이대로 물러서지 않겠다는 듯 엄포를 놓았다. 하지만 아 직은 말할 때가 아니었다. 일단 송기철을 찾고 난 다음 그와 다시 이야기를 해볼 참이었다. 밤을 새우다시피하며 괴로움에 몸부림 치는 그녀를 하루하루 지켜봐야 하는 게 점점 더 힘들어지고 있었 다.

"송기철이 찾고 나서 다 말해줄 테니까 보채지 마. 지금은 네가 아무리 다그쳐도 해줄 말이 없어."

"너 요즘 내게 비밀이 많아졌다는 거 알고 있냐?"

묻는 목소리가 착 가라앉아 있었다. 그의 대답이 마음에 들지 않는다는 뜻이었다. 제 대답이 마음에 들지 않는 것은 주열도 마찬 가지였다.

"알아. 많이 미안해하고 있어. 하지만 지금은 좀 참아줘."

"혹시 그자를 찾는 게 인경 씨와 관련된 거야? 이것만 대답해 줘. 그러면 더는 묻지 않을게."

"그래, 맞아."

"알았어. 우선 병원 쪽부터 알아볼게."

대답을 들은 서진이 제 말만 하고 돌아섰다. 주열은 가슴에 구 멍이 뚫린 것처럼 휑하니 찬바람이 불어닥치자 얼른 그를 불렀다.

"서진아."

문고리를 잡으려던 서진은 부르는 소리에 다시 등을 돌려 주열과 마주했다.

"미안하다."

불쑥 던지는 말에 서진은 피식 웃어버렸다. 요즘 들어 저 소리를 너무 자주 들어선지 그다지 감흥도 없었다.

"됐어, 인마."

서진이 문을 열고 밖으로 나갔다.

"젠장!"

주열은 의자 깊숙이 몸을 묻으며 눈을 감았다. 비밀은 또 다른 비밀을 만든다고 하더니 제 욕심 때문에 여러 사람에게 몹쓸 짓을 하고 있는 것 같아서 마음이 벼랑 끝에 매달려 있는 것처럼 불안하고 초조했다.

"기철 씨에게 무슨 일 있는 거 아니야."

무희가 손가락으로 휴대전화 액정을 두드리며 혼잣말을 했다. 그와 헤어진 이후로 그녀는 한 번도 기철의 이름을 입에 올리지 않았다. 입에 올리기 시작하면 그를 찾아가게 될까 봐 일부러 피한 것이다. 그런데 늦은 시간에 찾아와 기철의 행적에 대해서 물었던 황 실장이 신경 쓰여 잠까지 설치고 보니 도저히 그냥 있을 수가 없었다.

"일단 알아봐야겠다."

결심이 선 무희는 기철에게 전화를 걸었다. 하지만 긴 신호음이 두 번이나 끊어질 때까지도 기철은 전화를 받지 않았다. 일부러 그녀의 전화를 안 받는 것일 수도 있겠지만 이상하게 마음이 편치가 않았다. 무희는 강우에게 전화를 걸었다. 마음이 불안하다 보니 떠오르는 사람이 그밖에 없었다. 그리고 단 한 번의 신호음을 끝으로 그의 목소리가 들려왔다.

[네, 말씀하십시오.]

"이 자식은 잠도 안 자나. 사람 미안하게."

혼잣말로 중얼거린 무희는 기철에 대한 이야기를 꺼내기가 민망해지자 헛기침을 했다. 그 소리를 들었는지 그의 목소리가 다시 들려왔다.

[괜찮습니다. 말씀하십시오.]

그의 말에 용기를 낸 무희가 마른 입술을 혀로 적시며 무겁게 입술을 달싹였다.

"저기, 미안한데 기철 씨 소식 좀 알아봐 줘. 황 실장이 다녀간 게 신경 쓰여서 말이야."

[알겠습니다. 파악하는 대로 연락드리겠습니다.]

"그럼 부탁할게."

무희는 일부러 부탁이라는 말을 덧붙였다. 기철에 대해서 유난히 예민하게 반응하는 그가 신경 쓰여서.

[네. 이만 끊겠습니다.]

"하아. 살 떨린다, 진짜."

무희는 끊어진 전화기를 내려다보며 몸을 부르르 떨었다. 전에는 아무렇지도 않게 명령을 내렸는데 지금은 말 한마디 하려고 해도 눈치를 봐야 하니 갈수록 그를 상대하기가 껄끄러웠다.

"그나저나 별일 없겠지. 잘 지내고 있는 거 맞겠지."

무희는 기철을 떠올리자 마음이 한없이 무거워졌다. 잊어야지,

잊어야지 하면서도 잊지 못하는 것이 첫정이라고 했던가. 그래선지 이미 그와는 끝났다는 것을 알면서도 이렇듯 이름을 들으면 아직도 심장이 미친 듯이 발광을 했다.

"제 목숨을 거둬가고 그는 돌려주세요. 기철 씨를 무사히 보내주세요. 제발, 부디 제발!"

인경은 이제 매일 밤, 습관처럼 기도를 했다. 그렇다 한들 지은 죄가 사라지는 건 아니었지만 이렇게라도 하지 않으면 미쳐 버릴 것 같았다. 곧 소식을 알려주겠다던 주열은 나흘이 지나도록 아무런 말이 없었다. 기철을 찾는 것 같긴 한데 그다지 성과는 없는 듯했다. 하기야 실종된 사람을 그렇게 쉽게 찾게 될 리가 없었다.

"매일 밤, 그런 식으로 빌었나. 당신 목숨을 내걸고서?"

무겁게 가라앉은 목소리가 등골을 서늘하게 하자 그녀의 몸이 흠칫했다. 그가 잠든 줄 알았는데 그게 아니었던 모양이다. 인경이 천천히 고개를 돌려 그를 바라보았다. 화가 났는지 그의 표정이 차갑게 굳어 있었다.

"말해봐. 매일 밤 그런 식으로 빌었어?"

재차 물었지만 그녀에게선 아무런 대답이 없었다. 주열은 차갑게 식어버린 피가 심장으로 몰리자 이를 악물었다. 백방으로 기철을 찾았지만 정말 실종이라도 된 것처럼 흔적조차 없었다. 최무희조차 그를 찾지 못한 것으로 보아 아주 작정하고 숨은 것이다.

그것을 안 순간 뭔가 개운치가 않았는데 제 목숨을 거둬가라는 그녀의 말을 듣고서야 깨달았다. 죄책감을 견디지 못한 그녀가 잘못된 선택을 할 수도 있다는 것을. 그렇게 되면 그 죄는 모두 그녀를 속인 주열의 몫이었다. 만일 그가 바란 결말이 이런 것이라면 송기철은 정말 잔인한 놈인 것이다.

하지만 송기철이 그 정도로 무서운 사람이라고는 생각하고 싶지가 않았다. 그래서 결심했다. 그녀에게 모든 것을 털어놓기로. 자칫 잘못하다간 그녀를 잃을 수도 있었기에.

"앉아. 당신에게 할 말이 있어."

"뭔…… 데요?"

인경이 불안한 눈빛으로 소파에 엉거주춤 엉덩이를 걸쳤다. 그러자 주열이 성큼성큼 다가와 옆에 앉더니 그녀의 어깨를 붙잡았다. 그 손길이 제법 거칠어 인경은 저도 모르게 몸을 움찔거렸다. 하지만 그는 느끼지 못했는지 곧장 입을 열었다.

"지금부터 내가 하는 말, 믿기 어려울 거야. 하지만 한 치의 거짓도 없는 진실이니까 두 눈과 귀, 모두 열어놓고서 내 말 잘 들어. 알았나?"

딱딱한 말투와 표정 때문에 인경은 그저 고개를 끄덕였다. 그러자 그가 길게 숨을 내쉬더니 입술을 달싹였다.

"송기철은 살아 있어. 당신을 병원으로 옮긴 사람이 바로 그자야."

"강주열 씨, 이제 그만해요. 날 위한답시고 한 말이라는 거 아는데 그러지 않아도 돼요."

그녀의 얼굴이 슬픔으로 얼룩졌다. 얼마나 많이 힘들었으면 눈에 뻔히 보이는 거짓말을 할까, 싶은 게 마음이 무척이나 아팠다. 주열이 거센 손길로 그녀의 어깨를 움켜잡으며 소리쳤다.

"거짓말 아니야! 그가 살아 있다는 증거는 얼마든지 있어. 못 믿겠으면 서진에게 물어봐. 아니면 병원 CCTV를 확인해 보던지. 아주 선명하게 찍혀 있을 테니까."

"말도 안 돼. 그게 사실이라면 왜 실종됐다고 거짓말을 한 거죠? 왜 내가 괴로워하는 걸 보고만 있었던 거예요!"

"송기철이 그러길 원했어. 당신이 자기를 평생 기억하길 바랐으니까!"

그녀의 얼굴이 고통으로 일그러졌다. 송기철이라면 충분히 그럴 수 있다는 생각이 든 것이다. 그리고 온갖 말들로 그를 협박했겠지. 그는 그런 기철의 꼬임에 넘어갔을 테고. 그제야 인경은 송기철이 살아 있다고 말하던 그가 이해가 됐다. 하지만 그녀를 속인 그에게 화가 나는 건 어쩔 수 없었다.

"틀린 말은 아니네요. 정말 그가 실종됐다면 영원히 그의 그림자에 갇혀서 빠져나오지 못했을 테니까. 아니, 그보다 더한 짓을 했을지도 몰라요. 죽고 싶을 만큼 하루하루가 지옥이었으니까. 그런데도 견뎌야 했죠. 바로 당신 때문에. 당신에게 두 번씩이나 죽음의 고통을 남겨줄 수는 없었으니까. 그런데 어떻게 당신은 내게 그런 짓을 할 수 있는 거죠?"

그녀의 볼을 타고 눈물이 흘러내렸다. 그 눈물이 비수가 되어 가슴을 찌르자 주열이 그녀를 꽉 끌어안았다. 그녀의 말을 듣는 순간, 끔찍한 장면들이 눈앞에서 춤을 추며 그를 괴롭혔다. 그가 생각했던 일이 실제로 일어날 수도 있었던 것이다.

"미안해. 송기철과 한 약속 때문에 어쩔 수가 없었어. 그때는 그렇게 하는 것이 당신을 지키는 것이라고 생각했으니까."

"그럼 지금은 아니라는 건가요?"

"그래. 오늘에서야 내가 잘못 생각했다는 것을 알았어. 그래서 사실대로 털어놓은 거야. 당신이 괴로워하는 걸 더는 지켜볼 수가 없어서."

"당신 참 바보군요. 아무리 송기철과 약속을 했다지만 나한테는 사실대로 말을 했어야죠. 내가 사실을 알고 있다는 걸 송기철이 모르면 되는 건데. 그랬다면 우리 둘, 고통 받지 않아도 됐잖아요!"

격양된 목소리로 그녀가 소리쳤다. 주열은 뒤통수를 얻어맞은 것처럼 생각이 멈춰 버렸다. 아주 단순할 수도 있는 일을 그는 너무 심각하게 받아들인 것이다. 비록 기철을 속이는 것이긴 하지만 나쁜 의도가 아니었으니 조용히 넘어갈 수도 있었다. 그걸 깨닫는 순간, 그녀를 안고 있던 팔이 아래로 툭 떨어졌다.

"그렇군. 내가 바보였어. 살인이라는 말에 내 사고회로가 죽어버렸나 봐."

"그런 말까지 했어요? 나쁜 자식. 끝까지 저밖에 모르는군요. 그동안 올린 기도가 다 아깝네요. 그렇다면 우리도 미안해하지 말아요. 그가 좋은 의도로 한 일이 아닌데 우리만 미안해할 필요 없잖아요. 근데 그 자식은 지금 어디 있어요?"

"어디로 숨어버렸는지 아무리 찾아도 없어. 그래서 더 겁이 났어. 내가 아무리 진실을 말한다고 해도 당신 눈으로 직접 그를 보지 않는 이상 믿으려 하지 않을 테니까."

"역시 강주열 씨는 바보네요. 조금 전에 당신 입으로 증거를 말해놓고는 겁을 내다니. 그리고 봐요. 증거를 보지 않아도 당신 말을 믿고 있잖아요."

그녀가 양손을 옆으로 살짝 벌리고서 빙그레 웃었다. 다시는 그녀의 웃는 얼굴을 보지 못할 줄 알았는데 저 미소를 보니 이제야 살 것 같았다. 주열이 그녀를 끌어안으며 나지막이 중얼거렸다.

"그러네. 나 바보 맞네."

"그만큼 나 때문에 많이 아팠던 거죠. 옳은 생각을 할 수 없을 만큼. 강주열 씨. 이제 우리 다 털어버리기로 해요. 나도 송기철이 살아 있다는 것을 알았으니 더는 아파하지 않을 거예요."

"그래. 그러자, 우리."

주열이 그녀를 안은 팔에 힘을 꽉 주었다. 이제야 어두운 터널을 뚫고 밝은 세상의 빛으로 나온 느낌이었다. 그동안 고민했던 것들이 무색할 정도로 꽁꽁 묶여 있던 매듭이 너무나 쉽게 풀려버린 것이다.

태식은 곧은 자세로 앉아 있는 그녀를 한동안 바라보기만 했다. 주열을 통해서 모든 이야기를 들었음에도 불구하고 마음 한편이 개운치가 않았다. 그건 아마도 그녀가 송기철의 연인이었다는 것이 이유일 것이다. 선입견이 무섭다고 다 알고 받아들이려니 좀처럼 마음의 문이 열리지가 않았다.

"그녀만이 아버지의 바람을 들어줄 수 있습니다. 그러니 부탁드립니다. 그녀에게 먼저 손을 내밀어주세요. 아버지."

태식은 이른 아침에 느닷없이 찾아와 고개를 숙이던 주열의 모습이 떠오르자 소태를 씹은 것마냥 입안이 쓰디썼다. 먼저 손을 내밀어달라는 것은 그녀에게 용서를 구하라는 말을 돌려 한 말일 것이다. 그럴싸하게 부탁이란 말로 포장한 협박도 곁들여서.

'못된 녀석. 아들이라고 하나 있는 것이 끝까지 날 골탕 먹이는 군.'

태식은 차마 입 밖으로 내뱉지 못한 말을 속으로 씹어 삼키며, 쇠붙이라도 붙어 있는 듯 무겁게만 느껴지는 입술을 천천히 달싹였다.

"주열이가 결혼하길 원하던데 자네도 같은 생각인가?"

"네?"

갑작스러운 말에 인경은 깜짝 놀랐다. 주열에게서 그런 비슷한 말도 들은 적이 없었던 것이다. 태식은 눈을 휘둥그레 뜨는 그녀를 보며 조금은 안심이 되었다. 결혼이란 말은 그가 그녀를 떠보기 위해서 한 말이었다. 은숙을 비롯해서 하나같이 그녀 칭찬만 하는 터라 직접 확인해 보고 싶었다. 그런데 나쁘지 않았다. 입버릇처럼 칭찬을 하던 은숙의 말대로 겉으로 드러내는 모습이 여느 여자들과 다르게 거짓된 모습은 아니었다.

"자네는 몰랐나 보군."

"네. 들은 적 없습니다."

인경은 사실대로 말했다. 이 자리에도 갑자기 불려온 것이라 안 그래도 멀미를 하는 것처럼 가슴이 울렁거려 미치겠는데 결혼이라니, 정말 기함할 노릇이었다.

"주열이가 혼자 앞서간 모양이군. 그렇다면 자네 생각을 말해 보게. 자네도 주열이와 결혼할 마음이 있는 건가?"

"그게…… 그러니까."

인경은 말을 잇지 못했다. 주열은 결혼을 하고 싶다고 해서 할 수 있는 그런 사람이 아니었다. 아무리 그녀가 하고 싶다고 해도 세상의 눈과 귀가 그들을 가만히 두고 보지는 않을 테니까. 더구나 그들은 이제 막 서로의 사랑을 확인한 터라 결혼이란 단어를 생각해 본 적이 없었다. 그런데 그의 아버지의 입을 통해서 듣게 될 줄이야. 난감한 입장에 놓인 그녀의 머릿속이 너무 혼잡스러워 두통이 다 밀려왔다.

"괜찮으니까 말해보게. 주열이와 결혼을 하고 싶은가?"

똑같은 질문이 되돌아오자 인경은 더욱 허리를 펴고 자세를 고쳐 앉았다. 기회가 주어진다면 그와 결혼하고 싶었다. 하지만 질문의 의도를 모르니 우선은 그것부터 파악해야 할 듯했다.

"결혼하고 싶다고 대답하면 강주열 씨를 제가 가질 수 있는 겁니까. 회장님께서는 허락해 주실 건가요?"

그녀는 질문에 질문으로 대답했다. 딱 잘라서 물으니 대답하기가 곤란했겠지만 딱 잘라서 되묻는 물음 또한 만만치 않았다. 누가 보아도 그녀의 행동은 당돌하기 그지없었다. 그런데 이상하게도 싫지가 않았다. 아니, 좀처럼 열리지 않았던 마음의 빗장이 꿈틀거리고 있었다. 한 회사를 책임지고 있는 오너의 짝이 될 사람이라면 그만한 강단 또한 있어야 하는 거니까.

"내가 허락하지 않으면 결혼하지 않겠다는 건가?"

"강주열 씨에게 제가 많이 부족하다는 거 알고 있습니다. 그래서 욕심내면 안 되는 사람이란 것도 잘 압니다. 하지만 강주열 씨를 사랑하는 마음만큼은 어느 누구에게도 뒤지지 않습니다. 이런 제 마음만으로는 안 되겠습니까?"

올곧은 눈빛으로 바라보는 눈동자엔 간절함이 묻어 있었다. 태식은 주열과 같은 눈빛으로 애원하는 그녀의 모습을 보고서야 마음의 끈을 슬그머니 풀어놓았다. 두 사람의 마음이 하나라면 그걸로 충분했다.

'그래. 이 나이에 뭘 더 바랄까. 주열이가 원하고 내가 원하는 걸 그녀가 줄 수 있다면 그걸로 족하지. 더는 욕심내지 말자, 강태식.'

태식은 어지럽게 흔들리던 마음을 굳게 다잡았다. 살아오면서 간절하게 바란 게 있다면 그건 바로 아들의 행복이었다. 그리고 아들에게 행복을 줄 수 있는 사람이 지금 눈앞에 있었다. 그러니 더는 망설일 이유가 없었다.

태식은 서랍을 열어 조그만 상자를 꺼내 들어 손에 꼭 쥐었다. 이것을 그녀에게 전해주면 그는 이제 아들의 인생에서 한발 뒤로 물러나야 했다. 하지만 간절한 기다림 끝에 찾아온 시간이라서 그런지 아내의 반지를 아들의 반려에게 손수 물려줄 수 있다는 것이 꽤나 매력적으로 다가왔다.

'이 자리에 당신이 없다는 게 아쉽구려. 당신의 반지를 낀 그녀를 보면 많이 좋아했을 텐데 말이야.'

태식은 아내의 웃는 얼굴을 떠올리며 그녀에게 작은 상자를 내밀었다.

"받게. 내 대답이야."

"이, 이것을…… 정말 제, 제게 주시는 건가요?"

그녀의 목소리가 눈에 띄게 떨리고 있었다. 태식은 빙그레 웃으며 고개를 끄덕였다. 누가 보더라도 저 안에 반지가 들어 있을 거라고 예측할 수 있었기에 그녀의 반응이 충분히 이해됐다.

"저, 정말 제가 받아도 되는 건가요?"

믿기 어려운지 그녀가 재차 물었다.

"그래. 아내의 유언이라 반지는 내가 주지만 프러포즈는 아들 녀석에게 받도록 하게. 아주 근사하게 말이야."

태식이 고개까지 끄덕이며 그녀의 질문에 쐐기를 박았다. 그러자 이내 그녀의 눈동자에 눈물이 가득 고였다.

"가, 감사합니다. 정말…… 정말 감사합니다, 회장님."

인경은 떨리는 손으로 상자를 집어 들었다. 그 위로 기쁨의 눈물이 뚝뚝 떨어졌다. 이런 날이 오리라고는 꿈에도 생각하지 못했는데 뜻밖에 너무 큰 선물을 받고 나니 전혀 현실처럼 느껴지지가 않았다.

"잘 부탁하네. 못난 아들이지만 내겐 하나뿐이야."

"제게도 하나뿐인 사람입니다. 못난 절 받아주셔서 감사합니다, 회장님."

인경이 깊숙이 고개를 숙여 인사를 했다. 태식은 하나뿐이라는 그녀의 대답이 무척이나 마음에 들었다.

"아버님이라고 부르는 게 훨씬 더 듣기 좋을 것 같군."

"아, 죄송합니다. 아…… 버님."

부끄러운지 그녀의 얼굴에 홍조가 피어올랐다. 덩달아 태식의 얼굴에도 웃음꽃이 피었다. 제 사람이라고 생각해서인지 이젠 그 모습조차도 예뻐 보였다.

"하아. 떨린다."

인경이 양 손바닥을 마주 비비며 발을 동동거렸다. 태식의 결혼 허락이 떨어지자마자 주열을 보기 위해서 회사로 달려왔다. 하지만 차마 들어가지 못하고 전화로 그를 불러낸 것이다. 기쁜 소식을 얼른 알려주고 싶어서.

"하인경!"

주열이 그녀의 이름을 부르며 성큼성큼 걸어왔다. 그 뒤로 서진의 모습도 보였다. 차에서 내리는 것으로 보아 어디 다녀오는 길인 것 같았다.

"주열 씨."

인경은 그와의 거리가 가까워지자 나지막이 이름을 불렀다. 그런데 단지 이름을 불렀을 뿐인데 이상하게 눈가에 눈물이 차올랐다.

"왜 그래? 무슨 일이야?"

그녀의 눈물을 본 주열이 놀라서 물었다. 하지만 그녀는 알고 있었다. 이 눈물의 의미를. 인경이 손을 뻗어 그의 허리를 꼭 껴안았다. 이 순간만큼은 이곳이 그의 회사 앞이라는 것도, 많은 사람들이 그들을 보고 있다는 것도 잊어버리기로 했다. 오직 그만을, 그의 체온만을 느끼고 싶었다.

그 마음이 전해졌는지 그의 양팔이 그녀를 꼭 감쌌다. 그의 마음처럼 온기 또한 참 따뜻하고 포근했다. 아마 이 시간이 지나면 그녀는 부끄러워 얼굴조차 들지 못할 것이다. 하지만 지금 이 순간만큼은 그의 품에 안겨 있다는 것이 너무너무 행복하고 좋았다. 인경은 그 마음을 고스란히 입술에 담아 말했다.

"사랑해요."

주열의 몸이 흠칫 굳어졌다. 그리고 그 느낌은 고스란히 그녀에게로 전해졌다. 그의 심장에 대고 말해준 적이 없으니 놀라는 것은 당연했다. 그래서 인경은 다시 한 번 그의 심장에 대고 말했다.

"당신을 사랑해요, 강주열 씨."

"나 꿈꾸고 있는 거…… 아니지?"

믿을 수 없다는 듯 주열이 그녀를 안은 팔에 힘을 꽉 주며 물었다. 옥죄어오는 느낌을 따라 그녀의 입가에도 환한 미소가 번졌다. 불과 두 시간 전에 그녀가 느꼈던 기분을 그가 느끼고 있다고 생각하니 새삼 가슴이 두근거렸다. 인경은 설레는 마음을 뒤로하고 살짝 그를 밀어냈다. 따뜻한 체온을 느낄 수 없는 게 아쉬웠지만 그의 물음에 대답하기 위해선 어쩔 수가 없었다.

"내가 꾼 게 꿈이 아니라면 당신 꿈도 현실이겠죠."

인경이 가방에서 꺼내 든 상자를 그의 앞에 내밀었다. 순간, 주열은 저도 모르게 숨을 깊게 들이켰다. 그녀가 들고 있는 게 무엇인지, 누구의 것인지 잘 알고 있었기에.

"당신이 이걸 어떻게……."

"회장님께서 주셨어요. 아니, 아버님께서 주셨어요."

"아버지가 직접 주셨다고?"

"네. 안 믿어지죠?"

그녀의 물음에 주열은 빙그레 웃었다. 아버지가 이 반지를 그녀에게 직접 전해준 것에는 사과라는 의미가 함께였을 것이다. 고맙게도 그의 뜻을 받아준 것이다.

"아니, 믿어. 아버진 늘 내가 행복하길 바랐으니까."

주열이 그녀의 허리를 끌어당겨 품에 꼭 안았다. 어머니의 반지가 그녀의 손에 들려 있는 것을 보니 가슴 뭉클하게 그리움이 밀려들었다. 더불어 그녀의 대한 사랑이 더욱 깊어졌다.

"사랑해."

"알아요. 매 순간마다 느끼고 있으니까."

"그래도 많이 부족해. 내 마음을 다 보여주기엔."

"나머진 다른 곳에서 보여주길 바란다. 보다시피 여긴 관중들이 너무 많거든."

"엄마야!"

불쑥 끼어든 서진의 목소리에 인경이 화들짝 놀라서 주열을 밀어냈다. 이제야 그들이 어디에 서 있는지 떠올랐던 것이다. 이어 기다렸다는 듯이 키득거리는 사람들의 웃음소리가 들려오기 시작했다. 인경은 부끄럽고 민망스러워서 빨개진 얼굴로 황급히 주열의 뒤로 몸을 숨겼다.

"자식. 방해하기는."

주열이 얄밉다는 듯이 서진을 바라보며 톡 쏘아붙였다. 하지만 눈꼬리와 입매는 보기 좋게 휘어져 있었다.

"그래도 행복하지?"

"그래. 이 순간이 영원했으면 좋겠다."

주열이 등 뒤에 숨어 있는 그녀의 손을 꼭 잡으며 환하게 웃었다. 살아오면서 이보다 더 행복한 시간도 분명 있었을 것이다. 그리고 앞으로도 많은 시간들을 행복해하며 지낼 것이다. 그러나 매 순간 느끼는 기분이 다르듯 지금 그가 느끼고 있는 최고의 시간은 사랑하는 사람이 곁에 있고, 가장 소중한 친구가 옆에 있는 지금 이 순간이었다.

5년 후.

마당에서 아이들이 뛰어놀기라도 하는지 까르륵거리는 웃음소리가 담장 너머까지 들려왔다. 따스하게 내리쬐는 햇살처럼 웃음소리가 해맑은 게 듣는 이들까지도 기분 좋게 했다.

"대체 애들을 몇 명이나 낳은 거야."

대문 앞에서 아이들의 웃음소리를 듣고 서 있던 민수가 천천히 선글라스를 벗으며 혼잣말을 했다. 전해 듣기론 분명 두 명이라고 한 것 같은데 웃음소리는 그게 아니었던 것이다.

"에이, 쓸데없이 더 긴장되네."

초인종을 누르려던 민수의 손이 아래로 툭 떨어졌다. 그를 본 주열이 어떤 모습을 할까, 라는 생각만으로도 사실 여기로 오는 내내 긴장되고 떨렸다. 하지만 이젠 용기를 내야 할 시간이었고, 그가 행복하게 사는 모습도 보고 싶었기에 가까스로 여기까지 온 것이다. 그런데 막상 아이들의 웃음소리를 들으니 애써 가졌던 용기가 썰물 빠지듯 빠져나가고 있었다.

"하아. 진짜 못났다. 초인종일 뿐이잖아. 그냥 눌러."

민수는 최면을 걸 듯 다시 초인종을 향해 팔을 뻗었다. 그때 아이의 울음소리가 들려왔다. 그와 동시에 초인종 소리가 뒤를 따랐다. 울음소리를 따라 고개를 돌리던 민수가 저도 모르게 벨을 눌렀던 것이다.

"누구세요?"

스피커가 아닌 얼마 떨어지지 않은 곳에서 목소리가 들려왔다. 그리고 민수가 대답도 하기 전에 주열의 모습이 시야에 들어왔다.

그도 민수를 보고서 우뚝 멈춰 섰다. 그렇게 두 사람은 철문을 사이에 두고 서로를 바라보기만 했다. 어디선가 불어온 바람이 그들의 머리카락은 흩트렸지만 마주 본 시선은 떨어지지 않았다. 그렇게 얼마나 있었을까. 붙어버린 듯 움직이지 않던 두 사람의 시선이 걸음을 떼는 주열로 인해 흔들거렸다.

"돌아…… 왔구나."

"응. 잘 지냈지?"

"그래. 너도 건강해 보인다."

"푹 쉬었으니까."

형식적인 인사가 오고 갔다. 하지만 그 속에는 많은 것들이 담겨 있다는 것을 두 사람은 잘 알고 있었다. 그리고 그들을 가로막고 있던 문이 사라지자 아무런 말도 없이 서로를 향해 팔을 뻗어 꼭 끌어안았다.

친구란.

소리 내어 말하지 않아도 눈빛만으로도 마음을 헤아릴 수 있다.

친구란.

그립다 말하지 않아도 가슴으로 느낄 수 있는 뜨거운 눈물이다.

친구란.

내가 아니라 우리라 말할 때, 비로소 하나라는 의미의 그림자가 된다.

그렇게 두 사람은 따뜻한 체온으로 서로의 대한 마음을 전하고 있었다.

"주열 씨, 누가 온…… 어머, 이사님!"

문을 열러 간 주열에게서 아무런 소식이 없자, 찾아나섰던 인경은 민수를 보고선 화들짝 놀라 한달음에 그들에게로 다가왔다.

"인경 씨, 잘 지냈어요?"

민수가 활짝 웃으며 그녀에게 인사를 건넸다. 주열과 그녀가 결혼을 했다는 것을 서 비서를 통해서 들어 알고 있었다.

"네. 이사님도 잘 지내셨죠? 파리에 계신다고 들었는데 언제 오셨어요?"

"어제 도착했습니다. 근데 인경 씬 하나도 변하지 않았네요."

"무슨 말씀을요. 살도 찌고, 배는 더 많이 나오고, 다크서클은 턱밑까지 내려왔는걸요."

가운데 선 인경이 주열과 민수의 팔에 각각 팔짱을 끼고서 걸음을 떼기 시작하자 그들은 자연스럽게 집으로 들어갔다.

"주열이 자식이 그렇게나 속을 썩이는 겁니까?"

"말도 마세요. 잠을 안 재운다니까요, 잠을."

인경이 장난스럽게 대꾸하며 주열에게 슬쩍 윙크를 날렸다. 그를 이야기 제물로 삼다니. 앙큼한 그녀의 행동에 주열은 피식 웃어버렸다.

"그럼 쫓아내 버리세요. 혼자서도 잘 놀 테니까."

"어머, 어떻게 그래요. 아직 철들려면 멀었는데요."

"저 나이엔 철 안 듭니다. 아니, 들 수가 없습니다."

"나 바로 옆에 있거든. 말들 가려서 하지."

그는 없다는 듯 말장난을 치는 그들을 보다 못한 주열이 한마디 했다. 하지만 그들의 이야기는 멈추지 않았다.

"아, 맞다. 근데, 이사님. 제가 말한 상대가 주열 씨 2세라는 건 알고 계시죠?"

"물론입니다. 내가 처음부터 주열이 자식이라고 했잖아요."

"하하하. 역시 이사님은 유머 감각이 있다니까요."

"뭐야! 그럼 둘이서 지금까지 날 놀린 거였어?"

주열이 걸음을 멈추고서 소리를 질렀다. 그러자 민수와 인경이 큰 소리로 웃음을 터뜨렸다.

"그걸 이제야 눈치채다니. 역시 주열 씨는 유머가 없어요."

인경이 한마디 더 던지고서 아이들이 있는 곳으로 뛰어가며 소리쳤다.

"얘들아, 민수 삼촌 왔어. 다들 인사해야지!"

그 소리를 따라 여기저기 흩어져서 놀고 있던 아이들이 그들에게로 다가왔다. 뒤뚱거리기도 하고 아장아장 걷기도 하는 모습들이 한 폭의 그림처럼 아름다웠다. 민수가 졸망졸망 모여 있는 아이들을 향해 손을 흔들며 말했다.

"귀염둥이들 안녕."

"안녕하떼요."

누가 시키기라도 한 것처럼 아이들이 동시에 배꼽 인사를 했다. 민수는 아이들 사이로 어렵지 않게 주열의 아이들을 찾을 수 있었다. 민수는 주열이의 어릴 때 모습을 꼭 빼닮은 아들인 인주에게 손을 내밀며 말했다.

"네가 인주구나?"

"네. 아저씨는…… 민수 삼쫀이죠?"

이제 네 살인 인주가 초롱초롱한 눈빛을 하고서 그가 내민 손을 꼭 잡았다.

"그래, 맞아. 만나서 반갑다, 인주야."

"우히히, 네. 인주도 조아요."

히죽거리며 웃는 아이의 모습이 너무나 천진스러워 보였다. 민수도 덩달아 웃으며 처음으로 이런 아들이 있었으면 하고 바라게 됐다.

"오라. 이쪽 공주님이 동생인 주경이구나."

민수가 안아 올리자 손가락을 입에 문 채 아이가 고개를 끄덕였다. 그 모습이 어찌나 귀엽고 사랑스러운지 꼭 깨물어주고 싶었다. 그 뒤로도 민수는 또랑또랑한 눈망울로 그를 쳐다보고 있는 아이들 하나하나를 품에 안았다. 그가 없는 사이 친구들은 이렇듯 소중한 보물들을 갖게 된 것이다. 민수가 마지막 아이를 내려놓을 때, 서진이 다가와 덥석 그를 껴안았다.

"나쁜 자식. 왜 이제야 오냐. 우리가 얼마나 기다렸는데. 잘 왔다. 잘 왔어, 민수야."

서진이 등을 토닥였다. 긴 시간의 방황 끝에 이제야 정말 그들에게로 돌아온 것이다. 민수는 한꺼번에 많은 감정들이 가슴으로 쏟아져 들어와 목을 메이게 하자 가까스로 입을 열어 말했다.

"고맙다. 고맙다, 서진아."

"오랜만이야, 민수 씨."

어느새 다가온 재희가 그들 사이로 끼어들었다. 세월이 비껴간 듯, 그녀는 여전히 아름다웠다.

"그래, 재희야."

민수는 빙그레 웃는 것으로 인사를 대신했다. 전에 같았으면 친구라는 이름으로 그녀를 끌어안고 반가운 마음을 표현했겠지만 지금은 서진의 아내가 된 사람이라 그럴 수가 없었다. 민수는 이렇듯 친구들의 얼굴을 마주하고 있으니 새삼 가슴이 벅차올랐다. 서인이가 떠난 이후로 그들 모두가 모이게 된 것은 오늘이 처음이었다. 그리고 오늘처럼 행복해하는 모습 또한 본 적이 없었다.

"다들 부러울 정도로 행복하구나. 정말 보기 좋다."

민수는 처음으로 친구들이 부럽다는 생각을 했다. 그리고 그런 감정을 느끼는 사람은 민수뿐만이 아니었다. 네 사람이 함께 있는 모습을 뒤에서 지켜보고 있던 인경도 그들의 모습이 부러웠다. 방해하고 싶을 만큼.

"참! 그러고 보니 네 사람이 친구였지. 이제야 날 왕따시킨 이유를 알겠네. 와아, 치사하게 우리 그러지 맙시다들. 없는 정이지만 그래도 좀 나누고 살자고요. 네!"

허리춤에 손까지 척하니 올린 인경이 서운하다는 듯 눈을 흘기며 소리쳤다. 그러자 아들인 인주가 그녀의 바지 자락을 붙잡고서 말했다.

"엄마, 지금 화났써요? 그럼 안 돼요. 나쁜 사람이에요."

고개까지 흔드는 아이의 모습을 보며 그들은 동시에 웃음을 터뜨렸다. 어른들의 웃음 사이로 뜻도 모를 아이들의 웃음까지 보태지자 더할 수 없이 아름다운 선율이 되어 공기 속을 떠다녔다. 그리고 어느새 그들의 품 안에는 사랑스럽고 소중한 보물들이 안겨 있었다.

—THE END—

　어느 날, 늦은 귀갓길에 남녀가 큰 소리를 내며 싸우는 모습을 보게 되었습니다. 다름 아닌 사랑싸움이었죠. 그 모습을 보며 문득 떠오른 것이 바로 중독이란 단어였습니다. 그날 이후로 그 단어가 뇌리를 떠나지 않았습니다. 그래서 쓰게 된 것이 바로 애시드입니다.

　애시드(Acid)의 사전적 의미는 화학용어인 산을 비롯해 신맛, 매서운, 신랄하다, 까지 참 다양합니다. 하지만 마약을 복용했을 때 나타나는 효과를 음악으로 재현하는 음악 형태를 애시드라고도 합니다. 한마디로 요약하면 마약이란 뜻이죠. 바로 중독. 제가 표현하고자 한 것이 바로 중독입니다. 끊으려 해도 쉽게 끊을 수 없는 마약과도 같은 존재. 『사랑』.

　몸과 마음이 상처투성이로 짓이겨지고 부서지지만 또 다른 환상에 빠져 어느새 새로운 사랑을 하고 있죠. 바로 강주열과 하인경처럼. 사랑이 얼마나 잔인할 수 있는지 누구보다 잘 알고 있는 그들이었지만 서로의 대한 사랑을 멈추지 못했습니다. 그건 송기철과 최무희도 마찬가집니다. 제 사랑이 악독하다는 것을 알면서도 마지막까지 상대를 놓아주지 않았죠. 그런 것을 보면 흔히 하는 말처럼 사랑은 미친 짓일지도 모릅니다.

그러나 그 사랑이 우리 삶의 가장 기본이기도 합니다. 본능적으로 느끼는 것이 사랑인 거죠. 하지만 느끼고만 있으면 미완성입니다. 반드시 소리 내어 말해야 비로소 하나의 마음으로 완성됩니다. 솔직히 저도 사랑해, 라는 말은 글에서만 합니다. 쑥스럽기도 하고 안 하던 말을 하려니 어렵기도 하더라고요. 그런데 이 글을 쓰면서부터 가끔 사랑해, 라는 말을 소리 내어 말하곤 합니다. 그랬더니 저도 모르게 웃고 있더군요. 아마도 그것이 행복이겠죠.

그래서 감히 독자님께 말씀드리고 싶었습니다. 사랑이란 말에 두려움을 갖지 말고 마음껏 표현해서 제 것으로 만들라고요. 그러니 망설이지 마시고 바로 지금 옆에 계신 분께 사랑해, 라고 속삭여 주세요. 그러면 당신이 행복합니다. 이 글의 마침표를 찍고 있는 저 역시 『독자님, 사랑합니다』라고 소리 내어 말하고 있습니다.

그러니 부끄러워 마시고 가슴 가득 담고 있는 말을 소리 내어 말해 보세요. 특히 본인에게 더 자주 말해주시면 좋습니다. 나 자신을 사랑할 수 있어야 다른 사람도 사랑할 마음의 여유가 생기는 거니까요. 그런 의미에서 지금 바로 실천해 보세요. 곧 행복이 찾아올 겁니다. 애시드의 남녀 주인공처럼, 그리고 이 글을 끝낸 저의 마음처럼……

끝으로 출간을 위해 애써주신 예원북스 관계자 여러분, 특히 유경화
님께 너무너무 감사하다는 말씀 꼭 전하고 싶습니다. 고맙습니다. 정말
고생 많이 하셨습니다! 그리고 글 쓰는 것을 묵묵히 지켜봐 준 가족들
에게 너무너무 사랑한다고 전하고 싶습니다. 언제나 사랑합니다!

2015년 겨울의 끝자락에서
주열과 인경을 떠나보내며……